KB233095

조선시대 대하소설의 여성반동인물

조선시대 대하소설의 여성반동인물

장시광 著

한국학술정보(주)

서 문

예전에 비해 처우나 인식이 많이 나아졌다고는 하나 한국에 사는 여성들이 아직도 알게 모르게 남성에 비해 차별을 받고 있다는 것은 부인하기 어려운 사실이다. 이는 비단 한국만의 문제는 아닐 것이다. 상대적인 차이는 있겠지만 중국이나 일본 등 동아시아, 더 나아가 전 세계에 걸쳐 이루어지고 있는 인류의 공통적인 문제라 할 수 있다.

그런데 정작 이러한 문제 제기를 하고 있는 저자 역시 애초에는 여성 문제에 별 관심이 없었고 또 여전히 여성에 대한 배려가 부족한 사람이다. 일례를 들면, 집안일은 아내가 하는 것이며 남편이 집안일을 도와주는 것은 아내에게 베푸는 큰 은혜라는 생각이 마음 속 한 귀퉁이를 차지하고 있다. 가끔씩 설거지 등의 소소한 일을 하면서도 대단한 일을 한 것인 양 어깨를 으쓱거리기 일쑤이다. 그래도 이것은 나은 편에 속한다. 명절이나 제삿날 본가(本家)에 가면 음식 마련이나 설거지 등의 온갖 일은 아내 등에게 맡기고 저자는 거실을 차지하고 앉아 즐긴다. 속으로야 미안한 마음이 있으나 겉으로 그것을 내색하기가 쉽지 않다. 집안일뿐만이 아니다. 사회생활을 하면서도 여성에게 상처를 입혔을 만한 사소한 한 마디 말이나 행동을 하고 나서 그러한 언행을 후회해 본 적이 한두 번이 아니다.

저자가 다른 지면도 아니고 평생 처음 내는 학술 저서의 앞머리에 이처럼 용감하게 저자의 치부(恥部)를 드러내는 것은 한편으로는 저자가 지니고 있는 여성 인식과 관련해 여성들에게 반성하는

마음을 표명하기 위해서이고, 다른 한편으로는 이는 비단 저자에게
만 국한된 문제가 아닌, 아마도 한국의 대다수 남성에게 적용될 법
한 문제일 것이라는 생각 때문에서이다. 대내외적으로 광범위하게
이루어지는 이와 같은 여성 차별은 남성 대다수가 반성하고 공유해
야 할 성질의 것이다. 그런데 여성에 대한 그와 같은 인식 및 태도
는 단기간에 이루어진 것이 아니라 조선시대로부터 장기간에 걸쳐
축적된 것이고, 그러한 인식을 형성하는 데 도움을 준 것의 하나로
바로 이 책에서 다룬 대하소설이 자리하고 있었을 것이라는 판단
역시 저자의 개인적 경험을 폭로한 한 계기 중의 하나다.

우연한 기회에 대하소설을 공부하고, 우연한 기회에 여성인물에
대해 탐색을 한 결과물이 바로 이 저서다. 이 저서는 원래 박사학
위논문으로 제출했던 것을 수정 보완한 것이다. 여성에 대한 인식
이 깊지 않았던 저자가 대하소설에 등장하는 수많은 여성반동인물,
이른바 '악녀(惡女)'의 행위 양상을 검토하고 그들이 그렇게 행동할
수밖에 없었던 상황을 짚어보면서 그들의 행위를 이해하게 되었고,
그로부터 조선 사회와 그 시대 여성의 삶을 약간이나마 파악할 수
있었다. 작품에 '악녀'로 설정되어 있고 연구자들로부터도 '악녀'라
칭해지기도 했지만 그들은 결코 악녀가 아닌, 사회적 차별을 극복
하려고 했던 어쩌면 진취적인 인물이라는 점을 이해하게 되었다.
이 연구는 현대 사회를 살아가는 저자에게 여성에 대한 인식을 반
성적으로 검토하는 계기를 마련해 주었다. 여성의 차별적 상황을
피상적으로만 인식하는 것은 여전하지만, 그래도 예전에 비해 여성
인식이 조금이나마 나아진 것은 이 연구 덕택이다.

남성들이 마련한 가부장제와 그 가부장제를 유지하기 위해 설정
한 다양한 여성 이데올로기 내에서 억압을 받으면서 그러한 억압적

상황을 타개하기 위해 자구책을 모색했던 여성들은 항상 존재했을 것이다. 조선 후기의 대하소설에서는 그들이 바로 여성반동인물로 형상화해 있다. 여성반동인물은 같은 계층에 있던 사대부 남성에 의해 소외받고, 또한 같은 여성에 의해서도 소외를 받는 여성으로 등장한다. 이들은 비기득권자로서 철저히 소외받고 그 결과, 이른바 악행(惡行)을 저지른다. 이런 면에서 저자는 이들이 저지르는 이른바 악행(惡行)을 근원적 혹은 선천적 소산으로 보지 않고 사회적 소외의 결과물로 보았다. 최소한 대하소설에서는 그러한 논리가 성립된다고 본다.

이 연구를 진행하면서 앎과 실천의 관계를 계속 되뇌었다. 앎은 앎으로 끝나지 않아야 한다는 당연한 명제는 사실 말처럼 쉽지가 않다. 대하소설을 통해 여성에 대해 배우고 여성이 차별을 받는다는 사실을 알았으나 감상적 이해에 그치고 통렬한 인식의 전환이나 구체적 실천이 이루어지지 않아 자괴감이 든다. 그래도 언젠가는 이 연구가 저자의 삶에 적지 않은 영향을 끼치는 날이 오기를 기약해 본다.

이 저서는 학부부터 셈한다면 근 15년간의 결산본인 셈이다. 이 글을 제출하기까지 많은 분들의 도움을 입었다. 대학 때부터 지금까지 부족한 제자를 애정을 지니고 이끌어 주신 최강현 선생님, 정원표 선생님, 장사선 선생님, 박일용 선생님께 감사를 드린다. 온유한 웃음 속에 애정을 담으셨던 고(故) 이남순 선생님의 은혜는 잊을 수 없다. 대학원 과정을 무사히 마칠 수 있도록 엄하면서도 따뜻한 가르침을 베풀어 주신 이상택 선생님과 박희병 선생님께 감사를 드린다. 학위논문이 완성될 수 있도록 가르침을 주신 서대석 선생님과 김종철 선생님, 이승복 선생님께 감사드린다. 대학원 시절,

때로는 혹독하게 때로는 부드럽게 저자를 단련시켜 주신 김진세 선생님, 민병수 선생님, 조동일 선생님, 김병국 선생님, 권두환 선생님께 감사의 인사를 올린다. 저자에게 한문과 올바른 삶에 대해 지도해 주신 일평(一平) 조남권 선생님과 고(故) 권우(卷宇) 홍찬유 선생님, 중관(中觀) 최권홍 선생님, 위재(威齋) 김중렬 선생님의 은혜에 고개를 숙인다. 양가의 부모님께 감사드리며, 아내에게 고마움의 마음을 전한다. 끝으로 이 책이 출판될 수 있도록 배려해 주신 한국학술정보(주)와 황명현 님, 김주영 님께 감사드린다.

2006년 봄
장시광

목 차

표 목차

Ⅰ. 서 론

1. 연구의 목적과 범위

이 글은 한국 고전 대하소설에 나타난 여성반동인물의 행동 양상과 그 서사적, 사회적 의미를 살피는 것을 목적으로 한다. 이 글의 논의 대상인 '여성반동인물'은 각기 '여성', '반동', '인물'로 범주를 세분화할 수 있다. 그런데 이들 범주는 그 연구의 가치가 높음에도 불구하고 대하소설 연구에서 비교적 소외되어 온 것들이다.[1] 이렇게 된 데에는 이 범주들이 '남성'이나 '주동인물' 혹은 '구조'를 연구하는 것보다는 작품 분석에 별다른 도움을 주지 못할 것이라는 연구자의 시각이 크게 작용했기 때문으로 여겨진다. 그런데 이러한 시각은 작품의 실상에 부합하는 것은 아니다. 이 글에서 여성반동인물에 주목하는 이유 중의 하나는 이러한 '선입견'을 불식시키고, '여성', '반동', '인물'의 자리를 정립하는 데에 있다.

여성반동인물 연구의 가치를 논하기에 앞서 그 상위범주인 인물과 반동인물 연구의 가치에 대해 간략히 언급할 필요가 있다. 서사

---

1) 다만 최근에 들어 대하소설의 향유층이나 소설의 내용과 관련하여 여성, 여성인물의 역할을 주목한 논문들이 나온 바 있다. 정병설, 「완월회맹연 연구」, 서울대 박사논문, 1997; 정창권, 「완월회맹연의 여성주의적 상상력」, <고소설연구> 5, 한국고소설학회, 1998; 정창권, 「소현성록의 여성주의적 성격과 그 의미」, <고소설연구> 4, 한국고소설학회, 1998; 정창권, 「조선후기 장편 여성소설 연구: 「완월회맹연」을 중심으로」, 고려대 박사논문, 1999; 백순철, 「소현성록의 여성들」, <여성문학연구> 창간호, 한국여성문학학회, 1999; 이지하, 「<옥원재합기연> 연작 연구」, 서울대 박사논문, 2001.

물이 서술자와 서사세계, 그리고 담화로 구성되어 있다고 할 때 인물은 서사세계를 구성하는 요소 중 가장 중요한 요소라 할 수 있다. 인물의 행위가 결합되어 이야기가 구성되고, 인물의 구체적인 행위를 통해서 대개 우리는 서술자의 의식을 파악할 수 있기 때문이다. 인물은 서사에서 의미를 전달하는 주요 수단으로서 대상은 어떤 의미에서는 인물이 되지 않고서는 행위를 할 수가 없고 인물이 없다면 행위도 있을 수 없는 것이다.[2] 이를 볼 때 소설 문학에서 인물은 행위의 주체자이며 주제를 體現하는 필수적인 구성 요소[3]라 할 수 있다.[4] 따라서 인물을 분석하는 것은 궁극적으로 서술자의식을 추출하는 데 가장 밑바탕이 되는 작업이라 할 것이다.

反動人物은 主動人物, 周邊人物과 더불어 상보적인 관계에 있다. 주동인물의 성격을 효과적으로 구현하기 위해서는 반동인물이 요구된다. 여성주동인물이 烈을 갖췄다고 서술자가 관념적으로만 서술하는 것보다는 烈을 앗으려는 반동인물을 등장시킴으로써 더욱 효과적으로 烈을 강조할 수 있는 것이다. 또한 반동인물은 자신을 돕는 주변인물을 적절히 이용해 주동인물과 대결하며, 반대로 주동인물을 돕는 주변인물에 의해 속기도 한다. 주변인물은 주동인물과 반동인물을 원조하고 그들을 화해시키거나 이간하는 등 다채로운

---

2) 로버트 숄즈·로버트 켈로그, 임병권 역, 『서사의 본질』, 예림기획, 2001, 139면.
3) 이재선·신동욱, 『문학의 이론』, 학문사, 1986, 102면.
4) 극 문학이나 민담과 같은 구비 문학을 고찰하면서 인물보다는 행동을 중시하는 발언이 없지는 않았다.(아리스토텔레스, Leon Golden 영역, O.B.Hardision, Jr. 해설, 최상규 역, 『시학』, 도서출판 인의, 1989; V. 프롭, 황인덕 역, 『민담형태론』, 예림기획, 1998) 그러나 소설 문학에 한해 볼 때 인물은 행동과 상보적 관계에 있다고 말할 수는 있으나 그 하위에 자리한다고 말할 수는 없다. 이재선과 신동욱은 더 나아가 인물은 소설의 구조 요소 가운데 第一義的이며 중심적인 위치에 있다고 한 바 있다. 이재선·신동욱, 앞의 책, 102면.

서사적 기능을 하고 있는 것이다.[5] 이와 같이 이들 세 인물군은 작품에서 각기 고유한 기능을 수행하면서 소설의 의미를 구현하는 데 중요한 역할을 하고 있다.[6]

상보적이라는 기능 면에서뿐만 아니라 비중 면에서 볼 때, 대하소설에서 반동인물은 주동인물 못지않은 비중을 차지하고 있다. 대하소설의 사건은 주동인물로부터 발발하는 경우도 있지만, 오히려 반동인물로부터 비롯되는 경우가 더 많다. 반동인물의 욕망으로부터 사건이 발생되어 주동인물이 고난을 겪고, 후에 반동인물은 그 행위의 정도에 따라 적절한 운명을 맞는 것이다. 서술자는 이러한 상황을 설정함으로써 관념적 서술이나 주동인물 위주의 사건 전개에서 올 수 있는 흥미 감소와 주제의식의 약화를 피하고 있다. 반동인물은 서술자의 의식을 표출하는 데 매우 적절하게 이용되고 있는 것이다.

반동인물이 이처럼 적지 않은 서사적 기능을 하고 있는 것을 고려하면 반동인물에 대한 고찰은 그 의미가 크다고 할 것이다. 더욱이 반동인물에 대한 연구는 주동인물 중심의 연구가 가져올 수 있는 일면적인 해석을 보완하는 효과를 지니고 있다. 주동인물 중심의 연구는 서술자의 표면적 시각을 중시하는 연구라 할 수 있을 것

---

5) 곽정식은 주변인물의 기능을 화해, 안내, 이간, 비판, 방관, 방조 등 여섯 가지로 추출해 논한 바 있다. 곽정식, 「고소설의 중간자 인물에 관한 연구」, <논문집> 11-3, 경성대, 1990; 곽정식, 「한국소설에서의 여성 중간자 인물의 서사적 기능과 사회적 의미: 통시적 고찰을 중심으로」, <한국문학논총> 17, 한국문학회, 1995.

6) 정하영은 뺑덕어미와 월매를 고찰하는 일련의 논문에서 주변적 인물, 즉 주변인물이 지니는 기능상의 중요성을 언급한 바 있는데, 본고의 논의는 그러한 연구와 맥을 같이한다. 정하영, 「월매의 성격과 기능」, 한국고전문학연구회 편, 『고전소설연구의 방향』, 새문사, 1985; 정하영, 「심청전에 나타난 악인상 — 뺑덕어미론 —」, <국어국문학> 97, 국어국문학회, 1987.

이다. 그런데, 서술자의 시각을 따라서 讀解하다 보면 필연적으로
유교 윤리를 준거로 하여 인물을 평가할 우려가 있다. 즉, 대하소설
이 산출된 사회가 요구하던 관념에 의거해 인물을 論斷하기 쉬운
것이다. 이러한 인물 분석은 작품을 해석하는 데 객관성을 상실할
가능성이 크다. 인물의 서사적 기능이나 인물을 통한 사회적 질곡
을 파악하기보다는 인물을 선악 유형으로 나누는 데 그치는 등 인
물의 褒貶에 초점이 맞춰질 수 있기 때문이다.

　본 연구는 반동인물 연구가 지니는 이상의 의미를 염두에 두고
그 가운데 대하소설의 여성반동인물에 초점을 맞추고자 한다. 반동
인물 중 여성을 대상으로 한 이유는 소설 내적인 상황과 소설 외적
인 상황을 기반으로 것이다. 소설 내에서 여성주동인물은 여성반동
인물 때문에 고난을 받아 道路流離를 하게 되고, 남성주동인물은
여성반동인물의 획책을 제어하기도 하고 그 획책에 말려들어 가내
에 화란을 일으키기도 한다.7) 이처럼 여성반동인물이 미치는 서사
적 영향은 지대하며 남성반동인물과 비교해 보면 서사에 미치는 영
향이 양적, 질적으로 더욱 크다.

　여성반동인물은 그 서사적 영향력이 지대한 것 외에도, 여성 향유
층의 의식이 어느 정도 반영되어 있는 인물일 것이라는 가설이 본
연구를 하게 한 動因 중의 하나이다. 대하소설의 향유층은, 기존 연
구에서 거듭 확인되었듯이 상층사대부 부녀자가 주요 향유층이라 할
수 있다. 독자층은 여러 기록을 통해 그러한 점이 확인되었고,8) 작

---

7) 반동인물의 행위가 갈등을 유발한다고 하는 견해는 기존 연구에서도
　　지적된 것이다. 이지하, 「현씨양웅쌍린기 연작 연구」, 서울대 석사논문,
　　1992, 37면; 임치균, 『조선조 대장편소설 연구』, 태학사, 1996, 152면.
8) 이에 대해서는 다음의 논문을 참조하기 바란다. 大谷森繁, 『조선후기
　　소설독자 연구』, 고대 민족문화연구소, 1985; 장효현, 「장편가문소설의
　　성립과 존재양태」, <정신문화연구> 14권 3호(통권 44호), 한국정신문

자문제 역시 <완월회맹연>과 같은 최대 장편이 전주 이씨의 손으로 지어졌다는 과거 기록이 있고, 이를 토대로 구체적인 정황을 추론한 연구가 행해졌을 만큼[9] 여성은 대하소설의 창작에 깊이 관여하고 있다. 대하소설의 주된 향유층이 사대부 여성이라는 점은 그들의 내재화한 의식이 주동인물뿐만 아니라 여성반동인물에 의해서도 일정하게 발현되었을 것으로 추론하게 만드는 것이다.

여성반동인물의 분석은 주동인물 중심의 획일화된 연구를 보완하는 의미를 담고 있으며 대하소설의 실상에 접근하는 데 다른 인물을 살피는 것보다 더 유용하다고 할 수 있다. 본 연구는 여성반동인물 분석이 지니는 이러한 가치를 고려하여 여성반동인물의 대하소설에서의 행위 양상과 그것이 지니는 서사적, 사회적 의미를 고찰할 것이다.

본 연구에서 대상으로 하는 소설 유형은 대하소설로 한정하였다. 많은 소설 유형 가운데 대하소설을 택한 이유는 어느 유형보다도 대하소설에 수많은 인물이 등장한다는 점과, 그로 인해 어느 유형보다도 여성반동인물이 다양하게, 많이 등장해 그 활약이 두드러진다는 점을 먼저 들 수 있다.[10] 대하소설에 많은 인물이 등장한다는 점은 곧 주동인물과 반동인물 혹은 주변인물 간의 관계망이 다른 소설 유형보다 복잡하고 다양하다는 것을 의미한다. 이는 다른 유형에서 볼 수 있는 획일화한 욕망[11]이 아닌, 다양한 욕망과 동기가 등장

화연구원, 1991; 전성운, 「長篇 國文小說의 變貌와 英雄小說의 形成」, 고려대 박사논문, 2000.

9) 정병설, 앞의 논문.

10) 이러한 양상은 개인의 고독이 중심이 되어 있는 전기소설이나 한 인물의 영웅적 일생을 서사화한 영웅소설과는 매우 다른 점이다. 박희병, 『한국전기소설의 미학』, 돌베개, 1997; 서대석, 『군담소설의 구조와 배경』, 이화여자대학교출판부, 1985.

11) 예를 들면, 계모형·처첩형 가정소설에서는 여성반동인물이 계모나 첩

함을 의미하는 것이다. 양적인 우위가 질적인 우위를 대변하는 것은 아니고, 획일화한 욕망 대신 다양한 욕망을 고찰하는 것이 반드시 의미가 있다고 할 수는 없다. 그러나 서사적 인물이 지닌 욕망은 바로 사회적 인간이 지닌 욕망을 대변하는 것이기 때문에 그 욕망이 다양할수록 그 고찰 역시 다양한 인간을 살핀다는 의미는 갖게 될 것이다.

이 글에서 대하소설에 한정한 또 다른 이유는 대하소설이 지닌 향유의 기반 때문이다. 대하소설의 주된 향유층인 상층 사대부 부녀가 지닌 의식이나, 그들이 겪은 질곡은 여성반동인물을 통해 드러나 있을 가능성이 높다. 사회적으로는 상층의 신분이나 가정에서는 하층 여성과 다름없이 남성의 지배에 있던 상층 사대부 여성의 의식은 어떠한지를 살피고자 할 때 대하소설은 일정한 도움을 줄 것으로 기대한다. 이 과정에서 여성반동인물이 주로 드러나 있는 통속소설인 가정소설의 세계관과는 어떻게 같고 다른지도 자연스럽게 드러날 것으로 본다.

대하소설의 여성반동인물을 살피려는 이유 가운데 다른 하나는 서사구조나 연작관계의 고구에 주로 치우친 기존 대하소설 연구의 관행 때문이다. 인물은 소설의 가장 중요한 요소 중의 하나이기 때문에 다른 소설 유형의 경우, 특별히 인물론이라 표방하지는 않았지만 인물 간의 관계, 갈등, 갈등이 서사구조에 미치는 영향, 인물의 사회적 성격 등 다양한 방면에서 연구가 되어 왔다. 그러나 대하소설의 경우에는 인물보다는 오히려 그 서사구조나 연작간의 관계에 초점이 맞춰져 온 것이 사실이다. 이렇게 된 데에는 대하소설이 지닌 특유의 연작형태와 방대한 분량 때문으로 보인다. 이미 대

으로서 유형적 인물 한두 명만 등장한다.

하소설의 인물을 대상으로 하여 몇 편이 발표되었고[12] 인물론을
표방하지는 않았지만 대하소설의 여성인물에 대해 관심을 지닌 연
구가 있기는 했으나[13] 그 대상을 더욱 확대하고 인물 간의 관계를
고찰해야 할 필요가 있다.

　이 글에서 대상으로 삼은 대하소설은 모두 네 편이다. 대하소설
의 여성반동인물을 살피기 위해서는 원칙적으로 모든 작품을 다
대상으로 해야 한다. 그런데 그럴 경우 논의가 너무 번다해지고,
같은 유형의 인물이 반복해서 나타나기 때문에 그 서술의 효과가
반감될 것이다. 따라서 그 중 몇 작품을 선정해 논하는 것도 대하
소설의 총체적 양상을 살피는 데에는 무리가 없을 것이다.

　그런데, 일단 몇 작품을 선정한다 해도 그 선정의 기준이 문제가
된다. 먼저 생각해 볼 수 있는 것은 시기별로 대표 작품을 추출하
는 것이다. 그런데, <소현성록> 연작이나 <유효공선행록> 연작과 같
이 몇몇 작품은 그 창작시기를 대략 추정해 볼 수 있지만,[14] 대부
분의 작품은 18세기에 유통되었을 것이라는 추정만 할 수 있을
뿐,[15] 정확한 시기는 알 수가 없다. 따라서 편년에 따른 작품선정은

---

12) 문용식, 「가문소설의 인물 연구―세대별 기능과 갈등양상을 중심으로
　　―」, 한양대 박사논문, 1995; 한길연, 「대하소설의 능동적 보조인물 연
　　구」, 서울대 석사논문, 1997.
13) 정병설, 앞의 논문; 정창권, 「조선후기 장편 여성소설 연구: 「완월회맹
　　연」을 중심으로」, 고려대 박사논문, 1999; 이지하, 앞의 논문
14) <소현성록> 연작은 박영희에 의해 적어도 17세기 후반에는 창작된 것
　　으로 추정된 바 있고, 임치균은 이를 확대하여 연작형 삼대록은 대하소
　　설 중초기 작품이라 논의한 바 있다. <유효공선행록> 연작의 경우 『열
　　하일기』에 <유씨삼대록>이 보이는 것으로 보아 18세기 초반이나 이르
　　면 17세기 후반에 지어진 것으로 보인다. 박영희, 「소현성록 연작 연구」,
　　이화여대 박사논문, 1994; 임치균, 앞의 책.
15) <옥원재합기연>의 권14와 권15의 표지 안쪽에 적힌 소설 목록에서 그
　　점을 확인할 수 있고 선행 논의에서도 그렇게 추정하고 있다. 심경호,
　　「樂善齋本 小說의 先行本에 관한 一考察; 온양정씨 필사본<옥원재합

현재로서는 불가능하다.

다음으로 생각해 볼 수 있는 것은 대하소설의 특정한 하위유형들, 예를 들면 기존 논의에서도 연구 대상으로 삼았던 삼대록계 소설류만을 대상으로 할 수도 있다. 그러나 이 경우에도 전체 대하소설을 조망하는 데에는 무리가 있다. 기존 논의에서 언급한바, 삼대록계 소설은 대하소설 중 초기작품이라서[16] 후기소설까지 포괄하기에는 난점이 있다. 또한 분량이 여성반동인물의 활약을 제한하는 요소는 아니라 해도 어느 정도는 대표성을 띠어야 하는데, 삼대록계 소설 중 가장 긴 작품이 40권 40책(<임씨삼대록>)에 불과한 점을 감안하면 100권 이상 되는 소설까지 포괄하기에는 무리가 있다.

선정기준이 이와 같이 심각하다 해서 임의의 작품을 대상으로 할 수는 없다. <옥원재합기연>과 같이 여성반동인물이 거의 보이지 않는 소설도 있고 <유효공선행록>과 같이 남성반동인물이 더 중요하게 나오는 작품도 있기 때문이다. 이러한 점을 고려하여 본고에서는 두 가지 기준에 따라 작품을 선정하였다. 갈등의 중심축에 여성반동인물이 개입되어 있는 것인가 하는 점과, 그렇지는 않더라도 다양한 욕망을 지닌 여성반동인물이 등장하여 모든 대하소설의 여성반동인물을 포괄할 수 있을 만한가 하는 점이다.

이 기준에 따라 선정한 작품은 다음과 같다.

<소씨삼대록>: 11권 11책, 국문필사본, 이화여대 소장본.
<쌍천기봉>: 18권 18책, 국문필사본, 한국학중앙연구원[17] 소장본.
(영인: 全 3권, 장서각, 1979)

기연>과 낙선재본<옥원중회연>의 관계를 중심으로」, <정신문화연구> 38, 한국정신문화연구원, 1990; 장효현, 앞의 논문 참조.
16) 임치균, 앞의 책.
17) 이하 한중연이라 약칭한다.

　　<화산선계록>: 80권 80책, 국문필사본, 한중연 소장본. 유일본. (영
　　　　　　　　　인: 全 8권, 고려서림, 1986)
　　<명주보월빙>: 100권 100책, 국문필사본, 한중연 소장본 (영인: 全
　　　　　　　　　10권, 고려서림, 1986; 활자화: 한국정신문화연구원,
　　　　　　　　　『명주보월빙』 1~5, 한국고대소설대계 (一), 1980)

　　<소씨삼대록>은 <소현성록>의 후편으로서, 처처갈등을 중심으로
하고 있으며 애정을 추구하는 여성반동인물이 주로 등장한다. 대하
소설 중 이와 같이 처처갈등 위주이면서 애정에 대한 여성반동인물
의 욕망이 강하게 드러나 있는 유형으로는 <소씨삼대록> 외에 <소
현성록>과 <쌍천기봉>이 있다. 또한 두드러지지는 않으나 전체 욕
망 중 애정에 대한 욕망이 상대적으로 강하게 드러나 있는 소설로
는 <명주기봉>, <명행정의록>, <윤하정삼문취록>, <유씨삼대록>이
있다.

　　대하소설에서 여성반동인물의 욕망 중 가장 많은 수를 차지하는
것은 애정에 대한 욕망이다. 그 대표적인 작품으로 <소씨삼대록>을
선정했으나, 애정이 대하소설 여성반동인물의 핵심적 동기임을 감
안하여 <쌍천기봉>을 더 다루기로 한다. 그런데, <쌍천기봉>이 애정
을 축으로 하고는 있으나 <소씨삼대록>과 다른 점이 있다면, 처첩
갈등을 다루고 있다는 점이다. 대하소설에서 첩은 대개 주요한 반
동인물로 등장하지는 않는데,[18] <쌍천기봉>에서는 주요하게 다뤄지
고 있다는 점에서 논의할 가치가 있다.

　　<화산선계록>은 매우 특이한 작품이다. 대하소설 여성반동인물이
지향하는 욕망이 망라되어 있을 정도로 다양한 여성반동인물과 그
들의 욕망이 드러나 있다. 비록 서사는 이옥수라는 여성주동인물을
중심으로 전개되지만, 매우 다양한 욕망들이 혼재하는 것은 다른

---

18) 다만 <화산선계록>에서는 첩이 중요한 역할을 하고 있다.

대하소설에서는 찾아보기 드문 현상이다. 욕망의 다양화라는 측면에서만 보면 <이씨세대록>이나 <천수석>이 <화산선계록>과 유사하다. 그러나 두 작품 모두 욕망의 다양함에 있어서 <화산선계록>에는 미치지 못한다.

<명주보월빙>은 여성반동인물이 종통을 놓고 반동행위를 하는 것이 작품의 핵심갈등이다. 여성반동인물이 핵심적인 위치를 차지하고서 서사를 전개해 가고 있다. 다른 대하소설 중 여성반동인물이 개입하여 심각한 종통갈등을 벌이는 작품으로는 <완월회맹연>, <성현공숙렬기>가 있다.[19]

이상 선정된 네 작품은 대하소설의 여성반동인물의 행동양상을 '모두' 포괄한다고 말할 수는 없겠으나, 여러 가지 상황을 고려한 것인 만큼 대하소설 여성반동인물의 개괄적인 양상을 드러내는 데는 무리가 없을 것으로 본다.

2. 연구사

인물과 관련된 논의는 각 작품론마다 등장한다고 해도 과언이 아니다. 그만큼 소설에서 인물이 차지하는 비중은 크다. 그런데 작품론에서 언급되는 인물은 소설의 다른 구성요소와 함께 다뤄지기 때문에 비중이 작을 수밖에 없다. 또한 본격적인 인물론을 표방했다

---

[19] 이외에 여성반동인물이 거의 등장하지 않는 작품으로는 <옥원재합기연> 연작이 있고, 남성반동인물이 압도적으로 나오는 작품으로는 <창란호연>, <유효공선행록>이 있다. <옥원재합기연>, <창란호연>과 더불어 <현씨양웅쌍린기>는 남녀주동인물의 갈등이 핵심적으로 등장하는 작품이다.

해도 주동인물을 중심으로 논의를 하는 경우가 대부분이어서 인물의 전체적인 구도를 조망하기가 어렵다.

　이런 측면에서 볼 때, 주동인물이 아닌 반동인물이나 주변인물에 대한 기존의 연구는 의미가 있다고 할 것이다. 그런데, 그러한 연구는 대하소설보다는 다른 소설 유형의 연구에서 더 활발하게 진행되었다. 주로 처첩형 가정소설,[20] 계모형 가정소설,[21] 애정소설,[22] 판소리계 소설[23]에 집중되어 있고 여러 유형의 소설을 다룬 연구[24]

20) 처첩형 가정소설을 전반적으로 다룬 연구를 제외하고 반동인물 혹은 주변인물만을 다룬 연구를 들면 다음과 같다. 한상현,「고소설에 나타난 악녀의 실상－쟁총형 가정소설을 중심으로－」, 건국대 석사논문, 1996; 주경희,「조선후기 가정소설에 나타난 악녀에 대한 연구－쟁총형 가정소설을 중심으로－」, 호서대 석사논문, 2001.

21) 우쾌제,「계모형소설 연구－특히 구성·인물·사상을 중심으로－」, 고려대 석사논문, 1976; 신규원,「계모형소설 연구－계모의 성격과 그 갈등양상을 중심으로－」, 영남대 석사논문, 1981; 조현설,「남성 지배와 장화홍련전의 여성 형상」, 정출헌 외,『고전문학과 여성주의적 시각』, 소명출판, 2003.

22) 박명화,「고대소설에 나타난 부수적 인물 분석」, 성신여사대 석사논문, 1975; 이재민,「고소설에 나타난 보조인물 연구」, 건국대 석사논문, 1993. 김수봉은 애정소설과 가정소설의 반동인물을 고찰한 바 있다. 김수봉,「고소설의 반동인물 연구」, 부산대 박사논문, 1993.

23) 판소리계 소설의 경우, 주변인물인 방자, 월매에 대한 연구와 반동인물인 뺑덕어미에 대한 연구가 주류를 이룬다. 이정탁,「神將과 房子의 작중기능－배비장전을 중심으로－」, <국어국문학논문집> 7·8 합병호, 동국대, 1969; 권두환·서종문,「방자형 인물고－판소리계소설을 중심으로－」, 한국고전문학연구회 편,『한국소설문학의 탐구』, 일조각, 1978; 김현룡,「고소설의 방자 소재」, <국어국문학> 78, 국어국문학회, 1978; 김흥규,「방자와 말뚝이－두 전형의 비교－」, <한국학논집> 5, 계명대 한국학연구소, 1980; 정하영,「월매의 성격과 기능」, 한국고전문학연구회 편,『고전소설연구의 방향』, 새문사, 1985; 정하영,「심청전에 나타난 악인상－뺑덕어미론－」, <국어국문학> 97, 국어국문학회, 1987.

24) 허춘,「고소설의 인물 연구－중재자를 중심으로－」, 연세대 박사논문, 1986; 곽정식,「고소설의 중간자 인물에 관한 연구」, <논문집> 11-3,

도 있다. 그러나 대하소설의 경우, 주변인물에 대해 고찰한 연구[25] 외에는 주목할 만한 논의는 보이지 않는다.[26]

반동인물이나 주변인물에 관한 연구를 살필 때 중요한 것은, 기실 '어느' 유형을 다루었는가보다는 '어떻게' 다루었는지를 살피는 것이 중요할 것이다. 이런 면에서 대하소설 외에 다른 유형의 인물을 다룬 연구에서 인물을 살핀 방식은 이 글의 논의에 도움이 될 것이다.

반동인물에 앞서 주변인물을 고찰한 연구를 살피기로 한다. 인물을 고찰할 때 인물을 어떤 시각으로 볼 것인가가 관건이라 할 수 있다. 사회적 선악 관념을 대입할 것인지, 아니면 서사적 기능에 따라 볼 것인지는 연구자의 몫이다. 주변인물에 대해서는 그 서사적 기능을 중시한 연구가 대부분이다. 판소리계 소설의 방자나 월매를 주인공과의 관계, 혹은 서사에 미치는 영향을 중심으로 논한 것[27]

경성대, 1990; 곽정식, 「한국소설에서의 여성 중간자 인물의 서사적 기능과 사회적 의미: 통시적 고찰을 중심으로」, <한국문학논총> 17, 한국문학회, 1995; 이현미, 「고전소설에 나타난 烈思想의 반동인물 연구」, 상명여대 교육대학원 석사논문, 1995; 차은경, 「고전소설에 나타난 악녀형 인물 연구」, 수원대 교육대학원 석사논문, 2003.

25) 한길연, 앞의 논문.

26) 다만 필자가 반동인물에 관해 쓴 몇 편의 글이 있을 뿐이다. 졸고, 「명주보월빙의 여성반동인물 연구」, <고소설연구> 14, 고소설학회, 2002; 졸고, 「천수석 여성반동인물의 행동양상과 그 서사적 의미」, <동양고전연구> 15, 동양고전학회, 2003; 졸고, 「화산선계록의 여성반동인물 연구」, <국어국문학> 135, 국어국문학회, 2003; 졸고, 「쌍천기봉의 여성반동인물 연구」, <동방학> 9, 한서대학교 부설 동양고전연구소, 2003. 이 글들의 일부는 본 논문에 부분적으로 수록되어 있음을 밝힌다.

27) 권두환과 서종문은, 방자가 주인공의 상대역으로 등장하나 작품구조상 중대한 개입을 하는 주동적 인물이라 전제하고 형식적으로는 주인공에게 예속되어 있으나 기능상으로는 주인공을 희화하고 풍자하며 주인공의 성격을 변용시키고 결정해 주는 인물로 보았다. 또한 방자는 희극미를 창출하는 주체적 인물이라 하였다. 김흥규는 방자와 말뚝이

이나, 주변인물의 중재 기능을 중시한 연구,[28] 주동인물과 반동인물 사이에 미치는 영향을 중심으로 여섯 가지로 분류한 것[29] 등이 이에 해당한다.

　주변인물을 서사적 기능과 연관시켜 논한 연구에서 주목할 점은 다음과 같다. 즉 주변인물이 다른 작중인물과 맺는 '관계'에 이들 연구가 관심을 기울이고 있다는 점과 몇몇 연구에서는 주변인물을 당대의 사회와 연관시켜 보고 있다는 점이다. 기능을 위주로 인물을 보는 시각은 고전소설의 인물을 '천편일률'적으로 善人이나 惡人

　　를 비교하는 자리에서 방자를 봉건적 허위에 대해 풍자적 거리를 두고 빈정대며 조롱하는 풍자적 동반자로 본 반면 말뚝이를 봉건적 권위와 체제의 억압에 대해 직접적인 갈등을 도발하며 정면으로 야유하고 공격하는 자라 하였다. 정하영은 월매의 성격과 기능을 살피면서 춘향에 종속되어 있는 월매와 독립된 위치에 있는 자로서의 월매의 작중기능을 분석한 바 있다. 정하영은 한편 여성반동인물 뺑덕어미를 살피면서 역시 그 성격과 기능을 주목한 바 있다. 권두환·서종문, 앞의 논문, 8면; 김흥규, 앞의 논문, 889~893면; 정하영, 「월매의 성격과 기능」, 한국고전문학연구회 편, 『고전소설연구의 방향』, 새문사, 1985, 346~350면; 정하영, 「심청전에 나타난 악인상-뺑덕어미론-」, <국어국문학> 97, 국어국문학회, 1987.

28) 허춘은 중재자라는 개념을 설정하고 이 중재자는 작중인물 사이의 갈등관계를 조정 내지 화해하려는 인물유형이라 하였다. 중재자의 유형에는 위계사형, 막후자형, 징치자형, 방해자형, 원조자형이 있다고 하였다. 더불어 중재자의 하위유형으로서 上帝型, 異人型, 凡人型, 動物型을 들었다. 허춘, 앞의 논문.

29) 곽정식은 일련의 논문에서 주변인물의 기능을 주동인물과 반동인물의 갈등관계를 조정하는 역할에 따라 크게 세 가지로 분류하고 이를 각기 세분화하였다. 즉 갈등관계를 긍정적인 방향으로 조정하는 경우에 화해와 안내의 기능이 있고, 갈등관계를 부정적인 방향으로 조정하는 경우에 이간과 비판의 기능이 있으며, 갈등관계의 조정에 기여하지 못하는 경우에 방관과 방조의 기능이 있다고 하였다. 곽정식, 「고소설의 중간자 인물에 관한 연구」, <논문집> 11-3, 경성대, 1990; 곽정식, 「한국소설에서의 여성 중간자 인물의 서사적 기능과 사회적 의미: 통시적 고찰을 중심으로」, <한국문학논총> 17, 한국문학회, 1995.

으로 재단하려는 데에서 진일보한 것이다. 그리고 주동인물이나 반
동인물뿐만 아니라 주변인물 역시 사회상을 반영하는 인물임을 부
각시킴으로써 학계에 각 인물군에 대한 관점의 전환을 요구하고 있
다. 결국 이들 연구는 주변인물이 주동인물 못지않은 역할을 한다
는 것을 강조함으로써 주변인물의 위상을 격상시켜 놓았다는 의의
가 있다.

　주변인물과 관련되어 보인 두 가지 연구 시각은 본고에서 행하려
는 작업에 시사하는 바가 크다. 인물의 기능은 결국 다른 인물과의
'관계'에 의해 정해진다는 기존 연구의 시각은 반동인물에 적용해
보면, 반동인물은 이른바 자생적 '악인'이 아니라 다른 인물과의 관
계에 의해 발생된 '반동인물'이라는 점을 의미하기 때문이다. 또한
주변인물을 사회적 소산으로 보는 시각은 반동인물에 대해서도 적
용이 가능하다. 반동인물의 행위는 개인적 욕망의 소산이 아니라
사회적 질곡에서 나온 것이라는 가설이 성립될 수 있는 것이다.

　반동인물에 대한 기존 연구에서 지켜보아야 할 점은 반동인물을
보는 연구자의 시각이다. 이와 관련해 연구자가 사용한 용어와는
별개로 논의 자체만을 대상으로 구분해 보면 두 가지로 대별할 수
있다. 먼저 인물을 선인과 악인으로 규정짓고 여성반동인물을 악인
으로서 징치되어야 할 대상으로 해석하는 경우이다.[30] 다음으로 인
물을 선악 유형으로 구분하지 않고, 혹은 구분했다 해도 여성반동
인물의 행위를 서사적 문맥이나 사회적 현실을 고려해 이해하려는
경우이다.[31]

---

30) 강재철,「권선징악 이론의 전통과 고전소설」, 인하대 박사논문, 1993; 강
　　재철,「고전소설에 있어서의 선악 인물의 성격파악 문제」, 화경고전문학
　　연구회 편,『고전소설연구』, 일지사, 1993; 박명화, 앞의 논문; 이재민,
　　앞의 논문.
31) 인물을 선악 유형으로 구분하지 않은 연구로는 다음을 꼽을 수 있다.

　전자의 경우 서술자의 표면적 시각을 그대로 추종한 결과 나타난 현상이다. 서술자가 강조하는, 이른바 권선징악의 논리를 연구자가 따른 나머지 인물 비평에서도 선악의 가치평가를 개재시킨 것이다.[32] 이러한 연구 시각은 표면적 서술에 내재한 비판적 의식을 놓쳐 버릴 수 있다는 위험성이 있다.

　이런 측면에서 볼 때, 반동인물을 선악의 측면이 아닌, 당대의 사회적 모순과 연관 지어 해석하려고 한 후자의 연구는 반동인물 비평의 規準을 제시하고 있다고 하겠다. 여성반동인물이 반동행위를 할 수밖에 없었던 까닭을 서사적 문맥과 사회적 현실과 연관시켜 밝히려 한 점은 의미가 있는 것이다.

　이 목록에는 본격적인 인물론이 아닌 업적도 포함시켰다. 이원수, 「가정소설 작품세계의 시대적 변모」, 경북대 박사논문, 1992; 진경환, 「창선감의록의 작품구조와 소설사적 위상」, 고려대 박사논문, 1992; 이승복, 「계모형 가정소설의 갈등양상과 의미」, <관악어문연구> 20, 서울대 국어국문학과, 1995; 박일용, 「사씨남정기의 이념과 미학」, <고소설연구> 6, 한국고소설학회, 1998; 박일용, 「창선감의록의 구성원리와 미학적 특징」, <고전문학연구> 18, 한국고전문학회, 2003; 정출헌, 「가부장적 가족제도의 질곡과 『사씨남정기』」, 『고전문학과 여성주의적 시각』, 소명출판, 2003; 조현설, 앞의 논문.
　인물을 선악 유형으로 구분했으나 사회적 관계를 고려한 연구는 다음과 같다. 이현미, 앞의 논문; 한상현, 앞의 논문; 주경희, 앞의 논문; 차은경, 앞의 논문. 이 중 이현미는 반동인물이라는 용어를 사용했으나 선악 유형으로 나눈 것과 개념상의 차이가 보이지 않는다.
32) 인물을 주제와 연관시켜 논의한 것은 권선징악론의 대표적인 연구라 하겠다. 강재철, 「고전소설에 있어서의 선악 인물의 성격파악 문제」, 화경고전문학연구회 편, 『고전소설연구』, 일지사, 1993. 강재철은 "소설의 경우, 立言本意는 대부분 권선징악과 관계가 있다. 이 말은 권선징악이라는 대전제 아래 文辭를 파악해야 한다는 말"(109면)이라 하고 "立言은 精要한 不朽의 말을 세운다는 말로 立言에서 가장 중요한 것은 程子가 말했듯이 道를 밝히는 일이며, 이것은 결국 권선징악의 문제로 귀결"(109면)된다고 하였다. 결국 연구자는 "권선징악적 주제를 항상 의식하고서 작품을 연구하여야 할 것"(112면)이라 결론지었다.

대하소설의 남녀반동인물에 대한 연구는 다른 소설 유형의 인물 연구에 비해 적은 편이다. 여성반동인물 대신 주변인물과 남성주동인물을 중심으로 한 연구가 각각 있다. 한길연에 의해 이루어진 대하소설의 주변인물에 대한 고찰은 가문에 활력을 불어넣는 '익살스런 양반군'과 같은 인물을 발견했다는 점에서 의미가 있다.[33] 이들은 주동인물은 아니지만 주동인물의 가문에 속해 있으면서 서사의 긴장을 효과적으로 완화시킨다고 하였는데, 주변인물 역시 주동인물 못지않게 서사에 일정한 영향을 미치고 있다는 점을 밝혔다는 점에서 연구사적 의의가 있다.

대하소설의 인물 중 남성주동인물을 중심으로 한 논의에서 문용식은 <소현성록> 연작 등 네 연작을 대상으로 한 연구에서 각 세대별 남성주동인물의 기능을 추출하였다.[34] 그 결과 1세대는 가문창달의 토대를 마련하고, 2세대는 가문창달을 구현하며, 3세대는 부귀를 향유한다고 하였다. 이 연구는 낙선재에서 발견된 일군의 소설이 모두 가문소설이라는 전제를 하고 있다. 세대별 역할이 모두 '가문'과 관련되어 있다는 점이 이러한 사실을 입증하고 있다. 그러나 낙선재본 소설이 모두 가문소설이라는 전제는 아직 확실히 밝혀진 것이 아니기 때문에 재고의 여지가 있다. 이 연구는 또 남성주동인물만을 중심으로 하여 세대별 인물의 기능을 도출하고 있는데 여성주동인물이 남성 못지않게 중요한 역할을 하고 있음에도 불구하고 이를 살펴보지 않았다는 점에서 남성중심적인 연구시각을 드러낸 것이라 하겠다.

이상 주변인물, 반동인물에 대한 주요 논의와 그 성과를 살펴보았고 더불어 대하소설의 인물 연구에 대해 논의하였다. 이제 본고

---

33) 한길연, 앞의 논문.
34) 문용식, 앞의 논문.

에서 다룰 각 작품의 연구 현황에 대해 살피기로 한다. 주로 인물 또는 반동인물에 대한 언급이나 여성의식과 관련된 언급에 제한해 논의하기로 하겠다.

<소씨삼대록>[35]에 관해 인물과 관련된 주목할 만한 논의는 이주영의 업적을 먼저 들 수 있다. 이주영은 <소현성록> 연작의 이본인 규장각 21권본과 규장각 26권본을 서사 기법과 인물의 유형 면에서 비교하였다. 이 중 인물의 유형과 관련해서 그는 21권본에서는 소경이나 석명혜, 윤씨의 감정적 대응 장면이 없어져 26권본에 비해 이들이 이상적 인간형으로 그려져 있고, 석명혜와 윤씨는 온화하고 정숙한 인물로만 그려져 있다고 하였다.[36] 이 이본 연구는 비록 두 본만을 대상으로 하여 이루어졌지만, 기존 연구에서 포착하지 못했던 점을 밝혀냈다는 점에서 의미가 있다.[37] 특히 21권본에서 인물이 긍정적인 인물과 부정적인 인물로 선명히 갈라져 있다는 점을 밝혀낸 점은 의미가 있다.[38]

---

35) <소현성록> 연작에 대한 전반적인 연구사는 최근에 정리된 다음의 글을 참조하기 바란다. 박영희, 「<소현성록> 연구사」, 일위우쾌제박사화갑기념논문집 『고소설연구사』, 월인, 2002.

36) 이주영, 「소현성록 인물 형상의 변화와 의미 − 규장각 소장 21권본을 중심으로 −」, <국어교육> 98, 한국국어교육연구회, 1998. <소씨삼대록>은 대개 전편인 <소현성록>과 합철되어 있고, 그 표제는 <소현성록>으로 되어 있다. 이에 따라 연구자들 가운데에는 '<소현성록> 연작'을 '<소현성록>'으로 칭하는 이도 있는데, 이주영 역시 그러한 연구자 중 한 명이다. 본고에서는 작품명을 분리해 쓴다.

37) 선행 연구에서는 이본 사이에 큰 차이는 없다고 한 바 있다. 임치균, 앞의 책; 박영희, <소현성록> 연작 연구, 이화여대 박사논문, 1994.

38) 이외에 <소씨삼대록>의 인물에 관한 최근의 연구로는 남성 인물에 주목한 논문과 주변인물인 석파에 대해 그 서사적 기능을 고찰한 논문이 있다. 정선희, 『<소현성록> 연작의 남성 인물 고찰』, <한국고전연구> 12, 한국고전연구학회, 2005; 서경희, 『<소현성록>의 '석파'연구』, <한국고전연구> 12, 한국고전연구학회, 2005.

<소현성록> 연작을 여성주의적 시각에서 파악하려 한 일련의 연구 역시 인물 분석의 한 시각을 제공한다는 점에서 의의가 있다. 이들 연구는 여성주동인물과 여성반동인물을 한 범주에 넣고, 이들이 주체적 의지를 지닌 여성이라 하였다.[39] 이들 연구는 대하소설을 가문의식의 소산으로 해석하려는 기존의 시각[40]에 이의를 제기한 것으로서 대하소설의 인물을 분석하는 데에 시사하는 바가 크다.

여성반동인물을 포함한 인물에 관한 시각 역시 갈려 있다. 등장인물인 여씨를 '최악의 인물', 혹은 '악인'으로 지칭하며 인물을 주로 남성주동인물의 관점에서 논의한 연구가 있고,[41] 남성주동인물을 중심으로 논의하는 가운데 여성주동인물에 대한 관심을 보인 연구도 있다.[42] 이들 연구는 모두 남성주동인물을 중심으로 작품을 분석하고 있다. 반면에, 정창권과 백순철의 연구는 여성반동인물을 욕망을 좇는 인물로 파악하고 타파되어야 할 '악인'으로 보지는 않고 있다는 점에서 주목을 끈다.[43]

---

39) 정창권, 「소현성록의 여성주의적 성격과 그 의미」, <고소설연구> 4, 한국고소설학회, 1998; 백순철, 「소현성록의 여성들」, <여성문학연구> 창간호, 한국여성문학학회, 1999. 백순철은 <소현성록>만을 대상으로 다루었으나 <소씨삼대록>도 <소현성록>과 같은 범주에 드는 것이라 전제하였다.

40) <소현성록> 연작을 가문의식과 연관 지어 보는 연구에서는 대개 <소현성록> 연작은, 蘇府가 가장이 없는 한미한 상태에서 황후를 내는 찬란한 가문으로 변모해 가는 과정을 서술한 작품으로서 가문의 내적 완성과 외적 완성을 도모하는 내용이 담긴 작품으로 파악하고 있다. 임치균, 앞의 책; 박영희, 앞의 논문; 문용식, 앞의 논문; 이승복, 『고전소설과 가문의식』, 월인, 2000.

41) 임치균, 앞의 책.

42) 박영희, 앞의 논문; 문용식, 앞의 논문; 최기숙, 「17세기 장편소설 연구」, 연세대 박사논문, 1998.

43) 정창권, 앞의 논문; 백순철, 앞의 논문. 다만 백순철은 여씨를 '악인'으로 지칭한 바 있으나,(141면) 이는 여씨를 욕망의 구현자로 보는 논지를 해칠 정도의 것은 아니다.

    <화산선계록>의 인물에 대한 관심은 주로 주동인물을 대상으로 한 것이다. 해제나 소개를 한 글[44]로부터 시작해 연작 전후편 간의 문제의식의 비교[45] 내지 그 대응적 성격에 관한 논의[46] 등이 있는데, 공통적인 것은 이들 논문이 주로 주동인물 중심으로 서술되어 있다는 점이다.[47] 특히 <화산선계록>의 경우에 더욱 그러하다. <천수석>을 살필 때에는 반동인물의 활약이 극대화되어 있다는 점을 밝히며 반동인물을 매우 적극적으로 평가한 연구도 있으나,[48] <화산선계록>의 경우 그에 대한 고찰은 매우 소략한 편이다. 그러나 실제로 반동인물은 <천수석>보다는 <화산선계록>에 훨씬 많고 그 계층도 다양하며 욕망도 다양하다. 그런데도 이에 대한 고찰이 미미한 것은 작가의식은 주로 주동인물로부터 추출한다는 선입견이 반영된 결과라 할 수 있다. 물론 서술자가 긍정적으로 보는 인물을 중심으로 작품을 분석하는 것은 당연하다고 할 수도 있겠으나, 그 경우 반동인물이 지닌 개성을 간과해 작품을 일면적으로만 파악할 가능성이 크다.

    <쌍천기봉>의 인물에 대한 연구[49]는 매우 부족하다. 이 작품에

---

44) 김기동, 「화산선계록과 유이양문록」, 『연암현평호박사회갑기념논총』, 형설출판사, 1980; 김진세, 「화산선계록 연구」(一), <관악어문연구> 9, 서울대 국어국문학과, 1984; 김진세, 「조선조 대하소설 연구-화산선계록을 중심으로」, <관악어문연구> 11, 서울대 국어국문학과, 1986.
45) 최영아, 「『천수석』과 『화산선계록』 비교 연구」, 계명대 교육대학원 석사논문, 1997; 강은해, 「『泉水石』과 連作 「華山仙界錄」 연구」, <語文學> 71, 한국어문학회, 2000.
46) 최길용, 『조선조 연작소설 연구』, 아세아문화사, 1992; 최영아, 앞의 논문; 서정민, 「『泉水石』과 「華山仙界錄」의 대응적 성격과 연작양상 연구」, 서울대 석사논문, 1999.
47) 서정민은 여성반동인물을 일정하게 언급하고 있으나, 이 경우 여성반동인물에 대한 관심보다는 주동인물인 이옥수가 그들을 제거하는 과정에 초점을 맞췄다. 서정민, 앞의 논문.
48) 최영아, 앞의 논문.
49) <쌍천기봉>에 대한 연구사는 최근에 정리한 것이 있어 참조가 된다.

대한 연구는 주로 明史의 수용과 관련된 문제,[50] 작품 속 꿈과 관
련된 연구[51]와 후편 <이씨세대록>과의 연작관계에 주목한 연구[52]
에 치중되어 있다. 반동인물과 관련된 연구로는 필자가 연작을 다
루면서 간략하게 여성반동인물의 행동양상을 살핀 바 있다.[53] 기왕
의 <쌍천기봉> 연구는 대개 주제와 그 구조, 창작방법의 규명 쪽에
치우쳐 있다. 인물에 관한 본격적인 고찰은 아직 이루어지지 않았
다 해도 과언이 아니다. 본고에서 <쌍천기봉>의 인물에 주목하는
것은 이러한 연구사적 상황과도 무관하지 않다.

　기존의 <명주보월빙> 연구[54]는 해제에서 종합적 연구까지 다양하
게 이루어졌으나,[55] 여성반동인물에 대해서는 각 논문에서 소략하게

　　　자세한 연구사는 그 글에 미루고 본고에서는 반동인물과 관련된 연구
　　　만 언급하기로 한다. 졸고, 「쌍천기봉 연구사」, 일위우쾌제박사화갑기
　　　념논문집『고소설연구사』, 월인, 2002.
50) 김탁환, 「쌍천기봉의 창작방법 연구」, <관악어문연구> 18, 서울대 국어
　　　국문학과, 1993; 박영희, 「장편가문소설의 明史 수용과 의미: 靖難之變
　　　을 중심으로」, <한국고전연구> 6, 한국고전연구학회, 2000; 조광국, 「고
　　　전소설에서의 사적 모델링, 서술의식 및 서사구조의 관련양상-옥호빙
　　　심, 쌍렬옥소삼봉, 성현공숙렬기, 쌍천기봉을 중심으로」, <한국문화> 28,
　　　서울대 한국문화연구소, 2001.
51) 전성운, 「장편국문소설에 나타난 몽유양식의 양상과 의미」, <고소설연
　　　구> 8, 한국고소설학회, 1999; 전성운, 「장편 국문소설의 변모와 영웅
　　　소설의 형성」, 고려대 박사논문, 2000.
52) 최길용, 「쌍천기봉 연작형소설 연구」, 『고소설연구논총 다곡이수봉선
　　　생회갑기념논총』, 1988; 최길용, 『조선조 연작소설 연구』, 아세아문화
　　　사, 1992.
53) 졸고, 「쌍천기봉 연작 연구」, 서울대 석사논문, 1996.
54) 자세한 연구사는 최근에 정리된 글을 참조하기 바란다. 최길용, 「명주보
　　　월빙 연작」, 일위우쾌제박사화갑기념논문집『고소설 연구사』, 월인, 2002.
55) 김기동 해제, 「명주보월빙 과 윤하정삼문취록」, <월간문학> 103, 월간문
　　　학사, 1977; 이상택, 「명주보월빙 연구」, 『한국고전소설의 탐구』, 중앙
　　　출판, 1983; 성숙, 「명주보월빙 연구」, 이화여대 석사논문, 1979; 최길용,
　　　「명주보월빙 연작소설 연구」, 전북대 석사논문, 1984; 부인식, 「明珠寶月
　　　聘의 천상계에 대한 수사적 접근」, 제주대 석사논문, 1987; 박경숙, 「명

언급되어 있다. 이상택은 여성반동인물을 포함한 전체 반동인물에 대해 반사회적, 반도덕적 행위를 끝없이 자행하는 악마적 심성의 소유자들이라 하였다.56) 이 논문은 반동인물과 주동인물의 대립적 성격뿐만 아니라 모든 인물군이 신분 등에서 각기 대립적 성격을 지니고 있음을 밝혀냄으로써 후속 논의의 발판을 마련해 주었다는 점에서 연구사적 의미가 있다. 성숙은 <명주보월빙>의 인물을 남자주역세력군, 여자주역세력군, 적대세력군, 초월적인 인물의 네 유형으로 나누고 이 중 적대 세력군은 다시 두 유형으로 나누어 사회적인 모순 때문에 그 시대 질서에 항거하는 자들(위태부인, 유부인)과 상류계층의 특권을 역이용하여 그 사회에서 허용하지 않는 사회관으로 주역인물과 대결하는 자들(문양공주, 유교아)이 있다고 하였다.57) 성숙의 연구는 반동인물이 사회적인 문제로부터 발생한다는 점을 환기시켜 주었다는 점에서 의의가 있다. 다만 성숙은 사회적 모순의 하나로서 嫡長子에 대해 언급했으나 그것이 반동행위와 구체적으로 어떤 연관이 있고, 서사 전개상 어떤 의미가 있는지 밝히는 데에는 이르지 못했다.58)

이상 네 작품의 연구 현황을 살핀 결과 드러나는 문제는 다음과 같다. 먼저, 주로 주동인물의 관점에서 작품을 분석했다는 점이다. 서술자의 시각에 의거해 작품을 분석하고 있음을 볼 수 있다. 이러한 연구 경향은 인물이 상보적 관계를 유지하면서 주제를 구현한다는 측면을 고려하면 재고의 여지가 있다. 반동인물을 기준으로 작

주보월빙에 나타난 인물형상화의 양상과 의미」, 고려대 석사논문, 1989.
56) 이상택, 위의 논문, 113면.
57) 성숙, 앞의 논문, 67~68면.
58) 이외에 박경숙은 악행을 하는 인물들의 공통점은 '자신의 처지에 대한 열등의식, 주인공들의 탁월함에 대한 질투, 경제적 가치의 중시, 본능적 욕구, 邪術에 대한 믿음' 등을 지닌 인물이라 하였다. 박경숙, 앞의 논문, 45면.

품을 분석할 때에 주동인물 중심으로 분석했을 때 발견하지 못했던 점을 드러낼 수 있을 것으로 본다.

이러한 문제는 필연적으로 여성반동인물의 작품상 기능에 대한 논란과 연관이 된다. 여성반동인물이 가문의식을 드러내는 도구로 쓰이는가, 아니면 자체적으로 일정한 의의를 지니며 여성의 질곡을 드러내고 있는가 하는 점이 논쟁거리로 부각된 것이다. 여성반동인물을 가문의식을 드러내는 도구로만 보는 것은 남성주동인물을 중심으로 분석한 것이며, 여성의 삶과 연관 지어 이해한 것은 인물의 고유한 기능을 염두에 둔 분석이다. 여성반동인물은 가문의식을 드러내는 도구가 아니라고 본다. 남성주동인물처럼 주제의 구현에 일정한 기여를 하고 있는 인물인 것이다.

다음으로 드러나는 것은 여성반동인물에 대한 시각의 문제이다. 반동인물을 사회적 악인이 서사물에 환치된 것으로 보고 이를 '악인형 인물'로 보는 것은 재고할 필요가 있다. 반동인물은 현재적 시각에서 볼 때 '악인'이 아니라 '당대인'에게만 악인으로 보이는 것이다. 선악의 관념은 시대와 장소에 따라 달라지는 것이므로 이를 문학 비평의 용어로 도입하는 것은 적절하지 않다. 곧 악인이라는 말은 사회적 용어일 뿐 인물의 서사적 기능을 분석하는 데 쓰이는 용어로서는 적절하지 않은 것이다.

3. 연구의 방법

이 절에서는 본고에서 쓰는 용어에 대한 개념 정의를 먼저 한 후에 인물 분석의 방법을 소개하기로 한다.

　본고에서는 인물을 주동인물(protagonist), 반동인물(antagonist), 주변인물(tritagonist)로 분류해 쓴다. 이 인물 유형은 고대 그리스 비극에서 쓰이던 인물 구분법을 원용한 것이다. 고대 그리스 비극에서 인물 구분은 배우가 맡은 역할의 비중에 따라 세 가지로 나뉘었다. 곧 첫 번째 중요성을 지닌 배우를 프로타고니스트(protagonist), 두 번째 중요성을 지닌 배우를 두터라고니스트(deuteragonist), 세 번째 중요성을 지닌 배우를 트리타고니스트(tritagonist)라 불렀던 것이다.[59] 후에 두터라고니스트는 '제2의'라는 뜻을 지닌 접두어 deuter 대신 '맞서는'의 뜻을 지닌 접두어 anti가 붙어 안타고니스트(antagonist)라 불리게 되었다. 두터라고니스트가 안타고니스트로 명칭이 바뀌면서 그에 따른 함의도 바뀌게 되었다. 전자가 단순히 연극에서 프로타고니스트보다는 비중이 작은 배우를 가리키고 있다면 후자는 프로타고니스트와 대등하게 팽팽한 대립을 하는 배우를 가리키는 것이기 때문이다. 안타고니스트가 두터라고니스트보다는 극중 배우의 비중을 높인 것으로 생각된다. 결국 안타고니스트는 인물 간의 갈등이 심화되는 작품에 더욱 어울리는 용어라 하겠는데, 그런 면에서 본다면 소설에서 주인공과 대적해 갈등을 일으키는 인물의 명칭으로서는 두터라고니스트보다는 안타고니스트가 적합하다고 하겠다. 따라서 본고에서는 안타고니스트를 택해 사용하기로 한다. 각 용어의 역어는, 프로타고니스트는 '주동인물'로, 안타고니스트는 '반동인물'로, 트리타고니스트는 '주변인물'로 쓴다.

　이제 이들 용어의 개념에 대해 논의하기로 한다. 주동인물과 반동인물에 대해 조남현은 학계의 견해를 소개하면서 현재 주동인물

---

59) Webster's Third New International Dictionary, ed. by Philip Babcock Ph.D. and The Merriam-Webster editorial staff, Massachusetts: Merriam-Webster Inc., 1986.

은 작가 자신이 긍정하려는, 또 그 긍정의 감정을 독자들에게 전하려고 하는 인물로 설명되고 있고, 반면 반동인물은 작가나 독자가 끝에 가서는 부정하는, 또 부정해야 할 대상으로 설명된다고 하였다.60) 이러한 개념 정의는 서술자의 시각과 독자의 시각을 중시하는 태도라 말할 수 있다. 서술자의 시각은 서술자가 작중인물에 대해 평하는 직접적인 언술로부터, 작중인물의 대화와 행동을 통해 보여주는 간접적인 방식에 이르기까지 인물에 대해 가지는 태도이다. 이러한 정의는 소설에서, 특히 서술자의 好惡가 분명한 고전소설에서 인물을 분류하기가 용이하다는 점에서 의미가 있다. 그러나 이 정의를 적용할 경우 고전소설의 다양한 인물을 설명할 수 없는 경우가 있다. 예를 들면, <운영전>의 안평대군과 같은 경우, 김진사와 운영의 사랑을 가로막는 방해물로서 하나의 반동인물이라 볼 수도 있다.61) 그러나 서술자는 안평대군에 대해 부정적인 시각으로 바라보고 있지는 않다. 이런 경우 주동인물인 김진사와 운영의 행동에 제동을 거는 안평대군을 반동인물에서 제외할 수는 없다. 그러므로 반동인물의 개념에 서술자의 시각 외에 다른 요소를 넣을 필요가 생기게 되는 것이다. 그래서 고려한 것이 독자의 시각이다. 그런데 서술자의 시각에 독자가 수긍하는 것은 대부분의 경우에 해당된다 하겠으나 반드시 일치할 수는 없다. 강고한 유교 윤리에 젖어 있던 조선 사회에서 역시 유교 윤리를 강조하는 서술자의 태도에 대부분의 독자가 찬성할 것이라는 것은 분명하다. 그러나 시각을 조금 달리하는 독자가 없다고는 단정할 수 없는 것이다.

---

60) 조남현, 『소설원론』, 고려원, 1984, 130면.
61) 김수봉은 이런 측면을 고려해 안평대군을 안타고니스트로 본 바 있다. 김수봉, 「고소설의 반동인물 연구」, 『서사문학의 반동인물 연구』, 국학자료원, 2002, 25면.

김수봉은 이러한 난점을 해결하기 위해 인물의 善惡 개념은 구별하지 말자고 제안한다. 이는 곧 서술자의 시각을 배제하자는 뜻으로 여겨진다. 그리하여 사건을 주도하는 인물, 즉 주인공을 주동인물이라 하고, 그와 상대(적대)되는 입장에서 경쟁하고 갈등하는 인물을 반동인물이라 규정하였다.[62] 그런데 이 경우에는 더 큰 문제점이 발생한다. 번역어의 語義에 너무 집착하여 주동인물을 사건을 주도하는 인물로 규정하고, 이를 곧 주인공과 동의어로 파악하였다. 사건을 주도하는 인물을 주동인물이라 할 경우, 가정소설이나 대하소설에서 먼저 사건을 터뜨리며 상대 인물을 해치고자 하는 계모, 첩, 처 등 숱한 인물을 어디에 귀속시켜야 할지의 문제가 대두된다. 이들은 분명 '사건을 주도'하고 있기 때문이다. 이렇게 된다면 우리가 일반적으로 인식하는 반동인물이 졸지에 주동인물이 되어버리고 만다.[63] 이를 보면 주동인물과 반동인물의 개념은 고전소설에 맞도록 정의할 필요가 있다.

용어의 개념 정의는 선행 논의를 참조하여 다시 하기로 한다. 서술자의 시각은 주동인물과 반동인물을 나누는 데 일단 유용하게 쓰일 수 있다. 다만, 위에서 언급한 바와 같이 반동인물 가운데에는 서술자가 객관적, 혹은 긍정적으로 바라보는 인물도 있음을 고려하기로 한다. 이렇게 할 경우, 주동인물은 서술자가 긍정적인 시선으로 대하는 인물이라 말할 수 있다. 그리고 반동인물에 대한 서술자의 시각은 객관적인 것이거나 긍정적, 혹은 부정적인 것 모두를 포

---

62) 위의 글, 19면.

63) 김수봉은 이를 보완하는 입장에서 다시 주동인물을 주인공과 같은 개념이라 말하고 있다. 그러나 주동인물과 주인공(hero)은 그 함의가 다르다. 주인공은 그 반대인물을 굳이 상정하지 않은 개념인 반면에 반동인물의 반대 의미로 쓰이는 주동인물은 반대인물을 상정하는 개념이기 때문이다.

함한다. 다만 고전소설의 관습상 부정적인 인물이 압도적으로 많은 것은 부인할 수 없다.

인물의 개념 정의를 할 때, 서술자의 시각 외에 고려해야 할 것은 두 인물 간의 관계이다. 이는 전통적인 개념을 차용해 쓰기로 한다. 주동인물은 소설의 제1의 인물로서 가장 비중이 큰 인물을 뜻하고, 반동인물은 그러한 주동인물에 맞서는 인물을 뜻한다. '맞선다'는 말에는 주동인물을 먼저 모해하거나 구박하는 행위, 주동인물의 의지에 反하여 방해하거나 의지를 꺾는 행위 등의 의미가 들어가 있다. 전자의 경우 고전소설에 많이 나타나는 모습으로서 특히 대하소설과 관련해 볼 때, 서술자가 긍정적으로 바라보기는 하나 주동인물을 모해하는 다른 반동인물에 의해 迷惑되어서 주동인물을 박대하는 인물도 포함된다. 후자의 경우, 앞에서 예로 들었던 안평대군과 같은 인물의 행위가 그것이다.

반동인물에는 주동인물을 모해하거나 주동인물의 의지에 반하는 인물 외에 반역의 무리나 도적들과 같은 인물은 포함시키지 않는 것이 타당할 듯하다. 예컨대, 영웅소설에서 주동인물의 신분 상승의 계기가 되는 반란군 등이 이에 해당한다. 그리고 戰亂 등의 사회적 상황, 산이나 바다와 같은 자연물, 그리고 동물이나 식물 등은 포함되지 않는 것으로 한다. 많은 傳奇小說에 등장하는 난리나, 대하소설에서 謀害者를 피해 도망치는 주동인물을 곤경에 빠뜨리는 강 등이 이에 해당한다.

주동인물과 반동인물의 개념과 관련된 논의를 종합하면 주동인물은 소설에서 비중이 가장 큰 인물로서 서술자가 긍정적으로 바라보는 인물이고 반동인물은 서술자의 시각과는 무관하게 주동인물에 맞서는 인물로 정의할 수 있다.

주변인물은 주동인물과 반동인물의 대립이 있을 경우 이들을 각기 돕는 인물이거나, 그 외의 인물을 가리킨다. 따라서 주변인물은 셋으로 나눌 수 있다. 주동인물을 돕는 주변인물, 반동인물을 돕는 주변인물, 기타 주변인물이 그것이다. 주동인물을 돕는 주변인물은 기존 연구에서 언급한바, 원조자형,[64] 막후 인물[65] 등과 비슷한 개념이고, 반동인물을 돕는 주변인물은 방해자형[66]과 비슷한 개념이다. 기타 주변인물과 비슷하게 쓰인 선행 용어로는 중재형,[67] 방자형,[68] 능동적 보조인물[69] 등이 있다.[70]

이상 분류한 유형은 인물의 기능에 따른 분류이다. 즉 인물의 사회적 관계보다는 서사적 기능을 중시한 분류이다. 이는 작품 내적 기능을 중시한 분류로서 작품 내의 역할에 초점을 맞춘 것이다. 인물 성격의 제 특징은 일차적으로는 그 이야기 속에서 차지하는 그들의 지위나 역할에 의존하게 마련이다. 한 인물의 역할은, 서사 장르 내에서 결정되고, 또한 서사 장르 내의 구조에 따라서 결정되는 것이다.[71]

한편, 대하소설에서 주동인물, 반동인물의 數에 대해서는 미리 언급하지 않을 수 없다. 분량이 짧거나 구조가 간결한 영웅소설, 애정소설, 전기소설, 가정소설 등의 주동인물은 한두 명 정도에 불과하고 반동인물 역시 그러하다. 이러한 소설들은 분량과 구조 외에 그

---

64) 허춘, 앞의 논문.
65) 정병욱, 『한국 고전의 재인식』, 기린원, 1988.
66) 허춘, 앞의 논문.
67) 위의 글.
68) 권두환·서종문, 앞의 논문; 김현룡, 앞의 논문; 김흥규, 앞의 논문.
69) 한길연, 앞의 논문.
70) 한편, 주변인물 가운데에는 그가 초월자인지의 여부를 기준으로 각기 세분화할 수 있을 것이다.
71) 인물을 선악 유형으로 나누는 것은 서사적 기능보다는 가변적인 사회적 속성을 중시한 분류이기 때문에 재고의 여지가 있다.

장르적 특성에 의해서도 역시 주동인물과 반동인물의 수에 제약을 받기 마련이다. 그런데 대하소설은 이와 달라서 대개 주된 가문이 등장하고 또 주변 가문이 상당수 등장한다. 서술자가 인식한 가장 중요한 인물은 있지만, 이러한 여러 가문에는 각기 주된 인물과 이에 맞서는 인물이 등장하고 있는 것이다. 예를 들면 <명주보월빙>의 경우, 尹府가 주된 가문이고 윤희천, 윤광천 형제가 주동인물로 설정되어 있으나 이외에도 하부와 정부가 거의 비슷한 비중으로 다루어지고 있고 그에 속한 주동인물로서 하원상, 정천흥 등이 등장하고 있는 것이다. 그리고 이러한 주동인물에 맞서서 위, 유부인, 성난화, 문양공주 등의 반동인물이 등장한다. <명주보월빙>은 윤하정의 세 집안을 중심으로 하기 때문에 다른 가문이 별로 나오지 않지만, <화산선계록>의 경우 위부를 중심으로 하고 위부의 인물들과 인연을 맺는 수많은 가문과 그 가문 내 인물 간의 대립이 등장하고 있다. 따라서 이들 주변가문의 주요 인물들을 주변인물로 본다면 작품의 양상을 드러내는 데 한계가 있다. 이러한 점을 감안하여 본고에서는 각 가문에서 벌어지는 대립의 주체들을 각기 주동인물과 반동인물에 포함시키기로 한다.[72]

이상 본고에서 분류한 인물의 유형을 도식화하면 아래와 같다.

---

72) 대하소설의 주동인물을 복수로 볼 것인가, 단수로 볼 것인가 대해서 논란이 없지 않다. 이상택은 다수의 주인공을 인정하고 있고, 김홍균 역시 대하소설의 주동인물을 '복수주인공'이라는 용어를 써서 여러 사람으로 보고 있으나, 송성욱은 김홍균이 주인공과 중요인물을 혼동해 사용했다고 비판하고, 주인공은 등장인물들과의 관계에 있어서 구심적인 역할을 하며, 그로부터 이야기의 시작과 끝이 주도되는 인물이라 하였다. 이상택, 『한국고전소설의 탐구』, 중앙출판, 1983; 김홍균, 「복수주인공 고전장편소설의 창작방법 연구」, 한국학대학원 박사논문, 1990; 송성욱, 『한국 대하소설의 미학』, 월인, 2002, 70~71면.

〔표 1〕 인물의 유형 분류

인물
주동인물
남성주동인물
여성주동인물
반동인물
남성반동인물
여성반동인물
주변인물
주동인물을 돕는 주변인물
주동인물을 돕는 남성주변인물
초월자이면서 주동인물을 돕는 남성주변인물
초월자가 아니면서 주동인물을 돕는 남성주변인물
주동인물을 돕는 여성주변인물
초월자이면서 주동인물을 돕는 여성주변인물
초월자가 아니면서 주동인물을 돕는 여성주변인물
반동인물을 돕는 주변인물
반동인물을 돕는 남성주변인물
초월자이면서 반동인물을 돕는 남성주변인물
초월자가 아니면서 반동인물을 돕는 남성주변인물
반동인물을 돕는 여성주변인물
초월자이면서 반동인물을 돕는 여성주변인물
초월자가 아니면서 반동인물을 돕는 여성주변인물
기타 주변인물

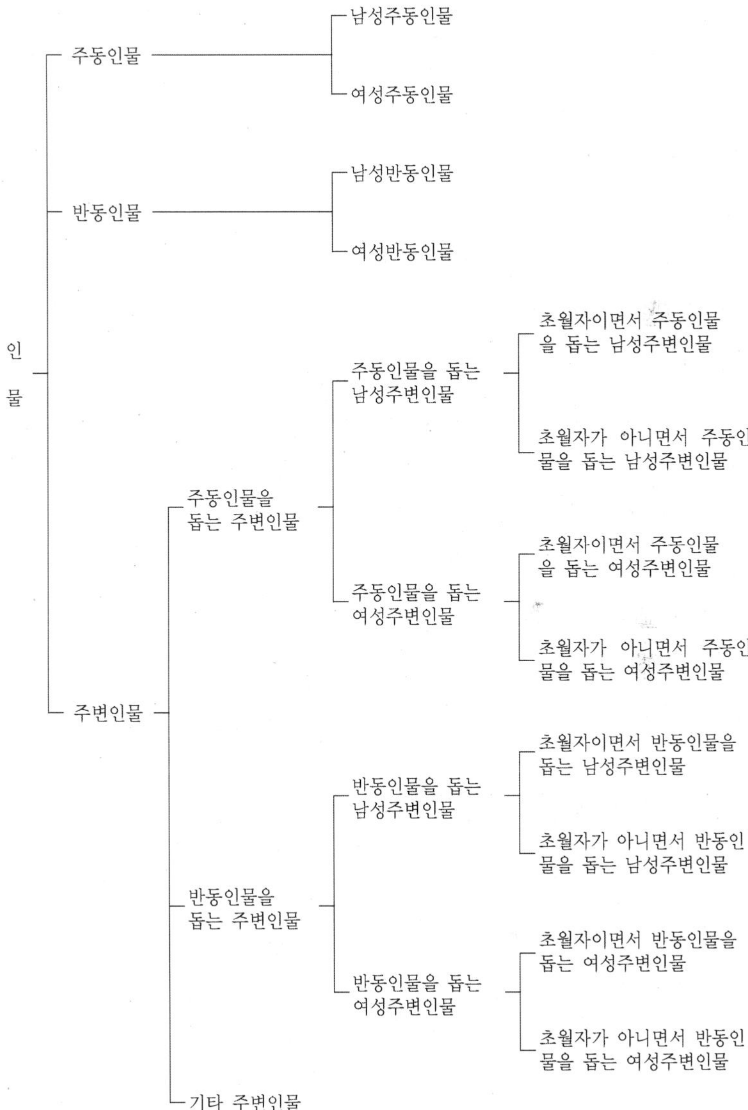

본 연구는 크게 세 가지 연구 틀에 의해 진행된다. 여성반동인물과 다른 인물과의 관계를 중심으로 한 텍스트 내적인 분석, 여성반동인물을 통해 서술자의식을 드러내는 방식에 대한 고찰, 여성반동인물과 사회 현실 간의 관련성 분석이 그것이다.

대하소설에서 여성반동인물은 여러 인물 유형 가운데 하나이다. 따라서 여성반동인물은 여타의 인물들과 '관계'를 맺고 있다고 할 수 있다. 여성반동인물은 남녀주동인물과 갈등을 빚고, 그들에 대해 반동행위를 직접 하기도 하며 남성반동인물이나 반동인물을 돕는 주변인물과 함께 공모하기도 한다. 또한 남녀주동인물과 주동인물을 돕는 주변인물에 의해 속기도 한다. 여성반동인물이 다른 인물 유형과 맺는 이러한 관계는 반동행위가 왜 생기고 어떻게 진행되며 끝나는지를 설명해 주는 기본적인 자료이다.[73]

이러한 관계에는 여성반동인물이 자신에 대해 가지는 태도와 다른 인물에 대해 하는 행위, 그리고 여성반동인물에 대한 다른 인물의 태도가 포함된다.[74] 인물이 자신에 대해 가지는 태도는 곧 인물이 지닌 충동이나 욕망을 의미한다. 이는 곧 여성반동인물이 반동행

---

73) 여성반동인물은 자생적 '악인'이 아니라 다른 인물과의 관계에 의해 발생된 인물이며, 다른 인물에게는 충족되어 있으나 자신에게는 결핍된 요소를 채우기 위해 반동행위를 지속한다. 그리고 남녀주동인물이나 혹은 주동인물을 돕는 주변인물에 의해 징치되거나 회과하는 결과를 갖게 되는 것이다.

74) 이 세 가지는 다른 연구자에 의해 소개된 바 있다. 즉 로비 매콜리와 죠오지 래닝은 인물 구성의 관례적인 방법으로서 10가지를 들고 있는데 다음과 같다. ① 육체적 외모 ② 동작, 제스쳐, 버릇, 습성 ③ 타인에 대한 행동 ④ 말씨 ⑤ 자신에 대한 태도 ⑥ 작중인물에 대한 타인들의 태도 ⑦ 물질적인 환경 ⑧ 과거 ⑨ 외변기법 ⑩ 의식의 흐름. 본고에서는 이들 중 몇 가지를 차용했다. 로비 매콜리·죠오지 래닝, 「인물구성」, 김병욱 편, 최상규 역, 『현대소설의 이론』, 대방출판사, 1983, 257~281면.

위를 하는 동기와 연관된다. 여성반동인물이 다른 인물에 대해 하는 행위는 반동행위 자체를 뜻한다. 그리고 여성반동인물에 대한 다른 인물의 태도는 반동행위에 대한 남녀주동인물, 주동인물을 돕는 주변인물의 대처나 남성반동인물과 반동인물을 돕는 주변인물의 공모를 의미한다. 대하소설에서 여성반동인물을 둘러싸고 벌이는 인물 간의 관계는 특히 복잡하게 펼쳐진다는 특성이 있으므로 이러한 관계망을 주의 깊게 살펴보아야 할 것이다.

본고에서는 여성반동인물을 반동행위의 동기에 따라 분류하였다. 이 동기는 서술자의 언급이나 작중인물의 태도, 여성반동인물 자신의 태도를 종합적으로 고려해 정한 것이다. 이 동기는 넓게 보면 모두 욕망으로부터 비롯된 것이다. 본고에서 살핀 대하소설의 여성반동인물이 지니는 욕망은 다양하다. 즉 애정, 자식 過愛, 宗統, 性, 권력, 가권, 재물, 기질, 시기심, 미모질시가 그것이다. 이 욕망은 모두 外物과 접촉하여 발생하는 것들이다. 이는 곧 이 욕망이 사회적 관계에서 발생한 것임을 의미한다. 본고는 기본적으로 이러한 시각에서 논의를 할 것이다.

인물을 중심으로 한 텍스트 분석에서 서술자의 몫은 대단히 중요하다. 서술자는 직접적인 언급을 통해, 또는 묘사나 행동을 통해서, 때로는 여성반동인물에 대한 주동인물의 시선을 통해서 여성반동인물에 대한 자신의 시각을 독자에게 전달한다. 그런데 서술자는 이처럼 자신의 시각을 전달하면서 유교 이념에 입각한 권선징악의 표피를 인물에 덧씌운다. 그래서 자칫하면 여성반동인물을 '악인'으로 치부하여 연구의 객관성을 상실하는 결과를 가져오기도 한다. 본고에서는 이러한 점을 염두에 두고 文面의 이면에 내포된 시각을 고찰할 것이다.

여성반동인물을 중심으로 한 인물 간의 '관계'나 여성반동인물에 대한 서술자의 시선은 모두 텍스트 내적인 요소들이라 할 수 있다. 그런데 서술자는 여성반동인물과 관련하여 이러한 텍스트 내적인 요소를 바탕으로 하되 특히 몇 가지 두드러진 방식을 이용해 자신의 의식을 표출하고 있다. 인물의 묘사를 통해 드러내기도 하고, 인물이 최후를 맞는 방식을 통해 드러내기도 하며, 인물이 반동행위를 하게 되는 심리를 통해 드러내기도 한다. 서술자는 이를 통해 표면적으로 주동인물로 표상화된 유교 이념의 우위를 독자에게 확인시키고 있다.

서술자의식을 표출하는 방식에 대한 접근은 근본적으로 서사적인 맥락에 기초한 것이다. 본고에서는 최종적으로 앞의 서사적인 고찰을 통해 얻어진 결과들을 토대로 하여 여성반동인물이 지니는 사회적 성격을 고찰한다. 여성반동인물은 사회적 인간의 환치물이라는 전제 하에, 결핍된 것을 충족하려는 욕망을 지니고 있는 인물로 본다. 그러나 여성반동인물을 둘러싼 세계는 유교적 이데올로기로 무장된 세계이다. 본고에서는 이처럼 욕망을 지닌 여성반동인물과 이데올로기로 무장된 세계의 투쟁을 살필 것이다.

여성반동인물을 살피는 방법은 다양하겠으나 본고에서는 일단 이와 같이 텍스트를 중심으로 한 분석과 사회적 맥락을 고려한 분석에 한하기로 한다.

Ⅱ. 여성반동인물의 행위 양상

1. 〈소씨삼대록〉의 여성반동인물

(1) 전체 여성반동인물의 개관

　〈소씨삼대록〉에 등장하는 여성반동인물은 모두 9명이다. 이는 남성반동인물이 김환 1명밖에 등장하지 않는다는 점을 고려하면 상당히 많은 숫자라 하겠다. 여성반동인물 가운데 일회적 반동인물[75]은 팽환과 상씨[76] 2명이고 나머지 7명이 지속적 반동인물이다.

　논의를 위해 전체 반동인물의 출현 빈도를 도표화해 보이면 [표 2-1]과 같다.

　[표 2-1]을 근거로 여성반동인물의 출현 빈도를 차례로 보면, 명현공주가 전체 11권 가운데 3권에 걸쳐 있어 빈도가 가장 높고, 그 뒤로 정씨, 화부인, 취씨, 방씨, 위씨, 곽후 순으로 높다.

---

75) 본고에서 사용한 일회적 반동인물의 개념은 주동인물에 직접 대항하는 인물이지만 비중이 매우 미미한 인물을 의미한다. 한도분량을 구체적인 수치로 말할 수는 없겠으나 대개 전체 분량 가운데 1/40 이하로 등장하는 반동인물을 일회적 반동인물로 한다. 〈소씨삼대록〉의 경우 1권의 1/4이 안되면 일회적 반동인물로 하였다. 이러한 비율은 다른 작품에 대해서도 마찬가지로 적용된다. 일회적 반동인물에 대립되는 개념은 지속적 반동인물이다.

76) 팽환은 소운성이 운남을 파하러 내려갔을 때의 운남왕비로서, 소운성, 소경과 격돌했던 여성이다. 그녀는 소운성, 소경과의 싸움에서 진 뒤 소운성의 풍모에 반해 소운성과 정을 맺으려 했으나 소운성에게 죽임을 당한다. 상씨는 소후를 임금에게 참소한 후궁이다.

[표 2-1] 〈소씨삼대록〉 반동인물의 출현 빈도

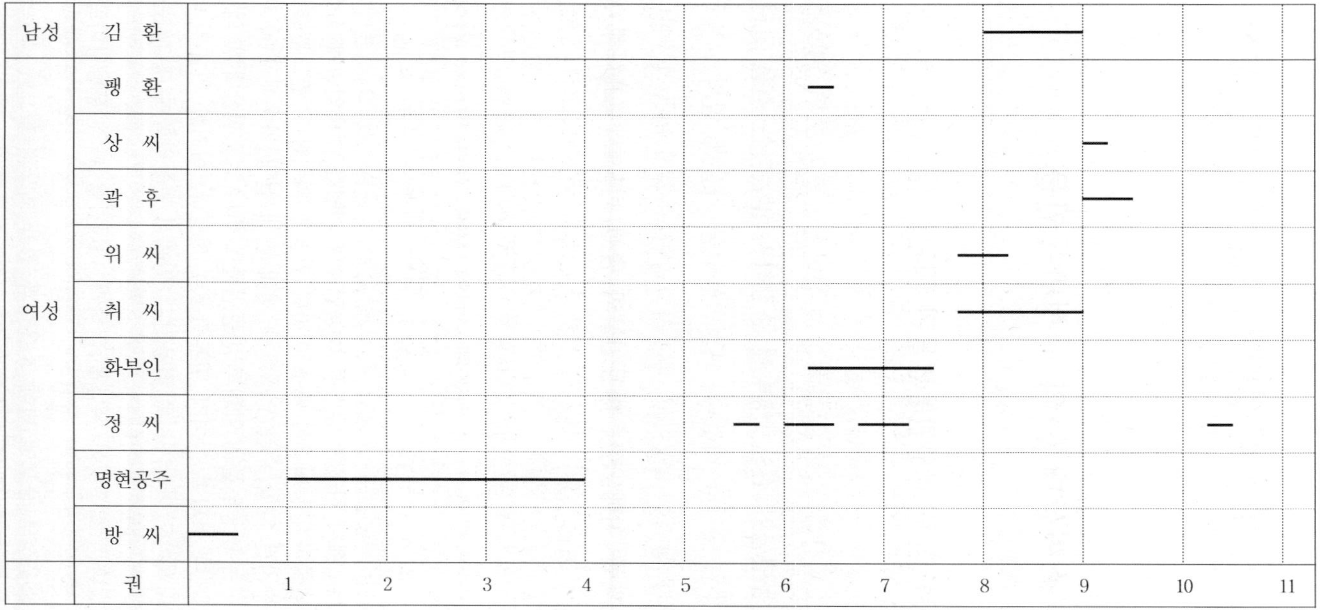

		1	2	3	4	5	6	7	8	9	10	11
남성	김 환								▬▬▬			
여성	팽 환						▬					
	상 씨									▬		
	곽 후									▬▬		
	위 씨								▬			
	취 씨								▬▬▬			
	화부인						▬▬▬▬					
	정 씨					▬	▬ ▬ ▬				▬	
	명현공주	▬▬▬▬▬▬										
	방 씨	▬										
	권	1	2	3	4	5	6	7	8	9	10	11

지속적 여성반동인물을 출현 빈도순으로 간략히 정리하면 다음과 같다.

[표 2-2] 〈소씨삼대록〉의 여성반동인물 개괄

번호	이름	신분, 지위	행위의 동기	행위의 대상	소속
1	명현공주	소운성의 재실	애정 추구	정실인 형씨	소부
2	정 씨	소운명의 삼실	애정 추구	재실인 이옥주	소부
3	화부인	소경의 정실	가권 추구	재실인 석부인 등	소부
4	취 씨	김현의 정실	애정 추구	재실 소수빙	김부
5	방 씨	위유양 형제의 계모	종통 추구	위유양 형제	위부
6	위 씨	소수빙의 동서	자색 질시	동서 소수빙	김부
7	곽 후	황후	애정 추구	귀비 소수주	궁

여성반동인물을 신분별[77]로 보면 아내가 5명으로서 정실이 3명이고 재실이나 삼실이 2명이며 나머지는 계모이거나 동서이다. 이를 보면, 〈소씨삼대록〉의 여성반동인물은 아내의 신분으로 반동행위를 주로 하고 있음을 알 수 있다. 이는 반동행위가 남편이나 동렬과의 관계에서 주로 발생함을 의미하는 것으로서, 다처제 하에서의 여성 현실이 주로 반영되었음을 말한다.

이러한 해석은 이들 여성반동인물의 행위 동기와 대상을 통해서도 확인된다. 애정을 추구하는 여성이 전체 7명 중 4명이나 되고, 행위의 대상은 그들과 동렬의 관계에 있는 여성이다. 이는 다처제

---

77) 가내에서의 여성의 신분은 며느리나 어머니, 아내 등으로 다양하다. 이 표에서 신분은 여성반동인물이 반동행위를 하게 될 때 그 욕망의 대상과 행위의 대상을 고려해 설정하였다. 예를 들면 명현공주는 소경의 며느리이지만, 주로 소운성의 재실로서 소운성을 쟁취하기 위해 정실인 형씨에게 반동행위를 한다. 따라서 그 신분을 소운성의 재실로 설정한 것이다. 이하 다른 작품의 경우에도 마찬가지로 적용한다.

하에서 여성이 겪는 억압적 현실을 작가가 충분히 인식하고 있음을 뜻한다. 애정을 추구하는 반동인물이 등장한다는 것은 곧 여성이 애정을 추구할 만한 환경이 마련되지 않았음을 의미하는 것이기 때문이다.

다만, <소씨삼대록>의 여성반동인물 중 정실이 3명이고 재실이나 삼실이 2명이라는 점은 반동행위가 정실과 재실·삼실의 구분 없이 이루어진다는 점을 뜻한다. 이는 곧 반동행위가 재실이나 삼실과 같이 정실에 비해 소외감을 더 가질 수 있는 환경에서만 이루어지는 것이 아니라 다처제 하에서는 기득권을 가진 여성이든 아니든 누구를 막론하고 일어날 수 있음을 의미한다. 작가는 당대 여성의 문제를 특정한 지위에 있는 여성에게만 국한시키지 않고 전체 여성의 문제로 확대하고 있는 것이다.

여성반동인물이 소속되어 있는 가문을 위 표에서 보면 소부 소속이 7명 중 3명으로 가장 많고 김부 소속이 2명이고 나머지는 위부와 궁 소속이다. <소씨삼대록>의 주된 가문인 소부에 여성반동인물이 가장 많음을 볼 수 있다. 그런데 나머지 가문에 소속된 여성반동인물들도 위씨를 제외하면, 소부 출신의 여성과 일정한 관련을 맺고 있다. 이들의 반동행위 대상을 보면 취씨와 위씨는 소수빙을, 곽후는 소수주를 대상으로 하고 있다.[78] 이를 보면, <소씨삼대록>의 서술자는 소부의 남성과 여성을 중심으로 하여 소부의 남성을 좇는 여성반동인물을 설정하거나 소부 출신의 여성을 모해하는 여성반동인물을 설정했음을 알 수 있다. 이렇게 함으로써 서술자는 <소씨삼대록>의 핵심 가문이 소부임을 천명하고 있다.

---

78) 소수빙은 소경의 재실 석명혜의 딸로서 소경의 넷째 딸이고, 소수주는 석명혜의 딸로서 소경의 다섯째 딸이다. [부록 1]의 가계도를 참조하기 바란다.

   이제 여성반동인물이 각 인물군과 맺는 관련성을 보기로 한다. 먼저 남성반동인물과의 관련을 본다. <소씨삼대록>의 남성반동인물은 총 10명의 반동인물 중 김환 1명밖에 없다. 이처럼 수적인 면에서 볼 때, <소씨삼대록>는 여성반동인물이 압도적으로 많다. 수적인 면에서뿐만 아니라 서사에 미치는 영향에 있어서도 남성반동인물의 비중은 매우 미미한 편이다. 주변 가문인 김부 소속으로서 아우인 김현을 질시하고 弟婦인 소수빙을 모해하는 인물로 등장하고 있는 것이다. 김환은 소수빙에 대한 모해를 여성반동인물인 취씨, 위씨와 연합해 하고 있으나 실패를 하고 만다. 이들 취씨와 위씨 역시 반동인물 중에서는 핵심적 인물이 아니다. 이를 보면 김환을 비롯해 이들 인물은 여성주동인물인 소수빙의 자질을 돋보이게 하기 위한 수단물로 등장하고 있음을 알 수 있다. 결국 <소씨삼대록>의 남성반동인물은 여성반동인물과 연합을 하지만 그 비중이 매우 미미해 서사에 미치는 영향 역시 미미하다고 할 수 있다.

   여성반동인물은 남성주동인물과 매우 밀접한 관련을 맺고 있다. 남성주동인물을 흠모하는 명현공주나 정씨, 남성주동인물을 쟁취하기 위해 애쓰는 취씨나 곽후, 그리고 종통 자리를 빼앗기 위해 위유양 형제에게 반동행위를 하는 방씨 등에게서 그러한 면모를 읽을 수 있다. 이들 여성반동인물은 남성주동인물과 비중 면에서 대체로 비례하고 있다. <소씨삼대록>의 주도적인 남성주동인물은 대략 소운성, 소운명, 김현(소수빙의 남편), 소경, 임금(소수주의 남편), 위유양 형제 순이다. 소운성과 소운명이 가장 중요한 남성주동인물인데, 가장 핵심적인 여성반동인물은 소운성의 재실인 명현공주와 소운명의 삼실인 정씨이다. 이러한 결과는 남성주동인물의 활동이 여성반동인물을 배제한 채 이루어지는 경우가 별로 없음을 방증하는 것이다. 이는 군담이나 모험 등 남성의 고유 영역이 작품에 적게 나타나는 대신 가정 내에서 여성과 벌이는 크고 작은 사건이 두드러지게 나타나 있는 사실과 무관하지 않다.

여성반동인물은 여성주동인물과도 매우 밀접한 관련을 맺고 있다. 기실 애정을 추구하는 여성반동인물은 남성주동인물을 사이에 두고 여성주동인물과 대립적 관계를 가지게 되는데, <소씨삼대록>에 애정을 추구하는 여성이 상당수 등장한다는 점은 그러한 서사적 흐름을 짐작하게 하는 요소이다. 명현공주는 정실인 형씨를, 정씨는 재실인 이옥주를, 취씨는 정실인 소수빙을, 곽후는 귀비인 소수주를 적대자로 인식하고 반동행위를 한다. 또한 가권을 좇는 화부인은 재실인 석부인에 대해 적대적 감정을 지니고 있고, 미색을 질시하는 위씨는 동서인 소수빙에 대해 반동행위를 한다. 결국 방씨를 제외하면 나머지 6명의 여성반동인물은 모두 여성주동인물과 대립적인 관계에 있는 것이다. 이는 <소씨삼대록>이 여성의 문제를 집중적으로 다루고 있음을 보여주는 것이다. 여성이 가내에서 겪을 수 있는 현실적 문제를, 여성반동인물이 처한 다양한 위치와 그들이 여성주동인물과 벌이는 갈등을 통해 집중적으로 제기하고 있는 것이다.

<소씨삼대록> 여성반동인물의 출현 과정을 [표 2-1]을 통해서 보면 크게 둘로 나눠볼 수 있다. 명현공주가 전반부에서 핵심적인 역할을 하고 있고 방씨를 제외한 나머지 인물이 중·후반부를 차지하고 있다. 서술자는 먼저 명현공주라는 한 사람의 반동인물을 통해 궁의 권력을 등에 업고 남성에게 애정을 노골적으로 드러내는 여성을 형상화하고 있다. 이를 통해 가문과 궁궐의 권력 문제를 집중적으로 조명하는 효과를 거두고 있다. 서술자는 후반부에 여러 여성반

동인물을 등장시켜 그들이 겪는 다양한 모습을 설정함으로써 가내에서 벌어지는 다단한 문제를 효과적으로 보여주고 있다. 앞에서 명현공주를 통해 가문과 권력의 문제, 남성에 대한 여성의 애정 표출의 문제를 집중적으로 제기했다면 뒤에서는 애정의 문제뿐만 아니라 여성이 겪을 수 있는 여러 문제를 포괄해 제기하고 있는 것이다.

(2) 개별 여성반동인물의 행위 양상

서술방법 중에서 서사는 인물의 행위를 중심으로 한 개념이다. 이를 감안해 본고에서 서사적 양상에 대한 서술은 여성반동인물이 벌이는 반동행위의 동기, 과정, 그리고 최후 순으로 한다.

인물 배열의 순서는 유형이나 인물의 비중 순으로 하였다. 즉 한 유형에 해당하는 인물들이 다른 유형에 비해 다수일 경우 우선 배치하였고, 만일 각 유형에 한 명씩의 여성반동인물만 포함되어 있다면 더 많은 분량을 차지하는 인물이 속한 유형을 우선 배치하였다.

1) 愛情에 대한 욕망의 발현

a. 권세를 동반한 애정의 표출: 명현공주

명현공주의 이야기는 <소씨삼대록> 권2[79]부터 권4 후반에 이르

---

79) 본고는 이대 15권본을 대본으로 한다. 그런데 다른 이본과 마찬가지로 이대본 역시 表題는 <소현성록>으로 되어 있다. 다만, 內題가 권5부터 <소씨삼대록>으로 되어 있다. 본고에서는 논의의 편의상 권5를 <소씨삼대록> 권1로 바꿔 칭하기로 한다. 즉 표제 <소현성록> 권5는 본고에서 <소씨삼대록> 권1로 지칭되는 것이다. 이하의 권수 표시도 마찬가지 방식이다.

기까지 서술되어 있다. <소씨삼대록>이 전체 11권임을 고려하면 많은 분량이다. 그 정도로 명현공주가 작품에서 차지하는 비중은 크고 그녀의 행동이 갖고 오는 파장 역시 크다고 할 수 있다.

명현공주가 소부에 들어가게 되는 계기는 소운성에 대한 思慕之心 때문이다. 명현공주는 소운성을 한번 보고 반해 임금에게 그와의 혼인을 청한다. 혼인을 위해 자신의 권세를 이용하는 것이다. 여성인 명현공주가 남성인 소운성을 먼저 보고 혼인을 결정했다는 설정 방식은 이후 명현공주의 행동 양상을 결정짓는 핵심적인 요소로 작용한다. 명현공주의 행위는 당대 사대부 층에서는 생각할 수 없는 것이었기 때문에 그녀는 시종 부정적인 이미지로 형상화되는 것이다.

임금은 명현공주의 청에 소운성을 강제로 부마로 정해 혼인을 시킨다. 이 과정에서 소경의 완강한 거부가 있었다. 소경이 처음에 勒婚80)을 거부한 것은 그 자신이 이미 늑혼 때문에 피해를 겪은 적이 있기 때문이다. <소현성록>에서 임금의 賜婚으로 여씨와 늑혼을 한 바 있는 소경은 여씨의 계교에 속아 자칫하면 正室인 화씨와 再室인 석명혜를 내칠 뻔했던 것이다.81) 자신의 경험에 의거하여 소경은 임금의 사혼을 옥에 갇힐 위험에 처하면서까지 거부했던 것이다.

이를 보면, 여성반동인물인 명현공주는 주변인물인 임금을 사이에 둔 채 시가에 가기도 전에 이미 시가의 남성주동인물들과 간접

---

80) 마음에 없는 혼인을 억지로 하는 것이 늑혼의 원래 의미이나, 고전소설에서는 통상 임금이 자신의 至親을 혼인시키기 위해 신하에게 명령해 이루어진 혼인의 의미로 쓰인다. 본고에서도 늑혼을 이러한 의미로 쓰기로 한다.

81) <소현성록> 연작에서 소경에 이어 소운성, 소운명에 이르기까지 늑혼이 반복되는 구조에 대해서는 선행 연구에서 지적된 바 있다. 임치균, 앞의 책.

적인 대결을 벌이고 있음을 알 수 있다. 따라서 명현공주에 대한 주동인물군의 태도는 그리 긍정적일 수가 없다.

늦혼에 대해 부정적인 시각을 가졌던 소경의 염려는 명현공주가 소부에 들어오면서 현실로 나타난다. 명현공주는 교만방자하고 화려함을 좋아하여 자신이 사는 궁전을 화려하게 꾸미고 문안 때 시조모인 양부인과 對坐하기까지 한다. 또한 문안 자리에서 政事를 논하기도 하고 남편을 꾸짖으며 조롱하기도 한다. 명현공주의 주변에는 한상궁이라는 어진 이가 있어 수시로 명현공주의 잘못을 지적하지만 명현공주는 한상궁의 말에 마지못해 따를 뿐 진실된 改悟는 하지 않는다.

명현공주의 허물에 대해 주동인물들은 직접적인 대응을 자제한다. 양부인과 소경은 직접적으로 지적하지는 않는다. 남편인 소운성은 명현공주가 들어오게 된 경위와 그녀가 들어와서 교만방자하게 행동하는 것을 목도하고는 공주를 못마땅해 하나,[82] 양부인의 명을 받은 소경의 훈계로 드러내 놓고 명현공주를 홀대하지는 않는다. 양부인과 소경으로서는 집안을 잘 다스려야 하는 책무가 있으므로 명현공주를 끌어안기 위해 소운성을 훈계하는 것이지만, 소운성으로서는 가장의 책무보다는 아내와 남편으로서의 관계가 더 앞서 있기 때문에 시부모에게 무례하게 굴고 자신의 권위를 앞세우기만 하는 공주가 못마땅했던 것이다. 다만 그는 부친과 조모의 훈계를 받아들여 부득이하게 명현공주를 홀대하지 않을 뿐이다. 대신 소운성

---

82) 사실 명현공주는 아름다운 외모를 지닌 인물로 등장한다. "용뫼 히월 フ 튼며 아미 버들 궃고 □□□□□□□□□□□□□ 옥골이라 만좨 티하 고"(<소씨삼대록> 권2, 32~33면); "즈식이 타월 고 셩졍이 총명 니"(<소씨삼대록> 권2, 1면). 그런데도 소운성이 사혼으로 들어온 명현공주를 홀대한다는 것은, 소운성이 외모에 현혹되지 않는 인물이면서 가문과 남성을 중시하는 인물임을 나타내는 것으로 볼 수 있다.

은 자신의 불편한 심기를 명현공주와 정을 누리지 않는 것으로써 표출하고 있다.

명현공주는 궁궐에서 성장하며 자신이 원하는 모든 것을 다 획득할 수 있었고, 심지어 남편까지도 자신의 마음대로 획득했다. 따라서 애정 역시 독점하기를 바랐던 것은 지극히 당연한 일일 터이다. 소운성이 十娼을 두고 즐긴다는 말을 듣고 娼女들을 불러 코와 귀 등을 자르고 냉궁에 가둔 것[83]은 그러한 데서 기인한 행동이라 할 수 있다.

남편의 애정을 독점하려는 명현공주의 욕망은 불가피하게 남편 소운성과의 불화를 불러온다. 소운성이 명현공주가 창녀에게 행한 일을 알고 명현공주의 보모 장씨를 장타한 것이다. 소운성이 보모 장씨를 重打한 것은 명현공주를 중타한 것을 상징한다. 소운성은 자신보다 신분이 높은 '공주'를 때리는 대신 '보모'를 때림으로써 대리 만족을 느끼는 것이다.

명현공주가 소운성과 갈등을 빚는 것은 그녀와 소운성이 지닌 이중적 관계에 기인한 것이다. 명현공주는 소운성의 아내이자 임금의 딸이다. 즉, 소운성과의 관계에 있어 가문 외적으로는 자신보다 신분이 높고, 가문 내적으로는 신분이 낮은 존재인 것이다. 그러나 공주라 해도 일단 시집을 갔으면 시가의 법도에 충실해야만 한다. 그런데도 명현공주는 가문 외적인 신분의 우위를 앞세워 가문 내적 신분을 고려하지 않아서 소운성과 갈등을 빚은 것이다.

명현공주는 소운성을 자신의 신분으로 제압하려고 하는데 그러한 심리는 소운성이 보모를 장타한 것을 궁에 알려 버린 데서 여실히 드러난다. 아내로서 남편에게 갖추어야 할 당대의 규범, 즉 순종의

---

83) <소씨삼대록> 권2, 59~62면.

미덕을 저버리고 자신의 生得地位를 이용해 남편을 권위로 누르려한 것이다.

명현공주가 소운성에게 애정을 구하지만, 이처럼 오히려 애정의 희구 대상과 갈등을 벌이는 것은 애정욕 외에 권세를 놓지 않으려는 그녀의 욕망에서 우러나온 것이다. 선행 연구에서는 이를 신분 차이에 의한 주도권 다툼이라 칭하였는데[84] 타당한 지적이다. 소운성과 명현공주의 갈등 사건을 통해 여성이 남성을 선택하고, 남성보다 위에 위치해 가문의 질서를 문란하게 하는 것에 대해 부정적인 봉건주의적 시각을 발견할 수 있다고 한 지적[85] 또한 타당하다고 하겠다.

명현공주와 소운성의 다툼은 또한 궁과 가문 간 다툼의 대리적 성격을 띠고 있다. 이 다툼에는 늑혼에 대한 부정적인 통념이 굳건히 자리 잡고있다.[86] 애초에 왕이 자신의 지위를 이용해 혼인을 신하에게 강요하는 것 자체가 부당한 일이었다. 그런데, 영입된 공주가 또한 권세를 내세우면서 가문을 무시하는 것은 더욱 부당한 일이다. 下嫁한 공주는 지아비를 섬기되 여느 평민과 같이 해야 되는 것이 당대의 규범이었기 때문이다.[87] 이들의 다툼이 쉽게 끝나지 않고 후에 가문이 몰살될 지경에까지 가는 것은 왕의 권세로 신하

---

84) 박영희, 앞의 논문, 112면.

85) 위의 논문, 113면.

86) <소현성록> 연작에는 3번의 황제 주혼 , 즉 늑혼이 나오는데 모두 처처갈등이 심각하게 형상화되어 있다. 황제가 주혼한 세 여성은 소경의 삼실인 여씨, 소운성의 재실인 명현공주, 소운명의 삼실인 정씨이다. 박영희,「<소현성록>에 나타난 公主婚의 사회적 의미」,<한국고전연구>12, 한국고전연구학회, 2005, 7면.

87) 이익, 『星湖僿說』권9·「人事門」·"國婚揀擇". 다음의 국역본을 참조하였다. 이익, 민족문화추진회 역, 『성호사설』Ⅳ, 민족문화문고간행회, 1985, 90~91면.

를 억압하는 것이 부당하다는 서술자의 의식이 반영되었기 때문이다.

명현공주가 본격적으로 반동행위를 하는 것은 소운성의 정실인 형씨를 대상으로 해서이다. 소운성이 출거된 형씨를 그리워하다가[88] 급기야 병까지 생기자, 소부에서는 임금의 양해를 얻어 형씨를 소부에 데려오는데, 이로부터 형씨는 적국 명현공주의 반동행위의 대상이 되는 것이다. 이미 여씨의 반동행위를 경험한 소경은 이러한 점을 염두에 두고 형씨를 데려오는 것을 꺼려했으나 소운성의 병 때문에 어쩔 수 없이 데려와 禍를 부른다.

형씨에 대한 명현공주의 반동행위는 이미 예견된 일이지만 남편인 소운성의 행위에 의해 더욱 촉진된다. 소운성이 형씨만을 편애하고 명현공주를 홀대한 것이다. 형씨가 애정을 고루 주라며 간곡히 부탁하고 친모인 석부인이 명령해도 소운성의 마음은 변함이 없고, 급기야 형씨가 자결을 시도해도 전혀 마음의 변화가 없다. 형씨에 대한 애정이 지극한 것은 남성의 감정이 표출된 것으로서 한편으로는 긍정적으로 볼 수 있으나, 가정을 다스려야 하는 남편이라는 지위를 고려해 보면 그 齊家의 책무를 다하지 못한 것이다. 소운성은 명현공주와 마찬가지로 자기제어를 하지 못하는 인물인 것이다. 서술자는 명현공주의 不德이 분란의 요인인 것처럼 서술하고 있으나, 기실 소운성이 그 한 원인을 제공하고 있음을 알 수 있다.

정처 형씨가 남편에게 하는 애정 분산 요구와 남편 소운성의 거절, 이로부터 비롯된 후처 명현공주의 반동행위는 결국 다처제 사회에서의 가장의 중요성을 역설하고 있다. 가장은 여러 처에게 애

---

88) <소씨삼대록>에서 소운성이 형씨를 연속적으로 그리워하는 장면은 남성은 감정을 조절해야 한다는, 남성에 요구되던 당대의 성 역할에 얽매이지 않는 모습으로서 남성의 애정 표현을 절절히 그려냈다는 점에서 의미가 있다. 다른 대하소설의 경우 아내를 절절히 그리워하는 남성인물로는 <이씨세대록>의 이경문, <옥원재합기연>의 소세경 등이 있다.

정을 고루 줌으로써 가정을 화목하게 해야 할 책무가 있으나 소운성은 그렇게 하지 못했다.

명현공주의 반동행위에 대해 형씨 집안에서는 명현공주로부터 형씨를 보호하기 위해 형씨를 데려가 죽은 것처럼 소문내나 소운성이 기어이 형씨를 찾아내 수시로 형부에 드나든다. 결국 명현공주가 이 사실을 알게 되어 자신을 감싸고 있는 권위의 채찍을 휘두르게 된다. 그런데 도가 지나쳐 시조모인 양부인과 시부모인 소경, 석부인을 욕하고 급기야 죽은 媤祖父인 소광까지 言頭에 올리게 된다. 이에 이르러서는 며느리를 끝까지 보호하려는 소경의 인내가 극에 달한다. 그래서 명현공주를 죽이려 하나 팔왕과 양부인의 만류로 그친다.

명현공주가 소운성 한 사람과의 대립을 넘어서서 급기야 소부 전체의 일원과 대립하는 것은 왕과 신하의 단순한 대결89)의 성격을 띠고 있기는 하지만 그에 더해 여성과 남성의 권력 대결이 복합적으로 작용한 것으로 볼 수 있다. 권세를 등에 업고 시가에 온 여성은 시가의 남성들과 이중적 상하 관계를 지니고 있다. 따라서 명현공주는 공주의 지위를 믿고 소부를 홀대하는 대신, 소부의 남성들은 가문으로 상징되는 남성적 지위를 믿고 공주를 제어하려 하는 것이다. 서술자는 소부의 손을 들어주고 있다. “女子有行은 遠父母兄弟”라는, 여성에게 부과된 규범90)을 적용하면서 공주가 가문의

---

89) 박영희, 「소현성록 연작 연구」, 이화여대 박사논문, 1994.

90) 『詩經』에 주로 나오는 어구로서 13경 중 다른 책에는 보이지 않는다. 이 구절이 『시경』에만 빈번히 등장하는 것을 볼 때, 시적 투식구로 쓰였던 어구인 듯하다. 세 수에 등장하고, 한 수에는 두 장에 걸쳐 등장하므로 총 네 군데에 나오는 셈이다. 구체적으로 보이면 다음과 같다. 문맥을 보이기 위해 해당 어구를 포함한 시를 제시한다.
“제 땅에 나가 유숙하고 녜 땅에서 전송하도다. 여자가 시집가는 것은 부모와 형제를 멀리하는 것이라 나의 여러 조카와 동생들에게까지 묻

질서에 순종해야 함을 역설하고 있는 것이다.

명현공주가 媤祖父를 욕한 것은 더 이상 소부에 용납되기 힘들다는 것을 의미한다. 명현공주는 공주이기에 앞서 한 가문의 며느리라는 점을 망각했던 것이다. 서술자가 명현공주의 최후를 발악하다 죽는 것으로 설정한 것은 그러한 정황을 반영한 것이다. 단지 서술자가 온건한 죽음으로 그 최후를 처리한 것은 명현공주가 毀節 같은 극악한 범죄를 저지르지는 않았고 공주라는 그 신분을 감안해서이다. 다만 소운성이 명현궁을 헐어버림으로써 명현공주와의 인연을 완전히 끊는다는 상징적 모습을 보여주고 있다.

명현공주가 반동행위를 하게 된 계기는 소운성에 대한 애정과, 공주라는 특수한 지위로부터 생겨난 권력지향적 성격 때문이지만, 근본적으로는 남편 소운성의 홀대가 가장 크게 작용했다고 할 것이다. 서술자는 명현공주를 통해 궁궐과 가문의 대결을 상징적으로 그려내는 동시에, 이처럼 가문 내에서의 가장의 중요성을 역설하고 있다.

b. 가장으로부터의 소외가 동반된 애정의 표출: 정씨

명현공주의 반동행위가 소운성의 偏僻된 애정에서 기인한 것이라면 정씨의 반동행위는 소운명의 편벽된 애정에서 비롯된 것이다.

노라. 出宿于泲, 飮餞于禰. 女子有行, 遠父母兄弟, 問我諸姑, 遂及伯姊."(「邶風」·"泉水"·제2장); "무지개가 동쪽에 있어 감히 가리킬 수가 없도다. 여자가 시집가는 것은 부모와 형제를 멀리하는 것이로다. 蝃蝀在東, 莫之敢指. 女子有行, 遠父母兄弟."(「鄘風」·"蝃蝀"·제1장); "아침에 무지개가 서쪽에 오르니 아침에만 비가 오도다. 여자가 시집가는 것은 형제와 부모를 멀리하는 것이로다. 朝隮于西, 崇朝其雨. 女子有行, 遠兄弟父母." (「鄘風」·"蝃蝀"·제2장); "천원은 왼쪽에 있고, 기수는 오른쪽에 있도다. 여자가 시집가는 것은 부모와 형제를 멀리하는 것이로다. 泉源在左, 淇水在右. 女子有行, 遠父母兄弟."(「衛風」·"竹竿"·제2장).

물론 서술자는 정씨의 성품이 반동행위를 저지를 만한 것으로 간접적으로 내비치고 있으나 그 근본적인 원인은 정씨가 남편의 애정을 못 받은 데에 있다.

정씨의 소부 편입은 명현공주나 <소현성록>의 여씨와 마찬가지로 임금의 賜婚에 의한 것이다. 정귀비가 자신의 사촌인 정창에게서 그 딸과 소운명을 혼인시켜 달라는 부탁을 받고 유황후, 즉 소경의 의형제 윤부인의 딸에게 혼인 부탁을 하는 것이다. 이에 임금이 사혼은지를 소부에 내리게 된다. 소부에서는 윤부인 딸의 부탁이므로 별다른 거부반응 없이 순순히 응하고 있다.

영입 과정을 놓고 볼 때 정씨는 명현공주보다는 <소현성록>의 여씨와 비슷한 절차를 밟고 있다 명현공주가 남편감을 먼저 본 후에 임금이 그녀의 청을 받아들여 사혼한 데 비해 여씨와 정씨의 경우, 본인의 의사와는 관계없이 어른들이 성혼을 시킨 것이다.91) 따라서 명현공주에 비해 애정에 대한 독점욕이 강할 이유가 별로 없다. 결혼 전부터 소운명을 독점하겠다는 의지는 명현공주에 비해 상대적으로 적은 채 영입이 된 것이다.

원래 정씨의 남편인 소운명은 여인의 美貌를 중시하는 인물로서 정실인 임씨가 薄色이라는 이유로 임씨를 홀대하는 인물이다.92) 소운명은 산서 어사로 가서 남장한 이옥주를 도적에게서 구해 형제 결의한 다음 여성임을 간파하고 혼인을 한다. 이옥주에 대한 소운

---

91) 이런 면에서 여씨와 명현공주, 정씨의 영입과정을 혼인 성격의 동질성으로 규정한 기존의 연구는 재고할 필요가 있다. 이들은 비록 賜婚이라는 공통적인 영입과정을 겪었으나, 자발적 여부와 관련된 차이 역시 간과할 수 없기 때문이다. 임치균, 앞의 책.

92) 여성의 미모를 중시하는 남성인물형은 우리가 <박씨전>에서도 보았고, 기타 대하소설에서도 많이 볼 수 있는 인물형이다. 미모를 중시하는 것은 유교적 이념에 어울리지 않는 것이었으나, 소운명과 같은 인물을 통해 당대 남성들의 미인 획득 욕망이 간접적으로 나타나 있다 하겠다.

명의 애정은 일방적이다. 반면 소운명에 대한 이옥주의 애정은 작품에 드러나 있지 않다. 이옥주로서는 남편에 대한 애정보다는 죽은 부친의 사당을 짓는 것이 더 간절했다. 소운명과 혼인 전에 그에게 이미 얼굴을 보였다는 사실 자체가 이옥주에게 있어서는 부끄러운 일이었다. 이처럼 떳떳한 결혼을 이루지 못해 부끄러워하는 이옥주는 혼인 후에 소운명과의 동침을 거절하고 부친의 사당을 짓고 자신의 절의를 드러낼 때까지 동침을 거절하겠다고 선언한다.93) 소운명은 자신을 거부하는 이옥주에 대해 기어이 회포를 풀고자 하나 이씨는 개유하고 도망한다.

소운명은 이런 시점에서 정씨와 혼인한 것이다. 소운명으로서는 자신이 사모하는 이옥주와의 애정을 이루지 못한 상태에서 정씨에게 애정을 줄 수는 없었다. 그래서 소운명은 지속적으로 이옥주와 접촉을 시도하며 그리워하나 정씨에 대해서는 홀대하는 것이다.

소운명이 이옥주를 그리워하는 것, 즉 남편이 아내를 애절하게 그리워하는 모습은 우리가 소운성에게서 이미 확인한 것이다. 소운명이나 소운성의 모습은 당대 사회에서 요구하던 이상적인 남편의 모습은 아니다. 이들은 대신 그러한 관습에 얽매이지 않고, 인간으로서, 그리고 남성으로서 자연적인 감정을 분출하고 있다.

정씨는 이러한 상황에서 이옥주를 질투한다. 그런데 정씨의 질투 역시 소운명이 이옥주를 그리워하는 것이 자연스러운 것만큼이나 자연스러운 것이다. 새로 다른 가문에 편입된 여성이 오로지 믿고

---

93) 이옥주를 통해 서술자는 남편에 대한 윤리보다는 부모에 대한 윤리를 더 강조하고 있다. 이 때문에 소운명과 갈등을 빚는 것이다. 이처럼 순종과 孝順의 윤리적 딜레마로 남편과 갈등하는 여인상은 대하소설에 적지 않게 등장한다. 사건의 구조가 <소씨삼대록>과 같지는 않으나, 孝 딜레마로 남편과 갈등하는 경우로는 <현씨양웅쌍린기>의 주소저나 <이씨세대록>의 위홍소를 예로 들 수 있다.

의지할 사람은 남편이다. 그런데 그 남편이 자신보다는 적국에 관심을 쏟고 있다면 자연히 투기를 할 수밖에 없는 것이다. 儒家에서는 이러한 상황에서 여성에게 자신의 감정을 억제해야 한다고 가르친다. 남성의 애정에 대해서는 관대하고 여성의 애정에 대해서는 억압적인, 이중적 잣대를 들이대는 남성중심적인 모습을 이러한 장면에서 확인할 수 있다.

그런데, 서술자는 오로지 남편 소운명에게만 그 책임을 돌리고 있지는 않다. 정씨의 천성이 반동행위를 하게 되는 원인 중의 하나임을 내비치고 있다.

> 만좌 두토와 티하 왈 시듕의 복이 둣거워 삼위 부인이 다 특이ᄒ시니 ᄯᅩᄒᆫ 승샹과 존댱 복이로소이다 화부인이 ᄯᅩᄒᆫ 흔연화긔ᄒ고 인〃이 다 깃거ᄒ고 승샹과 양부인이 화긔 ᄉ라디고 도로혀 깃븐 빗치 업ᄉ니 기리던 쟈ᄂᆞᆫ 무언이라 (<소씨삼대록> 권6, 111면)

정씨가 영입되던 날 모두 기뻐하나 소경과 양부인은 和氣가 없다. 서술자는 소경과 양부인의 시선을 통해 정씨가 바람직하지 못한 여성임을 암시하고 있다.[94] <소현성록>의 여씨의 경우와 마찬가지로 정씨 역시 부정적 천성이 반동행위를 하게 되는 중요한 원인 중의 하나로 제시되어 있는 것이다.

가장의 부재 역시 정씨의 반동행위를 촉발시키고 있다. 소경과 소운성이 출정하고 양부인이 석부인과 소월영을 데리고 강정으로 떠나면서 집안에는 책임을 질 만한 어른이 없게 된다. 이후 소운경, 소운현마저 勝戰하고 歸還하는 임금을 맞이하러 떠나게 되어 소운명의 잘못을 바로잡을 형제도 없게 된다. 어른 가운데 화부인이 남아 있

---

94) 작중인물의 시선을 통해 서술자의 의식을 보여주는 것은 고전소설에 보이는 인물 형상화 방식 중 전형적인 것이다.

지만, <소현성록>에서도 드러나 있지만 촉급한 성격이 있어 집안을 다스리기엔 부족한 인물이다. 가장의 부재는 반동인물이 반동행위를 하기에 적합한 여건이다. 서술자는 이와 같이 반동행위가 일어날 수 있는 환경을 다각도로 마련함으로써 사실성을 구현하고 있다.

정씨는 이옥주의 정절을 문제 삼는 반동행위를 한다. 즉 이옥주를 외간 남자와 사귀는 음란한 여인으로 모함한 것이다. 여기에 반동인물을 돕는 주변인물인 시녀 옥란과 매섬95)이 이옥주가 사통했다고 거짓말을 해 소운명을 大怒하게 한다. 정씨는 이외에 이옥주를 칼로 죽이려고도 하나 실패하는데, 주로 쓴 수법이 정절과 관련된 것이라는 점은 주목을 요한다. 상대 여성의 정절을 문제 삼는 것은 반동행위의 수법 가운데 가장 치명적인 것이라 하겠다. 당대 여성에게 至高의 수신 덕목이 바로 貞節이기 때문이다.96)

서술자는 정씨가 반동행위를 하게 되는 조건을 설정하였는데, 이미 살핀바 그녀의 천성과 가장의 부재, 소운명의 홀대가 있고, 여기에 더해 초월계의 개입을 들고 있다. 초월적인 면모는 두 가지로 나타나 있다. 하나는, 이옥주가 정씨를 맞기 전에 꾼 꿈97)이고, 다른 하나는 이옥주와 정씨, 소운명의 운명이 전생에 이미 정해져 있다는 내용이다. 이옥주의 몽사나 인물들 간의 인연이 정해져 있다는 설정은 정씨의 반동행위를 더욱 필연적인 것으로 만드는 서사적

---

95) <소현성록>에 비해 <소씨삼대록>에서는 반동인물을 돕는 주변인물의 활약이 큰 것도 한 특징이라 하겠다.

96) <소현성록>에서도 여씨가 석명혜를 모함할 때 정절 관련 수법을 쓰고 있다.

97) <소씨삼대록> 권6, 110~114면. 정씨를 맞기 전에 이옥주의 꿈에 자신을 죽이려는 여인이 등장한다. 정씨가 소부에 들어온 날 이옥주가 정씨를 보고 놀란 것은 바로 정씨가 자신의 꿈에 나타난 여인이었기 때문이다. 그리고 이옥주는 정씨가 자신을 죽이려 하다가 실패한 것이 꿈의 내용과 일치해 더욱 탄식하게 된다.

장치이다.[98] 서술자는 이처럼 여러 가지 방식으로 정씨가 반동행위를 하게 되는 조건을 설정하고 있다.

정씨가 이옥주를 음란한 여인으로 모함한 것은 예상대로 소운명과 화부인을 격발시킨다. 화부인이 이 상황을 강정에 있는 양부인에게 서간으로 알리나 양부인이 자단하지 말라고 하자, 화부인이 대로한다. 정씨가 이옥주를 모함한 것이 화부인과 양부인의 다툼으로 번진 것이다.[99] 집안의 總督權을 두고 화부인이 양부인과 다투고 다시 이옥주에게로 관심을 기울여 화부인이 이옥주 부친의 사당을 불 지르려 하다가 친아들 소운경의 만류로 그만 둔다. 정씨는 소운명과 화부인을 격분시켜 이옥주를 공격하게 하는 한편, 거듭 심복을 시켜 이옥주를 죽이고자 한다. 이옥주에 대한 총체적인 공격이라 할 수 있다. 그러나 자신이 보낸 자객이 소운명에게 잡혀 자신의 반동행위가 발각될 위기에 처하게 된다.

결국 가장인 소경이 돌아오면서 가내의 분란은 해결된다. 소경이 양부인을 모시고 자운산 소부에 와 반동인물을 돕는 주변인물인 옥란 등을 크게 꾸짖은 후에 죽이고, 齊家를 잘못한 책임을 물어 소운명을 중타하고 정씨를 출거시키는 것이다. 소경이 <소현성록>에서는 반동인물의 계교에 속는 인물로 설정되어 있으나 <소씨삼대록>에서

---

98) 선행 연구에서는 이씨와 정씨의 갈등은 '전생의 숙연'이 원인이 되고 있어 단순히 현재적 인물 간의 갈등 문제가 아니라고 하였다. 즉 서술자가 처처 갈등을 운명론적으로 해석하여 가정 내 처처 간의 문제를 현실적인 맥락에서 풀지 않고 초현실계에 돌려버림으로써, 악한 품성의 문제로 몰아붙이는 권선징악적 해결의 약화를 초래하였다고 지적하였다. 박영희, 앞의 논문, 117~118면.
　　그런데, 이는 다른 시각으로 볼 수도 있다. 초월계의 개입 역시, 정씨가 반동행위를 하게 되는 근거의 하나로 제시된 것으로 이해할 수 있다.
99) 화부인은 양부인이 보내온 서간에 이, 석 양파에게 집안을 바로잡으라는 내용이 있음을 보고 양부인과 일대 격돌을 한다.

는 혜안을 지닌 인물로 변모해 있다. 이는 가내에서의 지위의 변화와 무관하지 않다. <소현성록>에서는 가내를 규찰할 만한 위치에 있지 않았고 그에 따라 그 성격도 完定되지 않았으나, <소씨삼대록>에서는 집안을 총찰할 임무가 맡겨져 있고 그에 따라 성격도 완벽한 모습으로 변모되어 있는 것이다. 소경의 성격 변화는 가문이 굳건하게 되는 과정과 어느 정도 일치하고 있음을 알 수 있다.[100]

서술자는 정씨의 이야기를 통해 여성반동인물이 반동행위를 하게 되는 데 환경적 요인이 큼을 보여주고 있으며 그 가운데에서도 가장 큰 요인으로서 가장의 부재를 문제 삼고 있음을 볼 수 있다.

c. 투기의 표출: 취씨

취씨는 김현의 정실로서 그녀의 반동행위 대상은 재실로 들어온 소수빙이다. 그런데, 김부에는 취씨의 반동행위만 존재하는 것은 아니다. 형 김환이 김현을 질시해 김현을 해하려 하고 김환의 아내 위씨는 소수빙의 자색을 질시해 역시 소수빙을 제거하려 한다. 김환 부부와 취씨는 각기 나름대로의 이유를 지니고 주동인물인 김현과 소수빙 부부를 해치려 하는 것이다. 김환 부부와 김현 부부 사이에는 형제갈등과 부부갈등, 처처갈등, 동서갈등이 복합적으로 얽혀 있음을 볼 수 있다.[101]

김현은 작품에서 군자와 같은 인물로 설정되어 있다. 취씨는, 어려서부터 문묵에 정통하고 뜻이 높은 김현의 눈에 "브졍ᄒ고 간

---

100) 기존 연구에서 소경을 <소씨삼대록>의 주인공으로 보는 것에 대해 필자는 동의하지 않지만, <소씨삼대록>에서 소경이 전면에서 사라지지 않고 절대적 가부장권을 행사하며 가문을 총괄한다는 견해에는 동의한다. 박영희, 앞의 논문, 104면.
101) 여기에서 갈등의 복합화는 반동인물 간의 결합을 의미한다. 김환과 위씨, 취씨는 김현 부부를 해치기 위해 공모한다.

악”(<소씨삼대록> 권12, 97면)한 인물로 보이나 효성스러운 김현은 어머니 왕부인의 근심을 염려해 억지로 취씨를 厚待하면서 사사로운 은정은 베풀지 않으며 外親內疎한다. 이에 취씨가 김현에게 분노하고 서로 갈등하는 것이다. 급기야 취씨가 왕부인 앞에서 김현을 꾸짖고 이에 김현이 숙녀를 얻겠다고 하는 데까지 나아간다. 애정을 두고서 부부는 이미 심각한 갈등을 빚고 있었던 것이다.

이러한 상황에서 김현이, 소수빙이 그려진 미인도를 보고 상사병에 빠지고 결국은 자신이 원하는 소수빙과 혼인을 한다.102) 김현과 소수빙의 결연을 두고 못마땅해 하는 사람은 취씨와 석부인이다. 취씨는 자신의 적국이 생기는 것이므로 자연스럽게 불편한 마음을 가지게 된 것이고, 소수빙의 어머니 석부인은 소수빙이 재실로 들어가는 것에 대해 기뻐하지 않은 것이다.103)

취씨는 소수빙이 영입되자, 김환 부부와 공모해 소수빙을 왕부인에게 참소한다. 사실 김부에서 김환 형제의 부친인 김희는 죽고, 남은 인물 가운데 긍정적 인물은 김현과 소수빙밖에 없다. 왕부인과 김환, 취씨, 위씨는 모두 부정적 이미지를 지니고 있다. 이러한 모습은 서술자가 김현 형제를 소개할 때 드러내고 있다. 친모 왕부인은 명문부녀이기는 하나 다만 “우인이 혼암ᄒ고 망녕된”(<소씨삼대록> 권8, 96면) 인물이라서 장자 김환을 심히 사랑하는 반면에, 친부 김희는 매양 “환은 반ᄃ시 김시 청덕을 샹ᄒ이오고 현은 가문을 흥ᄒ리

---

102) 미인도 모티프는 대하소설에서 자주 등장하는 것으로서 남녀주동인물의 전형적인 결연 모티프이다. 초기 소설에서 이미 이러한 모티프가 등장하며 남녀의 결연을 촉진시키고 있음을 확인할 수 있다.

103) <소현성록>에서도 석부인은 진중한 모습과 아울러 인간적인 모습을 보여 준 바 있는데, <소씨삼대록>에서도 인간 본연의 모습을 보이고 있다. 이는 시집간 여성이 일상에서 겪을 수 있는 여러 가지 고통이 석부인과 같은 인물에게도 있을 수 있음을 나타내는 것이다.

라"(<소씨삼대록> 권8, 96면) 하며 김현을 애중하는 것이다.[104] 김환과 김현의 상반된 성격은 아내를 맞이할 때에도 마찬가지로 발현된다. 김환은 아내 위씨가 현숙하지 못한 위인임에도 자색이 아름답고 행실이 민첩함을 기뻐하나, 김현은 아내 취씨가 자색과 행동이 뛰어나나 그 부정함을 간파해 기뻐하지 않는다. 이렇게 반동인물로 둘러싸인 속에서 남녀주동인물은 고난을 맞게 되는 것이다.

김환 부부와 취씨의 참소로 소수빙은 왕부인에 의해 갇히고 김현은 갇힌 소수빙을 찾아가나 김환의 고자질로 왕부인에게 大責을 당한다. 위에서 언급한바, 김환과 김현 간의 형제갈등과 기타 갈등이 첨예한 가운데 소수빙을 해치려는 행위가 얽혀 서사는 단일한 국면으로만 전개되지는 않는다. 다만, 김환 부부와 취씨의 반동행위는 소수빙과 김현에 대한 직접적인 危害까지 이르지는 않고 참소나 모함에 그친다는 점에서 갈등은 복합적이나 행위의 심각성은 덜한 편이다.

김환 부부와 취씨의 참소가 발각되는 것은 김환이 위씨의 아비 위상서와 취씨의 아비 취시랑과 공모해 김환이 소수빙을 사모하는 내용의 편지를 쓰는 데서 비롯된다. 소수빙이 서간을 보고 왕부인에게 고하고 김환이 무고를 주장해 서로 다투다가 소운성이 개입해 김환을 꾸짖고 전말이 드러나면서 일이 해결되는 것이다. 이에 어사로 나갔던 김현이 상경해 취씨를 출거시키게 된다.

취씨의 출거로 처처갈등은 사라지고 김현의 너그러움으로 형제갈등 역시 사라진 듯이 보인다. 그러나 서술자는 이 시점에서 다시 역동적 인간상을 창출하고 있다. 소수빙의 이중적 측면을 보여주는 것

---

104) 이러한 장면은 <창선감의록>에서 화욱이 장자인 화춘이 화씨 집안을 망하게 할 인물이고 차자 화진이 흥하게 할 인물이라며 화춘을 질책하는 장면과 유사하다. <창선감의록>과 <소씨삼대록>의 연관을 이 한 가지로 단정 지을 수는 없으나 비슷한 모티프가 있다는 것은 두 작품의 관련성을 어느 정도 보여주는 것이다.

이다. 즉 소수빙이 김현에게 청해 출거된 취씨를 다시 김부에 영입되게 하고 이에 취씨가 개과해 서로 화락하게 지내는 반면, 김현의 형 김환이 김부에 오는 것은 꺼려하는 것이다. 그래서 김현과 김환의 우애는 회복되었지만 김환은 자운산 김부 옆에 오지를 못한다.

소수빙이 동렬이면서 자신을 해하려 했던 취씨는 끌어들이고 媤兄인 김환을 거부한 것은 반동행위의 강도나 질적 측면에서 해석할 수 있다. 취씨는 소수빙을 해하려 하기는 했으나 후에 우리가 살펴 볼 다른 작품의 반동인물의 행위와는 차원이 다르다. 단순히 참소에 그치고 있는 것이다. 그런데 김환은 취씨와 공모하기는 했으나, 단독으로 단행한 일이 있는데 바로 소수빙의 貞節을 문제 삼은 부분이다. 김환이 소수빙을 사모한다는 내용의 거짓 서간을 보낸 것은 소수빙에게 있어 씻을 수 없는 모욕이다. 요조숙녀로 설정된 소수빙이 김환에게 대로하고 자신의 정절을 正尉에 드러내 보이려고 하는 것은 바로 그러한 모욕을 씻으려 한 데에 기인한 것이다.

취씨의 반동행위는 취씨의 성격 자체와 소수빙이 영입되기 전의 부부갈등을 통해 이미 예견되어 있었던 것이고, 거기에 더해 소수빙의 뛰어난 자색이 반동행위를 촉진시켰다고 하겠다. 여러 갈등이 복합된 데에 비해 주동인물이 받은 고통은 상대적으로 덜했고, 이에 따라 반동인물의 최후 역시 출거 뒤 영입, 그리고 개과로 끝날 수 있었던 것이다.105)

이상 살핀 것처럼 취씨의 반동행위는 크게 부각되어 있지 않고, 오히려 소수빙의 행적에 초점이 맞춰져 있다. 특히 소수빙이 貞節을 중시한다는 점을 강하게 드러내고 있다. 이는 <소씨삼대록>의 핵심 가문이 소부이고 김부는 다만 주변 가문임을 확실히 한 것이

---

105) 반동인물 위씨에 대해서는 이미 취씨를 설명하며 대략 논했기 때문에 그 고찰은 생략한다.

다. 다만 서술자가 취씨를 통해서도 역시 가장의 중요성을 드러내고 있다는 점은 위에서 살핀 여성반동인물의 경우와 같다.

d. 궁궐에서의 투기 표출: 곽후

곽후는 임금의 후궁인 귀비 소수주에 대해 반동행위를 하는 인물이다. 곽후 역시 앞의 명현공주, 정씨, 취씨와 마찬가지로 남편이 동렬인 여성주동인물만을 애중한 데 격분해 상대를 해치려고 하는 인물이다.

서술자는 곽후가 반동행위를 하는 조건을 곽후의 심성과 그 환경으로 설정하고 있다. 서술자는 곽후를 원래 투기가 심한 인물로 그려 놓고 있다. 서술자가 반동행위의 동기를 천성으로 돌린 것은 다처제의 모순을 감추려고 하는 의도에서 기인한 것으로 보인다. 그러나 남편이 다른 아내만을 사랑하는 현실을 설정함으로써 역설적으로 다처제의 모순을 여실히 보여주고 있다.

이러한 '역설적 설정방식'은 흥미와 교훈을 아울러 제공하기 위해 마련된 것으로 보인다. 서술자는 반동행위가 일어나기 위한 사실적 조건으로서 이 두 가지를 설정하였다. 여성들이 투기를 하는 모습을 보여줌으로써 서사적 흥미를 배가시키고 있으며, 후에 투기하는 여성의 몰락을 그림으로써 그 교훈적 효과를 드러내고 있는 것이다.

곽후는 임금이 소귀비만을 애중하고 자신에게는 냉랭하자, 소수주를 독살하려다 실패한다. 곽후는 명현공주와 마찬가지로 노골적인 반동인물이다. 독살 건을 제외하면, 자신이 淑德이 있는 것처럼 보이며 몰래 주동인물을 해치려 하지 않고, 노골적으로 소귀비를 박대하는 것이다. 곽후의 수법은 어설퍼서 작중인물 누구나 알고, 따라서 그 몰락 역시 쉽게 일어난다.

곽후의 반동행위에 대해 소귀비가 상대하는 방식은 현명하다. 곽후에게 맞상대를 하지 않는다. 다만 고난의 원인제공자인 임금과 자신을 해하려 하는 곽후를 피해 북궁에 가 있기를 바랄 뿐이다. 이는 곽후보다 권력에서 뒤지나 애정을 받는 데에서는 앞선 소귀비가 선택할 수 있는 최상의 방법이라 할 수 있다.

곽후는 결국 양, 상 이궁이 임금에게 자신을 참소하는 말을 듣고 칼을 빼고 이를 말리는 임금의 뺨을 쳐 폐후되고 만다.[106] 대신 소귀비가 황후로 등극하게 된다. 곽후의 폐후는 龍顔을 침범한 것을 감안하면 후한 편이라 하겠다. 그런데 이 문제는 임금과 곽후의 관계라는 측면에서 보기보다는 반동행위의 강도의 측면에서 살피는 것이 온당하리라 본다. 서술자의 관심은 임금에게 있는 것이 아니라 주동인물인 소수주에게 있기 때문에 소수주의 고난의 정도와 곽후의 반동행위의 정도에 따라 반동인물의 최후가 결정 난 것이다. 곽후가 사형을 당하지 않고 폐위된 것으로 끝난 것은 이러한 인물 간의 구도에서 비롯된 것이다.

곽후의 이야기에서 서술자의 관심은 곽후나 임금이 아니라 소수주에게 있다.[107] 그런데 이 서사에서 곽후가 지니는 의미는 소수주

---

106) 곽후의 이야기는 송나라의 역사적 사실을 차용한 것이다. 이에 관한 자세한 사항은 임치균, 앞의 책; 박영희, 앞의 논문 참조.

107) 가문의식을 관심의 초점으로 삼은 선행 연구에서는 소수주가 황후가 됨으로써 소씨 가문의 완성이 이루어졌다는 견해가 제기된 바 있다. 박영희, 앞의 논문; 문용식, 앞의 논문; 최기숙, 앞의 논문. 그러나 이는 초점을 '가문'에만 맞춘 해석이다. 황후가 된 것이 가문의 완성을 이룬 것이라면, 그와 비슷하다 할 수 있는 國戚이 되는 것(명현공주의 경우)에 대해 역시 가문에서 반대할 이유가 없는 것이다. 또한 전편 <소현성록>과 마찬가지로 <소씨삼대록>에서도 소부의 사람들이 권력에 가까이 접근하려는 의식은 보이지 않는다는 점에서도 그러하다. 이 장면은 결국 가문의식보다는 주동가문인 소부의 일원 소수주를 둘러싸고 벌어지는 갈등과 그 갈등의 원인이 다처제의 모순에서

의 방해자로서의 의미만을 갖지는 않는다. 가문이 아닌, 대궐로 그 투기의 장소를 설정함으로써 투기의 심각성을 국가적인 문제로까지 확대하려는 서술자의 의식이 엿보인다. 그런데 아이러니한 것은 서술자가 투기를 망국병으로까지 확대 해석할수록, 다처제가 지니는 모순은 더욱 더 부각된다는 것이다. 이런 면에서 여성반동인물 곽후는 여성주동인물 소수주에 못지않은 서사적 기능을 하고 있다고 말할 수 있다.

2) 宗統에 대한 욕망의 발현

방씨는 위의성의 계실로서 전실 강씨의 소생인 위유양 형제와 위선화를 박대하고 특히 위유양 형제를 죽이려 하는 인물이다. 방씨가 그들을 죽이려고 하는 것은 자신의 아들인 위유홍에게 위부의 宗統[108]을 물려주기 위해서이다. 위의성은 임종 시에 방씨가 전실 소생을 박대할 것을 예견하고 전실 소생들에게 각기 목숨을 부지할 방법을 알려주고 죽는다. 즉 위유양 형제에게는 구공의 집에 가 있게 하고 딸 위선화에게는 빙물로 白牧丹簪을 주어 정혼한 소운경과의 혼사를 부탁한 것이다.

주동인물 위의성과 반동인물 방씨가 이미 종통의 중요성을 공감하고 있다는 점은 서술자의 의식을 엿볼 수 있게 하는 대목이다.

비롯된 것이라는 데에 초점을 맞추는 것이 필요하다고 본다.
108) 기존 연구에서 '계후'라는 용어를 썼으나 본고에서는 대하소설에 '종통'이라는 말이 많이 등장한다는 점을 고려하고, '종통'이라 써도 무리가 없다고 판단하여 '계후' 대신 '종통'을 쓰기로 한다. 宗統은 가문을 단위로 할 때는 宗族의 계통을 의미하고, 종교적 분파를 단위로 할 때는 宗派의 계통을 의미한다. 본고에서는 전자의 의미로 쓴다.

> 션화는 오히려 녀지니 유흥의 긔업을 아스디 아니려니와 유양 형
> 뎨는 못아돌로 이셔 대종을 뎡ㅎ리니 내 엇디 위시의 십만 지산을
> 뎌의게 쇽ㅎ리오 ㅎ믈며 세 아히 다 의탁을 뎡ㅎ야 두 승샹쪄시니
> 수못 샤쇽ㅎ기 어려오리니 아직 션화는 녀지니 브려두고 유양 등
> 을 해ㅎ리라 (<소씨삼대록> 권1, 16면)

위 인용문과 같이 방씨는 위유양 형제를 죽여 친아들 위유홍에게 大宗을 물려주고자 한다. 그리하여 자신은 위부의 재산을 갖기를 원하고 있다. 종통을 앗는다는 것은 가권과 재산의 획득을 의미하는 것임이 위 인용문에 드러나 있다.

전실소생과 계모의 갈등은 통속적인 계모형 가정소설에서 많이 다뤄지는 소재이다. 그런데 차이점이 있다면 계모형 가정소설이 주로 전실소생을 매개로 하여 전실과 후실의 갈등을 부각시키는 데 초점이 맞춰져 있다면,[109] <소씨삼대록>에서의 계모-전실소생 갈등은 전통적인 계모관 하에서 상류층의 관심사인 종통의 문제를 결합시켰다는 데 있다.[110] 계모형 가정소설과 <소씨삼대록>이 지니는 이러한 차이점은, 기실 대하소설과 가정소설이 지니는 유형적 차이를 대변하는 것이라 할 수 있다. 계모형 가정소설의 서술자는 혈연에 지대한 관심이 있으나 대하소설의 서술자는 혈연보다는 윤리에 관심이 있고, 더불어 종통의 문제에 관심이 있다. 방씨가 재산을 염두에 두었다는 발언은 가정소설과의 연관을 짐작하게 하나, 방씨가 가장 초점을 맞추는 것은 아들 유흥이 종장이 되는 것이다. 재산은 그에 따른 부산물일 따름이다. 계모가 반동행위를 하는 계기가 두

---

109) 졸고, 「계모형 소설에 나타난 갈등의 양상과 작가의식」, <국문학연구> 7, 국문학회, 2002.

110) 계모형 소설과 대하소설에 나타난 각 계모의 차이점을 살핀 연구로 다음의 논문이 있다. 졸고, 「<화산선계록>에 나타난 계모이야기의 양상과 의미」, <국제어문> 28, 국제어문학회, 2003.

유형 사이에 다르다는 점은 바로 대하소설과 가정소설의 향유층이 다르다는 것을 시사한다는 점에서 중요한 대목이다.111)

이후 방씨는 구공의 집에 가 있는 위유양 형제를 죽이기 위해 위의성의 장사 때 위유양 형제를 부르나 구공이 보내주지 않아 뜻을 못 이룬다. 이에 구공의 아내인 양씨와 공모해 위유양 형제를 독살하려 하나 구공에 의해 적발되어 양씨가 출거되고 만다. 이렇게 하여 위유양 형제에 대한 살해 기도는 실패로 돌아가고 만다. 방씨는 위유양 형제 외에 위선화의 前程을 어그러뜨리기 위해 자신의 姪子인 방무에게 위선화를 보내려 하나 이마저도 실패한다. 여성반동인물 방씨는 남녀주변인물을 활용해 여성주동인물의 혼사를 방해하려 하나 실패하는 것이다.

한편, 방씨의 친아들인 위유흥은 위유양 남매와 이복형제이지만 그들에게 우애를 보이고 친모인 방씨의 흉계에 대해 그 잘못을 간하는 인물이다. 결국 방씨가 지속적으로 위유양 형제를 죽이려 하자 위유흥은 자살하고 만다. 위유흥의 자결은 서사적으로 의미하는 바

---

111) 기존 연구에서 방씨를 계모형 가정소설에 등장하는 계모의 모습과 흡사하다고 하며 전형적인 계모형 인물로 파악하여 원한과 재산에 대한 욕심 때문에 위유양 남매를 해치려 했다는 언급은 이런 면에서 재고되어야 한다. 또한 <소씨삼대록>과 계모형 가정소설의 차이점은 방씨에게 내려진 가장 큰 벌인 아들의 자결로서, 후대의 계모형 가정소설에서 계모의 극악성만 부각하고 보통 계모의 소생에 대해서는 주목하지 않는 것과는 대조적이라 한 언급도 재고되어야 한다. 이는 <소씨삼대록>의 향유 기반이 계모형 가정소설의 그것과 다르지 않다는 전제에서 나온 언급이기 때문이다. 또한 <소씨삼대록>에서 계모이야기가 흥미를 끌면서 이 부분이 더욱 확대되어 18세기에 나타나는 계모형 소설의 형성에 영향을 미친 것은 아닐까 생각된다고 한 언급은 계모형 가정소설의 형성기가 아직 확연히 밝혀지지 않은 상태라는 점과 소설 장르의 운동을 단선적으로 파악했다는 점을 고려하면 역시 재고의 여지가 있는 발언이라 할 수 있다. 박영희, 앞의 논문, 121~123면.

가 자못 크다. 친모 방씨가 자신에게 유업을 물려주기 위해 위유양 형제를 죽이려는 것이 잘못되었음을 깨우쳐 주기 위해 자결하는 것이기 때문이다. 위유흥으로서는 방씨가 반동행위를 하게 되는 계기가 바로 자신 때문이었음을 알고 그 계기를 근절하기 위해 자결이라는 극단적인 방법을 선택한 것이다.

결국 방씨는 목표했던 위유양 형제를 죽이는 데 실패하고, 전정을 어그러뜨리려 했던 위선화에 대해서도 역시 계교가 실패한 반면, 자신이 의지했던 친아들이 오히려 죽어 철저한 실패를 겪은 뒤 病死하고 만다. 이에 위유양 형제는 방씨에 대한 효도를 다해 시묘살이를 충실히 한다. 방씨와 위유양 형제의, 서로에 대한 시각차를 엿보게 하는 장면이다.

방씨가 전실소생에 대해 자애롭지 못한 반면, 전실소생이 방씨 사후에 보여주는 효성스런 모습은 대비가 되어 있다. 비록 위유양 형제의 효성이 <명주보월빙>의 윤광천 형제의 효성만큼 부각되어 있지는 않지만 그 단초를 보이고 있고, 이러한 모습은 반동인물과 대비되어 그 교훈적 효과를 더욱 부각시키고 있다. 서술자가 방씨를 설정한 것은 계모에 대한 좋지 않은 사회적 통념을 반영한 것이기도 하지만, 더욱 주된 이유는 이처럼 유교적 윤리를 부각시키기 위해서인 것으로 파악된다.

3) 家權에 대한 욕망의 발현

화부인은 <소현성록>의 화씨와 동일인물이다. <소현성록>에서는 화부인이 투기하는 인물로 등장하는 데 비해, <소씨삼대록>에서는 화부인이 투기할 정도의 나이를 지났고, 소부에서 어른의 위치에 있기 때문에 투기는 보이지 않는다. 다만 촉급한 성격은 그대로 남아 있어 소부를 분란에 휩싸이게 한다.

화부인은 재실 석부인에 대해 정실로서의 자존심을 간직하고 있는 인물이며 親生에 대한 욕심이 지나치고 더 나아가 가권을 총찰하는 역할을 혼자서 떠맡고 싶어 하는 인물이다. 동렬인 석부인에 대해 젊어서 남편의 애정에 대한 경쟁의식을 지녔던바, 나이가 들어서는 자식에 대한 경쟁의식을 갖게 되었다. 그래서 석부인 소생들을 박대하기도 하고 석부인 소생보다 자기 소생이 훨씬 잘 되기를 바란다.

화부인은 가장인 소경이 出征한 틈에 정씨의 참소에 속아 이옥주를 박대하고 이옥주가 그토록 중시했던 이옥주 亡父의 사당을 불지르려 시도하며 집안을 혼란의 도가니로 만든다. 더욱 문제가 되는 것은 강정에 가 있는 양부인이 소부를 이파와 석파에게 총찰하도록 하는 내용의 서간을 받고부터이다. 총부인 화부인이 이 서간을 받고서 양부인에게 무례한 내용의 답간을 보내고 이에 시누이인 소월영과 갈등하고 양부인에게 훈계를 받는 것이다. 결국 가장인 소경의 還京으로 정씨가 출거되고 화부인이 질책 받는 것으로 반동행위의 막은 내린다.112)

화부인은 가권을 총찰하고 싶어 하나 양부인과 이파, 석파가 그 역할을 맡는다. 화부인으로서는 자신에게 가권을 주지 않는 것이 불만일 수밖에 없다. 그런데, 양부인이 비록 화부인에게 가권 총찰

---

112) 화부인의 행위는 시각에 따라 반동행위로 볼 수 없을 수도 있다. 단순히 정씨의 간계에 속아 이옥주를 박대하고 자신의 권리를 주장하며 양부인과 대립한 것으로 파악할 수도 있기 때문이다. 그러나 이옥주에 대한 화부인의 박대가 정씨의 모함 때문이기도 하나 더 근원적으로는 자식에 대한 過愛에서 기인한 것이다. 그리고 양부인에게 대든 것은 자신이 총부이며 따라서 가권을 총괄해야 하는 인물임을 보여주고자 하는 심리에서 비롯된 것이다. 주체적인 사고에 따라 행동했기 때문에 화부인을 반동인물로 설정한 것이다.

의 책임을 주지는 않으나, 재실인 석명혜에게 가권을 주는 것 또한
아니다.

> 화시의 셩되 조협ᄒ여 가듕 쳔여 인 샹하를 원망 업시 거ᄂ리디
> 못ᄒ리니 셕시는 ᄎ례 글너디니 네 맛당이 내 뒤신의 드러 ᄌ손의
> 닷살기를 금ᄒ고 거ᄂ려 녯 법졔를 고티디 말나 네 죽은 후ᄂ 화
> 시ᄭ ᄂ리오고 (<소씨삼대록> 권11, 54면)

양부인이 죽으면서 딸 소월영에게 하는 유언이다. 화씨의 성격이
조협하니 소월영이 가권을 맡으라 하고 석명혜는 차례가 글렀으니
물려줄 수 없다 하는 것이다. 또 소월영도 죽은 후에야 화씨에게
가권을 주라고 하고 있다. 이를 보면, 양부인은 宗婦인 화씨를 존중
하지도 않지만, 며느리 간의 座次는 엄격하게 구별하고 있음을 알
수 있다. 좌차의 엄격함은 곧 가문이 유지될 수 있는 기반을 제공
한다. 양부인은 여가장으로서 소부라는 가문을 엄격하게 다스려 가
문을 유지하고 있음을 볼 수 있다.

　화부인은 그리 심각한 반동행위를 하지 않았기 때문에 가문에 존
속되는 것으로 그려져 있다. 화부인은 비록 媤母인 양부인에게 과격
한 발언을 하기는 했으나 이는 용서받을 만했다. 양부인은 화부인의
성격이 촉급하다는 것을 잘 알고 있었기 때문에 화부인의 그러한 행
동을 이해했던 것이다. 서술자는 화부인이 반동행위를 하게 되는 동
기를 가권에 대한 욕망으로 그리고 있으면서도 한편으로는 이처럼
화부인의 촉급한 성격 탓으로 돌림으로써 그 반동행위를 최대한 가
벼운 것으로 보이게 하고 있다. 그리고 가권에 대한 욕망을 그녀의
성격 탓으로 돌려 양부인이 소월영에게 가권을 물려주는 것으로 처
리함으로써 화부인이 가권을 획득하지 못했음을 보여주고 있다.

화부인의 반동행위를 통해 서술자는 한편으로 가장의 중요성을 역설하고 있다. 가장인 소경과 양부인이 떠난 소씨 집안에는 정씨의 참소와 화부인의 호통, 소운명의 협박, 이로 인한 이옥주의 고통, 그리고 어른에게 대드는 화부인의 무례함만이 남아 있을 뿐이다. 서술자는 가장이 비어버린 집의 황량한 모습을 여실히 그려내고 있다.

2. 〈쌍천기봉〉의 여성반동인물

(1) 전체 여성반동인물의 개관

〈쌍천기봉〉에 등장하는 여성반동인물은 모두 10명이다. 이에 비해 남성반동인물은 모두 4명이 등장한다. 여성반동인물이 수적으로 훨씬 많음을 알 수 있다. 여성반동인물 가운데 일회적 반동인물은 홍랑, 손씨, 청씨, 태진, 혜운 등 5명이다.[113] 나머지 5명이 지속적 반동인물이고 남성의 경우는 4명이 모두 지속적 반동인물이다. 〈소

---

113) 홍랑은 이명의 첩으로서 이명에게 참소해 진부인을 쫓겨나게 한 여인이다. 후에 이현에 의해 죽임을 당한다. 손씨는 유요란의 계모로서 이현이 없는 사이에 유요란을 다른 남성에게 시집보내려 하는 인물이다. 청씨는 이연성의 아내로서 흉측한 외모를 지닌 인물이며 정몽홍을 박대하다가 화병으로 죽는 인물이다. 태진과 혜운은 소월혜가 남의 개착하고 도로유리할 때 유혹한 여인들이다. 이 중 홍랑은 처첩간의 갈등을 소략하게 보여주는 인물이고 손씨는 계모-전실소생 갈등을 보이며, 청씨는 다소 희극적으로 설정된 인물로서 가문에 적응하지 못하는 인물형이다. 태진과 혜운은 매우 독특한 인물형으로서 이들을 통해 여성의 정욕을 보여주려는 서술자의 시각이 엿보인다. 서술자는 이처럼 지속적 반동인물의 활동 사이사이에 다양한 일회적 반동인물을 설정함으로써 서사의 역동성을 확보하고 있다.

씨삼대록>에서 지속적 반동인물이 남성 1명, 여성 7명이었던 점을 감안하면 남성반동인물의 비중이 비교적 크게 설정되어 있는 편이다. 이렇게 된 데에는 <쌍천기봉>이 가문의 이야기와 더불어 역사적 이야기를 차용한 점을 원인 중 하나로 들 수 있다.114)

논의를 위해 전체 반동인물의 출현 빈도를 도표화해 보이면 [표 2-3]과 같다.

[표 2-3]을 근거로 하여 지속적 여성반동인물의 출현 빈도를 차례로 보면, 조제염이 가장 높고, 그 뒤로 옥란, 공씨, 월섬, 여씨의 순으로 높다.

지속적 여성반동인물을 출현 빈도의 순으로 정리하면 다음과 같다.

〔표 2-4〕 <쌍천기봉>의 여성반동인물 개괄

번호	이 름	신분, 지위	행위의 동기	행위의 대상	소속
1	조제염	이몽창의 삼실	애정 추구	정실 소월혜	이부
2	옥 란	이몽창의 첩	애정 추구	정실 소월혜	정부
3	공 씨	요익의 정실	애정 추구	재실 이빙성	요부
4	월 섬	초왕의 첩	애정 추구	정실 이위염	초국
5	여 씨	여환의 동생	미모의 질시	정몽홍	여부

---

114) 남성반동인물이 7명으로서 여성반동인물 4명보다 많은 <천수석>의 경우를 참고해 보아도 이러한 점을 알 수 있다. 졸고, 「천수석 여성반동인물의 행동양상과 그 서사적 의미」, <동양고전연구> 15, 동양고전학회, 2003.

〔표 2-3〕 〈쌍천기봉〉 반동인물의 출현 빈도
권 1-10

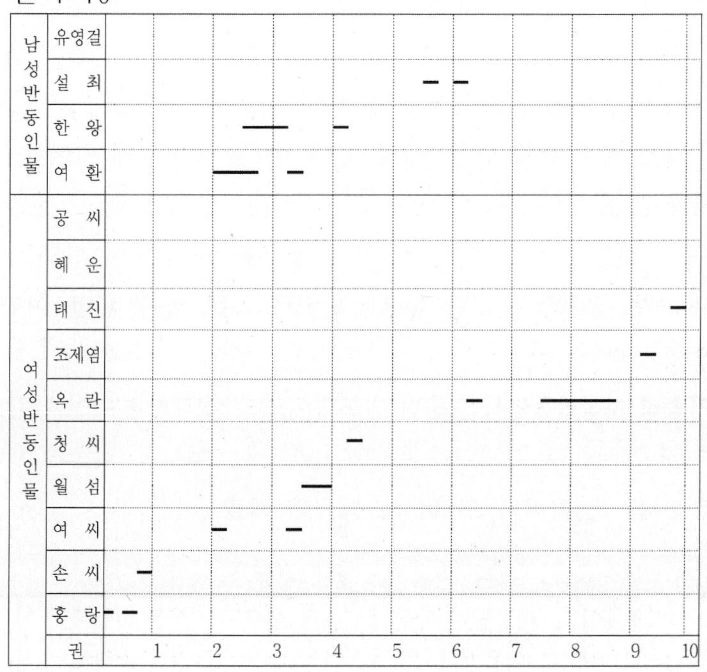

권 11-18

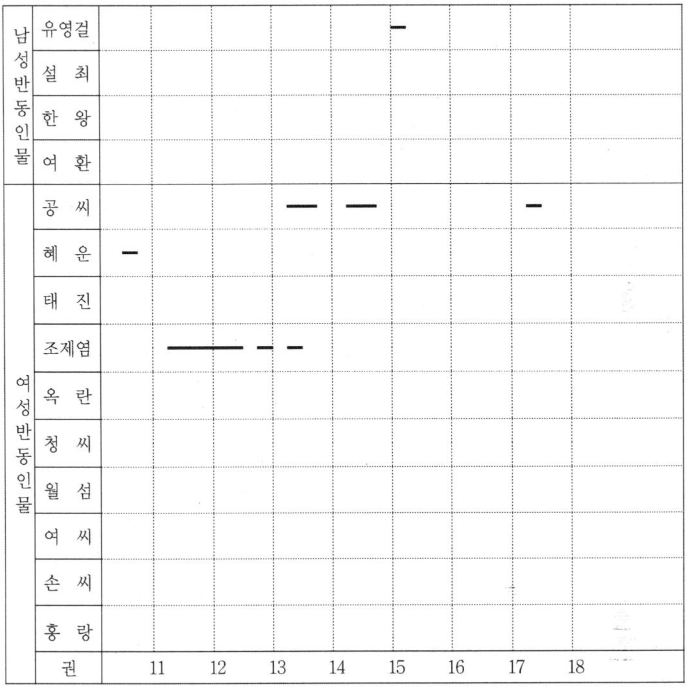

		11	12	13	14	15	16	17	18
남성반동인물	유영걸					—			
	설 최								
	한 왕								
	여 환								
여성반동인물	공 씨			—	—			—	
	혜 운	—							
	태 진								
	조제염		—	— —					
	옥 란								
	청 씨								
	월 섬								
	여 씨								
	손 씨								
	홍 랑								
	권	11	12	13	14	15	16	17	18

여성반동인물의 신분을 남성주동인물과의 관계를 중심으로 살펴보면 총 5명 가운데 정실이 1명이고 첩이 2명, 삼실이 1명이다. 그리고 여씨는 남성반동인물인 여환의 동생이다. 이를 보면 아내의 신분에 해당하는 인물이 4명으로서 가장 많은 비중을 차지하고 있음을 알 수 있다. 이러한 결과는 이미 살펴본 <소씨삼대록>에서 총 7명 가운데 아내가 5명인 것과 궤를 같이하는 것으로서 다처제나 처첩제 하에서 여성이 겪는 질곡이 일정하게 반영되어 있음을 의미한다. 특히 정실이 아닌 여성이 4명 중 3명이나 된다는 점은 여성으로서 기득권을 갖지 못한 인물이 대거 등장해 반동행위를 하고 있음을 뜻한다. <소씨삼대록>이 정실이나 재실의 구분 없이 다처제 하의 전체 여성을 문제 삼았다면 <쌍천기봉>은 제2의 지위에 있는 여성의 상황을 집중적으로 조명하고 있음을 알 수 있다.

여성반동인물의 신분은 필연적으로 반동행위의 동기와 밀접한 연관을 지닌다. 아내의 신분을 지닌 이들은 남편의 애정을 독차지하기 위해 반동행위를 하는 것이다. 남성 한 명에 여성이 여럿인 경우 경쟁은 필연적으로 발생할 수밖에 없다. <쌍천기봉>의 여성반동인물은 다처제나 처첩제에서 발생할 수 있는 여성들 간의 애정 경쟁을 다각도로 반영하고 있다.

특히 다른 대하소설에서는 여성반동인물로 등장하지 않는 첩을 등장시킨 것은 <쌍천기봉>의 서술자가 처첩제에 대해 지니는 관심의 일단을 보여주는 것이다. 첩의 등장은 신분의식을 고려한 서술자의 의식이 반영된 결과이기도 하다. 서술자는 천민 신분인 첩이 상층 여성을 모해한 뒤 처형당한다는 결구를 통해 천민과 상층의 신분을 엄격히 구분 짓는 효과를 거두고 있는 것이다.

<쌍천기봉>에 애정의 문제가 다른 어느 문제보다도 많이 반영되

어 있다는 점에서 이 작품은 본고에서 살핀 작품 가운데 <소씨삼대록>과 가장 많이 닮아 있다. 다만 <소씨삼대록>과 차이점이 있다면 <쌍천기봉>은 첩을 등장시키고 있다는 점, 그리고 제2의 위치에 있는 여성이 많이 등장한다는 점을 들 수 있을 것이다.

반동행위의 대상은 애정을 추구하는 여성의 경우 자신과 경쟁 관계에 있는 여성이다. 특히 첩인 월섬과 옥란 같은 인물도 정실을 모해함으로써 경쟁 관계에 참여하고 있다. <쌍천기봉>에서 여성반동인물의 행위 대상은 모두 이부의 여성들이라는 점이 공통점이다. 소월혜와 정몽홍은 이부에 영입된 여성이고, 이빙성과 이위염은 이부 출신으로서 다른 가문에 들어간 여성이다.

이는 <쌍천기봉>이 철저히 이부 중심으로 서사가 진행됨을 의미한다. 소부를 핵심 가문으로 하여 서사가 진행되는 <소씨삼대록>에서 위부의 방씨와 같이 소부와 관계없는 곳에서 반동행위를 하는 인물이 있다는 점과 비교해 보면 <쌍천기봉>이 얼마나 철저히 이부 중심으로 서사가 진행되는지 알 수 있다.

[표 2-4]를 보면 여성반동인물의 소속은 모두 제각각이다. 그러나 소속만 제각각일 뿐 모두 이부의 인물을 모해한다는 점은 공통적이다. 서술자는 반동인물의 소속을 다양하게 함으로써 마치 각 가문에서 벌어지는 일을 서술하는 것처럼 보이게 하고 있으나, 실제로는 이부의 구성원을 중심으로 사건이 벌어지는 것이다. 실질은 같으나 현상만 다르게 보이는 것은 독자로 하여금 식상하지 않게 하는 서술 기법이라 하겠다.

이제 여성반동인물이 각 인물군과 맺는 관계를 살펴보기로 한다. 먼저 남성반동인물과의 관계를 보기로 한다. <쌍천기봉>의 남성반동인물은 여환과 한왕, 설최와 유영걸이다. 이들은 여환을 제외하면 여성반동인물과 그리 깊은 관련을 지니고 있지는 않다는 특징이 있다. 여환은 정몽홍을 사모하는 인물이고 그 여동생인 여씨는 정몽홍의 미모를 시기하는 여성인물이다. 이들 남매는 욕망의 대상이나 시기의 대상이 같았기 때문에 연합하여 반동행위를 하고 있다. 나머지 남성반동인물은 모두 여성반동인물과 별개로 반동행위를 하는 인물들이다. 이처럼 <쌍천기봉>의 특징 중의 하나는 여성반동인물과 남성반동인물이 그리 긴밀한 관련을 맺지 않는다는 것이다.

여성반동인물은 여씨를 제외하면 남성주동인물과 긴밀한 관련을 맺고 있다. 애정을 추구하는 여성은 모두 남성주동인물을 쟁취하기 위해 반동행위를 하고 있기 때문이다. 이들에게 있어 남성주동인물은 흠모의 대상이자 획득의 대상이다. 또한 속임수의 대상이다. 남성주동인물은 이들에게 잠시 속기도 하지만 끝내는 이들의 행위를 간파해 자신으로 인해 위기에 빠졌던 여성주동인물과 재회를 한다. 예를 들면 이몽창의 경우, 不明한 면이 있어 옥란의 계교에 속아 정실인 소월혜를 내치나 끝내는 소월혜를 불러들이고 옥란을 죽이는 것이다.

여성반동인물이 여성주동인물과 가지는 관계는 여러 인물군과의 관계 가운데 가장 긴밀하다고 할 수 있다. 그들의 행위의 대상이 바로 여성주동인물이기 때문이다. 애정을 추구하는 여성이든, 미모를 질시하는 여성이든 이들의 대상은 모두 여성주동인물에 국한되어 있다. 여성 간의 치열한 다툼이 <쌍천기봉>에는 극명하게 드러나 있다. 이러한 면모는 <쌍천기봉>의 여성반동인물이 애정을 추구하는 인물이라는 특성과 매우 밀접한 관련이 있다. 여성반동인물이 추구하는 욕망의 종류가 무엇인가에 따라 남녀주동인물군과 맺는 관계의 긴밀함이 차이날 수 있다.115)

<쌍천기봉>의 서술자는 여성반동인물이 주변인물과 적절히 결합하는 것을 보여줌으로써 일정한 시각을 드러내고 있다. 특히 조제염의 경우, 자신의 아비인 국구 조겸과 언니인 조황후와 결합하여 적극적인 반동행위를 하고 있다. 이러한 결합은 조부 내 인물들의 결합이라는 특징을 지니고 있다. 조부는 <쌍천기봉>에서 가장 부정적인 가문으로 등장하고 있음을 볼 수 있다. 서술자는 이처럼 특정한 가문의 일원들을 반동인물, 혹은 반동인물을 돕는 주변인물로 설정함으로써 인간의 품성은 이미 결정되어 있다는 시각을 드러내는 기제로 쓰고 있다.

[표 2-3]을 보면, <쌍천기봉>에서 여성반동인물은 작품에 계속 등장하고 있지 않다. 가장 중요한 여성반동인물이라 할 수 있는 조제염과 옥란의 경우에도 그리 부각되어 있는 편이 아니다. 비록 여성반동인물의 행위에 의해 서사가 추동되는 면이 있기는 하지만 다른 작품의 경우와 같이 큰 역할을 하지는 않는다.

이렇게 된 이유로는 먼저 <쌍천기봉>이 명나라 때의 역사적 사실을 차용하여 남성 인물의 활약이 여성 인물 못지않다는 점을 들 수 있다. 더불어 여성반동인물의 반동행위로 인해 여성주동인물이 겪는 고난이 오히려 부각되어 있다는 점을 또한 들 수 있다. 즉 서술자는 여성반동인물의 행위에 초점을 맞추는 것이 아니라 반동행위로 인해 주동인물이 겪는 수난의 모습을 장황하게 서술함으로써 독자에게 비장미를 전달하는 데 주력하고 있는 것이다. <쌍천기봉>에 각 세대마다 여성주동인물의 도로유리가 설정되어 있는 것은 바로 이러한 데에 연유한 것이라 하겠다.116)

---

115) 만일 <소씨삼대록>의 방씨나 <명주보월빙>의 위, 유부인과 같이 종통을 추구하는 여성반동인물이라면 여성주동인물보다는 남성주동인물과 밀접한 관련을 가질 것이다.

(2) 개별 여성반동인물의 행위 양상

1) 애정에 대한 욕망의 발현

a. 첩의 애정 추구: 월섬, 옥란

본고에서 다룬 대상 작품인 <소씨삼대록>이나 <화산선계록>, <명
주보월빙>에는 처첩갈등이 없었으나 <쌍천기봉>에서는 월섬과 옥란
이라는 첩이 등장해 처를 모해하는 이야기가 등장해 주목을 요한
다. 이러한 처첩갈등은 처처갈등과 비교해 볼 때 실생활에서 일어
날 가능성이 상대적으로 높다. 첩의 영입 목적은 후사를 잇기 위해
서이기도 하지만 근본적인 목적은 남성의 성욕을 풀게 하려는 데
있다고 할 수 있다. 첩은 이를 위해 남성에게 자신의 성적 매력과
미모를 과시해 애정을 받을 수 있도록 노력한다. 그런데 남성이 첩
보다 아내를 더 愛重한다면 첩의 효용가치는 떨어져 존재의 이유가
상실되고 만다. 첩은 자신의 생존을 위해 처를 모해할 가능성이 높
은 것이다.

월섬은 초왕의 첩으로서 초왕의 아내인 이위염을 위생과 사통한
음란한 여자로 모함하는 여성반동인물이다. 초왕이 이에 격분해 이
위염을 가두고 후에 임금이 월섬의 奸計를 밝혀 내 월섬을 죽이는
것으로 끝이 난다. 이 과정에서 남성주동인물들인 초왕과 이연성의
갈등이 발생하는데, 이는 월섬이 행한 반동행위의 파장이 자못 큼
을 나타내는 표지이다.

월섬의 이야기는 비록 분량은 소략하나 첩이 처를 투기하고, 대

---

116) 여성주동인물이 세대별로 도로유리를 하는 양상은 졸고, 「쌍천기봉
　　연작 연구」, 서울대 석사논문, 1996 참조.

궐에서 일어난 일이며 여성반동인물이 죽임을 당한다는 결말구조 때문에 서사에 미친 영향은 그 분량에 비해 심각하다고 할 수 있다. 여성반동인물을 징치하는 해결주체, 즉 주동인물을 돕는 주변인물이 임금으로 설정된 것은 반동행위의 심각성을 보여주는 것이다.

옥란의 경우 비록 대궐이 아닌 일개 가문에서 반동행위를 하지만 그 행위의 강도 면에서 월섬의 경우보다 훨씬 심각하다. 옥란은 <쌍천기봉> 전체를 통틀어 조제염과 더불어 가장 적극적인 반동인물이고, 이에 따라 여성주동인물인 소월혜의 고난도 가장 심각한 양상을 띠고 있다. <쌍천기봉>에서 가장 비중이 큰 남성주동인물은 이몽창이라 할 수 있는데, 이몽창을 둘러싼 여성 주동－반동인물 간의 대립의 심각성도 그러한 데에 주요한 몫을 담당하고 있다.

옥란은 이몽창이 외가인 정부에 가 우연히 정을 맺었던 시비이다.117) 이몽창이 소월혜와 성혼한 후 이몽창이 자기 대신 소월혜에게 정을 쏟자 옥란은 계교를 부린다. 위의 월섬과 마찬가지로 자신의 존재 이유를 상실한 옥란이 남성이 다시 자신에게 올 수 있도록 여성주동인물을 해치려 하는 것이다. 그런데 이몽창은 예전에 한 번 정을 맺었던 시비의 존재를 까맣게 잊고 있었다. 옥란은 엄밀히 말하면 이몽창의 첩이라 할 수도 없다. 첩보다도 더 못한 지위의 인물로서 남성의 성적 노리개에 불과할 뿐이다. 그런데 이몽창에게 있어서 옥란은 단지 하룻밤 품고 지나간 여성에 불과하지만, 옥란에게 있어서는 그 하룻밤이 자신의 전부라는 차이점이 있다. 성적 행위에 대해 남성주인과 첩이 지니는 시각의 차이를 여기에서 엿볼 수 있다.

옥란의 반동행위를 구체적으로 살펴본다. 옥란은 소월혜를 독살

---

117) 옥란은 미인을 선호하는 이몽창의 구미에 맞는 인물로 설정되어 있다. "신임흐는 시녀 옥난이 주식이 결혜흐거늘"(<쌍천기봉> 권7, 97면)

하려 하나 초월자이면서 주동인물을 돕는 주변인물의 개입으로 소
월혜가 그 사실을 알고 독살을 모면한다.[118] 이후 옥란은 자신의
시녀 난매를 포섭해 이몽창의 아들 이윤문[119]을 살해하게 하고 이
를 소월혜의 짓이라 모함한다. 또한 소월혜를 외간 남자와 교제하
는 음란한 여인으로 모함해 이몽창의 의심을 돋운다. 이 훼절 계교
는 성공해 결국 소월혜가 귀양을 가게 된다. 貞節의 문제는 여성에
게 있어 가장 중요한 덕목인데 옥란은 독살 기도가 실패하고 전실
소생을 살해해도 소월혜에게 누명을 씌우지 못하다가, 당대의 여성
이 지켜야 할 가장 소중한 규범을 훼손한 것처럼 누명을 씌움으로
써 계교를 성공시키는 것이다. 옥란은 귀양 가는 소월혜를 죽이기
위해 건달 나숭을 보내기도 한다. 이처럼 옥란의 반동행위의 대상
은 오로지 소월혜로 국한되어 있다. 이몽창의 첫 아내인 상씨는 이
미 죽었고 소월혜가 아내로 남아 있는 상황에서 그녀를 제거해야만
자신의 입지가 굳건할 것이라고 옥란은 오판한 것이다.

옥란의 반동행위에 대해 남성주동인물인 이몽창은 여지없이 속고
만다. 이몽창의 이러한 모습은 이미 앞에서 살핀바 <소씨삼대록>의
소운명과 같은 모습이다. 반동인물의 행위를 통찰하지 못하는 현명
하지 못한 남성 때문에 여성주동인물의 고난이 가속화되는 것이다.
서술자는 齊家를 하지 못하는 남성을 등장시켜 제가의 필요성을 역
설하고 있다. 이몽창이 옥란의 반동행위에 속는 반면, 소월혜는 그
것이 옥란의 짓임을 간파한다. 그러나 소월혜는 자신이 누명을 쓴
상태에서 남편에게 변명할 필요를 못 느낀다. 이미 남편이 자신을

---

118) 옛날 소월혜의 꿈에 죽은 상씨(이몽창의 첫 아내)가 나타나 옥란의
    얼굴을 보이고 경고한 일이 있었는데, 소월혜가 이를 기억하고 음식을
    버린다.
119) 이윤문은 이몽창의 정실인 죽은 상씨의 아들이다.

淫亂之人으로 굳게 믿고 있기 때문이다. 이처럼 여성반동인물에 대해 당사자인 남녀주동인물이 보이는 생각과 행동은 서로 다르고 이 때문에 소월혜는 도로유리를 하게 되는 것이다.

소월혜는 귀양을 가는 도중 옥란이 보낸 건달 나승의 침입을 피해 다시 머나먼 피난의 길에 오른다. 나승이 소월혜의 처소에 불을 지르고 소월혜는 이 와중에 아들 경문을 잃으며, 女化爲男하여 오환의 집에 머물렀다가 시녀 태진의 유혹을 뿌리치고 다시 집을 나가고, 여승을 만나나 혜운이 유혹해 도망하며 끝내는 물에 빠지는 등 온갖 고초를 겪게 되는 것이다. 초월자로서 주동인물을 돕는 주변인물인 운사에게 구조되어 도관에 있다가 풍랑으로 바다에 빠진 이몽창을 구해 다시 이부에 돌아오기까지 소월혜의 도로유리는 <사씨남정기>의 사씨의 南征보다도 심각하게 서술되어 있다.

소월혜가 이처럼 심각한 도로유리를 하게 되는 것은 모두 반동인물 옥란의 행위가 가장 큰 원인으로 작용했고 더불어 남편이 사태를 통찰하지 못한 것이 또 하나의 원인으로 작용했다. <쌍천기봉>의 다른 인물의 경우 서사를 추동하는 역할을 별로 하지 못하나 옥란의 경우는 예외적이다. 그녀의 반동행위로 인해 주동인물의 심각한 고난이 발생하는 것을 보면 여성반동인물이 서사를 추동하는 정도를 여실히 알 수 있다.

소월혜가 누명에서 벗어나고 옥란의 반동행위를 적발하는 것은 바로 소월혜 자신에 의해 이루어진다. 귀양 갈 때 시녀 운아에게 두 아들을 부탁하며 아들이 장성하거든 보여 주라며 진상을 적은 서간을 주고 떠나는데, 이부에서 이 서간을 보고 옥란의 소행임을 알게 되는 것이다. 초월자나 조력자와 같은, 주동인물을 돕는 주변인물의 도움 없이 피해를 입은 여성이 스스로 자신의 누명을 벗기고 반동인물을 처단케 한다는 점에서, 소월혜는 신명함을 갖춘 주체적인 인물이라 할 수 있다. 비록 <화산선계록>의 이옥수와 같이 고난을 당하기 전에 미리 알고 반동인물에게서 유유히 빠져나가는 신명함에는 미치지 못하지만, 소월혜의 신명함과 주체적 면모는 <쌍천기봉>의 여성주동인물 가운데 가장 부각되어 있다.[120]

첩이 반동행위를 하는 것은 바로 자신들이 효용가치가 없어졌다고 느낄 때이다. 그런데, 그들이 반동행위를 하게 되는 근본적인 계기는, 그들이 상대남성에게 느끼는 것, 혹은 원하는 것과 상대남성이 그들에게 느끼는 것 혹은 원하는 것이 서로 다르다는 것을 그들이 인식하지 못하는 데에 있다. 그들이 상대남성과 성적인 교류를 한 것은 그들에게 있어 그 자체로 끝나는 문제는 아니다. 그들은 성적인 교류를 애정의 교류로 생각하고 있는 것이다. 반면에 상대남성은 그들을 성욕 해소의 대상으로만 보고 있다. 상대남성은 첩들을 성욕을 풀 도구로 생각하고 있는 것이다. 이들 남녀에게 있어 성행위는 정상적인 남녀관계가 아니다. 주인과 노예의 관계이다. 그런데, 여성은 그렇게 생각하지 않고 정상적인 남녀관계로 보려고 애쓰는 데에서 파탄이 일어난 것이다.

이런 면에서 <쌍천기봉>의 서술자는 처첩제의 모순을 통찰하고 있다고 할 만하다. 뒤에서 살펴볼 <화산선계록>의 서술자가 첩의 문제를 다루면서도 그 욕망을 재물욕으로 한정시킨 것과 비교해 보면 더욱 그러한 점을 알 수 있다. 그런데, <쌍천기봉>의 서술자는 처첩제의 모순을 잘 알고 있으면서도, 이를 혁파할 생각은 하지 않는다. 다만 독자들에게 보여줄 뿐, 더 이상의 언급은 하지 않는다. 이는 철저한 가부장제의 테두리 내에서 작품이 산출되었음을 고려

---

120) 소월혜와 비슷한 인물로서 <쌍천기봉>의 후편인 <이씨세대록>에 등장하는 여성주동인물 위홍소가 있다.

하면 당연한 일이다. 단지 <쌍천기봉>에서 처첩제의 모순을 보여주고 있다는 것 자체만으로도 충분히 의미가 있는 일이라 하겠다.

b. 권세를 기반으로 한 애정의 발현: 조제염

조제염은 賜婚으로 이몽창과 혼인한 여성이다. 國舅 조겸의 딸인 조제염은 어려서부터 부귀 속에서 자라나 교만방자하다.[121] 이몽창과 조제염의 혼인담은 전형적인 늑혼 모티프라 할 수 있는데, <소씨삼대록>에서 살핀 바와 같이 늑혼에 대한 일반화된 부정적 시각이 여기에서도 여실히 드러나고 있다.

서술자는 조제염을 다른 인물들의 시선을 통해 부정적인 인물로 형상화하고 있다. 조제염은 비록 얼굴이 아름답고 女工이 기묘하지만,[122] 남편을 비롯한 시가의 식구들은 그녀를 보고 못마땅해 한다.

> 샹셰 흠신ᄒ여 잠간 쌍셩을 흘니미 이 본듸 됴미경이 아니로듸 사름의 울열이 목하의 ᄉ못ᄂ 고로 됴시의 위인이 싀험ᄒ고 가슴 가온듸 니검을 품은 줄 아지 못ᄒ리오 (<쌍천기봉> 권10, 82~83면)
> 됴시 신부례를 ᄌᄎ료와 부즁의 니ᄅ러 죤당 구고긔 폐빅을 ᄂ오니 얼골이 삼츈 화시 ᄀᄐ니 모다 기리기를 마지 아니ᄒ듸 승샹과 죤당이 불쾌ᄒ여 ᄒ나 (<쌍천기봉> 권10, 93~94면)

앞의 인용문은 이몽창이 조제염을 보고서 그 위인이 시기가 많고 가슴 가운데 날카로운 검을 품었음을 통찰한다는 내용이다. 뒤의 인용문은 조제염이 시가에 와 폐백을 드리는 장면이다. 얼굴이 삼

---

121) "원늬 텬ᄌ 악공으로 권셰를 기우리니 집이 대궐과 일양이오 직빅이 뫼 ᄀᄐ미 졔염 소졔 일싱 부귀의 ᄲ여 타인을 안하의 믈시ᄒ고 스스로 얼골이 텬하의 듸두ᄒ리 업스믈 ᄌ랑ᄒ더라" (<쌍천기봉> 권10, 69면)
122) "ᄎ녀 졔염이 년이 십오 셰라 얼골이 당듸무빵ᄒ고 녀공의 긔묘ᄒ미 측냥 업스니" (<쌍천기봉> 권10, 69면)

춘에 꽃 핀 듯하니 모두들 기리기를 마지않으나 이몽창의 父 이관성과 그 조모는 불쾌해 한다.

이부 사람들의 이러한 반응은 사실 조제염의 반동행위가 일어나기 전의 일이다. 인물의 행동을 보기도 전에 관상을 보고 인물의 됨됨이를 결정하는 것은 매우 위험한 발상이다. 그런데 대하소설에는 이러한 장면이 많이 보인다. 이는 결국 당대의 이념에 반하는 이른바 ‘악인’은 선천적으로 결정되어 있다는 운명결정론의 반영이다. 달리 말하면 이부로 대표되는 상층민은 그들 ‘악인’과는 구분이 되는 選民이라는 의식이 짙게 깔려 있는 것이다.

이러한 의식은 조제염의 행동으로 구체화되어 결국 사실임이 입증된다. 조제염이 이몽창에게 노골적으로 음란하게 구는 것이다. 이에 이몽창은 그녀를 홀대한다. 이러한 모습은 서술자의 시각이 반영된 것으로서 여성의 정숙함을 至高의 가치로 보고 있다는 것을 의미한다. 아내는 정숙하고 소극적이고 남편에게 순종해야 한다는 전통적인 아내상이 스며들어 있다. 이들은 부부이기 때문에 성적인 문제에 있어 거리낄 것이 없어야 될 듯하지만, 이 점이 바로 남성이 여성에게 가장 경계하는 덕목 중의 하나이다. 성적인 욕구를 표현하는 여성은 음란한 여성으로 치부한 것이 당대의 인식이었던 것이다.

조제염은 이몽창에게 다른 아내가 없을 때에는 반동행위를 하지 않는다. 소월혜가 옥란의 반동행위로 도로유리한 후 이부에 귀환하고 이몽창이 임혜란과 성혼을 하면서 조제염의 반동행위가 구체화되고 있다. 이러한 장면은 조제염이 천성적인 ‘악인’은 아님을 나타내고 있다. 다처제라는 환경 속에서 시기하는 마음이 발현된 것이다. 이로부터 반동행위는 천성보다는 환경에 의해 구현되는 것임을 알 수 있다.

조제염은 언니인 조황후까지 끌어들여 소월혜를 모함하고 임혜란을 구타한다. 조제염의 모함과 조황후의 동조로 소월혜가 고향으로 보내질 위기에 처해졌으나 주동인물을 돕는 주변인물인 진태후가 조제염의 반동행위를 밝혀내 소월혜는 安身하게 된다. 조제염은 소월혜를 모함하는 데 실패하자 자신이 직접 반동행위를 행한다. 그 전에 사모하는 남편 이몽창과 동침하기 위해 임혜란 대신 들어가 이몽창과 정을 이루고 잉태한다.[123) 그러고는 소월혜 소생인 이영문을 독살하기까지 한다. 이몽창에 대한 애정을 독점하기 위해 노골적으로 극단적인 방법을 쓰고 있음을 볼 수 있다.

이영문의 독살은 누구나 알 수 있게 이루어졌다. 조제염은 隱惡佯善하며 반동행위를 하는 <명주보월빙>의 문양공주와 같은 인물은 아니다. <소씨삼대록>의 명현공주와 같이 노골적으로 자신의 감정을 드러내는 인물이다. 이러한 성격은 조제염의 성장 과정과 연관지어 생각할 수 있다. 國舅의 집안에서 부러울 것이 없는 환경에서 성장한 조제염에게는 傲慢放恣, 眼下無人의 성격과 더불어 자신의 관심사를 모든 사람이 알고 충족시켜 줘야만 하는 성격이 형성된 것이다. 이러한 성격의 소유자가 媤家에 들어가서 남편의 애정이 자신에게 집중되지 않고 적국에게 분산되자 적국을 해치려 하되, 정밀하게 하지 않아 자신의 감정을 노골적으로 드러낸 것이다.

조제염의 반동행위가 명백히 드러났기 때문에 이몽창은 조제염을 관에 고발한다. 그러나 조제염의 조력자 중에는 일군의 막강한 권력자가 있다. 그 부친인 국구 조겸과 언니인 조황후가 그들이다.[124)

---

123) 이로 인해 임혜란은 이몽창에 의해 내쳐진다.

124) 조겸과 조황후는 조제염을 돕는 것 외에 주체적인 반동행위를 하는 인물은 아니다. 일단 소월혜를 출거시켜 조제염의 목표를 달성시켰으므로 더 이상의 행위는 하지 않는 것이다. 따라서 이들은 반동인물을 돕는 주변인물에 속한다.

이 일군의 조씨는 조제염이 관에 고발되자 오히려 역으로 이몽창을 무고죄로 모함한다. 이 때문에 이몽창은 귀양 가고 소월혜는 이부와 絶信하라는 명을 받게 되는 것이다. 반동행위의 심각함은 이제 그 대상자였던 소월혜뿐만 아니라 사모의 대상이었던 자신의 남편까지도 해칠 지경에 이르렀다. 애초의 목적은 사라지고 이제는 행위 자체가 목적이 되었다. 이제 이들 반동－주동인물 간에는 타협의 여지가 전혀 없게 된 것이다. 이몽창이 조제염에 대한 복수를 다짐하고 귀양을 가는 것은 바로 이러한 맥락에서 이해를 할 수 있다.

소월혜는, 이부와 絶信하라는 명령에 의해 동경에 있는 자신의 친정집으로 향한다. 이로써 이몽창 부부는 조제염에 의해 도로유리를 하게 되는 것이다. 소월혜로서는 두 번째의 도로유리이다.[125] 반동인물에 의해 주동인물이 겪게 되는 이러한 거듭된 도로유리는 반동행위의 강도가 그만큼 크다는 것을 의미하며, 이는 서사적 긴장을 형성하는 주요한 장치이다.

서술자는 소월혜의 고난을 부각시키기 위해 소월혜가 도적을 맞는다는 이야기를 삽입했다. 그러나 용이 도와서 도적을 물리치게 된다. 주동인물의 고난에 초월적 힘의 개입이 이루어지고 있다. 소월혜의 2차 고난은 1차 고난에 비해 그 강도가 약화되어 있다. 그러나 상대적으로 약화되어 있을 뿐 그 자체를 놓고 보면 역시 심각한 고난이라 할 수 있다.

조제염의 반동행위에는 국구와 황후가 개입되어 있어 이들보다 더욱 강력한 조력자가 있어야만 이들의 행위를 무력화시킬 수가 있다. 초월계가 개입하는 것은 바로 이 때문이다. 조제염에 의해 죽은 성교가 황제의 꿈에 나타나 문제를 해결한다. 주동인물을 돕는 주

---

125) 1차 도로유리는 옥란 때문에 발생한 바 있다.

변인물로서 초월자가 나타나 해결하는 방식은 반동행위가 심각했다는 점을 보여주는 것과 동시에 주동인물의 선민의식을 보여주려는 서술자의 배려이다. 막강한 권력자에 의해 짓밟혀져 인간의 힘으로는 더 이상 대항할 수 없는 상황에 처했을 때, 인간은 신을 찾게 된다. 신적 존재인 초월자가 개입하는 것은 주동인물의 이러한 기원에 응한 것이라 해석할 수 있다.

그런데, 이렇게 주동인물이 누명을 벗게 되었어도 반동인물인 조제염의 최후는 처형으로 끝나지는 않고 있다. 심각한 범죄를 저지른 조제염이 쌍둥이 자식과 함께 원찬되는 것으로 마무리된다. 이는 조제염이 국구의 딸이자 황후의 동생이라는 신분이 작용한 결과임과 동시에 후에 <이씨세대록>에서 활약하는 이경문의 효를 드러내기 위한, 작가의 고도의 계산 때문으로 풀이할 수 있다.126)

c. 투기의 표출: 공씨

공씨는 요익의 정실로서 재실로 들어온 이빙성을 모함하는 여성 반동인물이다. 공씨는 주변 가문인 요부에 소속된 인물이다. 따라서 그 반동행위의 강도나 그로 인해 주동인물이 겪는 고난은 위에서 살핀 옥란이나 조제염의 경우에 비해 상대적으로 미미하다.

그러나 반동인물인 공씨의 지위와 주동인물인 이빙성의 지위에 대해서는 논의할 필요가 있다. 공씨는 정실이고 이빙성은 재실이다. 정실로서 재실을 모해한다는 것은 지위에 있어서는 기득권자가 그렇지 못한 사람에게 반동행위를 하는 것이다. 공씨의 반동행위는

---

126) 이런 면에서 <쌍천기봉>과 <이씨세대록>은 연작으로 있을 때 구조적 완결미가 있다고 할 수 있다. <쌍천기봉>이 열린 구조로 끝나는 것은 바로 이러한 점과 무관하지 않다. 졸고, 「쌍천기봉 연작 연구」, 서울대 석사논문, 1996 참조.

따라서 지위 때문에 일어나는 것은 아님을 알 수 있다. 오히려 자질이나 미모에 기인해 반동행위가 일어난다. 즉 이빙성의 자질이나 미모가 공씨의 그것에 비해 빼어난 데서 연유한 것이다. 이를 보면 공씨는 지위에 있어서는 기득권자이지만 자질에 있어서는 그렇지 않다. 이는 결국 다처제 하의 여성은 지위에 관계없이 동렬과의 경쟁 때문에 심각한 억압을 받고 있음을 상징적으로 보여주는 설정이다. 공씨가 차지하는 비중은 비록 미미하지만, 상징하는 바는 이처럼 미미하지 않다.

원래 요익이 이빙성을 맞게 되는 계기는 요익의 꿈에서 한 미인, 즉 이빙성을 보고 미인도를 그린 후 상사병에 걸리고서이다.[127] 이러한 설정은 요익과 이빙성이 天定佳緣임을 나타내는 것이다. 이러한 설정에 걸맞게 요익은 이빙성을 혼인 전부터 사모해 혼인 후에도 이빙성을 愛重한다.

그런데 이것이 바로 공씨가 반동행위를 하는 계기가 된다. 공씨는 천정가연인 이빙성과 요익의 사이를 방해하는 인물로 설정되어 있다. 즉 이 이야기의 초점은 공씨의 반동행위에 있는 것이 아니라 요익과 이빙성에게 모아져 있고, 그 중에서도 이빙성에게 특히 모아져 있다. 이빙성은 작품의 핵심 가문인 이부의 일원이기 때문에 그녀를 중심으로 서사가 진행되는 것이다. 공씨는 이빙성과 요익의 공고한 관계를 깨려 하는 인물로서 서사에 미치는 파장은 여타 반

---

127) 이빙성과 요익이 미인도를 계기로 만나는 것은 미인도 모티프의 변이형이라 할 수 있다. 원래 남성주동인물이 여성주동인물이 그려진 미인도를 보고 상사해 혼인하는 것이 많은 대하소설에 나타나 있다. <소씨삼대록>에서 김현이 소수빙을 만날 때 그러했고(권8), <명주보월빙>에서 윤광천이 진성염을 만날 때(권16), <윤하정삼문취록>에서 정운기가 화보벽을 만날 때(권12), 그리고 소성이 윤선화와 결연할 때(권25) 그러하다. 또 <쌍천기봉>의 후편인 <이씨세대록>에서 이홍문이 양난화를 만날 때(권1) 역시 미인도 모티프가 등장한다.

동인물에 비해 상대적으로 작다.

공씨는 주변인물인, 요익의 첩과 공모해 요익의 아비 요화로 하여금 요익을 자신의 곁에 있게 한다. 공씨의 이 계교는 이빙성을 해치지 않으면서 남편을 자신 곁에 있게 하는 교묘한 방법이다. 공씨로서는 요익이 자신 곁에 있으면 그의 마음 역시 자신에게 있을 것이라고 오판한 것이다. 그러나 요익의 마음이 이빙성에게 가 있자, 이제는 媤父 요화를 적절히 이용해 이빙성이 출거되도록 한다. 즉 이빙성이 요화를 욕하는 祝文을 만든 것처럼 해 요화의 분노를 사게 만든 것이다.

공씨는 주변인물을 적절히 이용해 행위의 대상인 이빙성을 간접적으로 공격하고 있다. 이빙성에 대한 직접적 공격 대신 이처럼 간접적으로 공격하는 것은 서사의 긴장을 떨어뜨리는 요인이 된다. 그러나 이는 공씨가 주변 가문의 여성반동인물이라는 점, 그리고 서술자가 작품을 식상하지 않게 하기 위해 설정한 서술 기법의 측면에서 이해할 수 있다. 조제염이나 옥란이 행위 대상에 대해 직접적인 공격을 하고 있음을 고려하면, 공씨의 간접적 공격 방법은 서사를 다채롭게 하기 위한 서술자의 배려로 이해된다.

이빙성은 <쌍천기봉>의 다른 여성주동인물처럼 출거되어 도로유리한다. 그런데 이빙성의 도로유리는 스스로 원해 이루어진 것이다. 이빙성이 자신의 외숙부인 정문한에게 가서 다시 금주에 내려가 있는 자신의 친정으로 가고자 한 것이다. 그러나 반동인물의 행위가 위의 옥란 등과 같이 그리 심각한 것은 아니었으므로 이빙성은 금주에 가는 동안 심각한 고난을 겪지는 않는다.[128] 반동행위의 정도

---

128) 물론 정문한의 기지로 이빙성이 편하게 금주에 간 것을 무시할 수 없다. 정문한이, 이빙성이 금주에 간다고 일부러 소문내 거짓행차를 해 도적의 습격을 받게 한 후 몰래 이빙성을 금주에 보내는 것이다.

에 따라 여성주동인물이 겪는 고난의 정도가 달라짐을 이빙성을 통해서도 확인할 수 있다.

이 이야기는 반동인물 공씨의 출거와 반동인물을 돕는 주변인물 난매의 처형으로 끝난다. 공씨와 난매의 상반된 최후는 서술자의식이 일정하게 반영된 결과이다. 신분의 문제가 개입되어 있다. 반동행위를 주도한 사람은 공씨이지만 그녀는 다만 출거로 끝나고 대신 시비 난매가 처형당한 것이다. 이러한 결말구조는, 벌열가문의 이빙성을 천민인 난매가 해치려 한 것은 절대 용납할 수 없는 일이고, 이빙성과 비슷한 신분의 공씨가 반동행위를 한 것은 용납할 수는 없으나 같은 신분으로서 죽이는 것은 심하다는 서술자의 의식이 반영된 것이다. 이는 상층민과 천민을 차별하는 신분의식이 강하게 반영된 결과로 풀이된다. 곧, 천민 사회와는 구분되는 벌열가문의 결속력과 위상을 보여주는 의식의 결과이다.

그런데 또 생각해 보아야 할 것은 아무리 같은 신분의 반동인물이라 하더라도 행위가 심각한 경우에는 죽는다는 것이다. 여성반동인물인 여씨가 그 행위의 극심함으로 인해 처형을 당하는 데서도 확인할 수 있다. 이에 비해 공씨의 반동행위는 이빙성을 참소해 고난을 겪게는 했으나 이빙성의 정절을 훼손하거나 그 자식을 죽인 것은 아니므로 그 결말이 죽는 데까지는 이르지 않은 것이다.

2) 미모에 대한 嫉視의 발현

여씨는 오빠인 여환이 이관성의 아내 정몽홍을 사모해 계교를 부리는 데 동참한다. 여씨는 정몽홍과 이해관계가 없으나 정몽홍의 미모를 시기해 여환의 반동행위에 동참하는 것이다.129)

서술자는 여씨의 不仁함을 직접 언급하기보다는 작중인물의 말을 통해 드러내고 있다. 여씨는 유겸과 혼인하게 되는데, 유겸은 정인 군자로서 여씨의 바람직하지 못한 천성을 간파한다. 비록 여씨가 絶代佳人이나 유겸은 기뻐하지 않는 것이다.[130] 여씨에 대한 유겸의 생각은 다른 이와 대화할 때에도 여지없이 드러나고 있다. 철한림과 대화할 때는 여씨의 인물이 不仁해 그녀가 없음만 못하다고 하고 이관성에게는 여씨의 거동이 스스로의 몸을 죽게 하고 유씨 가문을 욕 먹일 것이라 하고 있다. 이관성 또한 그 점을 모르는 것은 아니나 아내에게 애정을 주라고 당부한다. 이관성의 어머니 유부인 또한 여씨에 대한 부정적 생각을 공유하고 있다. 이렇게 주동인물들이 반동인물 여씨에 대해 불길하다고 느끼는 것은 여씨의 천성이 바람직하지 못함을 간접적으로 전달하는 서사적 장치이다. 서술자는 이러한 장치를 통해 여씨의 반동행위에 대한 필연성을 부여하고 있다. 또한 운명은 결정되어 있다는 시각을 드러내고 있다.[131]

여씨의 반동행위는 필연적으로 오라비인 여환의 반동행위와 연관되어 있다. 여환이 정몽홍을 탈취하는 데 여씨가 가담하고 있는 것

---

129) 여씨가 단독으로 반동행위를 하고 있지는 않으나 정몽홍의 미모를 시기한다는 주체적 의지를 중시해 여씨를 반동인물에 포함시켰다.

130) "뉴공즈의 명은 겸이라 흑힝과 인믈이 니흑스로 방블ᄒ니 시랑이 졔ᄌ 듕 심익ᄒ더니 밋 녀시로 합근ᄒᄆᆡ 녀시 얼골이 빙졍뇨라ᄒ여 졀ᄃᆡ가 인이로ᄃᆡ 공지 깃거 아냐 긔싀이 닝낙더니"(<쌍천기봉> 권3, 22면)

131) 미모를 질시해 반동행위를 하는 것은, 자세히 살피지는 않았지만 이미 <소씨삼대록>의 위씨의 경우에서 본 바 있다. 그런데 <소씨삼대록>에서도 그러했지만 미모를 질시해 반동행위를 하는 경우, 그 반동행위는 부수적인 것에 그치고 있다. <소씨삼대록>에서 위씨는 남편 김환의 형제갈등과 취씨의 처처갈등에 부수적으로 등장하는 인물이다. 여씨의 경우도 여환이 정몽홍을 탈취하려는 계획에 부수적으로 동참하고 있다. 이를 보면, 한 여인이 다른 여인의 미모를 질시한다는 내용은 대하소설에서 핵심적인 반동행위는 아님을 알 수 있다.

이다. 여환과 여씨 중 남성반동인물에 더욱 초점이 맞춰져 있음을
알 수 있다. 이들의 계교와 그 파급, 해결을 보이면 다음과 같다.

1) 진부인의 침소 밑에 매골, 부작, 정몽홍의 필체를 모방하여 쓴
   편지를 묻어 놓는다. - 이현과 이관성이 발견하여 태우는 것으
   로 그친다.
2) 여씨가 개용단을 먹고 정몽홍의 모습으로 변하여 진부인을 위
   협한다. - 효과가 있어 진부인의 명으로 정몽홍이 집에서 내쫓
   긴다.
3) 여환이 정연(정몽홍의 친부)이 건문과 교통한다고 모함하여 정
   연 일가를 귀양 가게 한다. 여환이 도적을 시켜 귀양 가는 일행
   을 덮치게 하고 정몽홍을 구해 스스로 은인이라 칭하고 정몽홍
   에게 구혼한다. - 이관성이 이미 여환의 간계가 있을 줄 알고
   귀양 가기 전에 정몽홍에게 서간을 주어, 정몽홍이 서간의 내용
   대로 그 부근의 태수 경혁에게 구조를 청해 구함 받는다.
4) 여씨가 유겸의 박대를 못 이겨 여환과 더불어 모의하여 유겸과
   정몽홍이 사통한 것으로 꾸며 그들을 형부에 고발한다. - 여환
   이 보냈던 도적이 잡혀 그에게서 여환이 지금까지 꾸민 작간이
   모두 드러나 여씨는 사약을 받아 죽고 여환은 孤島로 내쫓긴다.

여환 남매의 계교로 인한 여성주동인물 정몽홍의 고난이 자못 심
각하다. 정몽홍뿐만 아니라 정부 전체가 반역죄에 연루되어 귀양까
지 가고 있기 때문이다. 반동인물의 행위로 인해 주동인물이 도로
유리를 하며 가문 전체가 귀양까지 가는 이러한 모습은 흔하지 않
은 장면이다. <쌍천기봉>이 남성반동인물의 활약이 더욱 크다는 점
을 알 수 있게 하는 대목이다.

반동인물의 활약은 1)에서 4)로 갈수록 그 강도와 질적인 면에서
더욱 확대되고 있고 이로 인한 주동인물의 고난도 더욱 커지고 있
으며, 이에 따라 해결의 주체도 점점 상위의 지위로 확대되고 있다.

1)과 2)는 집안에서 반동행위가 발생하고 그 해결도 집안에서 이루어진다. 그러나 3)과 4)에 이르면, 官에까지 문제가 확대되어 일이 심각해진다. 1)에서 4)로 갈수록 문제를 해결하는 주체는 이현(1번)과 이관성(3번)으로부터 임금(4번)으로 확대된다. 집안의 반동행위가 반역이나 私通과 같은 국가적 반동행위, 혹은 기강을 문란케 하는 반동행위로 확산됨에 따라 그 해결 주체도 임금에까지 확대된 것이다.

애초에 여환은 정몽홍이라는 개인을 탈취하기 위해 반동행위를 시작하였다. 그런데 그것이 국가적 문제로까지 비화되고 말았다. 그에 따라 이들의 최후 역시 그에 걸맞게 이루어지고 있다. 여씨는 사약을 받고 여환은 귀양을 간다. 그런데, 이들의 최후와 관련해 주목해야 할 것은 여씨만 죽임을 당한다는 것이다. 사실 정연 집안을 반역죄로 모함한 것은 여환이었고 정몽홍을 사통했다고 모함한 것은 여환과 여씨였다. 이 점을 보면 여씨보다는 오히려 여환의 죄가 더 크다. 그런데 여환은 목숨을 부지하고 여씨만 죽는 것으로 설정된 것이다. 여기에는 같은 여성으로서 정몽홍의 정절을 훼손시키려 한 데 대한 질책이 담겨있다. 또한 남성독자보다 여성독자에게 강한 목소리를 전달하려 한 서술자의 의도가 반영되어 있다. 한 여성이 다른 여성의 정절을 훼손시키려 하는 것은 곧 때에 따라 자신의 정절도 훼손할 수 있음을 반증하는 것이기 때문에 서술자는 반동인물의 죽음이라는 심각한 결말구조를 택한 것이다.

3. 〈명주보월빙〉의 여성반동인물

(1) 전체 여성반동인물의 개관

〈명주보월빙〉에 등장하는 여성반동인물은 모두 10명이다. 남성반동인물은 9명으로서 남녀반동인물의 수가 비슷하다. 이 중 일회적 반동인물[132]은 남성 1명이고 여성 2명으로서 남성은 설억이고 여성은 주애랑과 목씨이다.[133] 〈명주보월빙〉에는 지속적 반동인물이 일회적 반동인물보다 압도적으로 많음을 확인할 수 있다. 지속적 반동인물은 남성 8명, 여성 8명으로서 그 수가 같다. 이러한 숫자는 〈소씨삼대록〉이나 〈화산선계록〉과는 큰 차이가 나는 것이다. 두 작품에서는 지속적 남녀반동인물의 수가 각각 1명 대 7명, 8명 대 13명이다. 이를 보면, 〈명주보월빙〉에는 여성반동인물의 활약에 못지않게 남성반동인물의 활약도 크다는 점을 유추할 수 있다.

구체적인 논의를 위해 전체 반동인물의 출현 빈도를 도표화해 보이면 [표 2-5]와 같다.

[표 2-5]를 기준으로 지속적 여성반동인물이 반동행위를 할 때의 출현 빈도를 차례로 보면, 유부인이 가장 높고(약 41권), 그 뒤는 위부인(약 38권), 문양공주(약 27권), 윤경아(약 15권), 성난화(약

---

132) 100권이라는 분량을 고려하여 2권 1/2 이하로 등장하는 인물을 일회적 반동인물로 보았다.

133) 설억은 미색을 중시하는 인물로서 위·유부인에게 돈 오백 금을 주고 장설아를 사려고 하는 인물이다. 주애랑은 목씨를 졸라 임몽옥 대신 하원상에게 시집가는 인물이고, 목씨는 주애랑을 시집보내기 위해 전실소생인 임광에게 주애랑을 임몽옥 대신 보내라고 강요하는 인물이다.

13권), 유교아(약 12권), 김귀비(약 7권), 연군주(약 4권)의 순으로 높다. 윤부의 여성반동인물인 유부인과 위부인이 가장 출현 빈도가 높음을 확인할 수 있다.

지속적 여성반동인물을 출현 빈도순으로 간략히 정리하면 다음과 같다.

〔표 2-6〕 〈명주보월빙〉의 여성반동인물 개괄

번호	이름	신분, 지위	행위의 동기	행위의 대상	소속
1	유부인	윤희천의 義母	종통 추구	윤광천·희천 등	윤부
2	위부인	윤광천·희천의 義祖母	종통 추구	윤광천·희천 등	윤부
3	문양공주	정천흥의 四室	애정 추구	윤명아 등	정부
4	윤경아	윤광천·희천의 義妹	종통 추구	윤광천·희천 등	윤부
5	성난화	정세흥의 재실 하원창의 정실	성적 욕망	정실 양씨 등 재실 정아주	정부 하부
6	유교아	윤광천의 삼실	성적 욕망	정실 정혜주 등	윤부
7	김귀비	문양공주의 親母	자식 과애	문양공주의 적국	궁
8	연군주	하원광의 재실	애정 추구	정실 윤현아 등	하부

[표 2-5] 〈명주보월빙〉 반동인물의 출현 빈도
권 1-25

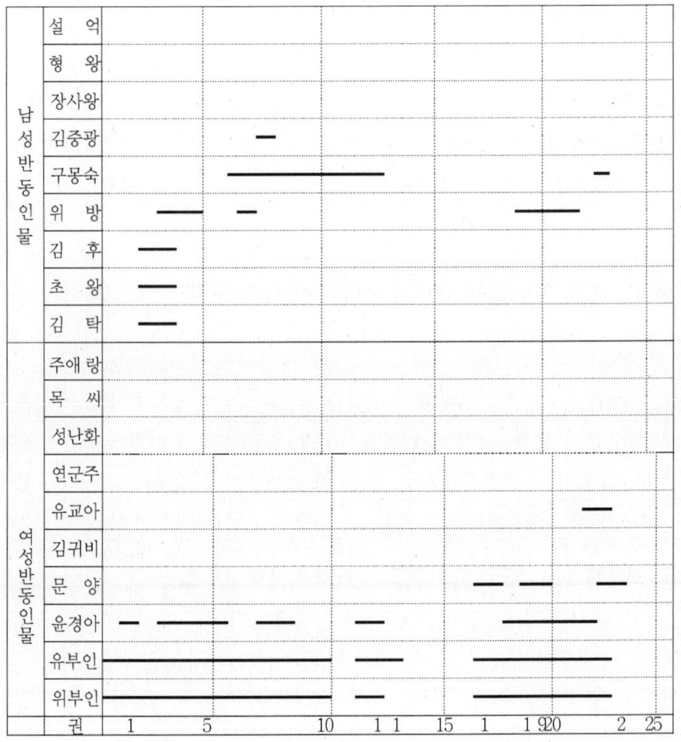

권 26-50

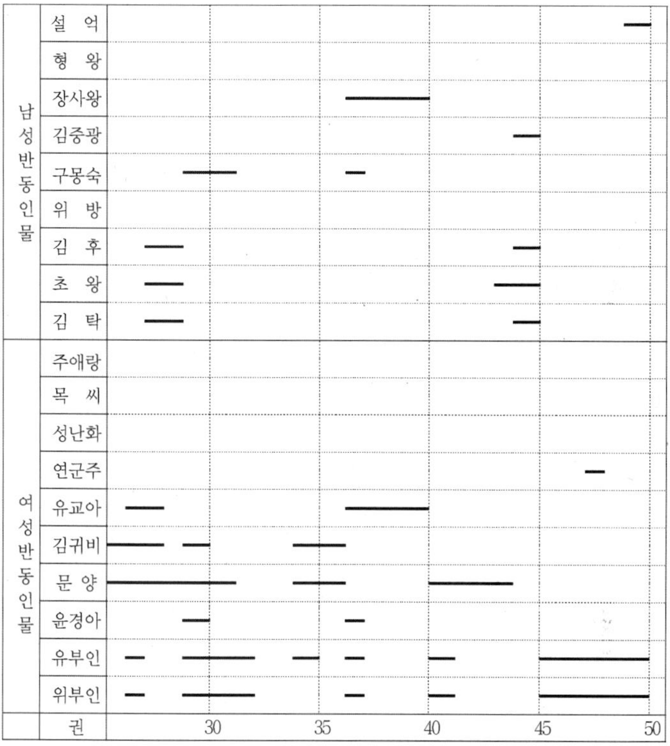

		30	35	40	45	50
남성반동인물	설 억					
	형 왕					
	장사왕					
	김중광					
	구몽숙					
	위 방					
	김 후					
	초 왕					
	김 탁					
여성반동인물	주애랑					
	목 씨					
	성난화					
	연군주					
	유교아					
	김귀비					
	문 양					
	윤경아					
	유부인					
	위부인					
권		30	35	40	45	50

권 51-75

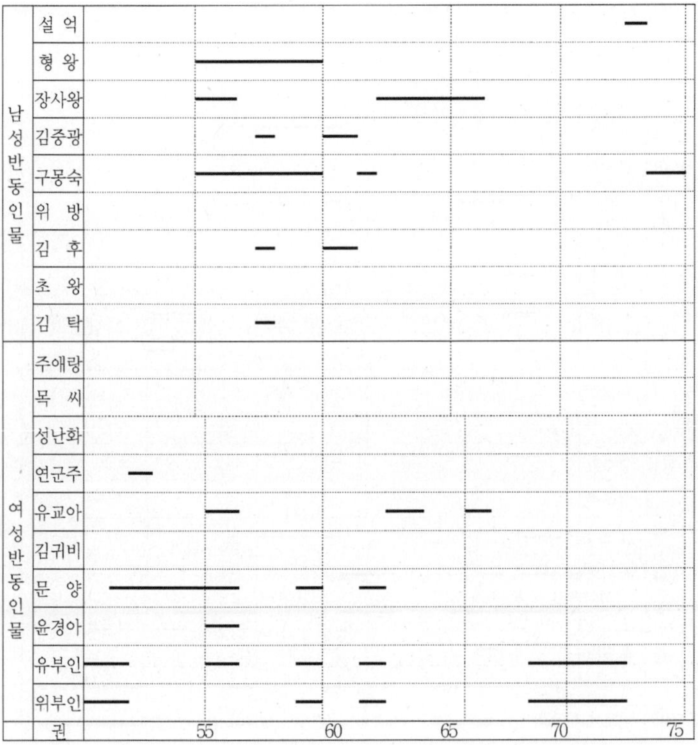

권 76-100

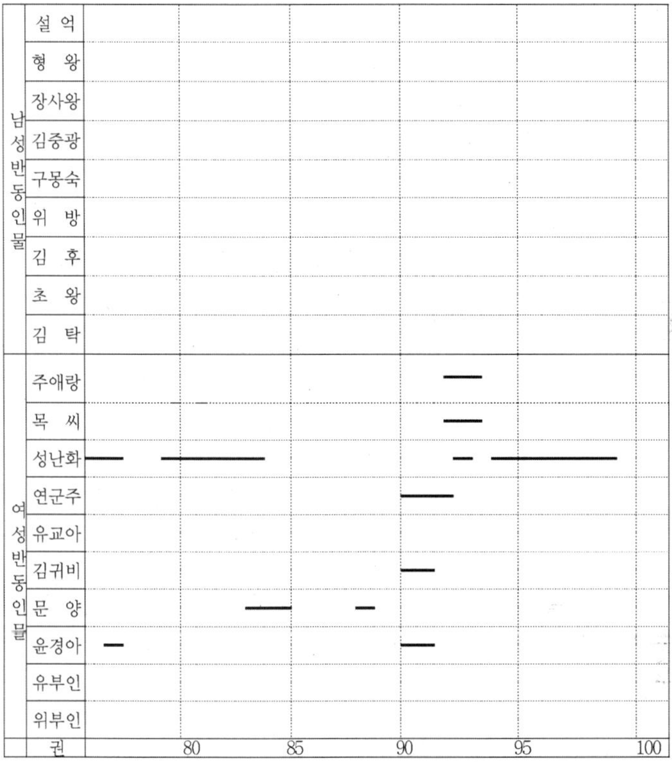

<table>
<tr><td rowspan="10">남성반동인물</td><td>설 억</td></tr>
<tr><td>형 왕</td></tr>
<tr><td>장사왕</td></tr>
<tr><td>김중광</td></tr>
<tr><td>구몽숙</td></tr>
<tr><td>위 방</td></tr>
<tr><td>김 후</td></tr>
<tr><td>초 왕</td></tr>
<tr><td>김 탁</td></tr>
<tr><td rowspan="11">여성반동인물</td><td>주애랑</td></tr>
<tr><td>목 씨</td></tr>
<tr><td>성난화</td></tr>
<tr><td>연군주</td></tr>
<tr><td>유교아</td></tr>
<tr><td>김귀비</td></tr>
<tr><td>문 양</td></tr>
<tr><td>윤경아</td></tr>
<tr><td>유부인</td></tr>
<tr><td>위부인</td></tr>
<tr><td>권</td><td>80　85　90　95　100</td></tr>
</table>

여성반동인물을 신분별로 보면 전체 8명 중 아내는 4명으로서 모두 再室 이하의 지위를 갖고 있다. 다처제의 문제에 대해 일정한 관심이 반영되어 있음을 알 수 있다. 또한 모두 재실 이하의 인물이 반동인물로 설정되어 있다는 점은 정실이라는 기득권이 없는 상태에서 반동행위가 발생할 수 있음을 암시하는 것이다. 이 밖에 모친이나 조모의 신분을 지닌 인물은 모두 3명으로서 의모, 의조모, 친모 등 다양하다. 또한 義妹의 신분이 1명이다. 이를 보면 <명주보월빙>의 여성반동인물 중에는 아내의 신분을 지닌 인물이 가장 많음을 알 수 있다.

여성반동인물 중 아내가 가장 많이 등장한다는 점은 그들의 반동행위의 동기가 남편이나 동렬과 연관되어 가장 많이 발생함을 의미한다. 애정을 추구하는 인물이 2명이고 성적 욕망을 지닌 이가 2명이다. 이들 아내들은 모두 애정이나 性을 추구해 반동행위를 하고 있는 것이다. 의모나 의조모, 의매로 설정된 인물의 경우 종통에 대한 욕망을 갖고 있다. 이들은 비종통의 선상에 있으면서 종통을 쟁취하기 위해 연합하는 인물들이다. 이 밖에 김귀비는 자식인 문양공주를 지나치게 사랑하여 반동행위를 한다. <명주보월빙>에는 이와 같이 애정과 성, 종통, 자식에 대한 과애와 관련하여 반동행위가 나타나 있다.

반동행위의 이러한 동기들은 상층 가문에서 발생할 수 있는 전형적인 것들이다. 애정이나 성에 대한 욕망은 경제적으로 여유가 있고 사회적으로 신분이 높은 상층 가문의 남성이 여러 처를 거느렸을 때 그 여러 처에게 일어날 수 있는 욕망들이다. 종통과 관련된 문제 역시 종법제를 준수해야 하는 상층 가문에서 발생할 수 있다. 자식에 대한 지나친 사랑은 아들이나 딸이 무리한 것을 원해도 이를 다 들어주려 할 때 발현되거나 반동인물인 어머니가 여러 同列 사이에서 겪은 억압적 상황을 딸에게 물려주지 않으려 할 경우에 발현된다. 자식에 대한 사랑은 어머니라면 누구에게나 있는 것이라서 대하소설에서만 나타난다고 할 수 없을지도 모르겠으나, 실제로 고전소설을 훑어보면 유독 대하소설에 두드러지게 보이는 것은 부정할 수 없는 사실이다. 이는 대하소설의 향유층이 상층가문인 것과 밀접하게 연관되어 나타난 결과로 보인다. 상층 가문의 자식은 부족함이 없는 상황에서 자라났기 때문에 원하는 것을 어머니를 통해 다 얻을 수 있다. 따라서 자식은 때로 어머니와 결합해 반동행위를 한다. 또한 상층 가문의 어머니가 딸을 過愛해 사위에게 반동행위를 하는 경우, 그것은 그 자신이 동렬의 사이에서 남편을 사이에 두고 경쟁을 해 왔거나, 같은 상층 가문에서 발생한 일을 많이 보아 왔기 때문에 딸을 지나치게 감싼 데서 나온 결과이다. 이처럼 <명주보월빙>의 서사 세계는 상층 가문에서 발생할 수 있는 전형적인 문제를 소재로 하여 펼쳐지고 있는 것이다.

반동행위의 대상은 종통을 추구하는 인물의 경우, 주로 남성주동인물인 윤광천과 윤희천 등이고, 애정을 추구하는 인물의 경우 자신의 적국이다. 또한 자식을 과애하는 김귀비의 경우 자식의 적국들이 그 반동행위의 대상이다. 이를 보면 여성반동인물은 모두 자신이나 자식이 가지지 못한 것을 충족시키기 위해 반동행위를 하고 있음을 알 수 있다. 이러한 결과는 반동인물이 천성이 악해서 반동행위를 하는 것이 아니라 그 자신이 처한 환경에 따라 반동행위를 함을 의미한다. 불리한 환경을 극복하고자 반동행위를 하지만, 그 행위는 당대의 규범에 부합하지 않는 것이라서 징치나 회과의 대상이 되는 것이다.

반동인물이 소속된 가문을 보면 윤부에 가장 많고 하부, 정부에 고루 분포되어 있다. 이를 보면 윤, 하, 정부가 모두 작품 내 비중이 큰 가문들이기는 하나 윤부가 작품의 핵심 가문이고 하부와 정부는 윤부에 비해 비중이 작은 가문임을 알 수 있다.

이제 여성반동인물이 각 인물군과 맺고 있는 관계를 살펴보기로 한다. 먼저 남성반동인물과의 관계를 본다. <명주보월빙>에는 총 9명의 남성반동인물이 등장하는데 이 중 지속적 반동인물은 설억을 제외한 8명이다. 김탁과 초왕, 김후, 위방, 김중광, 장사왕, 형왕, 구몽숙이 그들이다. 여성반동인물은 이들과 결합을 하기도 하고 하지 않기도 한다. 김탁과 초왕, 김탁의 아들인 김후는 서로 연합해 하부와 대립을 하는 인물들로서 이들과 여성반동인물과의 결합은 없다. 위방은 위부인의 庶姪로서 미인을 탐내는 인물이다. 위방은 위부인, 유부인과 연합을 하여 정혜주에게 반동행위를 한다. 위방은 여성반동인물과 결합해 여성주동인물에게 반동행위를 하지만, 작품에서 차지하는 비중은 그리 크지 않고 그 파급력 역시 그에 비례해 크지 않다. 김중광은 김후의 장자로서[134] 유부인과 연합해 윤현아에게 반동행위를 하려 하는 인물이나 실패한다. 이 역시 여성반동인물과 연합을 하나 비중이 크지는 않다. 장사왕은 유교아와 연합해 반역을 하는 인물이다. 역시 여성반동인물과의 결합이 이루어지고 있는데, 그 파급이 앞의 남성반동인물에 비해 크다. 형왕은 구몽숙과 함께 정, 진 양문을 없애고자 그들 가문이 역적모의를 한다고 모함하나 윤명아의 격고등문으로 잡히는 인물이다. 여성반동인물과의 결합은 이루어지지 않았다.

---

134) 남성반동인물 중 김탁, 김후, 김중광은 조부, 부, 자식의 관계로 얽혀 있다. 품성은 혈연에 의해 결정되므로 쉽게 바꿀 수 없다는 시각이 개재되어 있다.

<명주보월빙>의 남성반동인물 중 가장 큰 비중을 차지하는 인물은 유부인의 조카 구몽숙이다. 구몽숙은 유부인과 연합해 윤명아를 자신의 짝으로 삼기 위해 반동행위를 하나 실패하고, 다시 윤현아를 얻기 위해 독자적으로 반동행위를 해 하원광이 윤현아를 의심하게 만든다. 이후 초월자이면서 반동인물을 돕는 주변인물인 신묘랑의 도움으로 하영주에게 반동행위를 하나 실패한다. 이처럼 구몽숙은 유부인과 결합하거나, 독자적으로, 또는 주변인물의 도움을 얻어 반동행위를 한다. 이후 구몽숙은 정부와 진부에 시기심이 생겨 유부인, 위부인, 윤경아와 연합해 윤광천 형제에게 반동행위를 한다. 이후에 형왕과 연합하고 신묘랑의 도움을 받아 윤부와 진부가 역적모의를 한다며 그들 가문을 모함해 가문의 일원들을 몰살시키려 하나 실패한다. 구몽숙은 정천흥과 윤희천의 정성으로 처형을 면하고 다시 재기를 한다. 구몽숙은 여성주동인물을 얻기 위해 여성반동인물과 결합해 반동행위를 하기도 하고 남성주동인물을 해치기 위해 다른 남성반동인물과 결합해 반동행위를 하기도 한다. 구몽숙은 반동행위의 대상에 따라 그에 맞게 이성이나 동성과 결합해 반동행위를 하고 있음을 알 수 있다.

이상 본 바와 같이 여성반동인물이 남성반동인물과 결합하는 비율은 전체 남성반동인물의 절반 정도이다. 또한 여성반동인물 간의 결합이 활발한 것처럼 남성반동인물 간의 결합 역시 활발하다. 이를 보면, <명주보월빙>은 윤부인, 위부인의 반동행위가 핵심적인 서사의 추동 원리로 작용하고 있지만, 그 한편에서 구몽숙을 중심으로 한 남성반동인물 역시 적지 않은 추동 원리로 작용하고 있음을 알 수 있다. 서사가 어느 한 쪽의 性에 경도되지 않고 남성적 세계도 풍부히 나타나 있는 것이다.

<명주보월빙>에서 여성반동인물은 남성주동인물과 밀접한 관련을 맺고 있다. 전체 8명 가운데 애정이나 성, 혹은 종통을 추구하는 7명은 남성주동인물을 욕망의 대상으로 하거나 반동행위의 대상으로 하는 인물이다. 애정을 추구하는 인물은 남성주동인물을 자신의 소유로 만들기 위해 여성주동인물에게 반동행위를 한다. 성을 추구하는 인물은 남성주동인물을 자신의 소유로 만드는 데 실패하자 오히려 자신의 희구 대상이었던 남성을 적대자로 인식해 그에게 적대적 행위를 한다. 종통을 추구하는 여성들은 남성주동인물을 해치려고 갖은 방법을 다 동원한다. 이처럼 이들 여성반동인물은 남성주동인물과 긴밀한 관계를 맺고 있다.

여성반동인물은 여성주동인물과도 일정한 연관성이 있다. 애정이나 성을 추구하는 여성은 물론이고, 자식에 대한 과애로 인해 반동행위를 하는 인물 역시 여성주동인물을 반동행위의 대상으로 삼고 있다. 심지어 종통을 앗으려는 여성반동인물까지 종통의 계열에 있는 여성주동인물을 해치려고 한다. 이처럼 모든 여성반동인물은 여성주동인물을 반동행위의 대상으로 삼고 있다.

이러한 결과는 <명주보월빙>이 여성의 현실을 문제 삼고 있음을 의미한다. 서술자는 의도하지 않았지만, 여성 간의 심각한 대립이 구현되어 있다는 것은 결국 당대의 사회를 살아가는 여성들의 억압적 삶을 일정하게 반영한 것이다. 특히 다처제 하에서 심리적 억압을 겪었던 여성의 현실이 수용되어 있다.

[표 2-5]를 통해 여성반동인물의 행태를 보면, 서로 결합해 행동하거나 독자적으로 행동함을 발견할 수 있다. 특히 핵심적인 반동인물들은 서로 결합해 행동하고 있다. 유부인은 위부인과 시종 결합하고 있고, 때로 윤경아가 이들과 연합하고 있다. 문양공주는 독

자적으로 행동할 때도 있지만 자신의 어머니인 김귀비와 결합해 반동행위를 하는 경우도 있다. 이외에 유교아나 연군주, 성난화 같은 인물은 남성과 연합하거나 독자적으로, 혹은 주변인물의 도움을 받으며 반동행위를 하는 인물이다. 핵심적인 여성반동인물이 서로 연합한다는 것은 그만큼 그들이 서사에서 차지하는 비중이 크고, 더불어 주동인물에게 미치는 파장이 큼을 의미한다. 이로부터 서사를 이끄는 역할을 이들 여성반동인물이 충분히 담당하고 있음을 확인할 수 있다.

(2) 개별 여성반동인물의 행위 양상

1) 종통에 대한 욕망의 발현

尹府의 여성반동인물은 위부인, 유부인, 윤경아이다. 서술자는 윤부의 禍亂이 발생되는 배경으로서 이들 여성반동인물의 바람직하지 못한 성품과 가장의 권위 상실을 들고 있다. 이들 각각에 대해 서술자는, 위씨는 猜險悖惡한 존재로, 유씨는 隱惡佯善하며 妬賢嫉能하고 阿諛諂佞하며 包藏利劍한 존재로, 윤경아는 母風을 傳襲하여 姦險妖慝한 존재로 설정하고 있다.[135] 이는 반동행위의 사실성을

---

[135] "조부인의 용안덕셩은 곤산미옥 ᄀᆺ고 뉴시ᄂᆞᆫ 애용이 졀셰ᄒᆞ나 셩되 초강ᄒᆞ고 은악양션ᄒᆞ며 투현질능ᄒᆞ고 위태부인은 싀험패악ᄒᆞ여 상셔(윤현)를 긔츌이 아니라 ᄒᆞ여 일호 ᄌᆞ익 업고 뉴시 그윽이 아요쳠녕ᄒᆞ여 포댱니겸ᄒᆞ고 존고의 악ᄉᆞ와 패힝을 ᄀ마니 도으며 획계를 찬조ᄒᆞ듸 두리고 어려이 넉이ᄂᆞᆫ 배 태위라"(권1, 1:20~21); "츠셜 뉴시의 댱녀 경아ᄂᆞᆫ 모풍을 젼쥬ᄒᆞ여 익용이 졀셰ᄒᆞ나 심졍이 간험요특ᄒᆞᆫ디라 모친으로 더브러 부친의 박졍을 원ᄒᆞ고 광텬 등을 과익ᄒᆞᆯ 싀긔ᄒᆞ여 명ᄋᆞ를 무고히 믜워ᄒᆞ니"(권2, 1:156); "태위 문득 탄식쇼뎨 실노 뉴시 싱산을 원치 아니ᄒᆞᄂᆞ니 현이 맛춤 모풍이 업거니와

드러내려는 의도로 해석된다. 가장 윤수는 疏闊한 인물[136]로서 가내의 변고를 눈치 채지 못한다. 그리고 위부인 등이 먹인 익봉잠 때문에 총명이 흐려진다. 위부인 등으로서는 가장 윤수의 권위와 위엄을 약화시키는 것이 자신들의 목적을 이루는 데 반드시 필요했으므로 비록, 윤수가 각기 자신들의 자식, 남편, 아버지이지만 부득이하게 약을 먹였던 것이다.[137] 이렇게 서술자에 의해 설정된 바람직하지 못한 성품과 가장의 권위 상실은 반동행위의 발판이 되고 있다.

이들의 공통된 목적은 황부인의 자손을 다 없애는 것이다. 황부인은 윤공의 정실로서 일찍 죽은 인물이다. 황부인이 생존해 있을 때 윤공의 재실로 들어온 위부인은 황부인의 아들인 윤현과 윤현의 자식들인 윤명아, 윤광천, 윤희천을 제거하는 데 혈안이 되어 있다. 더불어 그들의 배우자와 그 자식들까지 제거하고자 한다.

노뫼 초년브터 황시의 아릭 거ᄒᆞ여 지실의 욕되믈 참고 황시 현을 몬져 나코 노뫼 슈년 후 슈를 나흐니 션군의 ᄉᆞ랑이 간격지 아니

경ᄋᆞᄂᆞ 만히 그 어미를 달마 그 위인이 우리 집 픔딜이 아니〃 익들와ᄒᆞᄂᆞ이다"(권1, 1:46~47) 출전표시: 앞의 표시는 권수이고, 뒤의 표시는 영인본의 권수와 면수를 뜻한다. 이하 마찬가지이다.

136) "다만 태위 셰〃지수를 알녀 아니ᄒᆞ고 소활ᄒᆞ여 닉ᄉᆞ를 슬피디 아니ᄒᆞ니 그 모친과 부인의 ᄉᆞ오나오믈 아디 못ᄒᆞ고"(권1, 1:22); "태위 모쳐의 흉심은 젼혀 아지 못ᄒᆞ고 져러텻 무익ᄒᆞ믈 그윽이 깃거ᄒᆞ고"(권1, 1:79); "태우ᄂᆞ 휴〃ᄒᆞᆫ 댱뷔라 본딕 소활ᄒᆞᆫ지라 형댱의 당부를 명심ᄒᆞ여 가ᄉᆞ를 슬피나 원간 닉ᄉᆞ 알기를 괴로워ᄒᆞ고"(권1, 1:84); "태부인과 뉴시 모녀ᄂᆞᆫ 칼흘 겨러 니가ᄂᆞᆫ ᄆᆞ음이 시〃로 층가ᄒᆞ니 튜밀의 총명이 홀노 악심을 아지 못ᄒᆞ미 일공이 막힌 연괴라"(권17, 2:519~520)

137) 익봉잠이 지속적으로 투약되어 윤수는 갈수록 몸이 쇠약해진다. 반동인물이 자신의 목적을 이루기 위해 친족의 몸을 훼손시키는 예로는 <사씨남정기>에서 교씨가 아들 장주를 죽이는 것을 들 수 있다.

나 죵댱의 듕ᄒᆞ므로쎠 미양 현을 더ᄒᆞ고 일가의 취듕이 현의 몸의
이시니 분ᄒᆞ고 믜오미 친히 칼노 디르고 시브나……일가의 아롬다
온 ᄋᆞ들을 어더 슈의 명녕을 명ᄒᆞ면 슈의 ᄋᆞ들이오 나의 손지니
황시의 쇼싱 ᄌᆞ손이 업셔지면 엇지 쾌치 아니리오 (<명주보월빙>
권3, 1:172~174)

위부인이 再室로서 겪었던 콤플렉스를 느낄 수 있다. 남편인 윤
공의 사랑은 치우쳐 있지 않으나, 자신은 재실로서 황부인 아들 윤
현이 宗長이 되고 一家에서 그를 중요한 인물로 떠받드는 것을 분
하게 여겼다는 것이다. 그래서 황씨 소생 자손을 제거하고 자신 일
가의 아들을 立後해 대대손손 자신의 자손들로 채우겠다는 것이 위
부인의 생각이다. 달리 말하면 윤부의 종통을 윤수로 하여금 잇게
하고자 한 것이다. 윤수가 종통이 되는 것은 자신이 재실로서 느꼈
던 소외감을 보상해 준다는 의미가 있다. 종통이 된다는 것은 가문
의 제사권과 재산권의 소유를 뜻한다.[138] 윤수는 그러한 보상의 매
개자이고, 그 적대자는 곧 윤현의 자식들이었던 것이다.

위부인의 이러한 생각은 유부인이 공유하고 있다. 유부인은 조부
인과의 관계가 황부인과 위부인처럼 정실과 재실의 관계는 아니나,
종통과 비종통의 관계임은 위부인과 마찬가지이다. 위부인은 아들
은 있으나 종장이 아니고, 유부인은 남편이 종장도 아니고 아들도
없어 오히려 위부인보다 더욱 고립된 처지에 있다. 종통이 아니라
는 공통점이 위부인과 유부인을 끈끈하게 밀착시키는 구실을 하고
있는 것이다.

---

138) "위시 왈 엇디ᄒᆞ면 현뷔 긔즈를 싱ᄒᆞ여 윤가 종통을 닛게 ᄒᆞ고 조시
모ᄌᆞ녀를 아오로 업시ᄒᆞᆫ 후 현부로 ᄒᆞ여금 윤부 죵부를 삼아 일가의
듕망이 온젼케 ᄒᆞ고 십만 지산이 ᄌᆞ손으로 ᄒᆞ여금 난호ᄂᆞᆫ 일이 업게
ᄒᆞ여 부ᄌᆡ 안락게 ᄒᆞ리오"(<명주보월빙> 권3, 1:171~172)

위시 것츠로 즈모의 도를 일치 아니나 조부인의 을이 일사도 편치
못ㅎ나 츌텬디효로 동〃쵹〃ㅎ여 위태부인의 인졍 밧 거조를 당ㅎ
나 조곰도 원심이 업셔 흔갈ㄱㅊ치 졍셩을 다ㅎ여 감니의 온닝과 의
복의 한셔를 못밋츨 ㄷ시 받드니 위시 그 어질믈 아쳐ㅎ여 뉴시로
동심ㅎ여 종통을 앗고져 ㅎ는지라 (<명주보월빙> 권1, 1:22~23)

이러한 동일한 목적으로부터 둘의 연대감이 생성된다. 이들의 연
대감은 위부인이 조부인으로부터 家督權을 빼앗아 유부인에게 주는
것으로 나타난다. 공식적으로 家廟에 고한 것은 아니나 宗婦의 권
한인 가독권을 유부인에게 주었다는 것은 유부인을 심정적으로 종
부로 여긴다는 것을 보여주는 것이다.

윤경아는 위부인, 유부인과 같은 처지에 있지는 않다. 위, 유부인
이 외부에서 윤부에 들어와 家婦라는 성취지위를 얻은 반면, 윤경아
는 윤부에서 태어나 딸이라는 생득지위를 얻은 인물이기 때문이다.
작품에서도 윤경아가 종통에 대한 의식이 있는 인물로 그려져 있지
는 않다. 그런데도 윤경아는 조모, 모친과 함께 계교를 모의하고 있
다. 이는 위부인, 유부인의 고식간 유대에, 윤경아가 그 유대감을 공
유한 것으로 파악된다. 즉 윤경아는 윤부 내에서 종통에 대한 주체
적인 의식은 없으나, 조모와 모친, 그리고 자신으로 이어지는 여성의
유대를 중시하다 보니 자연스럽게 위부인, 윤부인의 적대 행위에 동
참하는 것으로 이해된다.[139] 한편, 후에 윤경아가 석부에 시집가서
재실로 들어온 오씨와 그 세 자녀를 제거하려고 하는 것도 자신의
종부권을 지키려 한 의식의 발로로 생각할 수 있다.[140] 윤경아가 석

---

139) 윤경아는 주체적 의식의 결여 때문에 위, 유부인처럼 지속적으로 반
     동행위에 참여하고 있지는 않다.
140) 한편, 윤경아는 매우 특이하게도 자신의 친동생인 윤현아를 미워하고
     윤현아와 그 남편 하원광과의 관계를 갈라놓으려고 시도까지 한다.
     이러한 모습은 남편으로부터 받은 박대가 깊이 각인되어 있어, 다른

부로 시집 간 것은 세 姑―婦―女의 유대를 더욱 강고하게 한 계기가 되었다.

위부인, 유부인, 윤경아의 유대는 종통의 주변부라는 점이 가장 큰 역할을 하고 있다. 그들의 반대편에는 황부인, 조부인, 정혜주로 이어지는 종부의 열과 윤공, 윤현, 윤광천으로 이어지는 종통의 열이 있다. 이들은 종통―종부의 주변에서 맴돌며 종통―종부가 지닌 기득권을 선망하며 비기득권자로서 대단한 소외감을 공유했던 것이다.

위부인, 유부인, 윤경아는 비종통의 소외감을 공유하고 있는데, 유부인, 윤경아는 여기에 더해 다른 문제를 공유하고 있다. 두 인물은 모두 남편에게 이유 없이 홀대 당한다. 미색은 있으나 덕기가 부족해 보인다는 것이 그 이유이다. 남편 앞에서는 자신의 過惡을 드러내려 하지 않는데도 남편이 멀리하는 것은 당사자로서는 이해할 수가 없는 것이었다. 그런데 이들은 그러한 남편을 증오하기보다는 오히려 이를 다른 인물에게 전이시키고 있다.[141] 유부인, 윤경아는 반동 행위의 배태 요소가 이와 같이 복합적이고, 특히 유부인의 경우 그 정도가 더욱 심하다.

유부인은 위의 비종통, 남편의 박대 외에도 딸들 때문에 고민하는 여인의 모습을 보여준다. 딸 가운데 장녀 윤경아는 남편 석준의

─────────────────────

여자가―자신의 동생마저도―남편과 친하게 지내는 것을 차마 보지 못하는 데서 기인한 것이다. 시기심의 극치를 보여준다고 할 수 있는데 이는 위부인―유부인―자신으로 이어주는 공감대를 깨는 의미가 있다. 윤현아는 숙녀로 설정되어 있어 할머니와 어머니의 행동에 못마땅해 하지만 할머니와 어머니는 윤현아를 윤경아와 똑같은 손녀, 딸의 시선으로 바라보고 있기 때문에 윤경아와 윤현아 간의 불화는 용납할 수 없는 것이다. 그래서 윤경아의 그러한 행동에 대해 위, 유부인이 꾸짖는 것이다.

141) 이는 가장의 권위에 도전하는 여인을 설정하지 않으려는 서술자의 의도로 해석된다.

박대를 심하게 받아 그것을 분해한다. 그리고 차녀 유현아가 서촉 수졸로 가 있는 하원광과 혼인하는 것을 매우 못마땅하게 여긴다. 그래서 유부인은 하원광과 유현아가 정혼했지만 다른 남자에게 보내려고 하기까지 한다.[142] 남편의 박대나 아들의 부재, 딸의 박복은 고금을 막론하고 결혼한 여성이 겪을 수 있는 가장 큰 고민거리 중의 하나이다. 유부인이 보았을 때 조부인은 그러한 점을 충족한 행복한 여성이다. 따라서 종통의 차원을 떠나 현실적인 차원에서 유부인은 조부인과 그 아들들에게 시기와 질투가 날 수밖에 없었던 것이다.

이상의 논의를 정리하면 위부인, 유부인, 윤경아는 비종통 의식을 공유하고 있으며 그 중 위, 유부인의 의식이 특히 심하고, 유부인, 윤경아는 이에 더해 남편의 홀대 등의 문제가 있다. 이를 보면 유부인은 종통에 의한 소외감과 남편의 박대가 겹쳐진 인물로서 윤부 세 여성반동인물 가운데 가장 억압을 많이 받는 인물임을 알 수 있다.

종통은 여성이 시가에 들어오기 전부터 이미 정해져 있는 것이다. 이러한 질서를 시가에 갓 편입된 비종통 여성이 뒤집기는 쉽지가 않다. 이러한 상황에 처한 여성이 택할 수 있는 방법은 두 가지이다. 하나는 그 질서에 순응하는 것이고 다른 하나는 저항하는 것이다. 후자의 경우 현실적으로 나타날 수 있는 행동은, 위부인의 생각대로 종통의 자손을 없애고 일가의 아들을 입후하는 것이다. 그런데 이러한 방법은 가문의 질서를 전복시키려는 것이므로 그 행동의 범위는 클 수밖에 없고 또 그 파장도 멸문에 이를 정도로 클 수

---

142) "뉴시 댱녀 셕흑스의 박딕 추악흠과 현으는 유시의 일시 희언으로
   셔촉 슈졸과 결혼코져 흐니 즈긔 다만 냥개 녀으룰 두어 졍스의 비
   고흠과 졍니의 추아흐믈 닐너 브딕 각별흔 고문세가의 아룸다온 부
   셔룰 틱흐여 녀으의 평싱을 쾌히 하고져 흐딕"(<명주보월빙> 권8,
   1:556)

밖에 없다. 위부인 등의 소행이 구몽숙에 의해 국가적인 문제로 확대되어 해결되는 것은 바로 그러한 데 연유한 것이다.143)

그런데, 남편의 박대나 딸들 문제 때문에 고민하는 것은 종통 문제와는 차원이 다르다. 종통이든, 비종통이든 당대 여성이라면 누구나 겪을 수 있는 현실적인 문제이다. 이러한 문제는 여성 향유층이 충분히 공감할 수 있는 소재이다. 서술자는 유부인과 윤경아의 문제를 통해 당대 여성이 가내에서 남편을 비롯해 그 구성원 때문에 겪는 한 질곡을 드러내려 한 것으로 보인다. 그런데 이러한 문제는 종통 문제에 비해 비교적 해결될 가능성은 높다. 종통 문제는 자손을 다 죽여야 해결되지만, 이 문제는 남편과의 화합을 모색하거나 딸들을 바람직한 방향으로 유도하면 해결될 수가 있는 것이다. 그러나 현실은 그렇지가 않았다. 남편은 계속 자신을 홀대하고 유부인이 윤현아를 부귀한 곳에 시집보내려고 시도했으나 오히려 발각되어 남편에게 더욱 박대를 당하게 된다. 쉽게 해결될 것처럼 보였던 문제들도 해결이 안 되자, 현실에서의 좌절감이 더욱 가중되어 유부인은 심각한 억압을 받게 된 것이다.

유부인의 경우 윤부에서 종통 문제와 남편, 딸의 문제가 얽혀 있어 가장 극심한 억압을 받는 인물이다. 작품에서 유부인이 세 여인 가운데 가장 총민하면서도 가장 邪惡한 여인으로 형상화된 것은 바로 그러한 점에 연유한 것이다.144)

이들은 유부인의 주도하에 윤명아와 정천흥의 결혼을 방해하고,

---

143) 구몽숙이 형왕과 모의해 정부, 진부를 멸문시키려고 정천흥 등이 반역을 도모한다고 모함하자, 윤명아가 격고등문해 그들의 죄를 밝히고 정부, 진부를 구한다. 그 과정에서 위부인, 유부인 등의 죄가 모두 드러나게 된다.
144) 위부인의 경우 유부인의 기획을 따르고, 유부인에게 자문을 구하며, 유부인을 전적으로 신뢰한다.

차례로 조부인, 윤광천과 윤희천, 윤광천의 정실인 정혜주, 재실인 진성염, 윤희천의 정실인 하영주, 재실인 장설아, 윤광천의 자식에 이르기까지 반동행위를 한다.145) 윤광천, 윤희천 형제에 대해서는 죄가 발각된 이후에까지 끊임없이 괴롭힌다. 위부인이 종부인 조부인에게서 가독권을 빼앗아 유부인에게 주었는데, 유부인은 윤광천 형제에게는 의식도 제대로 공급하지 않는다. 이와 더불어 윤광천 형제를 숱하게 죽이려 시도하였으나, 正氣가 몸에 배고, 초월계의 인물이 돕는 윤광천 형제를 죽일 수는 없었다.

위부인·유부인·윤경아는 주인공들을 해치려 한 반동인물이지만, 윤명아·윤광천·윤희천의 입장에서는 그들은 효도의 대상이자 우애의 대상인 가족 구성원이다. 따라서 작품 문면에 계속 효성이 두터운 인물들로 그려지고 있는 윤명아 등에게 위부인 등은 징치의 대상이 아니라 감화의 대상이다.

유부인, 윤경아는 성난화나 유교아와 같이 여러 번 남편을 바꾸는 인물들도 아니고, <사씨남정기>의 교씨나 <창선감의록>의 조씨와 같이 자신의 목적을 위해 외간 남자와 사통하는 인물도 아니다. 綱常을 어그러뜨리는 패륜을 자행하지는 않은 것이다. 약을 먹여 가장의 정신을 흐리게 만든 것은 잘못한 일이지만, 일단 가장의 존재는 인

---

145) 이들이 시도하는 반동행위의 방식은 다양하다. 개용단으로 현혹하는 방법, 신묘랑을 시켜 물어가게 하는 방법, 직접 칼로 찌르는 방법, 변심시키는 약을 먹이는 방법 등을 쓰고 있다. 이러한 방법은 대부분의 대하소설에도 등장하는 것인데, 이 중 주목해야 할 것은 변심시키는 약이다. 이는 윤수에게 썼는데, 이 약으로 인해 윤수는 기존의 총명을 잃고 정신없는 사람으로 변해 가장의 권위를 잃게 된다. 이때부터 위부인, 유부인, 윤경아는 윤부에서 활개를 치게 되는 것이다. 가장을 약을 먹여 정신없는 이로 만드는 예로는 <화산선계록>에서 첩 가십랑이 남편 양선생에게 약을 먹여 양선생의 아들 양계흥과 이간시키는 것을 들 수 있다.

정하고 있다. 家長 앞에서는 위부인도 광천 등을 매몰차게 하지 못하고, 유부인이 은악양선하는 것도 역시 같은 맥락이다. 이와 같이 작품에 설정된 인물 간의 관계와 사건의 유형은 이들 반동인물이 감화의 대상이 되기에 충분한 소설적 장치로 작용하고 있다.

이들 여성반동인물이 改過를 하게 되는 근원적인 계기는 윤희천의 出天之大孝 덕분이다. 물론 결정적으로는 유부인이 천궁에 올라가 天鏡을 통해 자신의 극악과 윤희천의 효행을 보고 잘못을 깨우친다는(<명주보월빙> 권73, 8:157~183), 초월계의 개입으로 이루어지지만 그렇게 되기까지에는 윤희천의 효행이 바탕이 되고 있는 것이다. 그런데 초월계의 개입은 유부인 한 명으로 족했다. 왜냐하면 반동행위의 주도자가 유부인이었기 때문이다.

이 지점에서 유부인이 회과하게 된 결정적인 계기인 초월계의 개입에 대해서 생각해 볼 필요가 있다. 이는 앞서 언급했듯이 윤희천의 효행이 근원적인 바탕이 되어 이루어진 것이다. 이러한 양상은 초월계의 개입이 없이 이루어지는 회과를 다룬 소설, 예컨대, <창선감의록> 같은 소설과의 비교에서 그 특징을 발견할 수 있다. <창선감의록>에서는 유부인에 대응되는 심씨와 그의 아들 화춘이 화진의 효행에 감화를 받아 자연스럽게 초월계의 개입 없이 회과가 이루어진다.

이러한 차이가 나타나게 된 근본적인 이유는 회과하는 이가 주체적 반동인물인가, 다른 이의 조종을 받는 괴뢰적 반동인물인가의 여부에 따른 것으로 보인다. 유부인은 자신이 반동행위를 기획하고 주도하는 유형인 데 비해, 심씨와 화춘이 화진을 제거하려고 하는 것은 자신들에 의해서일 때도 있지만 대개는 조씨의 조종을 받고서이다.146) 따라서 심씨 등은 조씨의 반동행위가 드러났을 때 자신들이 조씨에게 속았음을 깨닫고 화진의 효성에 감복하게 되는 것이다. 이에 비해 유부인은 반동행위의 주체자이고, 남에게 속을 정도로 어리석지도 않아서[147] 심씨와 같은 상황이 되기는 힘들다. 유부인은 윤희천의 효성을 알지만 오히려 그럴수록 그 효성이 미워서 더더욱 그들 형제를 괴롭힌다. 이러한 유부인에게 회과의 계기는 쉽지 않아 결국 초월계가 개입할 수밖에 없는 것이다.

초월계의 개입은 결국 유부인의 반동행위는 인간의 힘으로는 도저히 감화시킬 수 없을 정도로 심각함을 의미한다.[148] 윤희천이 효

---

146) 이러한 면은 인물 설정에 있어서 유부인은 반동행위를 기획할 능력이 있을 정도로 영민한 인물로 등장하고, 심씨와 화춘은 조녀에게 농락당할 정도로 어리석은 인물로 등장한다는 점과도 상통한다. <창선감의록>에서 조씨가 남채봉을 제거하고 시녀가 심씨에게 남씨가 없어졌다고 고하자 자신들이 죄를 뒤집어쓸까 봐 놀라는 반응을 보인다. 이에 대해 서술자는 어리석고 겁이 많다고 평하고 있다. "이때 화춘이 감기에 걸려 아파서 외당에 누워 있었는데 심씨가 급히 외당에 나와 화춘을 보고 '큰일이 났다.'고 말하였다. 화춘이 병중에 졸연히 그 말을 듣고 두서를 차리지 못하고 크게 놀라 혼절해 엎어졌다. 시간이 지나 비로소 정신을 차려 난향의 말을 듣고 어미를 꾸짖으며, '남씨가 스스로 달아났는데 무엇이 큰일이란 말입니까?'라고 말했다. 이에 심씨가 말했다. '윤시랑이 와서 그 여자를 찾고서 내가 죽였다고 말한다면 장차 어찌할 것이냐?' 화춘이 또 매우 놀라 정신을 잃고 엎어지니 그 어머니의 망령됨과 자식의 어리석고 약함이 이와 같았다. 時, 瑃得寒疾, 痛臥於外堂, 沈氏急出外堂, 見瑃謂曰: '大事出矣.' 瑃病中猝聞之, 不省頭緒, 大驚昏倒. 良久, 始得定神, 而聞蘭香之言. 咤其母曰: '南氏自走, 胡大事也?' 沈氏曰: '尹侍郞來索其女, 而謂我殺之, 則將若之何?' 瑃又大驚昏倒. 其母之○妄, 其子之愚怯如此." <창선감의록>, 국립중앙도서관 의산문고본 49뒤.
147) 다만 신묘랑의 경우, 유부인 등이 해쳐 달라고 부탁하는 대상인 윤광천 등이 운수가 대길함을 알면서도 재물을 취할 목적으로 유부인을 돕는다. 그러나 이 경우 신묘랑은 조씨와 같이 조종하는 자가 아니기 때문에 조씨와는 다른 성격의 인물이라 할 수 있다.
148) 윤명아의 격고등문으로 위부인, 유부인의 죄가 다 드러나고 윤명아가 자신 때문에 집안 어른의 죄가 드러났음을 부끄러워해 자결하려고

성스러운 행동을 하면 할수록 유부인의 시기와 그로 인한 반동행위는 더해진다. 초월계의 개입은 반동행위의 극점을 뜻하고, 이는 역설적으로 윤희천 효성의 극점을 뜻하기도 한다. 이를 통해 서술자는 효라는 당대 이념의 승리를 확인시켜 주고 있다.

윤경아의 경우, 석부에 갇혀 있었기 때문에 유부인의 회과 소식을 들을 수 없어 다른 방식의 장치가 필요했다. 옥에 갇히게 된 계기인, 재실 오씨의 세 자녀를 독살하려는 시도는 역시 종통 의식의 발로인데, 옥에 갇히고서도 부정적인 마음은 사라지지 않는다. 이러한 부정적인 내면을 치유하여 바람직하게 만드는 사람이 또한 윤희천이다. 지극한 우애로 옥에 갇힌 윤경아를 꾸준히 찾아가 회심하게 만드는 것이다. 역시 우애라는 당대 이념의 승리를 확인할 수 있다.

이상에서 보았듯이 유부인, 위부인, 윤경아의 회과에 핵심적인 역할을 한 사람은 윤희천이다. 서술자는 대효와 우애라는 당대 이념으로 무장된 윤희천을 전면에 부각시켜 이른바 '악'에 대한 이념의 승리를 끌어내고 있는 것이다.[149] 서술자는 표면적으로 윤희천으로 상징되는 당대 이념과 여성반동인물들로 상징되는 이념으로부터의 파탈을 대결구도로 삼아, 이념의 파탈에 대한 이념의 승리를 확인해 주고 있는 것이다.

시도했음에도 불구하고 이들은 죄를 뉘우치지 않는다.
149) 이러한 점에서 보면 <명주보월빙>의 많은 주인공 가운데에서도 핵심적인 주인공은 윤희천이라 할 수 있다.

2) 애정에 대한 욕망 발현의 두 양상

a. 은악양선적 반동행위의 구현: 문양공주

尹府의 여성반동인물이 위부인, 유부인, 윤경아였다면 鄭府의 여
성반동인물은 문양공주이다. 윤부에서 윤수가 총명이 흐려지며 반
동행위가 발생되었다면 정부에서는 家長 정연이 굳건한 가내의 질
서를 수립하고 있었음에도 불구하고, 공주라는 신분이 반동행위 발
생의 한 원인이 되고 있다. 정부의 인물들은 사건이 날 때마다 문
양공주의 소행이라는 것을 짐작하나 그 신분 때문에 문책할 수가
없는 것이다.

문양공주가 정천흥의 아내가 되는 것은 勒婚에 의해서이다. 문양
공주는 정천흥이 운남왕에게서 항복을 받고 돌아와 임금을 뵙는 모
습을 보고 그에게 매혹되어 상사병에 걸린다.(권15, 2:359~360) 이
를 알게 된 임금이 기뻐하지 않으나 허락하고 정천흥의 아비인 정
연과 당사자인 정천흥에게 공주와 정천흥을 혼인시킬 것임을 말하
고, 이미 세 아내를 둔 정천흥에게 공주를 제1부인으로 하라고 한
다. 정연과 정천흥은 이에 극력 반대하나 뜻을 이루지 못하고 집에
돌아와 순부인(정연의 母)에게 그 사실을 고하니 순부인 역시 걱정
한다. 정천흥은 다시 임금을 만난 자리에서 공주가 시집 와도 공주
라 하여 특별히 대접할 수는 없다고 못을 박는다. 임금은 정연에게
정천흥의 세 아내[150]를 각기 친정으로 돌려보내라 하나 정연이 極
諫하여 정부의 별원에 두는 것을 허락받는다. 이러한 조정절차를
거친 후 비로소 정천흥과 문양공주는 혼인을 하게 되는 것이다.

---

150) 문양공주를 제외하면 네 아내이지만 정천흥이 아직 경숙혜와의 혼인
    을 부모에게 고하지 않았으므로 윤명아, 양난염, 이수빙의 세 아내만
    있는 것으로 서술자는 보고 있다.

　　정천흥과 문양공주의 혼인은 전형적인 늑혼의 양상을 보여 주는 사례이다. 늑혼모티프는 이미 앞서 살폈던 작품들에도 나온 것으로서 이외에도 고전소설 전반에 걸쳐 나타나 있는 것이다. <명주보월빙>의 늑혼모티프에는 왕과 가문의 대립이 일정하게 반영되어 있다. 정천흥의 경우 왕의 일방적인 명령에 의해 부마가 되었는데 이는 조선시대의 부마간택법에 맞지 않는 것이다. 부마간택은 세 번에 걸쳐 하는데(三揀擇), <명주보월빙>에서는 임금이 일방적으로 간택을 하고 있는 것이다. 이는 부마간택에 내재해 있는 왕권의 상징성을 더욱 두드러지게 하기 위해 과장되게 설정한 것으로 보인다.[151]

　　그러나 정연과 정천흥은 왕의 위압적 자세에 대해 극력 반대하며 저항하고 있다. 이는 사대부 계층이 부마에 대해 지니는 인식을 보여주는 것이다. 즉 부마간택법 자체가 예에 어긋난다는 것과 잘못하면 멸문지화를 당할 수 있다는 것, 그리고 부마는 벼슬을 할 수 없다는 국법,[152] 그리고 우리가 앞서 다른 작품을 논의할 때 살핀 것처럼 영입된 왕가 자녀의 성품을 알 수 없다는 것 때문이다. 정연과 정천흥이 임금의 늑혼을 극력 반대한 것은 이러한 시각의 반영이라 하겠다.

　　정연과 정천흥의 극력 반대는 이러한 이유 가운데에서도 사대부의 예와 관련된 것이 가장 큰 것으로 보인다. 정천흥이 가법과 예를 중시해 공주를 특별히 대접할 수 없다고 하는 말을 미루어 보

---

151) 심재숙은 <소현성록>을 분석하면서 공주가 직접 방울을 던져 남편을 선택한다고 하는 것이 비록 과장된 것이기는 하지만 그것은 한편으로는 부마간택법의 본질을 잘 드러낸 것이라 하였는데, <명주보월빙>에 나타나는 간택방식 역시 일맥상통한다고 하겠다. 심재숙, 「고전소설에 나타난 늑혼 삽화의 양상과 그 의미」, 이수봉 외, 『한국가문소설연구논총』Ⅲ, 경인문화사, 1999, 279면.
152) 김용숙, 『조선조 궁중풍속 연구』, 일지사, 1987, 208~213면; 심재숙, 앞의 논문, 287~290면.

면, 왕이 신하의 혼사에 왕의 지위를 이용해 간섭하는 것은 부당하다는 인식이 깔려 있다. 정연과 정천흥이 가장 중시하는 것은 사대부의 예라 할 수 있다. 왕이 권력을 이용해 이미 있는 세 아내를 친정에 돌려보내라고 명령한 데 대해 그럴 수는 없다고 버티는 정연의 행동에서 역시 이러한 점을 파악할 수 있다.

결국 절충하여 문양공주가 편입되고 세 아내도 출거시키지 않은 상태로 이들의 갈등은 끝났다. 그런데, 정천흥은 부인의 位次에 있어 문양공주를 제1의 자리에 놓고 있지 않다. 이미 얻은 세 아내를 문양공주의 위에 둔 것이다. 정연과 정천흥이 왕의 명령에 대해 끝까지 버티고, 끝내 왕의 명령을 존중했지만, 문양공주를 제1의 자리에 놓지 않고, 세 아내를 출거시키지 않았다는 점에서 서술자는 왕에 대해 鄭府라는 가문이 지닌 우위를 보이고 있다. 이는 <명주보월빙>의 주인공들이 대단한 가문의식을 지니고 있다는 것을 드러내는 하나의 예이다.

이상의 논의를 통해 문양공주는 이미 정부에 들어오는 과정에서부터 정천흥과의 갈등이 예비되어 있음을 알 수 있다. 정부는 <명주보월빙>의 다른 가문과 마찬가지로 무엇보다도 예법과 의리, 질서를 중시하는 가문이다. 그런데, 임금이 권위를 남용해 신하를 굴복시킨 자체가 이들에게는 자신들을 예에 맞지 않게 대접한 것으로 비쳐질 수 있는 것이다. 또 임금이 自意에 의해서가 아니라 문양공주의 상사병에 의해 정천흥을 선택했다는 점은 예법과 의리를 중시하는 정부의 일원들에게 특히 불쾌감을 안겨 주는 일이다. 정부는 늑혼 자체가 주는 불쾌감에, 문양공주의 혼인 동기에 대한 불쾌감이 더해진 상태에서 문양공주를 맞아들인 것이다. 특히 정천흥의 성격은 의기를 분출하여 직접 행동으로 옮기는 성격이기 때문에 예를 갖추지 않고 들어온 문양공주와의 불화는 이미 예견된 것이라 할 수 있다.

문양공주는 이와 같이 태생적인 한계를 지니고 정부에 들어와 정천흥이 꺼리게 되는데, 정천흥이 문양공주를 꺼리는 또 하나의 이유는 문양공주가 자신에 대한 戀情을 적극적으로 표출하며 잠자리에서 放逸한 행동을 한 데 있다. 정천흥은 풍류남아로 설정되어 있으나 여성의 적극성은 음란함으로 치부한다. 그러나 정천흥은 노골적으로 문양공주를 박대하지는 못한다. 그녀가 공주의 신분을 갖고 있기 때문이다. 그래서 가내의 화란을 막으면서 잠자리를 피하기 위해 몸에 병이 있어서 잠자리를 못한다 핑계하고 겉으로는 정이 있는 듯이 행동한다.(권18, 2:574~581) 그리고 정천흥은 잠자리에서 적극적으로 대드는 문양공주를 자는 척하면서 발로 차 버리기까지 한다.

정천흥의 이러한 행동은 정천흥과 문양공주가 가진 이중적 관계에서 기인한 것으로 해석할 수 있다. 즉 이 두 사람의 관계는 남편과 아내라는 가정 내적 관계와 공주와 부마라는 가정 외적 관계를 겸하고 있다. 남편과 아내의 관계일 경우 당연히 남편의 지위가 높다. 그러나 공주와 부마의 관계일 경우 표면적으로는 공주가 부마에게 종속된 것처럼 보이지만 공주에게는 임금이라는 보호막이 있으므로, 결국 부마는 공주를 매개로 하여 임금과 관계를 맺고 있다 할 것이다. 공주와 부마가 지니는 이러한 이중적 관계는 필연적으로 행동의 모호성을 낳게 된다. 공주와 부마가 뜻이 합치된다면 말할 나위가 없겠으나 정천흥의 경우처럼 공주를 꺼리게 될 경우 그때 정천흥이 취할 수 있는 행동은 분명히 한계가 있는 것이다. 문양공주의 적극성에 대해 정천흥이 보인 행동은 바로 이러한 데에서 연유한 것이다.

문양공주의 입장에서 보았을 때, 그녀가 비록 공주의 지위를 지니고는 있지만 鄭府의 가법을 따라야만 했다. 정부의 가풍이 워낙 엄격하기 때문이기도 했지만, 정천흥의 사랑을 받으려는 당초의 목적을 이루기 위해서는 불가피한 것이었다. 이런 면에서 문양공주의 행동은 <소씨삼대록>의 명현공주와 비교가 된다. 명현공주는 공주의 신분을 과시하며 소부에서 교만한 행동을 일삼고 끝까지 가문의 구성원들과 대치하다가 병들어 죽는다. 명현공주가 자신의 신분을 과시하고 본심을 겉으로 온전히 드러냈다면, 문양공주는 겸손하게 행동하며 본심을 철저히 숨기고 겉으로는 요조숙녀인 것처럼 행세했다. 이는 곁에서 최상궁이 조언한 것을 따른 결과이기도 하다.

서술자는 문양공주의 이러한 성격을 隱惡佯善이라는 말로 표현했다.

공쥐 폐빅을 밧드러 구고긔 비헌ᄒ니 이 믄득 경셩격국지식이오 만고졀염이라 작약요라ᄒ고 ᄌ틱 홀난ᄒ여 홍미 납셜을 므룹뼛ᄂ 듯 일빵 아미ᄂ 초월이 운듕의 엿보ᄂ 듯 염광이 긔묘ᄒ여 남젼 미옥을 공교히 삭여 취식을 메여시며 월익화싀와 단ᄉ잉슌이 찬난 미려ᄒ니 그 심졍을 모로ᄂ ᄌᄂ 긔이ᄒ믈 결을치 못홀 비라 만좌 계빈이 일시의 칭하ᄒ여 금지옥엽이 상녜 여름이 아니라 ᄒ고 존 당구긔 흔연흔 ᄉ식을 작위ᄒ여 듕빈의 치하를 슈응ᄒ며 금휘 공쥬를 향ᄋ여 왈 셩은여텬ᄒ샤 옥쥬로뼈 부마를 삼으시니 영광부귀ᄂ 과의로ᄃ 귀쥬의 평싱이 욕되믈 ᄎ셕ᄒᄂ니 ᄒ믈며 싀광긔딜이 농종옥골을 품슈ᄒ샤 녀염 녀ᄌ와 ᄂ도ᄒ시니 흠복ᄒ믈 니긔지 못ᄒᄂ이다 공쥐 지비 ᄉ샤ᄒ여 온슌흔 안식과 나죽흔 거동이 극히 아름다오나 금후의 명감으로 공쥬의 고은 얼골이 공교흔 거술 가졋고 묽은 안치 샤독ᄒ믈 겸ᄒ여시믈 엇디 모로리오 블힝ᄒ믈 니긔지 못ᄒ고 (<명주보월빙> 권18, 2:543~544)

정연 부부가 문양공주를 맞는 장면이다. 문양공주가 겉으로는 온순한 안색과 거동이 극히 아름다우나 그 고운 얼굴이 공교함을 가졌고 맑은 眼彩가 邪毒을 겸했음을 정연 부부는 간파하고 있다.

서술자는 이외에도 여러 군데에서 공주의 이러한 성품을 언급하고 있다. 이수빙이 生男한 것을 듣고 분해하고 있으며,[153] 정천흥의 사랑이 생남한 이수빙에게 기우는 것을 역시 분해하고 있다(<명주보월빙> 권24, 3:305~308). 또 윤명아와 양난염의 절색을 질투하나 겉으로는 그들에게 온화하게 대한다(<명주보월빙> 권25, 3:315~323).

이상에서 살핀바, 문양공주는 은악양선하는 성격을 지녔고, 공주라는 특권적 신분을 가졌으며, 이에 더해 정천흥을 애타게 사모하는 마음을 지닌 인물이다. 공주의 이러한 세 가지 복합적인 성격은 사실 정부에서 적응하기 힘든 면들이다. 正道·엄중함·예를 중시하는, 전형적인 사대부 가문인 정부에서, 은악양선하나 실제로는 간사한 공주의 성격은 금세 간파가 되었다.[154] 또 정부는 문양공주가 공주로서보다는 아내로서 행동해 주기를 바랐으며, 아내의 戀情을 바람직하지 않은 것으로 여겼다. 문양공주가 가진 선천적, 사회적, 심리적 조건은 당대 가문을 대표하는 鄭府에서 받아들이기 힘든 것들이고, 이 때문에 갈등은 필연적으로 일어날 수밖에 없었던 것이다.

---

153) "공쥬 니시 슌산싱남ㅎ믈 듯고 분한ㅎ여 일쳔 진납이 흉즁을 요란ㅎ나 최녀의 소언을 드러 됴흔 낫츠로 구고긔 나아가니 부인 싱즈를 치하ㅎ나 구괴 즈긔의 변고 후 더옥 증염ㅎ딘 스싁디 아니코"(<명주보월빙> 권24, 3:299)

154) 다만, 공주의 현실적인 지위는 공주가 악행을 저질러도, 예법을 준수하고 가법이 엄정한 정부의 구성원들로 하여금 공주를 쉽게 출거시키지 못하는 요인으로 작용하고 있다. 그래서 가란이 문양공주 소행의 결과임을 알면서도 속수무책으로 당하며 다만 避禍할 대책만 세우는 것이 정부 사람들의 일이다. 처음에 늑혼을 할 때 우려했던 상황이 발생한 것이다.

문양공주는 외적으로는 모든 것을 다 갖춘 인물이다. 친정은 황가이고, 자신은 공주의 신분이며 외모도 빼어나고, 총민하며 자신이 원하는 남성을 차지하였다. 다만 한 가지 부족한 것은 남편의 애정이었는데, 이것은 자신의 힘으로서는 어찌할 방도가 없는 것이었다. 그것은 자신의 노력으로 해결되는 것이 아니었으나, 그럼에도 불구하고 꾸준히 노력했다. 정천흥의 애정을 얻기 위해 최상궁의 조언대로 숙녀인 것처럼 행동하고 상하노복에게 덕을 베푸는 것처럼 하여 인심을 얻었다.

그러나 이 모든 노력은 문양공주가 鄭府에 편입되는 과정과 문양공주가 잠자리에서 행한 적극적인 몸짓에 불쾌감을 지닌 정천흥의 마음을 돌려놓을 수는 없었다. 그런데 문양공주는 자신이 남편에게 사랑받지 못하는 가장 큰 방해요인으로 많은 敵國을 들었다. 남편 정천흥에게는 자신 말고도 자신의 위로 네 명155)이나 되는 처가 있었고, 아래로 10명이나 되는 첩이 있었던 것이다. 문양공주로서는 그들을 제거하면 정천흥의 사랑을 받을 수 있을 것으로 오해하여 최상궁과 신묘랑의 힘을 빌려 적국 제거에 나서게 된다. 문양공주의 이러한 행동은 그녀가 지닌 천성과 신분이 그 한 요인으로 작용하고, 정천흥의 홀대 역시 한 요인으로 작용한 결과이다.

결국 문양공주는 서열상 자신의 위에 있는 네 적국을 차례로 해치려 하고 그 자식들까지 해치려 한다. 반동인물을 돕는 주변인물 최상궁의 도움을 받아 먼저, 윤명아, 양난염, 이수빙을 모함해 친정에 내쳐지도록 한다. 그리고 윤명아와 양난염을 물에 빠뜨려 죽이려 하고, 경숙혜의 자식과 경숙혜를 없애려고 한다. 어머니인 김귀

---

155) 문양공주가 들어올 당시에는 세 명의 적국이 있었으나 정천흥이 몰래 결혼한 아내 경숙혜가 문양공주를 맞은 시기보다 앞섰으므로 경숙혜가 문양공주의 앞자리를 차지하게 된다.

비는 문양공주에 대한 지나친 사랑으로 말미암아 윤명아와 양난염을 냉옥에 가두기도 한다.156) 이들을 모두 제거했다고 여긴 문양공주는 마지막으로 남은 첩인 운영과 9첩을 해치려고 시도한다.

앞의 윤부에서 반동인물의 모해를 받은 인물들이 임시로 피난했듯이 문양공주의 모해를 입은 정천흥의 4처와 10첩은 각기 피해 있다가 나중에 윤명아의 격고등문으로 문양공주의 적대적 행위가 드러나면서 등장한다. 문양공주는 자신의 행위가 밝혀져 궁에 갇혔지만 회과할 생각은 하지 않고 오직 정천흥을 보지 못해 애를 태울 따름이다.

이러한 문양공주를 개심시키는 이는 윤명아이다. 꾸준히 서간을 보내고 달래며 정현기 등 정천흥의 자식들을 문양궁에 오가게 하여 문양공주의 마음을 진정시킨 후 때를 보아 정천흥이 술에 취했을

---

156) 김귀비의 경우, 주로 문양공주를 위해 반동행위를 하기 때문에 문양공주의 부속적 인물로 귀속시킬 수도 있으나, 딸을 위해 주체적으로 행위를 한다는 점에서 반동인물의 범주에 넣고 대신 항목을 설정해 따로 논하지는 않았다. 김귀비는 문양공주의 친모로서 문양공주가 정천흥의 사랑을 받지 못하자 정천흥의 아내들에게 반동행위를 하는 인물이다. 김귀비가 정천흥의 아내들인 윤명아나 양난염을 잡아와 냉옥에 가두는 것은 순전히 문양공주가 정천흥의 애정을 독차지하게 하기 위해서이다. 그런데, 문면에 표출되어 있지는 않지만, 김귀비 역시 후궁으로서 다른 적국과 애정 다툼, 즉 쟁총을 벌여야 하는 입장이다. 김귀비가 딸인 문양공주를 지원하는 모습은 바로 자신의 사정이 투영된 결과라 하겠다.
서술자는 김귀비가 문양공주를 지원하는 모습을 통해, 당대 다처제 하에서 고통 받는 여성들의 현실을 간접적으로 보여주고 있다. 기실 김귀비의 반동행위는 문양공주가 여러 동렬과 함께 있다는 그 자체에서 비롯된 것이다. 남편으로부터 애정을 온전히 받고 싶으나 현실은 다른 동렬에게 애정이 분산되고, 더 나아가 문양공주에게는 애정이 오지도 않는다. 딸 문양공주는 남편 정천흥으로부터 애정의 소외를 받고 있는데, 김귀비는 그러한 소외를 근절하기 위해 반동행위를 한 것이다.

때 문양공주를 보내 회포를 풀게 만든 것이다.(권89, 9:606~623) 문양공주로서는 정천흥을 보게 해 준 것만으로도 대단한 은혜가 아닐 수 없다. 이로부터 문양공주는 윤명아를 은인으로 알게 되고 자연스럽게 반동적인 마음이 사라지게 되는 것이다.

여성으로서 남성을 갈구하는 것은 인지상정일 수 있다. 이 점에서 문양공주는 그러한 감정을 충실하게 구비하고 있는 이라 말할 수 있다. 또한 문양공주는 그러한 감정을 자유로이 표현하였다. 그러나 그러한 행동은 예법을 중시하는 가문에는 맞지 않는 것이었다. 또한 문양공주가 적국을 시기하는 것은 인간 심성의 발로라고 할 수 있다. 그러나 당대 사회에서는 그러한 시기를 용납하지 않았다. 서술자 역시 문양공주는 狡詐한 인물이라 하여 반동행위에 대한 사실성을 부여하고 있고 작중 인물들 역시 문양공주의 관상을 보고 집안에 변란이 있을 것이라 예감을 한다.

문양공주에 비해 윤명아는 多妻制인 당대의 가내 질서를 수용하고 화해의 자세를 지녀 문양공주를 덕으로써 감화시킨다. <명주보월빙>에 등장하는 여주인공은 대부분 적국을 맞아들일 때 남편의 길복을 지어 입히는데 이때 시가의 구성원들은 그러한 여주인공을 칭송한다. <명주보월빙>에 나타나는 시기 없음의 상징이 바로 길복 모티프라 할 수 있으며 이는 이미 우리가 살펴본 작품들에서도 나왔던 것이다.157)

윤명아의 문양공주 회과 유도는 개인의 욕망에 대한 이념의 승리를 의미한다 할 것이다. 윤희천이 윤부의 여성 반동인물을 개과시킨 것은 몸에 밴 효와 우애 덕이었는데, 윤명아가 정부의 여성반동인물 문양공주를 개과시킨 것은 역시 몸에 밴 우애 덕분이었다. 남

---

157) 이러한 아내들의 덕성은 실제로 당대 남성들이 원하는 이상적인 모습이라 할 수 있다.

편을 지극히 사랑하다 못해 독점하려던 문양공주의 시도는 여성 내면에 자리 잡고 있는 독점욕을 최대로 증폭시켜 형상화한 것이다. 그러나 이러한 시도는 용납될 수 없었고, 당대 이념에 굴복될 수밖에 없었다.

문양공주는 당대 이념을 수용하지 못해 반동행위를 저지르지만, 애정을 좇아 온 다른 비슷한 여성들은 당대 이념을 충실히 수용해 가문에 온전히 편입된다. 그 중 하나인 운영공주는 운남왕의 딸로서 정천흥을 한 번 보고 반하여 경사까지 좇아와 우여곡절 끝에 첩이 된다. 정천흥 역시 처음에는 운영공주의 淫佚함에 거리를 두지만, 운영공주가 충직한 시비의 도움으로 행동을 바르게 하자, 애정을 고르게 주는 것이다.

문양공주와 운영공주의 가장 큰 공통점은 남성에게 먼저 접근하는 적극적인 여성이라는 점이고 가장 큰 차이점은 당대 여성에게 부과된, 남성에게 소극적이고 순종적인 여성상을 수용했는가의 차이라 할 수 있다. 수용하지 못한 문양공주는 자신의 욕망을 실현하기 위해 반동행위를 저지르고, 수용한 운영공주는 가문에 편입된다.

서술자는 심각한 반동행위를 저지르는 문양공주를 설정하고, 그러한 문양공주를 회과시키는 주동인물 윤명아를 설정해 결국은 주동인물의 행위를 더욱 부각시키고 있다. 이러한 설정은 반동행위를 하면 죗값을 받는다는 데 목적을 둔 것이 아니라 유교 이념으로 무장된 인물은 당대 이념상 극악한 행동을 하는 인물도 감화시킬 수 있다는 것을 보여주는 데 목적이 있는 것이라 할 수 있다.

b. 노골적인 반동행위의 구현: 연군주

경안공주의 딸인 연군주는 개선하는 하원광에게 반해 賜婚으로 하부에 들어가는 인물이다. 연군주는 하원광을 연모해 하부에 들어가 노골적으로 하원광에게 그 연정을 표현해 하원광의 박대를 받는다. 연군주는 동렬인 윤현아나 경소저에 대해서도 자신이 공주의 딸임을 내세우며 권세를 자랑한다. 그런데 그러한 과정들이 문양공주처럼 은밀하게 이루어지지 않고 너무나 직접적이고 노골적으로 드러나 있으며, 또한 희극적으로 제시되어 있다.

연군주가 하원광을 보게 되는 계기는 하원광이 초국을 평정하고 개선하는 길에서였다. 연군주는 하원광을 한 번 보고 흠모해 자신의 연정을 표현하기 위해 하원광에게 金鈴을 던진다. 반한 남성에게 자신이 소지한 물건이나 과일을 던지는 행위는 소설에서 드물지 않게 나오는 장면이다. 이러한 장면은 여성이 남성에게 먼저 자신의 감정을 표현한다는 점에서 획기적인 일이지만, 대하소설에서는 부정적인 여성을 묘사할 때 주로 쓰이고 있다. <명주보월빙>의 서술자 역시 그러한데, 연군주의 이후 행적이 그러한 점을 대변하고 있다.

연군주는 하원광과 혼인하기 위해 사혼은지를 이용하고 있다. 그런데, 연군주를 둘러싼 가족들의 반응이 흥미롭다. 연군주가 하원광과 혼인시켜 달라고 부모를 조르니 어미인 경안공주가 임금에게 사혼은지를 청하나 임금이 반대하다가 하원광의 재실로 들여보내겠다고 하고 혼인을 허락한다. 하부에서는 반대하다가 할 수 없이 허락하고, 연군주는 매우 기뻐한다. 이를 본 연군주의 부모는 어이없어 한다. 연군주를 제외하고 그의 부모나 임금, 하부에서 모두 연군주의 혼인을 탐탁지 않게 생각하고 있음을 알 수 있다.

연군주와 하원광의 혼인은 전형적인 늑혼의 방식이다. 그런데, 임금이 하부라는 가문과 대결하는 형식을 취하고 있지는 않다. 이는 앞서 살펴본 문양공주의 혼인과정과 비교해 보면 극명한 차이가 난다. 문양공주의 혼인 때는 임금과 정부가 치열한 대립을 벌였다. 그런데, 연군주의 경우 임금과 하부가 치열한 대립을 벌이는 대신 그 혼인의 부당함을 공유하고 있다.

이를 보면, 늑혼에 대한 시각의 차이가 한 작품에서 혼재되고 있다고 착각할 수 있다. 그런데 이는 같은 시각의 다른 표현이다. 서술자는 늑혼에 대한 일관된 시각을 지니고 있다. 즉 늑혼은 부당하다는 것이다. 문양공주의 혼인 과정 때에는 극한대립을 통해 그러한 부당성을 보여주었다면, 연군주의 혼인 과정 때에는 임금마저도 늑혼에 대한 부당함을 인식하고 있다는 면을 보여주고 있는 것이다. 임금과 가문의 대립 혹은 화합은 모두 늑혼에 대한 부정적 인식의 소산이다.

그렇다면, 임금마저도 늑혼을 부정적으로 인식하고, 부모마저도 혼인하게 되어 기뻐하는 딸을 어이없게 바라보는 그 속사정은 무엇인가? 바로 연군주가 지닌 자질 때문이다. 임금이나 부모는 연군주가 당대 사회에서 요구하는 여성적 자질을 지니고 있지 못해 결혼을 마땅치 않게 보고 있다.

> 연쇼제 녜슛 박싁블인이 아니라 그 상뫼 험괴ᄒ여 일셰의 모양ᄒ여 ᄀᆞ튼 거시 업셔 니른바 우두나찰과 흑살텬신 ᄀᆞ고 힝싀 츄악광패ᄒ미 일분도 규녀의 고요안졍ᄒ미 업고 념티 상딘ᄒ여 져의 위인이 긔괴망측ᄒᆞᆷ 모로고 다만 군ᄌ를 마ᄌ 금슬디락을 일우고져 ᄯᅳᆺ이 잇ᄂᆞᆫ 가온ᄃᆡ 쇼원이 과도ᄒ여 셰쇽용우디풍을 ᄀᆞ장 우이 넉여 텬일디표와 문당필법이 종왕마쳔을 묘시ᄒᄂᆞᆫ ᄀᆞ온ᄃᆡ로ᄃᆡ ᄯᅩᄒᆞᆫ 지모를 보아 구ᄒᆞ렷노라 ᄒᆞ더니 (<명주보월빙> 권53, 6:177~178)

연군주의 외모가 牛頭羅刹과 黑殺天神 같고 그 행실은 一分도 閨女의 고요 안정함이 없다 하고, 그런 가운데에도 琴瑟之樂을 이루

고 싶어 하나 보통 남성은 거들떠보지도 않는다는 서술자의 언급이
다. 연군주는 세상에서 가장 뒤떨어지는 여성으로 묘사되어 있는데,
그녀가 원하는 이성은 세상에서 가장 뛰어난 남성이니, 임금이 혼
인을 반대하고 그 부모가 어이없어하는 것도 그들 입장에서는 당연
해 보인다.

　서술자는 연군주의 외모를 그녀가 혼인할 때 다시 한 번 적나라
하게 묘사하고 있다.

> 신뷔 단장을 곳쳐 비샤당현구홀시 힝뵈 난잡ᄒ여 쳥시 움즉이고
> 슘소릐 괴이ᄒ여 잠기 멘 쇠 소릐 ᄀᆞᆺ트며 냥안의 흔 조각 영치 업
> 셔 검고 둥글며 냥미기운 뿍밧 ᄀᆞᆺ고 ᄂᆞ민 니마의 큰 혹이 돗고 냥
> 협이 프르러 쳥화 ᄀᆞᆺ고 닙이 ᄂᆞ밀며 두 귀 아릐 빵으로 혹이 달녓
> 고 코히 놉하 큰 낫치 덥혀시며 허리 퍼디기 안반만 ᄒ고 킈ᄂᆞ 계
> 오 십셰 희ᄋᆞ만 ᄒ니 긔형괴상이 ᄀᆞᆺ초 긔졀ᄒᆞᆫ디라 (<명주보월빙>
> 권53, 6:195)

　이처럼 奇形怪狀을 갖춘 연군주는 반동행위를 노골적으로 하고
있다. 자신이 공주의 딸이라는 신분을 앞세워 정실인 윤현아를 모
욕하고 하부의 구성원들을 능멸하는 것이다. 이러한 모습은 우리가
<소씨삼대록>의 명현공주에게서 이미 본 바 있다. 이들 인물의 공
통점은 외적 신분인 공주, 혹은 공주의 딸이라는 특권만 믿고 내적
신분인 아내라는 가문의 구성원으로서의 역할을 전혀 도외시하고
있다는 점이다. 연군주나 명현공주가 남편 혹은 가문과 대립하는
것은 '임금을 등에 업은 권력'과 '가문을 중시하는 권력'의 충돌이다.
이는 이들이 모두 늑혼으로 가문에 영입되었다는 공통점에서 연유
한 것이다. 서술자는 이 둘 가운데 아내로서의 역할을 더욱 강조하
고 있다. 이들이 반동인물로 설정되었다는 것 자체가 그러한 점을

입증하고 있다.

그런데, 연군주는 명현공주와의 차이점도 지니고 있다. 바로 희극적 인물로 등장한다는 점이다. 연군주는 하원광을 사랑하는 여성이다. 그래서 하원광을 보기 위해 어떠한 구차함도 마다하지 않는다. 연군주가 하원광을 보기 위해 외헌에 나갔다가 윤희천을 하원광으로 잘못 알아 옷을 잡으니 윤희천이 도망하는 장면이나 연군주가 섬돌에 내려오다가 걸려 넘어지는 장면(권92, 10:89~104) 그리고 경소저의 혼인 날 음식을 많이 먹고 사람들 있는 데서 대변을 내보내는 장면(권92, 10:75~89) 등은 연군주의 희극적 성격이 잘 드러나 있는 장면들이다. 명현공주가 '진지하게' 자신의 권위만을 내세우는 인물이라면, 연군주는 자신의 권위를 내세우되, '우습게' 묘사된 인물이다.

서술자는 연군주를 비록 자신의 동렬에 대해 노골적 박대를 하는 인물로 설정하였으나, 작품에 생기를 불어넣어주는 희극적 인물로도 묘사하고 있는 것이다. 연군주의 반동행위가 문양공주의 그것과는 다르게 긴장감이 전혀 없고, 명현공주의 권위 내세우는 모습과는 다르게 가문 구성원과의 첨예한 대립이 없다는 점은 바로 연군주가 지닌 그러한 성격에 기인한 것이다.

3) 성에 대한 욕망 발현의 두 양상

a. 성에 대한 욕망의 노골적 발현: 성난화

남성에게 정을 구하는 다른 유형의 여성반동인물은 성난화이다. 문양공주가 정천흥이라는 한 남성에 대해 초지일관 애정을 표했다면, 성난화는 그와는 달리 玉人英傑이면 어느 남성이든 무관했다.

특정 남성에 대한 지속적인 애정인가, 아니면 남성에 대한 변덕스러운 애정인가가 둘 사이의 운명을 가른 가장 큰 차이이다.

　서술자나 작중인물에 의해 성난화는 '각별한 요인'(권76, 8:401)이자, 살기등등하며(권95, 10:350) 姦險嫉毒하며(권95, 10:351) 淫惡殺邪한(권95, 10:354~355) 여성으로 규정되어 있다. 서술자에 의한 이러한 선험적 규정은 행동으로 뒷받침되어 나타나 있다.

　성난화는 어머니 노씨의 배려로 대로를 향해 난 채루에서 일찍부터 길 가는 남성을 보아 왔다. 그 가운데 맘에 드는 영웅준걸을 가려 결혼하기 위해서이다.

> 난홰 평일 심상칭션ᄒᆞᄂᆞᆫ 쟈ᄂᆞᆫ 평댱 딘영슈와 뎡병부 듁쳥공이오 쵸평후 하ᄉᆞ매며 남챵후 윤쳥문 곤계오 태우 경츈긔로ᄃᆡ (<명주보월빙> 권76, 8:402)

　이처럼 성난화의 눈에 든 남자는 특정한 남자가 아니다. 이들을 보고 마음에 들어 해 각기 조건을 따져 보기도 한다. 성난화는 우연히 정세흥을 발견하고는 바로 고름에서 錦綠을 빼 던져 애정을 표시한다.[158] 그리고 애정을 성취하기 위해 어머니 노씨를 졸라서 결국 정세흥과 성혼하게 된다.[159]

　이상의 장면은 <구운몽>에서 누대 위의 진채봉이 양소유가 楊柳

---

158) 이에 정세흥은 백옥건잠을 빼어 화답할까 하다 여성이 창기같이 구는 데 대해 아름답지 않게 생각하고 신물을 던지지 않고 고개만 끄덕여 답해 후일을 도모한다. 성난화가 금연을 던지는 것은 潘岳의 投果 고사를 변용한 모티프이다. 여성이 남성에게 애정을 표시하는 것을 의미한다. 『晋書』·「潘岳傳」 참조.

159) 성난화가 어머니 노씨에게 조르니 노씨가 아우 노귀비에게 부탁하고 노귀비는 上에게 청해 상이 사혼은지를 내려 결국 성난화와 정세흥이 성혼하게 되는 것이다.(<명주보월빙> 권76, 8:407~414)

詞를 짓는 것을 내려다보고 유모를 매파삼아 양소유에게 먼저 적극적으로 애정을 표현한 후, 후에 혼인하는 장면과 비슷하다.160) 사실 진채봉과 성난화의 행동은 당대 규수의 예법을 벗어난 것이었지만, 양소유와 정세홍은 풍류남아로서 구구한 예법에 구애받는 남성들은 아니었기 때문에 혼인이 성사된 것이다. 그런데 결정적인 차이는 진채봉이 시가에 들어와서 다른 적국의 지위를 인정한 반면, 성난화는 그렇지 않은 데 있다. 성난화의 반동 행위는 이로부터 비롯된 것이라 할 수 있다.

한편, 성난화는 먼저 남성에게 애정을 표현한다는 점에서 문양공주와 비슷한 면모를 지니고 있으나, 성난화가 애정을 표현하고 애정을 성취하기 위해 행동하는 방식은 문양공주와는 차이가 난다. 문양공주가 정천흥을 보고 상사병을 얻고 부득이하게 어머니 김귀비에게 말문을 여는 것과는 달리, 성난화는 적극적으로 자신의 욕정을 드러내고 성취하는 것이다. 문양공주, 성난화 모두 당대 사회가 요구하는 요조숙녀의 모습은 아니지만, 문양공주는 여인의 체통을 지키려고 최대한 노력하고 있는 반면, 성난화는 양반 처자의 행실과는 동떨어진 행실을 하는 것이다. 자신의 목표를 이루어 鄭府에 시집가는 것은 둘 다 같은데, 鄭府에서 개과와 출거라는 상반된 결과를 맞게 된 것은 공주와 양반여자라는 신분상의 차이 때문이기도 하지만, 결정적으로 이와 같은 행동 방식의 차이에 기인한 것이다.

정부에 들어온 성난화는 정세홍의 총애를 받지만 정실인 양씨와, 정세홍이 貴愛하는 소염란을 해치기 위해 갖은 방법을 다 쓰나 반

---

160) 물론 진채봉은 양소유와의 혼인이 쉽지 않아 혼인이 낭만적인 결구를 취하지만, 본고에서는 애정을 표현하는 진취적인 면을 보고자 한 것이다. 진채봉의 혼인과 관련한 의미에 대해서는 박일용, 「인물형상을 통해서 본 구운몽의 낭만적 경향성」, 『조선시대의 애정소설』, 집문당, 1993, 201~203면 참조.

동행위가 발각되어 출거되고 만다.161) 성난화는 출거된 후 초월자로
서 반동인물을 돕는 주변인물인 妖僧 묘화의 도움으로 성부의 옥에
서 도망 나와 조흠의 재취로 들어갔다가 조흠이 죽자 다시 죽은 것
처럼 꾸미고 도망 나와 묘화의 도움으로 오왕의 양녀로 들어간다.
오왕 부부의 사랑을 받은 성난화는 이름이 설빈 군주로 바뀐 상태
이고 오왕 부부가 하원창과 혼인을 시켜 하부에 들어가게 된다.162)

하원창에게 정실로 들어간 설빈은 갖은 계교로 하원창이 자신을
사랑하게 만들고 정아주를 미워하게 하려고 하나 뜻대로 되지 않는
다. 하원창에게 욕정을 품고 밤에 음란한 행위를 하나 잠든 척한
하원창에게 발길에 차이기도 한다.163) 성난화는 요승 묘화의 도움
으로 정아주를 납치해 일단 오궁에 가두는 것으로 만족한다. 이후

---

161) 정세홍에게 모해하는 말을 하나 세홍이 곧이듣지 않자, 변심하는 약
    을 먹여 세홍이 자신에게 침닉하게 만든다. 이때부터 성난화의 본격
    적인 반동행위가 시작되어 양소저를 참소해 정세홍으로 하여금 물에
    빠뜨리게 만든다. 그리고 처는 아니나 정세홍이 예뻐하는 소염란도
    머리를 밀고 살을 지져 죽이려 한다. 그러나 이러한 반동행위는 강력
    한 조력자 없이 행해진 것이어서 쉽게 발각이 되고 결국 성난화는
    출거되는 것이다.
162) 성난화가 한 남자의 아내였다가 출거된 뒤 초월자로서 반동인물을
    돕는 주변인물의 도움으로 다시 사문 아내로 들어가는 모습은 <이씨
    세대록>의 노몽화와 비슷하다. 노몽화는 이흥문과 성혼했다가 출거
    된 뒤 이백문의 아내로 들어가 이흥문과 화채옥을 모해한다. 욕정을
    지닌 이러한 인물형의 창출은 대하소설의 상호텍스트성을 보여주는
    좋은 예이다.
163) 성난화가 하원창과 잠자리를 같이 했을 때 음란하게 굴어 하원창이
    자는 척하며 머리를 잡고 벽에 던진다. 이에 설빈은 정아주만 후대하
    고 자신은 박대한다며 하원창을 꾸짖어 하원창과는 더더욱 사이가
    멀어지게 되는 것이다. 문양공주가 밤에 음란하게 굴어 정천흥에게
    발길로 차였으나 아무 일도 없었다는 듯이 지나간 데 비해, 설빈은
    똑같은 상황에서 하원창을 꾸짖는다. 이는 문양공주가 은악양선하는
    인물임에 비해 설빈은 그렇지 않고 자신의 생각을 그대로 드러내는
    인물임을 보여주는 예이다.

우연히 하원창의 형 하원상을 보고 반해 원상에게 정을 맺을 것을 청하나 원상이 거절하자 이에 앙심을 품고 원상과 원창을 모해한다. 임금에 의해 원상과 원창이 벌을 받을 지경에 이르나 정천흥, 정세흥, 윤광천에 의해 원상과 원창은 구함을 받는다.164) 성난화는 이후 하부에서의 제거 대상인 정아주를 죽이려다가 오히려 정아주에게 잡히고 정아주의 격고등문으로 반동행위가 밝혀져 처형당하게 된다.

성난화는 문양공주와 비교하면 여성에 잠재되어 있는 성정을 표출했다는 점에서 공통점이 있다. 남성 중심 사회에서 소극적으로든 적극적으로든 자신의 정을 표현했다는 점은 일정한 의미가 있다. 여성에게도 남성처럼 이성에 대한 연정이나 욕정이 있음을 드러내고 있는 것이다. 여성에게 성적 표현이나 행동을 금했던 당대 현실에서 이들의 존재는 그러한 금기를 깨는 역할을 하고 있다는 점에서 의미가 있다.

그러나 둘 사이에는 대비되는 점이 더 많다. 먼저 신분의 차이에서 비롯되는 문제가 있다. 문양공주는 양반가에 시집갔으나 공주라는 신분상 鄭府로부터 여러 가지로 배려를 받는다. 반동행위를 저질렀으나 정부에서는 짐작만 할 뿐이지 쉽게 내칠 수 없다. 윤명아의 격고등문으로 살인을 시도한 반동행위가 적발되었을 때에도 문

---

164) 성난화의 계교를 정리하면 다음과 같다. 시녀 제앵에게 개용단을 먹여 자신이 되게 하고, 자신은 하원상으로 변해 제앵을 겁탈하려 한다. 이를 일부러 사람들에게 들키게 하고 제앵을 죽이고 도망한다. 그러나 원광, 원상, 원창은 설빈의 짓임을 안다.(권98, 10:591~599); 설빈의 시체를 가지러 온 세자를 하원창으로 변해 죽이고 도망한다.(권98, 10:599~606); 오왕이 임금에게 원상, 원창을 죄 줄 것을 청한다. 정천흥과 윤광천이 그 무고함을 말하고, 세흥에게 원상의 팔에 앵혈을 점치게 하니 주표가 드러나 임금이 원상의 무고함을 깨닫는다.(권99, 10:609~627)

양공주는 죽임을 당하지 않고 궁에 갇혀 있다가 윤명아의 정성으로 회과하게 되어 정부에 편입된다. 이에 반해 성난화는 양반가의 규수이기 때문에 일단 鄭府에서는 대등한 시선으로 바라본다. 따라서 정부에서는 일말의 실수도 용납하지 않고 성난화를 가차 없이 출거시키는 것이다. 또한 출거 뒤에도 그녀를 정부에 편입시키기 위한 어떠한 노력도 정부에서는 하지 않는다. 성난화가 하부에 갔을 때에도 마찬가지이다. 반동행위의 정도로 말하면 문양공주가 훨씬 더 한데도 성난화는 반동행위가 적발되자 처형을 받는다. 이러한 점에서 신분의 차이가 반동인물의 운명에 일정한 역할을 하고 있다고 보아야 할 것이다.

신분의 차이와 더불어 둘 사이에는 결정적인 차이가 존재한다. 上記한 바와 같이 문양공주는 정천흥이라는 특정한 인물을 끊임없이 열렬하게 사랑한다. 이에 반해 성난화는 영웅호걸이면 누구나 괜찮다. 그런데 성난화의 행적을 보면 영웅호걸뿐만 아니라 남성 자체에 관심이 있는 것을 알 수 있다. 정세흥-조흠-하원창-하원상으로 이어지는 남성 편력에서 조흠은 영웅호걸의 축에 끼지는 못하기 때문이다. 문양공주가 정천흥을 먼저 마음에 두고 정천흥과의 잠자리에서 정천흥을 만지는 것은 당대인의 시각에서 볼 때 음란함으로 규정할 수 있는데, 성난화의 경우에는 그러한 수준의 음란함을 넘어서서 당대의 규범 체계 내에서는 도저히 상상할 수 없는, 욕정을 좇은 행동을 하고 있는 것이다. 이러한 차이가 바로 문양공주의 회과와 성난화의 처형이라는 서로 다른 결말을 갖게 만든 결정적인 요인이다.165)

---

165) 서술자는 문양공주를 狡邪奸淫한 여자(권15, 2:359)라 묘사하였지만, 성난화는 '텬하별믈대악'(권95, 10: 352)이라 규정하고 있다. 서술자 역시 성난화를 문양공주보다도 더 악한 인물로 보고 있다.

b. 권력욕을 동반한 성적 욕망의 발현: 유교아

유교아는 윤광천에게 반해 부모를 졸라 그와 혼인한 여성반동인물이다. 유교아는 남성을 직접 가려 혼인하려는 인물이다. 그런데, 서술자는 이를 '淫逸放恣'한 것으로 규정하고 있다.166) 이러한 규정은 서사에 그대로 적용되어 나타나 있다. 그런데, 우리는 남성을 직접 가리는 여성을 '음일방자'한 인물로 규정한 것을 주목할 필요가 있다. 이것은 당대 여성에게 강요되던 정숙 이데올로기의 발현이기 때문이다.

조선시대의 혼인은 원래 혼인당사자가 서로 보고 정하는 것이 아니라 그 부모끼리 정하는 것이 관습이었다. 그러나 소설에서는 이러한 관습이 많이 어그러져 나타나 있다. 남성은 혼인 전에 자신이 원하는 여성을 보기 위해 여장을 하기까지 하고,167) 부모가 정해준 여인이 자신이 원하는 여성이 아니라 하여 가출하기도 하며,168) 우연

한편, 성난화는 남편을 현혹시켜 적국을 제거하려는 자신의 욕망을 채우려 하고 성욕이 왕성하다는 점에서 <사씨남정기>의 교씨, <창선감의록>의 조씨와 일정한 공통점이 있다. 교씨는 유약한 유연수를 속이고, 조씨는 어리석은 심씨와 화춘을 속여 정실 또는 종부의 자리를 차지하려 하였고, 교씨는 동청·냉진과, 조씨는 범한과 사통했다는 점에서 그러하다. 다만 차이는 성난화는 사통한 것이 아니고 일단 재가의 형식을 취하고 있다는 점이다. 그러나 이런 방식을 취해도 여러 번 재가를 하고, 남성에게 먼저 안기려 하는 모습은 당대 여인의 시각으로는 음란한 여자로 규정되기에 충분하다.

166) "필녀 교익 년미 십수의 묘질이 결승ᄒ고 셩되 총민ᄒ니 부뫼 만닉 ᄉ랑이 가득ᄒ여 줏튼 ᄡ앙을 구ᄒ되 교익 규녀의 삼가미 업고 음일방ᄌᄒ여 미양 부모긔 고왈 쇼녀는 녹발이 희기를 그음ᄒ여도 눈의 ᄎ준 군ᄌ영준을 글희리니 브졀 업시 빅면쥬슌ᄌ로뼈 의논치 마르쇼셔"(<명주보월빙> 권21, 3:31~32)

167) <구운몽>에서 양소유가 쓴 수법이다. 양소유는 정경패가 아름답고 현숙하다는 말을 듣고 여장을 하고 정부에 가 거문고를 타며 정경패를 본다.

168) <이씨세대록>의 이흥문을 그 예로 들 수 있다.

히 밖에서 만난 여성과 부모의 허락 없이 혼인을 하기도 한다.[169] 그런데 소설에 보이는 이러한 모티프의 공통점은 남성이 혼인을 주도하고 남성의 혼인관이 강하게 드러나 있다는 점이다.[170]

유교아는 소설에 나타나는 이러한 공식을 어그러뜨리는 인물이다. 대하소설의 향유층이 강고한 유교적 이념에 기반한 사대부층이었음을 고려하면,[171] 남성을 직접 가려서 혼인하겠다는 발상은 더욱 용서받기 힘들다. 서술자가 음일방자하다고 언급한 것은 바로 그러한 정황이 반영된 것이다.

서술자는 유교아를 계속 '淫惡奸狡'[172]하다거나 '淫逸姦險'[173]하다고 표현함으로써 그 음란한 성격을 부각시키고 급기야 유교아의 성품에 대해 '別物大惡'[174]이라 하여 극단적인 표현을 하고 있다. 서

---

169) 많은 대하소설에 보이는 장면이다.

170) 물론, 애정소설, 예컨대 <이생규장전>에서 보이듯 남녀 상호간의 애정이 바탕이 되어 혼인 전에 정을 통하는 경우도 보이고, 여성이 먼저 남성에게 다가가는 경우도 있지만, 이러한 파격적인 소설 역시 당대의 혼인관이 일정하게 반영되어 여성이 부모에게 그러한 사실을 쉽게 발설하지 못하고 있음을 볼 수 있다.

171) 이상택, 「조선조 대하소설의 작자층에 대한 연구」, <고전문학연구> 3, 한국고전문학연구회, 1986.

172) "교이 블면의 나아가 고두비툭ᄒ여 부〃호합과 유ᄌ싱녀를 쳥ᄒ며 명딘 등을 죽여 덕인 업시키를 원ᄒ여 말마다 음악간교ᄒ니 부쳬 녕흠곳 이시면 가히 벌홀 거시오 원을 좃츨 니 업ᄉ딕"(<명주보월빙> 권22, 3:88~89)

173) "쇼뉴시 음일간험ᄒ미 뉴다른 바로 윤어ᄉ 풍치를 황혹ᄒ여 뎨삼 부실이 되엿다가 어ᄉ의 신명으로 그 상뫼 션죵치 아닐지라 모로ᄂ 쳬ᄒ더니 쇼뉴시 어ᄉ의 박딕를 감심ᄒ여 헛도이 윤부의 명호로 쳥츈을 공숑홀 뜻이 업셔 졈〃 믜오미 원슈 ᄀᆞᆺᄐ여 즉시 죽이고 개가ᄒᆯ 뜻이 〃시니"(<명주보월빙> 권27, 3:478~479)

174) "신뷔 안연이 〃쇼져긔 단비ᄒ나 이쇼졔 쳔연답녜ᄒ여 츈풍화긔 볼스록 긔이ᄒ니 뉴시 명진하댱 ᄉ쇼져를 보민 싀오지심이 만복ᄒ니 투현질능ᄒᆞᆫ 기슉의셔 셰 번 더ᄒᆫ지라 명진을 믜워ᄒᆞᆫ 니르지 말고 하댱은 덕인이 아니로딕 싀긔지심을 춤지 못ᄒ니 위뉴의 간흉을

술자의 이러한 언급은 성난화에 대해 '텬하별믈대악'(권95, 10:352) 이라 규정한 것과 유사하다. 이를 보면 서술자는 여성이 성적 욕망을 추구해 여러 남자와 交通하는 것을 여성의 여러 욕망 중에서 가장 바람직하지 못한 것으로 인식하고 있음을 알 수 있다.

서술자의 이러한 인식은 작중인물에 의해 공유된다.

> 어시(윤광천) 투목으로 신부를 보미 흰 낫춘 니화 츈우를 마신 듯 빵협이 도화 곳고 잉슌이 함홍ᄒ나 초월아미의 살긔 등〃ᄒ여 음잡ᄒ미 가득ᄒ고 빵안의 독슨의 모질믈 겸ᄒ고 면모의 블길지긔 어리여 션죵홀 상격이 아니라 어시 경희ᄎ악ᄒ여 스매를 썰쳐 외헌으로 나가니 (권21, 3:53. 괄호는 인용자가 함)
> 어시 왈 현예지감이 어둡지 아니〃 뉴녀의 블길지상을 엇지 모로리오 흔갓 음악간교ᄒ미 만고 일인일 쓴 아냐 반역지형으로 영죵지상이 아니〃 그런 놀나온 일이 어뒤 이시리오 (<명주보월빙> 권21, 3:57~58)

앞의 인용문은 윤광천이 유교아를 맞아들일 때 한 번 보고 유교아가 비록 아름다우나 살기등등하고 淫雜하며, 독사의 모짊에 불길한 기운이 어려 善終할 相格이 아닌 것을 보고 깜짝 놀라는 장면이고, 뒤의 인용문은 윤희천에게 유교아가 不吉之相을 지니고 있음을 말하는 장면이다. 윤광천은 유교아가 후에 반역을 일으킬 것을 예견하고 있다.

이러한 삽화가 삽입된 이유는 윤광천이 신명한 인물임을 드러내려는 의도와 더불어 유교아의 이후 행적에 사실성을 부여하기 위한 의도로 풀이된다. 유교아는 이후에 반란을 일으켜 처형을 당한다. 서술자는 윤광천의 시선을 통해 유교아의 일생을 미리 독자에게 제시하고 있음을 볼 수 있다.

승시ᄒ여 난 별믈대악이라"(<명주보월빙> 권21, 3:55)

윤광천이 유교아의 관상을 보고 미래를 예견하는 것과 같은 방식은 현실 사회에서도 종종 있는 일이다. 곧 관상이나 점을 쳐서 미래의 일을 대략 예언하는 것이다. 그런데 이러한 관습이 소설에 반영될 때 그 의미는 사뭇 달라진다. 현실 사회에서 점이나 관상은 그 자체로 결정적인 예언은 아니다. 점괘나 관상이 좋지 않게 나왔다 해도 당사자의 노력에 따라 그 운명을 바꿀 여지는 충분한 것이다. 그런데, 소설에서는 다르다. 점괘나 관상은 곧 그 인물의 일생이나 사건을 결정하는 것이다.[175] 여기에서는 예외가 없다.

윤광천이 유교아의 일생을 예견하는 것은 상층사대부가 지닌 선민의식의 발로라 할 수 있다. 윤부의 일원은 모두 純正한 인물이고, 유교아와 같은 인물은 선천적으로 악한 형상을 타고 났다는 의식이 저변에 있다. 현실 사회에서 관상을 바탕으로 한 예언은 충분히 극복가능하고, 또 허탄한 것으로 치부할 수도 있지만, 소설에서의 예언은 그렇지 않다. 윤광천이 유교아의 일생을 예견한 순간 그것은 유교아의 일생으로 '확정'된다. 이러한 방식은 자기편과 남의 편을 확실히 가르는 효과가 있다. 사대부층에 정서적 공유감이 있는 독자 역시 윤광천의 시각에서 유교아를 바라보게 된다. 이로써 유교아는 선입견의 희생양이 되어 더 이상 자신의 일생을 뒤바꿀 수 없는, 善終之相이 아닌 역적의 길에 들어서게 된 것이다.

유교아는 윤광천으로부터 받은 깊은 소외감을 안고 윤광천과 잠자리를 같이 하려 하나 윤광천은 허락하지 않는다. 유교아는 유부

---

175) 소설에서 점괘나 관상은 서사 전개에서 두 가지 점으로 구분된다. 하나는 단순히 곧 있을 일을 예견하는 것이고, 다른 하나는 인물의 일생을 예견하는 것이다. 전자의 예로는 <홍길동전>에서 길동이 자객이 올 것을 점을 쳐 아는 것을 들 수 있고, 후자의 예로는 위에서 보인바, 윤광천이 유교아의 일생을 예견한 것을 들 수 있다. 서사 전개의 지속도 면이나 사건의 파장 면에서 후자의 방식이 더욱 큰 역할을 한다.

인의 조카라는 신분을 이용해 유부인에게 윤광천의 박대를 고해 윤광천이 핍박당하게 만든다. 유교아는 자신의 적국을 해치기 위해 노력하나 그것도 허사가 된다. 결국 유교아는 반동인물을 돕는 주변인물인 신묘랑의 계교로 윤부에서 가출해 장사왕에게 가 정비가 되어 반역을 해 정벌하러 온 윤광천을 죽이려 하나 도리어 윤광천에 의해 죽임을 당하고 만다.

유교아는 성난화에 비해 비중이 큰 인물은 아니다. 다만 서술자는 유교아를 통해 성난화와는 또 다른 인물형을 창출하고 있다. 성난화가 오로지 성적 욕망을 추구해 남성만을 좇는 반면, 유교아는 성적인 욕망을 좇으면서 한편으로는 반역적 인물로 형상화되어 있는 것이다. 이는 반동행위의 대상이 여성주동인물에 한정되지 않고 남성주동인물에게까지 확대됨을 의미한다. 윤광천이 유교아의 장래, 즉 반역할 것이라는 것을 안 것은 복선으로서 윤광천과 유교아의 심각한 갈등과 이로 인한 유교아의 가출, 바람을 예고한 것이다. 성난화의 반동행위 범위가 주로 가내에 머물렀다면, 유교아의 활동범위가 국가적으로 확대된 것은 이러한 성격의 차이에 기인하는 것이다.

4. 〈화산선계록〉의 여성반동인물

(1) 전체 여성반동인물의 개관

〈화산선계록〉에 등장하는 여성반동인물은 모두 19명이다. 이는 남성반동인물 16명에 비하면 많으나 그리 큰 차이는 나지 않는 숫자이다.[176] 이 가운데 여성 6명, 남성 8명이 일회적 반동인물[177]이다. 남성은 후삼, 삭함, 환방, 김민, 한웅, 마송, 고덕경, 고담이고 여성은 이주아, 강녀, 부귀비, 태비, 은낭, 구파178)이다. 총 35명 가운데 나머지 21명이 지속적 반동인물이라 할 수 있는데, 남성은 8명, 여성은 13명이다. 일회적 반동인물을 제외하고 나면 여성반동인물의 수가 더 많음을 확인할 수 있다. 수적인 우위뿐만 아니라 반동행위의 강도와 그 파급력에서도 여성반동인물은 남성반동인물보다 더 비중 있게 다뤄져 있다. 전편 <천수석>에서는 수적인 면에서는 남성반동인물이 많은 대신 비중 면에서는 여성반동인물의 비중이 더 큰데, <화산선계록>에서는 양적, 질적인 면에서 모두 여성반동인물의 비중이 큼을 알 수 있다.

구체적인 논의를 위해 전체 반동인물의 출현 빈도를 도표화해 보이면 [표 2-7]과 같다.

[표 2-7]을 토대로 여성반동인물의 출현 빈도를 차례로 보면, 영옥교가 17권에 걸쳐 있어 출현 빈도가 가장 높고, 그 뒤로 부옥대(12권), 곽소옥(11권), 가빙랑과 최씨(10권), 가십랑(9권), 기부인(7권), 탕씨와 염춘아(4권), 김씨와 두난옥(3권), 방씨와 부홍공주(2권) 순이다.

---

176) <소씨삼대록>에서 여성반동인물이 9명이고 남성반동인물이 1명인 것과 비교해 보면 더욱 그러한 점을 알 수 있다.

177) <화산선계록>은 방대한 분량이기 때문에 일회적 반동인물의 기준도 그에 걸맞게 정하였다. 전체 분량의 1/40, 즉 2권 이하로 나오면서 한 번만 출현하는 경우를 일회적 반동인물로 보았다.

178) 이주아는 재물 욕심에 동생 이주옥을 팔려고 한 인물이고, 강녀는 가십랑의 의형제로서 아들 김민을 양부에 혼인시키려 한 인물이다. 부귀비는 세종의 후궁으로서 곽소옥과 모의해 진왕을 죽이려 한 인물이고, 태비는 곽소옥의 어머니로서 진왕과 위현을 죽이려 한 인물이며, 은낭은 고덕경의 미인 추천 요구에 유, 정소저에게 반동행위를 하는 인물이며 구파는 은낭의 어미로서 역시 유, 정소저에게 반동행위를 하는 인물이다.

〔표 2-7〕 〈화산선계록〉 반동인물의 출현 빈도

권 1-20

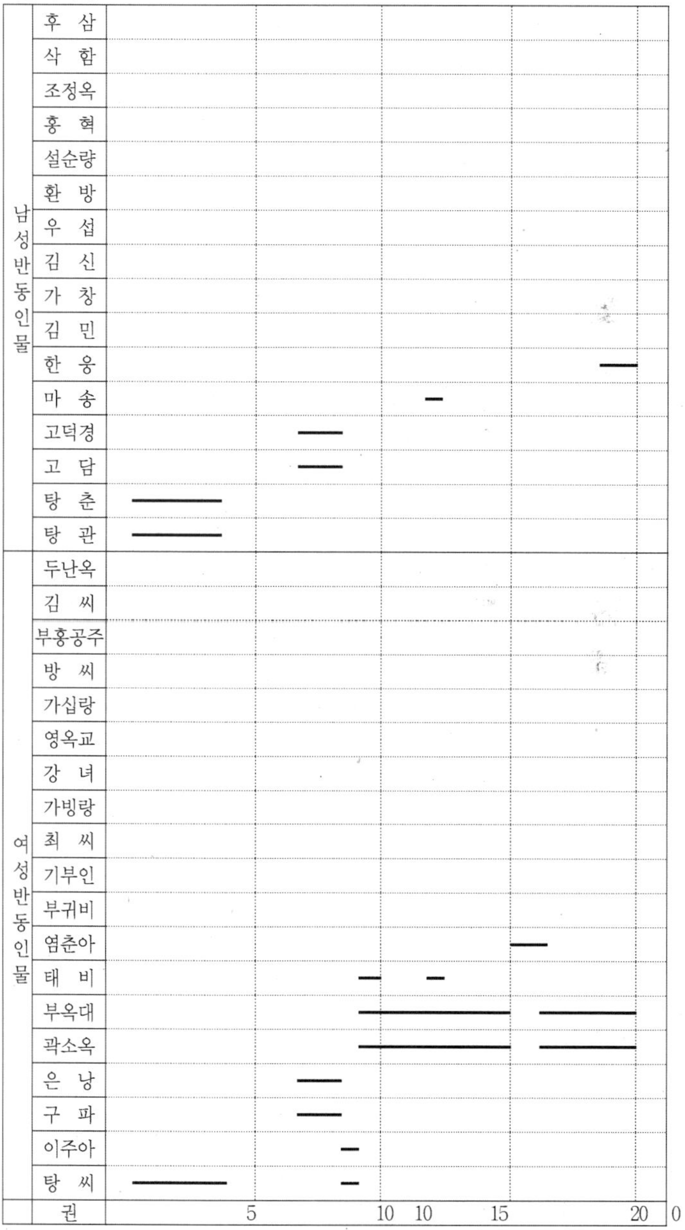

		5	10	10	15	20	0
남성반동인물	후 삼						
	삭 함						
	조정옥						
	홍 혁						
	설순량						
	환 방						
	우 섭						
	김 신						
	가 창						
	김 민						
	한 웅					▬	
	마 송			▬			
	고덕경		▬				
	고 담		▬				
	탕 춘	▬					
	탕 관	▬					
여성반동인물	두난옥						
	김 씨						
	부흥공주						
	방 씨						
	가십랑						
	영옥교						
	강 녀						
	가빙랑						
	최 씨						
	기부인						
	부귀비						
	염춘아				▬		
	태 비		▬	▬			
	부옥대		▬▬		▬▬		
	곽소옥		▬▬		▬▬		
	은 낭	▬					
	구 파	▬					
	이주아	▬					
	탕 씨	▬▬	▬				
	권	5	10	10	15	20	0

〔표 2-7〕 〈화산선계록〉 반동인물의 출현 빈도

권 21-40

남성반동인물	후 삼
	삭 함
	조정옥
	홍 혁
	설순랑
	환 방
	우 섭
	김 신
	가 창
	김 민
	한 웅
	마 송
	고덕경
	고 담
	탕 춘
	탕 관
여성반동인물	두난옥
	김 씨
	부홍공주
	방 씨
	가십랑
	영옥교
	강 녀
	가빙랑
	최 씨
	기부인
	부귀비
	염춘아
	태 비
	부옥대
	곽소옥
	은 낭
	구 파
	이주아
	탕 씨

권 4 25 9 30 35 40

권 41-60

	권	45	50	55	60
남성반동인물	후 삼				
	삭 함				
	조정옥				
	홍 혁				
	설순량				
	환 방				
	우 섭				
	김 신				
	가 창				
	김 민				
	한 웅				
	마 송				
	고덕경				
	고 담				
	탕 춘				
	탕 관				
여성반동인물	두난옥				
	김 씨				
	부홍공주				
	방 씨				
	가십랑				
	영옥교				
	강 녀				
	가빙랑				
	최 씨				
	기부인				
	부귀비				
	염춘아				
	태 비				
	부옥대				
	곽소옥				
	은 낭				
	구 파				
	이주아				
	탕 씨				

권 61-80

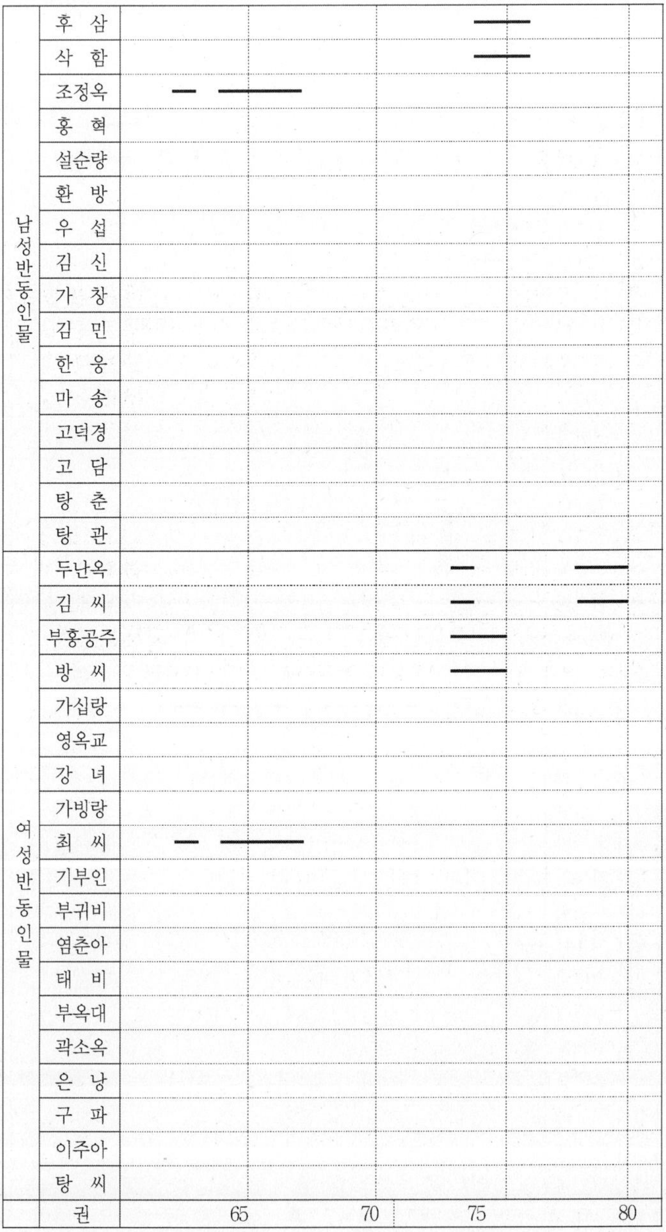

분류	인물	~65	65–70	70–75	75–80
남성반동인물	후 삼				▬
	삭 함				▬
	조정옥	▬	▬		
	홍 혁				
	설순랑				
	환 방				
	우 섭				
	김 신				
	가 창				
	김 민				
	한 웅				
	마 송				
	고덕경				
	고 담				
	탕 춘				
	탕 관				
여성반동인물	두난옥			▬	▬
	김 씨			▬	▬
	부흥공주			▬	
	방 씨			▬	
	가십랑				
	영옥교				
	강 녀				
	가빙랑				
	최 씨	▬	▬		
	기부인				
	부귀비				
	염춘아				
	태 비				
	부옥대				
	곽소옥				
	은 낭				
	구 파				
	이주아				
	탕 씨				
권		65	70	75	80

본고에서 다룰 지속적 여성반동인물 13명을 출현 빈도 순으로 간략히 정리하면 다음과 같다.

〔표 2-8〕 〈화산선계록〉의 여성반동인물 개괄

번호	이름	신분	행위의 동기	행위의 대상	소속
1	영옥교	위완창의 재실	애정 추구	정실 양월희	위부
2	부옥대	곽소옥의 이종매	성적 욕망	위현 등	부부
3	곽소옥	태조 곽위의 딸	성적 욕망	위현 등	위부
4	가빙랑	연화주의 종매	시기심	종매 연화주	가부
5	최 씨	조정옥의 母	자식 過愛	연화주 등	조부
6	가십랑	양선생의 첩 양계홍의 서모	재물 추구	義子 양계홍 등	양부
7	기부인	연희숙의 母	기질 과격	親子 연희숙 등	연부
8	탕 씨	이옥수의 계모	재물 추구	전실소생 이옥수	이부
9	염춘아	양월희의 서모 전약수의 서모	재물 추구	義子 전약수	양부, 전부
10	김 씨	위명주의 시계모	시기심	前室息婦 위명주	두부
11	두난옥	위명주의 嫂妹	시기심	兄婦 위명주	두부
12	방 씨	연왕의 계모	권력 추구	義子 연왕 등	연국
13	부홍공주	연왕의 義妹	권력 추구	義兄 연왕 등	연국

〈화산선계록〉에 등장하는 여성반동인물의 신분은 남녀주동인물과의 관계를 기준으로 보았을 때(곽소옥, 부옥대, 최씨는 제외) 매우 다양한 점이 특징이다. 아내인 경우는 영옥교 1명이고, 서모나 계모, 시계모, 母가 6명이고 종매나 嫂妹, 義妹는 3명이다. 주동인물과 친인척의 관계를 맺지 않은 여성반동인물은 곽소옥과 부옥대, 최씨이다.[179] 이를 보면, 〈화산선계록〉은 특정한 신분의 여성반동인물이

---

179) 곽소옥과 부옥대는 이종매의 관계로서 위현을 흠모하는 인물이고 최씨는 조정옥의 母로서 자식을 위해 연화주 등에게 반동행위를 하는

주를 이루는 작품은 아님을 알 수 있다. 이는 <소씨삼대록>에서, 여성반동인물 7명 중 아내가 5명이었던 점이나 <쌍천기봉>에서 총 5명 중 아내나 첩이 4명이었던 점과 비교를 해 보면 더욱 분명히 알 수 있는 사실이다.

신분이 다양한 것은 자연적으로 그 반동행위의 동기가 다양한 것과 연관된다. 이는 곧 그들이 지닌 욕망이 다양함을 의미한다. 애정을 구하는 여성이 1명이고 성적 욕망을 지닌 여성이 2명이며, 시기심을 지닌 여성이 3명이다. 재물을 추구하는 여성이 3명이며, 자식을 과애하는 여성이 1명이고, 기질이 과격해 반동행위를 하는 여성이 1명이며 권력을 추구해 반동행위를 하는 여성이 2명이다. 신분별로 보았을 때 아내류, 모친류, 남매류, 관련 없는 인물류 등 크게 4가지로 나눌 수 있었는데, 동기별로 보았을 때에는 오히려 더욱 종류가 다양해져 있음을 볼 수 있다. <화산선계록>이 80권의 거질임을 감안해도 반동행위의 동기가 매우 다양한 것은 분명하다.[180]

<화산선계록>의 특징 중의 하나는 반동행위의 동기 가운데 재물과 관련된 욕망이 두드러지게 나타나 있다는 점이다. 이는 다른 대하소설에서는 보이지 않는 점이다. 재물을 추구하는 여성반동인물이 13명 중 3명이나 된다는 점은 서술자가 재물에 대해 지니는 관심이 어느 정도인지를 짐작하게 한다. 또한 남성반동인물 가운데에도 탕춘과 같이 재물을 추구하는 인물이 등장하고, 주변인물 중에도 재물에 대한 인식을 뚜렷이 지닌 인물이 등장한다는 점을 고려하면 더욱 그러하다. 재물은 상층 사대부에게는 그리 긴요하지 않은 물질이다. 상층 사대부의 소산이라 할 수 있는 대하소설에 재물을 추구하는 인

인물이다.
180) 이는 100권 분량의 <명주보월빙>에 4가지 정도의 욕망이 주로 등장하고 있음을 보아도 알 수 있는 사실이다.

물이 거의 보이지 않는 것은 바로 그 때문이다. 그런데 <화산선계록>에 이러한 인물이 등장한다는 점은 이 작품이 대하소설의 전형성을 어느 정도 벗어난 작품임을 의미한다. 이를 작자층의 문제로까지 확대해 보기에는 무리가 있으나, 이 작품이 독특한 관점을 지닌 작자에 의해 지어졌다는 점은 분명하다고 할 수 있다.

여성반동인물의 신분이 다양하고 그 행위의 동기가 다양한 것은 자연스럽게 그 행위의 대상이 역시 다양한 것과 연결된다. 동렬의 여성에게 반동행위를 하거나 종매나 義兄, 兄婦 등에게 하거나 親子, 義子 등에게 반동행위를 하거나 아무 관련 없는 인물에게 자신의 욕망을 채우기 위해 반동행위를 한다. 이를 보면 <화산선계록>은 다양한 인간관계를 설정하고 이 속에서 이루어지는 도전과 응전을 형상화하고 있음을 알 수 있다.

<화산선계록>은 핵심 가문을 위주로 전개되지 않고 많은 주변 가문이 등장한다는 특징이 있다. <화산선계록>의 핵심 가문은 위부이지만, 실제로 위부에서 일어나는 일은 작품의 분량에 비해 그리 많지 않다. 영옥교와 부옥대, 곽소옥, 가빙랑, 최씨 등의 여성반동인물과 관련해서 일어나는 일에 국한되어 있다. 나머지는 양부나 연부, 이부, 전부, 두부, 연국 등에서 일어나고 있다. 이러한 점은 <소씨삼대록>에서 소부를 핵심 가문으로 하여 서사가 진행되거나, <쌍천기봉>에서 이부를 핵심 가문으로 하여 진행되는 것과는 차이가 나는 것이다. 뿐만 아니라 <명주보월빙>이 100권 분량임에도 불구하고 윤, 하, 정부에서 일어나는 일이 균형 있게 서술되고 있는 것과도 역시 큰 차이가 나는 점이다.

이제 여성반동인물이 각 인물군과 맺는 연관성을 살펴본다. 먼저 남성반동인물과의 관련을 보기로 한다. 위에서 언급한 바와 같이

<화산선계록>의 남성반동인물은 모두 16명이고 이 중 지속적 반동인
물은 8명이다. 탕춘과 탕관, 가창, 우섭, 김신, 설순량, 홍혁, 조정옥
이 그들이다. 이들 인물은 홍혁과 설순량을 제외하면 모두 여성반동
인물과 일정한 연관을 맺고 있다. 탕춘과 탕관은 탕씨와 연합하고,
가창은 가빙랑과 연합하고, 우섭은 염춘아와 결탁하고 김신은 그러
한 우섭과 결탁하고 있다. 조정옥은 그 어미 최씨에게서 도움을 입
거나 또는 최씨와 결탁해 여성주동인물에게 반동행위를 한다. 서로
결탁한 남녀반동인물 가운데 조정옥의 경우에만 비중이 최씨와 비슷
할 뿐, 다른 남성반동인물은 여성반동인물에 비해 비중이 작은 편이
다. 즉 여성반동인물을 중심으로 서사가 전개되는 가운데 남성반동
인물이 보조하고 있는 형국이다. 그러나 남성반동인물이 차지하는
비중이 여성반동인물의 그것에 비해 작지만 이들이 여성반동인물과
결탁함으로써 서사에 미치는 파급력은 적지 않다고 할 것이다.

　여성반동인물은 남성주동인물과도 일정한 관련을 맺고 있다. <화
산선계록>의 핵심 가문은 위부이고 주변 가문 가운데 주요 가문으로
는 연부, 양부, 이부가 있다. 이부를 제외하면 이들 가문에 소속된
남성주동인물은 여성반동인물과 관련을 지닌다. 즉, 위부에서는 위현
과 위완창이 주요인물인데 곽소옥, 부옥대, 영옥교가 이들 주동인물
과 관련을 맺고 있다. 곽소옥은 위현의 아내로서, 부옥대는 위현을
흠모하는 인물로서, 영옥교는 위완창의 아내로서 등장하는 것이다.
양부에서는 양계흥이 가장 주요한 인물인데, 가십랑이 그 庶母로 들
어와 관련을 맺고 있고, 연부에서는 연희숙이 주요한 인물인데, 그
親母인 기부인과 조카인 가빙랑이 이에 연관되어 있다. 이들 여성반
동인물은 각기 남성주동인물을 흠모하면서, 또는 박대하면서 서사
전개의 한 축으로 기능하고 있는 것이다.

　이처럼 주요 가문과 각 주요 가문 내 주동인물의 비중에 따라 반동인물의 비중이 상응하는 것은 서사의 전개가 주동인물 중심으로만 이루어지지는 않음을 의미하는 것이다. 실제로 반동인물이 서사를 추동하고 주동인물이 이에 대응하는 방식을 띠는 것은 이러한 사실을 입증하고 있다.

　여성반동인물은 여성주동인물과도 일정한 관련을 지니고 있으나, 다른 대하소설과 비교해 볼 때 그리 긴밀한 관계를 맺고 있는 것은 아니다. 이들이 추구하는 욕망이 애정이나 性일 경우에는 물론이고 시기심을 지니고 있거나 자식을 過愛하는 경우, 심지어 재물을 추구하는 경우에도 여성주동인물은 반동행위의 대상이 되고 있다. 다만, <화산선계록>에는 다른 대하소설의 경우처럼 여성주동인물이 여성반동인물과 밀접한 관련을 맺고 있지는 않다. 예를 들면, <명주보월빙>의 문양공주의 경우, 그 반동행위의 대상은 주로 자신과 동렬의 관계에 있는 여성에게 국한되어 있으나, <화산선계록>의 경우 영옥교를 제외하면 대부분의 여성반동인물은 여성주동인물뿐만 아니라 남성주동인물에까지 그 대상이 확대되어 있다. 설령 여성주동인물에게 국한되어 있다 해도 대개 부수적인 서사에 지나지 않는다. 또한 영옥교와 같이 핵심적인 반동인물이라 해도 다른 대하소설에 비해 그 서사의 긴장도는 떨어져 있다.

　여성반동인물이 여성주동인물과 그리 긴밀한 관계를 맺고 있지 않게 된 데에는 작품 전체의 주동인물이라 할 수 있는 이옥수의 위상 때문이라 할 수 있다. 이옥수는 작품 전체의 주동인물이면서 다른 가문에서 반동행위가 발생할 경우에는 주변인물로 개입하여 문제를 해결한다. 서술자의 관심은 이옥수에게 모아져 있고 그녀가 문제를 해결하는 과정에 모아져 있다. 그래서 이옥수 외의 인물은 모두

부수적인 인물로서 이옥수의 신명함을 돋보이게 하는 인물로 존재한
다. 여성반동인물들의 행위가 긴장감을 주지 못하고 때로는 희화화
되기도 하는 것은 바로 이러한 데에 연유한 것이다.

<화산선계록>의 여성반동인물과 관련해 지적할 수 있는 특징 중의
하나는 하층 여성주변인물의 활약이 극대화되어 있다는 점이다. 여성
주동인물이나 여성반동인물을 돕는 여성주변인물의 적극적인 활약은,
본고에서 살핀 여타의 대하소설과 비교하면 매우 두드러져 보인다.
이들 여성주변인물은 주동인물과 반동인물의 대리자로서 각기 첨예
한 대결을 하기도 한다.

<화산선계록>에 하층 여성주변인물이 부각되어 나타나 있다는 점
은 하층민에 대한 서술자의 관심을 일정하게 보여주는 것이다. <화
산선계록>에는 실제로 옷을 수선하는 것에 대해 대화를 하는 하층
민, 재물을 탐내는 하층민의 모습이 여실히 나타나 있다. 이처럼
<화산선계록>에 보이는, 하층민에 대한 관심은 여타 대하소설에서
는 찾아보기 힘든 면모이다.

하층 주변인물이 주요한 인물군으로 설정된 것은 서술자의 의식
을 일정하게 보여 주려는 데에서 연유한 것이기도 하다. 여성반동
인물은 주변인물을 이용하여 반동행위를 하는 경우가 많은데, 그들
의 최후를 보면 주모자인 여성반동인물은 용서받고 심부름꾼인 여
성주변인물만 처형당하는 경우가 자주 보인다. 이는 서술자가 지닌
일종의 신분의식의 소산이라 할 수 있다. 상층 신분의 여성이 같은
신분의 여성을 모해하는 것은 용서할 만하나, 하층 신분의 여성이
상층 신분의 여성을 모해하는 것은 부당하다는 인식이 스며들어 있
는 것이다.

[표 2-7]에 의거해 여성반동인물의 행태를 보면, 이들은 독자적

으로 행동하기보다는 서로 연합하는 경우가 많다는 점을 발견할 수 있다. 곽소옥은 부옥대와 연합하고 가빙랑은 기부인과 연합하였으며, 가십랑은 최씨와 연합하였다. 또한 방씨는 부흥공주와, 김씨는 두난옥과 연합하고 있다. 이외에도 일회적 반동인물인 은낭도 구파와 연합하고 있다. 이들은 서로 목표하는 바가 부합했기 때문에 연합을 한 것이다. 반동인물 간의 이러한 연합은 서사를 복잡하게 하는 기능을 하고 있으며 주동인물 측과의 대립을 부각시키는 역할을 하고 있다.

(2) 개별 여성반동인물의 행위 양상

1) 애정에 대한 욕망의 발현

영옥교는 太后의 姪女 최씨의 딸로서 위현의 조카 위완창을 흠모해 황족임에도 불구하고 그의 再室로라도 들어가려 하는 인물이다.[181] 영옥교는 인물이 빼어나고 영리한 인물이나 서술자는 영옥교에 대해 긍정적으로만 보지는 않는다.[182] 아비 영환이 忠勤하기는 하나 狡詐한데 영옥교가 부모를 꼭 닮았다는 서술자의 언급은 이후의 사건 방향을 암시해 주고 있다. 작중인물들의 시각에서도 역시 이후 사건의 전개 방향을 엿볼 수 있다. 위현과 이옥수 등은 위완창에게 갓 시집온 영옥교를 보고 傾國할 色이되 才勝薄德한 소

---

181) 영옥교는 권34(영인 4:240)에 처음 등장한다. 인용면수 표시에서 "4:240"은 영인본 권4의 240면을 의미한다. 이하 마찬가지이다.

182) "녀으 옥픠 방년 십스의 고은 팃도는 삼식도홰 취우의 져졋는 듯ㅎ고 아리쑨온 즈질은 화림의 잉무 굿ㅎ니 ㅎ믈며 총혜다릉ㅎ여 부모를 흔 가지로 타 낫는지라"(<화산선계록>, 권34, 4:239)

인으로 보고, 위완창의 첫째 아내인 양월희보다 못하다고 여긴다. 이처럼, 영옥교는 반동행위를 하기 이전부터 이미 서술자와 작중인물로부터 부정적인 인물로 낙인찍혀 있다.

영옥교가 위완창을 흠모하게 되는 계기는 위완창이 활 쏘는 장면을 보고 나서이다. 이에 태후의 조카인 어머니 최씨[183]에게 위완창과 혼인하고 싶다는 뜻을 전한다. 최씨가 이 뜻을 태후에게 고하고, 태후가 두황후[184]에게 말하니 두황후는 옥교의 不德을 기뻐하지 않으나 결국 위완창에게 賜婚하는 것이다.[185]

영옥교는 혼인 전부터 이미 재실로 들어가게 되면 元位 양월희를 없애겠다는 생각을 품고 있었다. 이러한 생각은 뒤에서 살필 곽소옥의 경우와 같이 남편의 애정을 독점하고자 하는 마음이다. 그러나 곽소옥과 결정적으로 다른 점은 영옥교는 위완창을 진심으로 사랑한다는 점이다. 이로부터 욕정과 애정의 구분이 생긴다. 욕정은 한 대상에 만족하지 못하고 다른 대상에게서 육체적 만족을 추구하는 것이나, 애정은 한 대상만을 사랑하고, 설사 그로부터 애정을 받지 못해도 끝까지 그에 대한 사랑이 변치 않는 것이다.

영옥교는 시집가서 위완창이 양월희와 침실에서 다정하게 있는

---

183) 최씨는 작품에서 후에 초씨로도 표기되나 처음 표기된 것을 존중해 본고에서는 최씨로 통일해 쓰기로 한다.

184) 두황후는 위사원의 딸인 선혜공주의 장녀로서 황제 세종의 아내이다. 두황후는 위완창의 사촌대고모이다.

185) 위완창의 늑혼은 뒤에서 살필 위현의 늑혼과는 양상이 조금 다르다. 늑혼을 하게 하는 주체가 다르기 때문이다. 위현의 경우는 태후이고 위완창의 경우는 두황후이다. 그런데 태후는 반동인물인 곽소옥의 친모로서 역시 반동인물로 등장하나, 두황후는 위희의 고모이며 위완창의 사촌대고모로서 주동인물 측의 인물이다. 따라서 반동인물 측의 강요에 의한 늑혼과 주동인물 측의 권고에 의한 늑혼이라는 점에서 분명히 차이가 나는 것이다. 위현이 조카 위완창의 늑혼에 굳이 반대하지 않는 것은 이러한 사정이 반영된 것이다.

모습을 엿보고 눈물을 흘리기도 하고 투기하는 마음을 가지기도 한다. 그리고 위완창의 수려한 풍신에 영옥교의 약한 心肝은 일만 조각으로 부서지고, 위완창의 풍신은 "음녀의 욕심"을 돋우기도 한다.

영옥교가 양월희를 없애려고 하는 가장 큰 이유는 위완창에 대한 애정 때문이지만, 그 반동행위를 가속화하는 것은 양월희와 자신이 지닌 지위 때문이다. 양월희는 길에서 떠돌던 여자이고 자신은 國戚이지만, 위부에서는 자신이 양월희보다 아래 자리에 있는 것이다. 즉 사회적 신분은 상위이나 가문 내 신분은 하위에 있는 것이다.186) 이처럼 사회적 신분과 가문 내 신분의 상충은 양월희에 대한 영옥교의 반동행위를 한층 가속화하는 촉매제로 작용하고 있다.

서술자는 영옥교가 계교를 수행하는 모습을 통해 주변인물, 특히 하층민에 대한 관심을 충분히 드러내고 있다. 반동인물을 돕는 주변인물로 등장하는 시비 봉선은 영옥교에게 양월희를 제거할 구체적인 행동지침까지 알려주고 영옥교가 그 말을 옳게 여겨 실행에 옮길 만큼 작품 내 역할이 적지 않다. 또한 취선은 영옥교의 심복으로서 주동인물 측의 동태를 감시하는 인물이다. 이에 대응하는, 주동인물을 돕는 주변인물로서 시비 설란과 빙섬 자매가 등장하는데, 이들은 이옥수의 말을 따라 반동인물과 그 주변인물의 계교를 제어한다. 특히 설란은 이옥수가 영옥교의 동태를 파악하기 위해 고육책을 써 영옥교에게 보낸 시비이다. 설란은 영옥교 모녀를 계속 속이며 주동인물을 위한 활약을 계속한다.

영옥교는 계교가 번번이 실패하자, 최후의 수단으로 태후를 이용하기로 한다. 주변인물의 확대가 이루어지고 있음을 볼 수 있다. 태후를 이용한 계교187)로 양월희가 벌을 받게 될 위기에 처했으나 설

---

186) 서정민, 앞의 논문, 64면.
187) 최씨가 태후에게 인사 가 취선과 설란이 일을 꾸미도록 그들을 궁에

란이 등문고를 쳐 영옥교와 봉선 자매의 모든 반동행위를 태후에게
고하고 그 증거로 자신이 빼돌렸던 영옥교의 모의편지 등을 내민다.
결국 영옥교와 최씨 등의 죄가 발각되고 만다.

　주동인물과 반동인물의 대립, 그리고 이들의 대리자로 나선 주변
인물 간의 대립은 주동인물 측의 승리로 끝나고 있다. 서술자는 동
렬을 모해하려는 영옥교의 부정적인 모습을 통해 동렬간의 화목을
일정하게 강조하고 있다.

　그런데, 더욱 주목해야 하는 것은 이들 반동인물 측에 대한 주동
인물 측의 대응이다. 이옥수와 그의 지시를 받은 설란, 빙섬 등은
반동인물들을 절묘하게 속이며 그들을 철저히 농락하고 있다. 이러
한 모습은 서술자의 관심이 반동인물의 행위에도 있지만 주동인물
측의 기지와 지모에도 쏠려 있음을 드러내는 것이다. 서술자는 주
동인물 측이 반동인물 측을 속이며 농락하는 모습을 빠른 간격으로
보여주고 있다. 특히 이옥수의 지략으로 모든 반동행위가 해결된다
는 설정은 이옥수의 작품 내 위상과 성격을 극명하게 보여주는 것
이다. 이옥수는 반동인물의 계략을 통찰하는 신명한 인물로서 작품
의 전체 주동인물임을 부각시키고 있다.

　서술자가 반동인물의 부정적 행위뿐만 아니라 주동인물의 행위
에도 초점을 맞추고 있다는 해석은 양월희가 자신을 해치려 했던
영옥교를 용서하고, 설란과 도모해 양옥교를 회과시키는 데서도
증명된다. 영옥교는 양월희의 청으로 태후로부터 죄 사함을 받으
나 양월희에 대한 분노를 서리담고 있다가, 초월계의 개입으로 결

두고 나온다. 궁에서도 또한 주변인물들의 대립이 일어난다. 취선은
호상궁 침소에 숨고 설란은 종숙모 오상궁을 찾아가 황후전 시위 설
채운을 사귀어 결국 황후가 영옥교의 계교를 알게 만든다. 취선이 최
상궁을 통해 양월희가 태후를 원망하는 시를 지었다고 참소하니 태
후가 대로해 양월희를 잡아들이라 명한다.

국 회과한다. 영옥교는 염라대왕에게 끌려가 매를 맞다가 설란이 대신 죽기를 간청해 염라왕이 이에 영옥교를 살려 보내니 영옥교가 회과를 하고 양월희와 이옥수에게 사죄하는 것이다. 영옥교의 회과는 초월계의 개입이 계기가 되었으나 그 근저에는 양월희의 우애와 설란의 대의가 깔려 있었기 때문에 가능했다. 서술자 역시 영옥교의 개과를 양월희의 어진 덕으로 돌리고 있다.[188]

영옥교가 용서 받고 회과를 하게 된다는 결구는 영옥교의 반동행위가 그리 극악하지는 않고, 이에 따른 파급이 적어 여성주동인물이 고난을 겪지 않은 서사 전개와도 연관된다. 양월희는 道路流離를 하지도 않았고, 위부에서 출거되지도 않았다. 이렇게 된 데에는 上記한 바와 같이 이옥수의 신명함을 서술자가 보여주려 한 데에도 원인이 있지만 반동행위의 내용과 그에 따른 파급에도 상당한 원인이 있는 것이다.

영옥교는 회과했지만, 영옥교의 사주를 받은 주변인물 봉선이 처형당한 것은 가문의식과 신분의식이 동시에 작용한 결과라 하겠다. 양월희가 영옥교를 감싸 안는 논리는 不仁한 종이 영옥교를 잘못 인도했다는 것이다. 양월희의 이러한 논리는 동렬을 용서하려는 심리의 발로이지만, 반동행위를 지시한 영옥교는 용서하고 영옥교의 명령대로 행동한 봉선 등 반동인물을 돕는 주변인물은 가차 없이 처단한 것은, 같은 신분의 여성인 영옥교에 대한 심리적 동질감에서 우러나온 것이다. 주동인물은 가문의 일원으로서 영옥교를 대하고 있는 것이다. 반면에 봉선은 비록 사주를 받았다고는 하나 한갓

---

188) "부부의 은근ᄒᆞᆷ믈 보건ᄃᆡ 만심환열ᄒᆞ니 이ᄂᆞᆫ 곳 양부인의 어진 덕이라 맛ᄎᆞᆷᄂᆡ 적국의 허믈을 듯덥허 허다ᄒᆞᆫ 악ᄉᆞ를 가부의게 젼치 아니ᄒᆞ고 원슈를 은혜로 갑고 믹믹ᄒᆞᆫ 은졍을 권히ᄒᆞ여 적인으로 ᄒᆞ여금 일싱을 안과케 ᄒᆞ니 즈고 슉녀의 겨마다 힝치 못ᄒᆞᆯ지라"(<화산선계록>, 권72, 8:105~106)

천민인 시비의 신분으로 상층여성을 모해하려 한 점에서 용서받기
힘들다는 논리가 담겨 있다.

2) 성에 대한 욕망의 발현

숙정공주, 즉 곽소옥[189]은 서술자에 의해 大淫으로 규정된 인물
이다. 또한 임금의 賜婚 덕에 남편으로 삼은 위현으로부터도 淫惡
하고 흉악한 인물로 규정되고 있다.[190] 다른 인물에 의해서도 역시
같은 평가를 받는다.[191] 곽소옥을 도와 활약하는 부옥대 역시 곽소
옥과 다르지 않은 淫女이다. 이와 같이 서술자에 의해서나 작중인
물에 의해서 한결같이 음란하고 악한 여자로 인식된 곽소옥은 부옥
대와 함께 그에 걸맞은 행동을 한다.

곽소옥이 위현과 혼인하게 되는 과정은 늑혼에 대한 부정적 통념
이 반영된 것이라 하겠다. 곽소옥이 위현을 보게 되는 것은 위현이
공을 세우고 와서 임금을 뵐 때이다. 곽소옥은 위현을 한 번 보고 生
母인 태후를 졸라 위현과의 혼인을 청한다. 이에 세종이 마땅치 않게
여기나 태후의 말을 물리칠 수 없어 위현에게 거듭 청하나 위현이 거
절하고 조광윤, 정은 등도 역시 혼인의 불가함을 고하는 것이다. 이러

---

189) 곽소옥(숙정공주)은 후주 태조 곽위가 왕위에 오르기 전에 위씨와의
    사이에 낳은 딸이다. 곽소옥은 이종자매 부옥대와 함께 전란을 피해
    남복을 하고 떠돌다가 도적 마원에게 잡혀 마원의 처에게 사랑받으
    며 자란다. 이후 곽위가 후주의 왕이 되었다는 소문을 듣고 위씨·부
    옥대와 함께 찾아가 자신은 숙정공주가 되고 위씨는 덕비가 되며 부
    옥대는 숙부 부태사의 집에서 지내게 되는 것이다.
190) 淫惡潑婦(위현의 언급, 권11, 2:88), 淫婦撒女(위현의 언급, 권11,
    2:104) 潑婦는 속어로서 중국어에서 무지막지한 여자, 거센 여자를
    가리킨다. 撒은 무뢰배의 속어이다.
191) 음녀(조빈의 언급, 권11, 2:88), 음란패악(위규완의 언급, 권11, 2:89),
    대악발부(위규완의 언급, 권11, 2:90)

한 일련의 과정에서 늑혼에 대한 부정적 인식을 읽을 수 있다.

위현이 혼인 불가를 주장하는 것은 자신의 가문이 겪은 경험에 기인한 바도 크다. <천수석>에 나오는바, 위현의 증조인 위보형이 동창공주와 늑혼해 빚어졌던 禍亂을 위현은 들어서 잘 알고 있었기 때문이다. 늑혼의 폐해를 누구보다도 잘 알고 있는 위현이 임금의 명령에 순순히 응할 수는 없었던 것이다. 이와 더불어 여성이 먼저 남성인 자신을 보고 선택했다는 점은 그러한 결심을 더욱 확고하게 해 준 동기였다.

세종이 위현 등의 확고한 결심에 다시 강요를 못하는 까닭은 세종이 이들과 평소에 절친했다는 점에서 먼저 찾을 수 있다. 더욱 중요한 점은 황제 세종과 신하 위현 등의 대립에서 신하들의 상소가 세종의 권위를 눌렀다는 점이다.[192] 이렇게 된 데에는 위부라는 가문의 입지가 전편인 <천수석>에서보다는 확고해졌다는 데에서 찾을 수 있다. <천수석>에서는 반동인물에 의해 여성주동인물이 죽고, 남성주동인물이 극심한 고난을 겪는 등 위부의 위상이 확립되지 않은 모습이 보였으나, <화산선계록>에서는 이처럼 가문의 입지가 확고하게 정립되어 있는 것이다.

세종은 결국 위현에게 다시 강요를 못하고, 한충의 계교를 취해 곽소옥에게는 위현과 혼인시킨다고 속여 그녀를 한충의 아들과 혼인시키려 한다. 곽소옥은 세종이 자신을 다른 곳에 시집보내려 하는 것을 알고 위현이 궁에서 취한 사이 위현을 먼저 좋아했던 부옥대와 함께 가 음란한 짓을 하여 위현의 미움을 산다. 서술자가 처음에 곽소옥과 부옥대를 大淫이라 언명한 것이 행동으로 구체화해 왔음을 볼 수 있다. 서술자는 이처럼 일관되게 이들의 욕정을 서술

---

192) 늑혼을 왕권과 신권의 대립적 측면으로 파악한 연구도 있다. 박영희, 앞의 논문; 심재숙, 앞의 논문.

함으로써 후에 이들이 죽어야만 되는 정당성을 확보해 주고 있다.

그런데, 위현은 태후의 자살 시도 때문에 마지못해 곽소옥과의 혼인을 허락하고 만다. 위현의 혼인 허락은 왕이나 태후의 권위에 굴복한 것이 아니라 태후의 '고집'을 위현이 달래려 한 데서 나온 것이다. 태후는 자신의 권위가 신하 위현에게 통하지 않을 것이라는 것을 잘 알고 자신의 육체를 담보 삼아 위현을 위협했던 것이다.

위현의 누이 위규완은 곽소옥의 성품을 근심하고, 위현의 세 아내에게 변고가 있을까 우려하고, 위현은 변고가 있을 것으로 단언한다. 이러한 작중인물의 언급들은 여성의 음란함을 모든 악행의 원천으로 보는 서술자의 의식이 반영된 것이다. 여성의 지고의 덕목인 정절에 대해 곽소옥이 아무렇지도 않게 생각하는 것을 보고, 그 하위 덕목들은 그녀가 당연히 위반할 것이라 여긴 것이다.

곽소옥은 위현의 예상대로 위현의 세 아내를 제거하기 위한 반동행위를 하는데, 모두 부옥대의 머리에서 나온 계교이다. 곽소옥과 부옥대는 이종자매지간으로서 반동행위를 함께 하는 인물이다.[193] 그런데, 곽소옥보다는 부옥대가 더 교활해서 계교는 부옥대가 짜고 그 시행은 곽소옥이 하는 것이다.

곽소옥은 처음에는 자객 한 명을 보내나 이옥수가 미리 알아 방비하는 바람에 실패한다. 두 번째는 더 강력한 도사 금선불과 호선랑을 보내나 위현의 세 아내가 원화진인에게 받은 조마경과 홍금삭, 신검을 써서 이들을 죽인다. 세 번째는 더욱 강력한 방법을 쓰는데, 군대를 동원하는 것이다. 그러나 이 또한 이옥수가 미리 알고

---

193) 곽소옥과 부옥대는 곽소옥이 죽을 때까지 반동행위를 항상 함께 했다. 사실 곽소옥이 위현을 흠모하기는 했으나, 위현을 먼저 흠모한 사람은 부옥대였다. 부옥대가 그 사실을 곽소옥에게 말하자, 곽소옥이 위현의 사람됨을 알아보고 혼인한 것이었다. 이처럼 이들은 작품에서 취향과 성격이 흡사한 인물로 등장한다.

세 부인이 익사한 것처럼 꾸미고 달아나고 신량과 조광윤이 와서 군대를 물리쳐 실패한다. 오히려 이 과정에서 공주의 죄가 드러나나 세종은 이를 덮어둔다.

이상의 세 반동행위는 곽소옥이 위현으로부터 애정을 독점하기 위해 세 부인을 제거하려 한 것이다. 그러나 신명한 주동인물 이옥수가 이미 곽소옥의 계교를 다 알고 있었기 때문에 모두 실패로 돌아갔다. 이옥수는 신능한 지혜로 반동인물의 심리까지 꿰뚫는 인물이다. 더불어 동렬에 있는 유부인은 烏鵲의 소리를 듣고 앞일을 내다볼 줄 알며, 정부인은 점술과 의술에 뛰어나다. 이러한 재능은 모두 이들이 우연히 만난 원화진인194)으로부터 받은 것이다. 초월계의 도움을 받은 세 부인을 곽소옥이 제거할 수는 없었던 것이다.

애초 곽소옥은 위현의 사랑을 얻기 위해 반동행위를 했으나, 이후 곽소옥의 행적은 뭇 남자와 사통하는 음란한 행동으로 점철되어 있다. 곽소옥의 음란함은 위현이 이미 간파한 것이고 서술자도 전제로 한 것이었기 때문에, 위현에 대한 곽소옥의 애초의 애정은 남성 일반에 대한 욕정의 상징적 행위였음을 알 수 있다. 따라서 곽소옥은 위현의 사랑을 못 받자 과감하게 한웅과 혼인하고 이후 석용과 음란하게 놀고, 거란주에게 또 몸을 맡기고 거란의 아우, 아들, 조카, 친척들과 차례로 간음하게 되는 것이다. 곽소옥은 위현에 대한 배타적 욕정은 있었을지언정 진실 된 애정은 없었던 것이다. 이러한 점은 곽소옥이 위현의 애정을 독차지하기 위해 계교를 꾸며 세 번 시행했으나 실패하자, 위현을 독살하려 한 데서도 알 수 있다.

---

194) 원화진인은 천진산 서녘에 사는 여자도인으로서 양귀비의 언니인 괵국부인이 仙化한 인물이다. 세 소저를 불러 각기 책을 주고 각각의 전정을 예언하고 정소저에게는 환약을 이소저에게는 칼과 보경과 홍금삭을 준다.(권8, 1:558)

곽소옥은 부귀비와 태후, 부옥대와 연합해 진왕과 위현, 위규완을 독살하려 한다. 이옥수와 유, 정부인이 자신을 속이고 달아나 화산에 安居하고 있는 줄을 모르는 곽소옥은 세 부인을 죽였다고 생각하고 이제 남아 있는 위부 사람들과 진왕을 죽이려 한다. 진왕을 죽이려는 것은 그를 죽이고서 죄를 얽어 위현과 위규완을 죽이기 위함이다. 그러나 이 또한 이옥수의 先見之明으로 실패한다. 진왕과 위현은 독약을 먹었으나 이옥수가 보내 준 환약 덕분에 살게 되고 신량이 위현과 진왕을 교자에 태워 부인 행렬로 위장하고 근친 간다고 떠났던 위규완과 도중에 합세해 화산으로 가는 것이다. 이로써 주동인물 측은 반동인물 측을 피해 모두 화산이라는 근거지에 피신을 하게 된다.195)

반동인물과 반동인물을 돕는 주변인물의 몰락은 정치적인 이유 때문에 발생한다. 곽소옥이 한웅과 혼인하고 임금과 부태비를 독살하고서 한웅을 황제로 앉히자 조광윤과 위현이 군사를 일으켜 황성을 친다. 이에 한웅, 곽소옥, 부옥대, 시비 춘교가 도망하고 곽소옥의 어미 즉 태후는 죽임을 당한다. 이후 곽소옥과 부옥대가 거란에 투항해 난을 일으키자 위현이 자원 출정한다. 곽소옥은 이후 신량과 화진에게 잡히고 반동인물을 돕는 주변인물인 평경과 춘교 역시 잡힌다. 임금은 평경과 춘교를 처참하고, 곽소옥을 액살한다. 부옥대는 도망했다가 변형해 진왕의 시녀로 뽑혀 위부에 오나, 한상궁

---

195) 화산에는 위현의 아버지인 위복성과 위현의 형들이 살고 있다. 화산은 속세와 완전히 인연이 끊긴 곳은 아니지만, 속세의 야망을 추구하지 않는 이들이 사는 공간이라는 점에서 탈속 공간이라 할 수 있다. 또 이곳은 속세의 위부 사람들이 피신해 기운을 모은 후 다시 세상에 나간다는 점에서 蓄氣 공간이라 할 수 있다. 화산이 가지는 공간적 기능은 대하소설에 나타나는 다른 탈속적 공간, 혹은 <화산선계록> 내의 다른 공간과 비교해 논의할 가치가 있다.

이 조마경을 비춰 원래의 모습으로 돌아가게 해 잡으니 임금이 진왕에게 처치를 부탁하고 이에 진왕이 부옥대를 죽이게 된다.

곽소옥과 부옥대가 몰락하는 과정은 그들이 서술자에 의해 大惡으로 설정되었음을 여실히 보여준다. 이들의 음란함은 이미 이들 이야기의 全篇을 관류하는 핵심적 성격인데, 이에 더해 이들은 임금을 독살하고 한웅을 황제로 앉히고, 나중에 반란을 일으키는 등 정치권력에 대한 야망도 가지고 있다. 그런데 그 야망을 正道로 성취하지 않고 독살, 반란 등 대역을 저지르면서 성취하려 했다는 점에서 그들의 행위는 당대의 이념으로서는 용서받기 힘들었던 것이다.

서술자는 곽소옥과 부옥대 등 반동인물은 물론이고 그 주변인물까지 모두 죽는 것으로 처리했다. 이처럼 반동인물 측이 한 사람 남김없이 죽임을 당한다는 설정은 그만큼 주동인물에 대한 이들의 적대 행위가 크고, 이들을 살려 줄 만한 어떤 명분도 없음을 의미한다. 곽소옥의 음란함은 남편 위현이 간파해, 위현은 곽소옥과 한 번도 잠자리를 같이 한 적이 없다. 위현은 곽소옥의 음란함과 악함 때문에 공주를 시종일관 멸시하며 적대시한 것이다. 세 부인 역시 곽소옥에 대한 긍정적 시선을 보내지는 않고 있으며 위부의 친족들 역시 마찬가지이다. 서술자는 곽소옥을 천하의 음란한 여자로 묘사하여 죽을 수밖에 없음을 보여 주고 있다. 이와 같이 이른바 善과 惡의 대립구도가 분명한 것이 위현과 곽소옥의 대립이라 하겠다.

곽소옥의 최후는 공주라는 높은 신분의 여자로서 위부와 같은 명망 있는 가문에 편입되었다 하더라도 그 행위가 당대 여인에게 부과했던 貞節을 훼손하는 경우, 결코 용서받을 수 없음을 드러내고 있다. 여성에게 있어 높은 신분과 명망 있는 가문은 여성의 기본적 의무인 貞節보다는 하위의 가치임을 보여 주고 있다.

3) 재물에 대한 욕망의 발현

a. 계모의 재물 추구: 탕씨

탕씨는 주동인물인 이옥수의 계모로서 이옥수를 간접적으로 모해하는 인물이다. 탕씨가 이옥수를 모해하는 계기는 이부의 재물을 차지하기 위해서이다. 탕씨는 이옥수를 다른 곳에 강제로 시집보내거나 다른 이로 하여금 납치하게 하여 재물을 차지하려 한다. 작품 초반부에 등장하는 이 이야기(권2~5)는 탕씨 일문이 반동인물과 반동인물을 돕는 주변인물로 구성되어 있고, 이옥수가 그들의 음모를 간파하여 오히려 그들을 속인다는 내용이다. 세 개의 소소한 사건으로 구성된 탕씨와 이옥수의 이야기는 이옥수의 일방적인 승리와 탕씨와 탕씨 일문의 패배로 끝이 난다.

탕씨의 경우, 자신의 소생이 없기 때문에 종통에 대한 욕심은 보이지 않는다. 종통 의식이 보이지 않는다는 설정은 <화산선계록> 전체에 나타나는 중요한 특징으로서, 서술자는 작품 초반부터 그러한 점을 부각시키고 있다는 점을 주목해야 한다.

탕씨를 통해 서술자가 보여주고자 한 바는 종통의식보다는 재물에 대한 관념이다. 사실, 이옥수가 시집가고 나면 이씨 집안의 재산은 자연스레 탕씨가 관리하게 된다. 따라서 굳이 이옥수를 강제로 이부에서 내보낼 필요는 없다. 그런데도 탕씨가 자신의 친정 식구를 동원하면서까지 이옥수를 빨리 내보내려 한 것으로 설정한 것은, 먼저 재물의 효용 내지 기능에 대한 관심을 탕씨를 통해 보여주려 한 서술자의 의도로 보인다. <화산선계록>은 늦어도 18세기에는 창작되었을 것으로 추정되는 작품이다.196) 화폐경제가 활발해지는 18세기

---

196) 洪羲福(1794~1859)의 『제일긔언』(第一奇諺) 序文의 소설 목록에 <화산선계록>이 보인다. 『제일긔언』은 淸代 李汝珍(1763~1830)이 지은

의 인정물태를 <화산선계록>은 어느 정도 담고 있는 것으로 파악된다. 재물을 중시하는 모습은 탕씨 이외에도 탕씨의 조카인 탕춘과 그 친구인 진여해, 그리고 기타 여러 작중인물에게서 보인다. 특히 탕춘이 재물을 얻으면 어떻게 쓸까 행복한 고민을 하는 장면은 가히 압권이라 할 수 있다.

우리는 탕씨의 삽화로부터 주동인물과 관련된 특징을 발견할 수 있다. 먼저, 서술의 초점이 반동인물인 탕씨에 맞춰져 있다기보다는 주동인물인 이옥수에 맞춰져 있다는 점이다. 탕씨가 재물을 탐하지만 소소한 욕망에 불과한 것으로 비쳐지는 것은 그 욕망이 이옥수에 의해 허망하게 좌절되기 때문이다. 전편 <천수석>에서는 여성반동인물 이초혜의 행위에 따라 주동인물의 운명이 결정되었으나, 후편에서는 여성주동인물인 이옥수가 신명한 능력을 소유하고 있기 때문에 탕씨에게 농락당하지 않는다. 서술자는 탕씨 이야기를 주동인물 이옥수의 신이한 능력을 보여주기 위한 하나의 수단으로 인식하고 있음을 발견할 수 있다.

주동인물 이옥수가 지닌 특이한 성격은 계모형 가정소설의 주인공과 비교해 보면 쉽게 알 수 있다. 계모형 가정소설에서 박대하는 계모에 대해 전실소생이 취하는 태도는 대체로 효도, 반발, 체념의 세 가지인데197) 이옥수의 태도는 이 중 어느 것에도 속하지 않는다. 전실소생 이옥수는 오히려 자신을 모해하려는 계모 탕씨를 속여 조

<鏡花緣>을 번역한 책으로서, 번역의 완료시점이 1848년이라 하므로 <화산선계록>이 목록에 오르려면 다소 시일이 필요했을 것으로 생각된다. 따라서 늦어도 18세기에는 창작된 것으로 보인다. 『제일기언』의 창작시기와 관련해서는 정규복, 「제일기언에 대하여」, <중국학논총> 1, 고려대 중국학연구회, 1984 참조.

197) 졸고, 「계모형 소설에 나타난 갈등의 양상과 작가의식」, <국문학연구> 7, 국문학회, 태학사, 2002 참조.

롱하고 있다. 서술자는 계모형 가정소설에서처럼 계모와 전실소생의 갈등에 관심을 갖고 있기보다는 이옥수의 신명함을 드러내는 데 관심을 집중하고 있는 것이다.

서술자의 이러한 태도는 이옥수의 이후 행방을 보면 더욱 확연해진다. 이옥수는 탕씨와의 소모적 마찰을 피해 자발적으로 가출을 한다. 주동인물이 반동인물로 인해 도로유리하게 되는 것 자체는 다른 대하소설 여성주동인물의 그것과 차이가 없으나 가출하는 원인과 가출하고 나서의 고난 여부 등은 현격한 차이가 있다. 이옥수가 가출하게 되는 것은 계모와의 마찰을 피하기 위해 자발적으로 한 것인 데 비해, 다른 대하소설의 여성주동인물은 대체로 반동인물의 계교에 의해, 혹은 반동인물의 계교를 피해 가출하고 있다.[198] 또 일단 집을 나선 여성주동인물은 대체로 고난을 당한 뒤 주동인물을 돕는 주변인물의 도움으로 안둔하나, 이옥수는 고난을 당하지는 않고, 설사 반동인물이 있다 하더라도 스스로의 힘으로 반동인물을 물리친다는 점에서 차이가 있다. 물론, 이옥수가 도로유리하다가 유부인, 정부인과 만나 그 집에서 안둔하는 모습 자체는 여타 여성주동인물이 주변인물의 도움으로 도관 등에서 안둔하는 모습과 비슷하나, 그 성격은 다르다. 이옥수와 유, 정부인은 知己가 되어 여성공동체를 형성하고 있는 반면, 여타 여성주동인물은 주변인물에게 전적으로 의지하고 있기 때문이다. 이처럼 서술자의 관심은 탕씨로 인해 이옥수가 고통을 받는 데 있는 것이 아니고 이옥수의 출중한 능력을 보이는 데 쏠려 있다.

---

198) <이씨세대록>의 위홍소를 예로 들면 위홍소는 각정이 자신을 도청에게 혼인시키려 하자 몰래 도망한다. 그런데 이옥수의 경우는 동기가 조금 다르다. 이옥수는 얼마든지 반동인물의 계교를 벗어날 수 있으나, 소모적인 마찰을 피하기 위해 가출하는 것이다.

이후 탕씨 일문은 조광윤에게 발각되어 탕춘과 진여해는 벌을 받고 탕씨는 용서받는다. 탕씨가 용서받게 되는 것은 이미 가출한 이옥수가 자신의 유모에게 탕씨를 처벌받지 말게 해 달라는 부탁을 했기 때문이다. 이러한 장면은 서술자에 의해 긍정적으로 서술되었으면서 <화산선계록>의 전체적 주동인물로 설정된 이옥수의 위상 때문에 기인한 것이다. 서술자는 주동인물을 긍정적으로 서술하며 독자로 하여금 인물에 대한 자신의 관점에 동조하도록 하려고 한다. 이옥수가 비록 계모를 냉소적으로 보고 있지만 부모와 자식이라는 관계는 피할 수 없는 것이므로 서술자는 불가피하게 계모가 용서받는 것으로 설정한 것이다.

b. 창기 출신 첩의 재물 추구: 가십랑

반동인물인 가십랑은 원래 창주의 娼樓에서 도망 온 여자로서 양부의 재물을 탐해 양선생의 첩으로 들어오는 인물이다. 그러나 가십랑은 양씨 집안이 淸儉하고 양선생의 성품이 嚴正함을 보고 실망한다. 그래서 몰래 他門을 생각하나 도망하지 못하고 원한만 쌓인다. 가십랑이 창기 출신으로 설정된 것은 그의 작품 내 행동을 결정짓게 하는 요소이다. 정절을 잃은 여인이라는 사실은 자연스럽게 그 품성도 악할 것임을 서술자는 암시하고 있다.

가십랑은 재물을 얻기 위해 외부 인물인 최씨(조보의 며느리)와 결탁해 최씨로부터 그 자식 조정옥과 양계흥의 딸인 양혜주가 혼인할 수 있도록 주선해 달라는 부탁을 받기도 한다. 가십랑은 자신의 목적을 달성하기 위해 양선생에게 변심하는 약을 먹이기도 하나 최씨에게 한 혼인 약속은 지키지 못한다. 가십랑은 이렇게 된 것이 양계흥이라며 양계흥을 원망하고 양선생에게 끝없는 참소를 한다. 서술자는 양선생을 극히 긍정적인 시선으로 바라보고 있다. 서술자는 양선생의 마음이 변한 것을 가십랑이 먹인 약과 가십랑의 참소 탓으로 돌리고 있다. 妖人과 妖藥 때문에 양선생의 심성이 변화했다는 설정은 그러한 것이 없으면 양선생이 회복할 것임을 드러내는 것이다. 서술자는 양선생이 양계흥을 박대하는 것을 순전히 가십랑의 탓으로 돌리고 있는 것이다. 결국 이러한 설정은 양부라는 훌륭한 가문에서 자식을 박대하는 아비가 나올 수 없다는, 서술자가 지닌 가문의식의 발로이기도 하다.

가십랑은 자신의 욕망을 성취하기 위해 양부를 파란으로 몰고 간다. 가십랑은 양계흥 부부를 거듭 양선생에게 참소하고 양선생은 약기운 때문에 판단력이 흐려져 양계흥 부부를 비롯해 손자를 마구 때린다. 양혜주는 자신 때문에 아버지 양계흥이 맞았다며 스스로를 치고 양계흥이 위독해지자 자신의 피를 흘려 넣는 효행을 보인다. 가십랑이 양계흥을 참소하여 양선생으로 하여금 양계흥 등을 치게 하는 것은 결과적으로 양계흥과 양혜주의 지극한 효성을 보여주는 기능을 하고 있다.

서술자는 양계흥이 변심약을 먹은 양선생으로부터 핍박받고 고통받는 모습을 보여 주는 동시에 양선생에 대한 양계흥의 효성을 보여 줌으로써 양계흥의 효행을 한층 더 부각시키고 있다. 비록 양선생이 반동인물인 가십랑에 의해 그녀의 괴뢰가 되어 반동적 행위를 하고 있으나 양계흥은 이에 개의치 않고 꾸준히 자신의 도리를 다하고 있는 것이다.

가십랑과 양선생의 결합은 양선생이 복정단을 먹고 정기를 회복한 후에서야 분리된다. 그런데 그렇게 되기까지에는 작품 전체의 주동인물인 이옥수의 개입이 있어야 가능했다. 이옥수는 자신의 아들인 위웅창과 혼인할 양혜주가 고통을 겪고 양부가 전체적으로 화란에 휩싸였다는 소식에 주동인물을 돕는 주변인물의 역할을 담당한다. 곧 시비 설매(본명은 비취)를 양부에 투입시켜 가십랑의 심복이 되게 하여 양부의 소식을 탐지하도록 하는 것이다. 이옥수와 설매의 개입은 일층 더해질 양부의 화란을 방비하는 역할을 하고 있다.

이후의 사건 전개는 가십랑과 최씨를 돕는 많은 주변인물과, 이들에 맞서는 이옥수와 설매의 결합으로 한층 복잡해진다. 주동인물 측과 반동인물 측 사이의 대립국면이 뚜렷해지는 것이다. 가십랑은 주변인물인 무뢰배 가반, 호중과 결탁하기도 하고, 최씨와 다시 연합하나, 주동인물을 돕는 주변인물인 설매와 이옥수의 계교로 모두 실패로 돌아간다. 설매는 가십랑을 속여 정씨(위현의 셋째 아내)에게 와서 복정단을 받아다가 준다. 가십랑은 이후 양선생이 어서 빨리 양계홍을 죽일 것을 손꼽아 기다리며 요약으로 알고 있는 복정단을 지성으로 먹인다.199)

이후에는 주변인물들의 활약이 매우 두드러지게 나타난다. 먼저 주동인물을 돕는 주변인물인 설매와 반동인물을 돕는 주변인물인 난매가 각기 자신의 주인을 위해 대리전을 펼친다. 설매는 이옥수의 동렬(위현의 둘째 아내)인 유씨의 시비로서 이옥수로부터 양부의 동정을 탐지할 임무를 맡은 인물이고, 난매는 최씨의 시비로서 조정옥의 혼사를 위해 온갖 방법을 다 최씨에게 제의하는 인물이다. 먼저 난매는 자신의 이복자매인 호건랑을 소개해 주나 호건랑은 이옥수의 지휘를 받은, 설매의 오라비인 비운, 취복과 어미인 화섬에 의해 죽는다. 난매가 자신의 지아비인 방숭을 다시 최씨에게

---

199) 가십랑의 이러한 행동은 정보의 부재에서 기인한 것이다. 독자와 서술자는 이미 다 알고 있고 작중인물 가운데에는 위부의 인물들과 설매가 알고 있다. 이를 보면 복정단의 정체는 양부의 사람들을 제외하면 모두 아는 것이다. 이러한 장면은 독자와 서술자가 비밀스러운 것을 공유하며 반동인물의 어리석음을 비웃는 효과를 자아내고 있다.

소개하나 방승 역시 비운 등에게 죽는다. 가십랑은 이후 난매에게서 자객 손법사를 소개받으나 손법사는 이미 주동인물 측의 사람이어서 이 역시 실패로 끝난다. 이 과정에 이옥수의 지시를 받은 주변인물인 설매와 비운 남매가 활약하며, 손법사는 가십랑과 최씨를 이간시키고 난매를 죽이는 활약을 펼친다.

결국 복정단 덕에 정기가 회복된 양선생은 가십랑이 요인임을 깨닫게 된다. 그리고 설매가 계교를 적은 가십랑과 최씨의 편지를 입수해 이옥수에게 줘서 결국 가십랑은 임금의 명령으로 처형되고 만다.[200]

가십랑의 최후는 이미 예견된 것이었다. 그런데, 그러한 예견은 가십랑이 재물을 탐해 반동행위를 저지른 데로부터 비롯된 것은 아니다. 바로 가십랑이 창기 출신의 첩이라는 데에서 찾을 수 있다. 창기는 이미 여성으로서 정절을 잃은 불완전한 여성이다. 이는 당대 사회에서 여성에게 요구되던 최고의 덕목을 훼손했음을 의미한다. 그러한 여성이 양반 가문에 들어와 첩이 된 것은 다시 한 번 정절을 훼손했음을 뜻한다. 정절을 훼손하게 된 동기는 재물의 획득에 있다. 정절과 재물, 이 두 가지 가치 가운데 가십랑은 후자를 택함으로써 여성에게 더 중요하게 요구된 가치를 저버린 것이다. 서술자로서는 자신의 목적을 위해 가장 중요한 덕목을 저버린 가십랑을 반동인물로 그리는 것은 당연한 것이며 처형으로 끝나도록 설정하는 것도 당연하다.

서술자는 정절보다 재물을 중시하는 가십랑을 설정함으로써 천민과 상층여성의 구별을 뚜렷이 하는 효과도 거두고 있다. 천민은 재

---

200) 가십랑과 결합한 반동인물 최씨는 양부에서 예전에 은혜를 입은 조부의 인물이므로 양섬(양계흥 아들)이 임금에게 올리는 초사에서 빠져 살아남는다. 최씨의 생존은 후일 반동행위가 발생할 여지를 남겨둔 것이다.

물로 대표되는 물질적 가치를 중시하며 상층여성은 貞節로 중시되는 정신적 가치[201]를 중시한다는 것을 분명히 구분 짓고 있는 것이다. 이는 결국 서술자가 지닌 신분의식의 발로이다. 천민과 상층민을 구분 짓는 것을 넘어서서 그들의 가치까지 구분지음으로써 境界를 확실히 하고 있는 것이다.

한편, 반동인물의 개입으로 부자간에 간격이 생긴다는 설정은 작품을 생동감 있고 다양하게 만들면서, 더 중요하게는 효의 이념을 부각시키는 효과를 거두고 있다. 반동인물이 개입한다는 점에서 뒤에 살펴볼 기부인 이야기와는 다른 내용이지만, 자식들의 효를 드러내려는 의도를 지닌 이야기라는 점에서 기부인 이야기와 중첩되어 더욱 높은 효과를 거두고 있다. 결국 서술자는 반동인물의 행위를 단순히 보여주는 것이 아니라 유교 규범을 효과적으로 드러내기 위한 수단으로도 활용하고 있음을 확인할 수 있다.

c. 두 번 첩이 된 여성의 재물 추구: 염춘아

염춘아는 양월희와 양문홍의 서모이자 전약수의 서모이다. 여기에서 알 수 있듯이 염춘아는 두 번에 걸쳐 남의 집 첩으로 들어가는 인물이다. 이를 통해 염춘아가 정절에 대한 의식이 전혀 없음을 엿볼 수 있다. 서술자는 이러한 설정을 통해 염춘아가 반동적 성격이 있음을 부각시키고 있다. 정절에 대한 개념이 없는 여성은 다른

---

201) 貞節은 있는 것을 없애는 소모적 성격을 지니고 있고, 財物은 없는 것을 얻는 생산적 성격을 지니고 있다. 그런데 이를 정신과 육체의 관점에서 보면, 정절은 자아의 의지와 깊은 관련이 있으나, 재물은 자아의 의지와 그리 관련이 깊은 것은 아니다. 정절은 자아의 의지에 따라 훼손할 수도 있고 그렇지 않을 수도 있으나, 재물은 자아의 의지에 따라 반드시 얻을 수 있는 것은 아니기 때문이다. 이런 면에서 필자는 정절을 정신적 가치라 하고 재물을 물질적 가치라 하였다.

욕망에도 쉽게 이끌린다는 점을 제기하고 있는 것이다.

염춘아는 구체적으로 재물에 대한 욕망을 지닌 여성반동인물이다. 염춘아는 양부의 재물을 탐해 양현자의 첩으로 들어간다. 그러나 재물이 없음을 알고는 실망하고 양현자가 죽은 뒤 집에 불을 지르고 도망한다.(권16) 이 첫 번째 등장은 매우 짧게 나타나 있다.202) 염춘아의 반동인물적 성격이 극명하게 드러나는 것은 두 번째 등장에서이다.(권43) 염춘아는 전숙의 첩으로 들어가는데 그 계기는 역시 재물을 탈취하기 위해서이다. 염춘아는 남성반동인물인 우섭과 이미 정을 통한 상태에서 전숙의 첩으로 들어와 전숙 부자를 죽인 후 재물을 탈취하려 하는 것이다. 염춘아는 우섭의 아이를 낳으나 전숙의 아이인 것처럼 속이기도 한다. 그리고 義子인 전약수를 박대하고 전숙에게 전약수를 참소해 부자간 갈등을 야기한다. 급기야 전약수가 자신을 淫奸하려 한 것으로 모함해 태수 오훈의 모부인에게 뇌물을 줘 전약수를 죽이려 한다. 후에 염춘아의 반동 행위는 소세광과 위현의 개입으로 해결되고 염춘아와 남성반동인물 우섭, 김신은 효시를 당하게 된다.

염춘아는 회과시킬 수 없는 여성반동인물의 전형이다. 전약수가 효자이므로 효자가 不仁한 서모를 회과시킨다는 설정을 할 수도 있겠으나 서술자는 그러한 설정 자체를 원천봉쇄한다. 바로 염춘아가 貞節을 잃었다는 데에서 그 주요한 근거를 찾을 수 있다. 염춘아는 처음에는 양현자의 첩으로 생활하고, 다음에는 우섭과 통간하고, 재물을 얻기 위해 전숙의 첩으로 들어간다. 염춘아가 처형당하는 것으로 설정된 것은 염춘아의 본래 목적인 재물탈취 시도 때문이 아니다. 비록 겉으로 부각시키지 않았지만, 염춘아가 정절을 잃은 행위

---

202) 이때의 서술자의 관심은 염춘아의 반동행위보다는 오히려 양월희와 양문홍이 이옥수 일행을 만나게 되는 계기에 관심이 쏠려 있다.

때문이다. 이로써 정절을 절대시하는 서술자의 시각을 읽을 수 있다.

염춘아는 성과 재물에 대한 욕망을 복합적으로 갖고 있으나 서술자는 염춘아를 통해 성을 추구하는 여성을 그리고 있는 것이 아니라 재물을 추구하는 여성을 부각시키고 있다. 그런데, 서술자가 염춘아의 신분을 첩으로 설정해 놓은 것은 의미하는 바가 크다. 위에서 가십랑을 살필 때 논한 바와 같이 서술자는 일정한 신분의식을 드러내고 있는 것이다. 첩은 재물이라는 물질적 가치를, 양반은 정절이라는 정신적 가치를 중시함을 보여주고 있다.

첩을 반동인물로 설정했을 때, 서술자는 당대 첩의 입장을 충분히 고려하여 서사의 틀을 짠 것으로 보인다. 상층남성의 입장에서 볼 때 첩의 영입 목적은 아들을 제공받기 위한 것일 수도 있으나 근본적인 목적은 성을 제공받기 위한 것이다. 그런데 첩은 입장이 다를 수 있다. 여성이 성적 욕망을 지니고 있다 하여 반드시 양반의 첩으로 들어가는 것은 아니기 때문이다. 오히려 집안의 경제적 사정이 첩이 되게 하는 데 큰 역할을 할 수 있다. 첩으로 가는 대신 자신의 집안에 경제적 보탬을 주고자 하는 것이다. 이러한 관점에서 보았을 때 염춘아나 가십랑이 재물을 추구한다는 설정은 그 신분에 걸맞은 욕망이 형상화된 것으로 볼 수 있다.

4) 과격한 기질의 발현

연희숙의 어머니 기부인[203]은 기질이 과격하여[204] 뜻을 이루지

---

203) 서술자가 기부인을 부정적인 인물로 상정하고 있지는 않으나 주동인물인 연희숙 부부와 그 자식들에게 박대를 한다는 점에서 본고에서 반동인물로 설정하였다.
204) 기존 연구에서는 기부인의 성격을 '광폭한 성격'이라 명명해 논한 바 있다. 서정민, 앞의 논문, 58~59면.

못하면 성질을 내고 잘못을 諫하는 이가 있어도 듣지 않는 인물이다. 서술자는 기부인의 이러한 성격을 부귀한 곳에서 무남독녀로 자란 환경 때문이라 말하고 있다. 부친에게서 사랑만 받고 훈계는 받지 못했기 때문에 그렇게 되었다는 것이다. 기부인은 이렇듯 천성이 과격한 인물로 설정되어 있으나, 한편으로는 인정이 있고, 유교 윤리에 충실하려고 하는 인물이다. 비록 남편인 정리 선생의 엄중함 때문이기는 하나 婦道에 힘쓰고, 효애가 자별해 친부가 죽고 同氣가 없어 장사지낼 길이 없자 刻骨痛悼하며 晝夜哀痛해 하는 모습을 보이고 있다. 서술자는 이처럼 기부인에 대해 과격한 성격을 지닌 인물이면서 효애가 자별한 인물로 그려내고 있으며 선악의 가치판단은 내리고 있지 않다. 인정이 있는 인물이나 자라난 환경 때문에 성격이 과격해졌음을 역설하고 있다. 서술자의 이러한 시각은 환경에 따라 기부인의 성격이 긍정적으로든, 부정적으로든 바뀔 수 있음을 나타내는 것이며, 따라서 연부라는, 효도로 이름난 가문에 들어온 기부인이 충분히 회과할 수 있을 가능성을 암시하는 것이다.

기부인의 박대에 대해 아들 연희숙은 항상 온화한 자세로 담담하게 그 박대를 받아들인다. 그리고 기부인이 잘못이 있을 경우 절실하게 간한다. 이 때문에 매를 맞기도 하지만 이에 그치지 않고 잘못을 간한다. 또 연희숙은 기부인에게 매를 맞으나 어머니의 괴팍한 행동이 외부에 알려질까 봐 두려워한다. 기부인에 대한 연희숙의 효성은 <화산선계록> 전체 인물 가운데 가장 부각되어 있다. 많은 분량에 걸쳐 상세하게 서술되어 있다. 서술자가 天性大孝라며 칭송하고 있고, 작중인물 위현도 그의 깊은 효와 높은 덕을 心許하고 있다. 임금 역시 연희숙의 효를 높이 사 그를 상서로 擢用하고 있다.

효성은 연희숙뿐만 아니라 연희숙의 아내인 석씨, 연희숙의 자식들인 연명윤과 연화주, 그리고 연명윤의 아내인 경씨에 의해서도 발현된다. 연씨의 혈연뿐만 아니라 외부에서 연부에 들어온 석씨, 경씨마저 효성이 몸에 밴 것이다. 이들은 서술자에 의해 효성스럽다고 인정되고 있을 뿐 아니라 여러 사례를 통해 그러한 서술자의 언급을 증명해 주고 있다. 이러한 인물 설정은 기부인의 괴팍함과 대비시키는 효과를 빚고 있다. 개별 인물별로 나타나는 효도의 사례가 반복될수록 기부인의 과격함과 대비가 되어 효성이 더욱 부각되는 것이다.

그런데 기부인의 입장에서는 자신이 연희숙 등을 치는 것이 정당하다. 이유 없이 때리는 경우는 없는 것이다. 일례를 보자. 기부인은 자신의 딸이 貧寒한 데보다는 豪富한 데 시집가기를 원하는데, 이는 자신의 경험에서 비롯된 것이다. 부귀한 데서 자란 자신이 빈한한 데 와서 살아 보니 그러한 비하함을 차마 못 견딘 데서 나온 결과이다. 기부인은 그래서 딸을 이웃의 富豪에게 繼室로 보내려 하는 것이다. 그러나 연희숙은 그러한 풍요로움보다는 차라리 가난하나마 가풍이 있는 집안을 원한다. 더구나 남의 집 재취는 대대로 전해온 연부의 명망과도 맞지 않는 것이다. 즉 실리와 명분의 대립이 벌어진 것이다. 기부인은 연희숙이 자신의 뜻을 거부하는 것을 자신에 대한 반항이자 불효로 받아들인 것이다.

가내의 변란은 반동인물을 돕는 주변인물의 역할을 하는 侍婢와 외부 인물의 개입 때문에 더욱 확대된다. 기부인의 복심 시녀 금향이 지속적으로 기부인과 연희숙 사이를 이간한다. 연소저(연희숙 동생)의 배우자로 최씨의 아들을 소개시켜 주는 이도 금향이다. 금향은 기부인에게 연화주의 짝으로 子子無依한 호생을 소개시켜 주기도

한다.205) 이 때문에 진왕과 연화주를 혼인시키려 했던 연희숙은 민
민불락하게 된다. 금향은 기부인의 연희숙 박대가 악한 시비 때문이
라는 것을 드러내기 위해 설정된 인물이다. 서술자는 이미 기부인이
과격한 성격의 소유자라 하여 기부인이 연희숙을 구타하는 것을 그
때문으로 돌렸으나, 구체적으로 기부인의 박대를 정당화할 장치가
필요했던 것이다. 후에 기부인이 회과하여 눈물을 흘릴 때 주변인물
들이 시비 때문이라 하는 것은 이를 입증하고 있다. 惡婢가 자기 가
문의 일원을 보호하기 위한 적절한 서사적 요소로 활용되고 있음을
볼 수 있다.

　반동인물을 돕는 주변인물의 결합은 이 이야기에서 두드러져 있다.
금향은 가창에게 가서 호생이 聘物이 없는 사유를 고하고 이에 가창
은 딸 가빙랑과 상의한다. 가빙랑은 종자매인 연화주를 미워하고 있
었으므로 아비가 자신을 연화주 대신 진왕에게 보내겠다 하는 말을
듣고 자신이 지니고 있던 黃金寶釵와 자금팔쇠를 건네준다. 여기에
나타나 있는 반동인물을 돕는 주변인물들의 특성은 재물을 매개로 한
다는 것이다. <화산선계록>에는 어떤 대하소설보다도 재물에 대한
관념이 뚜렷이 나타나 있음을 이 부분에서도 확인할 수 있다.

　반동인물을 돕는 외부 주변인물의 활약에 대항해 주동인물을 돕
는 외부 주변인물이 개입하게 된다. 기부인의 시비 은섬이 가빙랑
등의 동향을 알고 동생 옥섬(이한승의 첩)에게 말하니 이한승이 이
에 대로해 이옥수에게 對策을 묻게 된다. 작품 전체의 주동인물인
이옥수는 이 사건에서도 주동인물을 돕는 주변인물의 역할을 하
며206) 계교를 지시하고 있다. 이옥수는 금향을 죽이라고 해 이한승

---

205) 기부인은 연화주를 편애했기 때문에 항상 옆에 두고 싶어 해 혼인상
　　대도 혈혈무의한 사람을 구해 왔었다.
206) 서정민은 위현과 이옥수 부부가 사건에 개입하는 방식을 두 가지로

이 금향을 도적으로 몰아 죽여 버린다.

이제 기부인과 연희숙의 갈등은 연화주와 진왕의 혼사 문제와 얽히게 되었다. 연화주와 진왕의 혼사장애는 가빙랑으로부터 촉발되었지만 이에 이르면 기부인이 가장 큰 장애물로 등장한다. 이옥수는 이 두 문제를 다 해결하기 위해 임금을 개입시킨다. 곧 이한승과 위현으로 하여금 진왕과 연화주의 혼인을 임금에게 청하게 한 것이다. 이미 이후의 사건 전개를 이옥수는 꿰뚫고 있다. 이옥수의 예상대로 기부인은 신부의 簡選 자리에 연화주를 내 보내지 않는다. 여기에 가빙랑이 기부인에게 연희숙이 이미 진왕에게 采禮를 받고 임금을 咐囑한 것이라 참소하니 기부인이 연희숙을 꾸짖고 자결을 시도하는 파란이 발생한다. 임금은 연희숙을 옥에 가두고, 기부인은 연희숙의 목숨을 근심하게 된다. 임금과 황후는 진왕의 혼사를 이루어내야 할 기본적인 임무도 있으며 더불어 연부의 화란을 잠재워 효자인 연희숙을 보호하려는 마음도 있기 때문에 기꺼이 이옥수의 계교대로 행한 것이다.

결국 기부인은 연희숙이 잡혀 가도 천연히 웃고 있는 가빙랑을 쫓아내고 자신의 잘못을 뉘우친다. 그러나 아직도 연희숙은 풀려나지 않은 터라 더욱 悶鬱하게 지내다가 연희숙을 풀어주겠다는 황후의 조서를 받고 기뻐하며 진왕과의 혼사를 청하게 된다. 이로써 연부에 일어났던 화란은 진정되고 연화주와 진왕도 혼인을 하여 이옥수의 계교대로 일이 다 이루어지는 것이다.

설정하였다. 즉, 위현 부부가 사건의 당사자로서 기능하는 경우와 사건의 해결자로만 기능하는 경우로 나누었다. 이 사건의 경우 위현 부부가 사건의 해결자로만 기능하는 경우로 보았고, 그 중 '중심사건'에 개입한 것으로 보았다. 서정민, 앞의 논문, 58~60면. 본고에서는 작품 전체의 주동인물도 사건에 따라서는 주변인물화한다는 전제하에 이 사건의 경우, 이옥수를 주동인물을 돕는 주변인물로 설정하였다.

기부인과 연희숙의 대립은 과격한 성격과 효라는 이념 사이의 충돌로 해석할 수 있다. 효로 무장된 연희숙 등에 의해 기부인의 과격한 성격이 결국 꺾임으로써 효라는 윤리의 힘을 보여 주고 있다. 기부인이 추구하는 실리와 연희숙이 추구하는 명분의 대립으로 압축시킬 수도 있다. 이 역시 실리보다는 명분의 우위를 보여주고 있다.

그런데 서술자는 이러한 대립의 이면에 천성과 환경의 관계를 진지하게 보여 주고 있다. 기부인은 부유한 집에서 무남독녀로 자라며 유아독존적인 교만과 아집을 길렀다. 그래서 자식들이 집안의 가난한 환경과는 상관없이 자신에게 좋은 음식으로 奉養해 주기를 원하고, 자신을 어머니로서 존중하지 않는다고 생각될 때에는 가차 없이 매를 들었다. 서술자는 기부인의 성격이 과격하다고 하였는데 사실 이러한 과격한 성격은 자신의 친정에서는 발현되지 못하다가 窮寒한 시집에 와서 비로소 발현된 것이다. 서술자는 기부인을 통해 환경이 인간에게 미치는 영향을 일정하게 드러내고 있다.

5) 자식에 대한 過愛

최씨는 아들 조정옥에 대한 사랑이 지나쳐 그를 혼인시키기 위해 반동행위를 하는 인물이다. 최씨는 연화주와 진왕, 양혜주와 위응창, 진왕과 설채주의 혼사에 개입해 연화주와 양혜주, 설채주를 조정옥에게 앗아 주려 한다. 최씨가 이렇게 하는 동기는 아들 조정옥이 미모 있는 여인을 탐한 데 있다. 아들의 욕심을 채워주기 위해 최씨가 아들과 함께, 때로는 홀로 반동행위를 하는 것이다.

최씨는 먼저 연화주와의 혼인을 기부인에게 청하나 기부인의 괴팍한 성격으로 인해 연부에 파란이 끊이지 않는 것을 보고 다시 청혼하지 않는다. 그리고 양선생의 첩 가십랑에게 재물을 줘 양혜주와 조정옥의 혼사를 청한다. 반동인물 가십랑과의 결합은 서로의 이해관계가 맞아떨어진 결과이다. 가십랑은 재물을 탐하였고, 최씨는 양혜주를 원하였기 때문이다. 가십랑은 양선생에게 약을 먹이고 양계홍 부부를 참소해 조부와의 혼인을 재촉해 결국 혼인허락을 받아낸다. 그러나 이번에는 조부에서 최씨의 姨舅 조보가 양부에서 이미 위부와 언약한 것을 알고 구혼서를 돌려보내 최씨의 계교는 허사로 돌아간다.

최씨의 반동행위가 극명하게 드러나는 것은 설채주를 탈취하려는 과정에서이다. 이 과정에는 조정옥이 본격적으로 결합하고 산방, 난심, 팽기 등의 주변인물들이 결합한다. 조정옥이 반동인물을 돕는 남성주변인물들과 합세해 설채주 집을 포위하나 주동인물을 돕는 주변인물로서 이옥수가 개입해, 비운과 손검을 시켜 설채주를 구한다. 비운과 손검은 반동인물을 돕는 주변인물들을 죽이고 위위창도 이에 주변인물로 개입해 팽기를 붙잡아 손가락을 베고 돌려보낸다.

설채주를 둘러싸고 반동인물 측과 주동인물 측의 첨예한 싸움이 벌어졌음을 알 수 있다. 반동인물 측에서는 이해당사자인 조정옥과 최씨가 중심이 되고, 주동인물 측에서는 이옥수가 중심이 되어 대립을 하고 있다. 이러한 대립은 이후 계속 나타난다. 조정옥이 설채주를 탈취하는 데 실패한 후, 최씨는 앞서 혼인시키려다 못했던 연화주, 양혜주와 더불어 설채주 3인을 조정옥의 희첩으로 삼게 해주겠다고 다짐하며 대립은 증폭된다.

최씨와 조정옥은 다시 반동인물을 돕는 주변인물인 산우정(산방의 아들), 봉월, 김방, 팽기 등과 힘을 합치고 여기에 예전에 설채주를 탈취하려다 실패했던 홍혁이 최적과 함께 나타나 결합하고 또

당부가 연합해, 이들 반동인물과 그 주변인물들은 서로 대연합을 이룬다. 이들은 김방을 제외하면 진왕과 위현에게 원한이 있는 사람들이다. 즉 산우정은 처형된 산방의 아들이고 팽기는 후한 잔당으로서 진왕과 위현에게 패해 간신히 도망한 인물이며, 최적과 홍혁은 설채주를 빼앗으려다 잡혔던 인물이고 당부의 형 적장 당취는 진왕과 위현에게 패해 죽은 인물인 것이다.

이들은 다시 후궁 미염과 연합해 진왕과 위현을 역모죄로 얽으려 한다. 그러나 이러한 모든 계교는 이미 이옥수가 다 알고 있는 것이다. 이옥수는 설란을 시켜 은교, 취빙과 연합해 조정옥이 위현과 진왕을 역모로 얽어매려는 계획을 임금에게 주달하게 한다. 임금이 이에 모든 반동인물과 그 주변인물을 잡아 죽인다. 처형당한 사람 중에는 최씨와 조정옥도 포함이 되어 있다.

최씨가 가문에 편입되지 못하고 죽은 것은 역모로 주동인물을 얽어매려 했다는 반동행위의 성격이 가장 큰 원인이라 할 수 있다. 최씨가 비록 상층 여성이나 주동인물을 역모가 있다 해 무고하는 것은 스스로 역모를 꾀한 것이나 마찬가지로 심각한 반동행위이다. 상층 여성의 처형은 설정되지 않는 것이 보통이나 이런 경우에는 예외가 없다.

상층 여성인 최씨가 죽은 것으로 설정된 간접적인 이유로는 최씨가 속한 조씨 집안의 성격을 들 수 있다. 조부의 구성원이 모두 不德한 인물들이어서 당시에 추구하던 이상적 가문과는 거리가 멀었기 때문이다. 곧 최씨의 시아버지 조보는 부덕하여 연희숙이 이미 연화주의 혼인을 그러한 이유로 거부한 바 있고, 최씨의 아들 조정옥은 여색을 밝혀 아내를 계속 내쫓고 미인을 추구하며 최씨의 며느리 초씨는 남편과 시어머니에게 대드는 여인이다. 한 마디로 不

德한 집안의 전형을 보여주고 있다. 이러한 모습은 운명은 결정되어 있다는 서술자의 시각을 보여주는 예이다. 주동인물의 집안에는 대체로 영웅형, 혹은 군자형 인물이 대부분인 반면, 반동인물의 집안에는 대개 부정적 인물이 많다는 것을 나타내는 예인 것이다.

6) 시기심 발현의 두 양상

a. 前室息婦에 대한 시기심의 발현

시계모와 식부의 관계로 나오는 김씨와 위명주는 그 대립양상이 자못 심각하고 계모－전실소생의 관계는 아니지만 오히려 그와 비슷한 면을 보이고 있다.

반동인물인 김씨는 두씨 집안의 宗婦인 위명주를 철편으로 치고 겨울밤에 문밖에 무릎 꿇고 있게 하는 등 위명주에게 직접적인 박대를 가하는 인물이다. 이러한 박대의 동기는 시기심으로서 그 근저에는 가장의 편애가 가장 큰 요인으로 자리 잡고 있다. 위명주가 宗婦이고 相國 위현의 조카이며 숙모인 두황후가 두씨 집안의 奉祀를 담당할 이라 하여 위명주를 愛重하는 터라 가장인 두균은 더더욱 그녀를 편애한다. 그런데 편애로 인한 소외감은 김씨보다도 김씨의 딸인 두난옥이 더욱 심하게 느꼈다. 두난옥은 위명주가 들어오기 전부터 아버지 두균이 전실소생인 오라비 두청을 편애하고 자신은 박대하다가 위명주가 집에 편입되면서 자신에 대한 박대가 더욱 심해지고 위명주를 역시 편애함을 보고 소외감이 심해진 것이다. 이에 두난옥은 김씨를 부추겨 위명주를 제거하고자 한 것이다.207)

---

207) 계모형 가정소설을 참고하면, 계모와 계모소생은 일반적으로 전실소생을 박대하는데 이 이야기에서는 전실소생보다도 오히려 그의 아내를 박대하는 모습이 두드러진다. 이렇게 된 데에는 계모형 가정소설

김씨가 위명주를 박대하게 된 데에는 김씨가 지닌 이러한 소외감에 시비인 두매, 쌍란의 참소도 한몫 하고 있다. 이들은 위명주가 자신의 권세를 믿고 김씨를 무시하고 있다고 참소한다. 이에 김씨는 위명주를 철편으로 치는 등의 반동행위를 한다. 반동인물을 돕는 주변인물인 두매, 쌍란의 참소는 이후 이들의 처형을 가져오는 계기가 되고, 김씨는 이들의 참소로 반동행위를 했기 때문에 용서받을 수 있다는 논리적 근거로 활용된다.

가장의 편애와 시비의 참소에 더해 가장의 不在는 김씨가 위명주를 노골적으로 박대하게 하는 계기가 되고 있다. 두균이 여동생이 아파 절강으로 떠나면서 위명주에 대한 김씨의 박대는 더욱 커지게 된다. 이러한 여러 설정 중 시비의 참소를 제외하면 계모형 가정소설의 모습과 매우 흡사하다. 다만 차이가 있다면 그 대상이 전실소생이 아니라 전실소생의 아내라는 점이다.

주동인물인 위명주는 김씨의 박대에 대해 초지일관 효도하는 모습을 보이고 있다. 김씨에게 폭행당했으나 자신을 문병 온 숙부 위현에게 그러한 내색을 전혀 하지 않고, 두황후에게도 역시 내색하지 않는다. 또한 강상궁과 진상궁 역시 그러한 위명주의 효성을 알기 때문에 두황후에게 김씨의 박대를 고하지 않는다. 위명주는 김씨에게 효도를 다하려는 마음을 지니고 있기 때문에 몸은 설사 괴

에 보이는바, 전실소생을 매개로 한 전실과 繼室의 대립은 이 이야기에 보이지 않는다는 점을 가장 큰 이유로 꼽을 수 있다. 계실 김씨는 전실소생의 뒤에 드리워진 전실의 그림자를 의식하지 않으며 전실소생이 지닌 가문 내의 특권을 앗으려는 의식도 보이지 않는다. 김씨는 딸만 두었기 때문에 전실소생을 없애도 딸로써 두씨 집안의 종사를 잇게 할 수는 없기 때문이다. 또 위명주가 작품 내에서 위씨 집안의 인물이라는, 중요한 위치에 있다는 점도 한 가지 이유가 될 수 있다. 이러한 이유들 때문에 그 관심은 전실소생인 두청보다는 그 아내인 위명주에게로 쏠릴 수밖에 없는 것이다.

로워도 마음은 괴롭지가 않다. 겨울밤에 폭우와 폭설이 섞여 내리는 가운데 문 밖에서 待罪하며 밤을 새워도 김씨에 대한 효성스러운 마음은 변함이 없다.

위명주와 김씨의 대립에는 주변인물의 활약이 큰 것이 특징이다. 두매는 적극적인 주변인물로서 아비 조황을 김씨에게 소개해 위명주를 죽이게 한다. 두매와 그 아비 조황이 반동인물을 돕는 주변인물로서 위명주를 죽이려 하는 데 큰 몫을 담당하는 데 대항해, 주동인물을 돕는 주변인물이 대거 등장한다. 위웅창, 설파, 왕우봉과 이옥수가 그들이다. 특히 이옥수는 위명주에게 계책을 알려줘 반동인물 측의 계교에 대비하게 한다. 이옥수는 연국의 갈등을 해결하는 결정적 주변인물이었는데, 위명주의 위기도 역시 해결하는 모습을 보이고 있다. 여기에서도 작품 전체의 주동인물인 이옥수가 위명주를 돕는 주변인물로 등장하고 있음을 볼 수 있다.

두난옥과 두매, 쌍란 등 반동인물과 그 주변인물은 결국 왕우봉에 의해 죽임을 당한다. 두매, 쌍란의 죽음은 그들이 시비의 신분이었으므로 그러한 결과가 당연한 것으로 이해할 수도 있으나 사문 여자인 두난옥의 죽음에 대해서는 논의할 필요가 있다. 두난옥은 김씨의 親女로서 위명주의 義媤妹이다. 그런데, 서술자는 위명주가 김씨를 위해 효성을 다하는 모습은 심도 있게 보여줬지만, 두난옥에 대해서는 우애 있는 모습을 보이지 않은 것으로 설정하고 있다. 서술자의 관심은 김씨라는 반동인물의 행위를 극대화시켜 위명주가 고통 받는 것을 보여주는 데 목적이 있는 것이 아니라, 김씨가 반동행위를 극심하게 함에도 불구하고 효성을 다하는 위명주의 모습을 보여주는 데 목적이 있다. 따라서 두난옥의 문제는 부차적인 것이다. 이러한 서술자의 관심이 결국 두 반동인물의 최후를 달리하게 만든 한 요인이 된 것으로 보인다.

이와 관련해 두난옥[208]의 처지에 대해 잠시 살펴볼 필요가 있다. 두난옥은 김씨의 친녀로서 오라비 두청과는 이복남매지간이다. 이미 언급했듯이 두난옥은 아비인 두균이 두청을 편애하는 것 때문에 위명주가 영입되기 전부터 두청에 대한 시기심을 지니고 있었다. 즉 위명주와는 별개로 두청과의 갈등이 이미 내재되어 있었던 것이다. 그런데 그러한 시기심이, 위명주가 영입되고 두균이 그녀를 편애하면서 위명주에게도 전이되게 된다. 거기에 위명주에 대한 친모 김씨의 박대로 인해 두난옥은 위명주를 더욱 질시하게 되는 것이다. 두난옥의 입장에서 김씨와의 연합은 김씨를 돕기 위해서가 아니라 두청 부부에 대한 자신의 시기심을 행동으로 옮기는 데 그것이 유리했기 때문이다.

이를 보면 두씨 집안에서의 갈등은 김씨-위명주, 두난옥-위명주 부부의 두 축이 교직되어 이루어지고 있음을 알 수 있다. 그런데, 서술자의 관심은 전자에 더 쏠려 있어 마치 김씨의 주변인물로서 두난옥이 설정된 것처럼 보이나 실상은 이처럼 두 가지 갈등이 공존하고 있는 것이다. 두난옥이 김씨를 부추겨 위명주를 죽이려해, 오히려 두난옥이 김씨보다 반동행위를 더 심하게 한 것처럼 보이는 것은 바로 이러한 점에 기인한 것이다.

서술자는 효성을 부각시키기 위해 반동인물 김씨를 처형당하는 것으로 설정하지 않았다. 김씨는 끝내 회과하지 않고 앙앙불락하다가 천신장군의 흉내를 낸 설파의 훈계 덕에 회과하게 된다. 초월계의 개입으로 인한 회과는 우리의 소설사에서 드물지 않게 나오는 모티프이다. 예를 들면, <명주보월빙>에서는 유부인이 악한 천성을

---

208) 두난옥은 지속적 반동인물이기는 하나 김씨와 연합한 인물이기 때문에 별도로 항목을 설정해 논하지는 않는다.

버리지 못하다가 천신에게 끌려가 天鏡을 통해 윤희천, 윤광천의 효성스러운 행동을 보고 나서야 회과하는 모습이 보이는데, 본 이야기와 일맥상통하는 모티프이다. 이러한 모티프는 천성은 인간적인 힘으로는 변화시킬 수 없다는 서술자의 시각을 담고 있다고 우선 말할 수 있다. 인간적인 힘으로는 반동인물의 좋지 않은 심성을 변화시킬 수 없어 신이나 하늘이 개입한 것이다. 다음으로 이러한 변하지 않는 천성도 효성과 같은 지극한 윤리와 결합하면 그 회과는 의외로 쉽게 이루질 수 있다는 점을 내포하고 있다. 천신이 나타나 반동인물을 회과시키는 것도 이러한 주동인물의 효성에 바탕을 두고 있기 때문이다.

한편, 김씨와 위명주의 갈등을 통해 서술자는 가장의 중요성을 강조하고 있다. 두씨 집안에서 화란을 일으키는 장본인은 김씨이지만 화란을 일어나게 만든 이는 家長인 두균이다. 두균은 김씨가 위명주를 몰래 박대하나 그 사실을 알지 못하는 不明한 위인이기도 하다. 두균이 지닌 이러한 편애하는 성격과 어리석은 성품은 위명주를 고통 속으로 몰고 가고 있다. 서술자는 이처럼 가장이 不明하고, 不在한 상황에서 가정이 파탄날 수 있는 상황을 설정하여 가장의 중요성을 역설하고 있다.

b. 종자매에 대한 시기심의 발현

가빙랑은 주동인물 연화주의 고종자매로서 연화주와 어려서 다툰 뒤 그 혼사를 방해하는 반동인물이다. 가빙랑이 연화주를 미워하게 되는 것은 연화주가 女道를 내세우며 자신을 꾸짖었기 때문이다. 기부인의 회갑연 때 7살인 가빙랑이 자신의 從男 가반을 데리고 內房에 들어오자 연화주가 조모 협실로 피한다. 이에 가빙랑이 가반을 이끌고 협실 문을 여니 가반이 연화주에게 웃으며 어린 아이끼

리 즐거이 희롱할 때라 말하자, 연화주는 "가가 소축의 방즈무례ᄒ
믈 발연듸로ᄒ여" 남녀유별을 외치며 자신이 비록 소소유아나 가반
같은 "무륜픠즈를 쓰리쳐 맑은 세상의 용납지 아니리라"고 꾸짖는
다.(권25) 또 가빙랑에게 男女不同席하는 예를 알면서 남자를 내각
에 들여와 閨門을 업신여긴 것은 사문에 득죄한 것이라며(권26) 준
절히 꾸짖고 있다.

이처럼 女道에 대한 연화주의 생각은 확고한 반면 가빙랑과 가반
은 그러한 개념이 별로 없다. 여도에 대한 생각의 차이 때문에 연
화주와 가빙랑의 대립이 발생한 것이다. 서술자는 女道를 준수하지
않은 가빙랑을 반동인물로 설정함으로써 여도를 중시하는 의식을
표면적으로 보이고 있다.

이후, 가빙랑은 연화주가 진왕과 혼인하는 것을 방해한다. 시비
금향이 기부인을 부추겨 기부인이 진왕 대신 혈혈무의한 호증에게
연화주를 보내려 하자, 아비 가창에게 자신의 보차 등을 빙물로 주
기도 한다. 그러나 계교는 실패하고 진왕과 연화주는 혼인한다. 이
후에는 가반과 금향의 딸인 채선과 공모해 그들의 혼인생활을 방해
하기도 한다.

여기에서 반동인물은 가빙랑과 가창이고 가빙랑을 부추기는 자는
채선이다. 또한 가반과 호증은 계교를 실행하는 역할을 하고 있다.
그런데, 이들 모두는 각기 含怨하는 바가 있어 진왕과 연화주의 혼
인을 방해하고 있다. 가빙랑은 연화주에게 어려서 질책을 당했고,
가창은 원래 사리에 어두운데다가 장모인 기부인으로부터 딸을 잘
못 시집보냈다는 말을 들은 바가 있다. 채선은 자신의 어미 금향이
이한승에게 죽고 이것이 진왕 부부 때문에 기인한 것이라는 말을
가빙랑에게서 들었다. 가반은 어려서 연화주에게 질책 당했고, 호증

은 연화주와 혼인 직전까지 갔으나 자신을 후원하던 금향의 죽음으로 혼인이 무산된 경력이 있다. 이와 같이 반동인물과 그 주변인물들은 각기 원한을 가지고 진왕 부부를 모해하려 하는 것이다.

이들은 매골, 독약 등의 계교를 쓰나 실패하고 반동행위가 발각된다. 가창과 가반, 호증은 유배되고, 채선은 죽임을 당한다. 그러나 가빙랑은 연화주의 우애와 진왕의 배려로 용서를 받는다. 연화주는 반동인물 측의 행위가 지속되는 동안 자기 부부를 죽이려는 이가 가빙랑임을 알고 심란해 한다. 연화주로서는 가빙랑을 바른 길로 이끌기 위해 어려서 꾸짖은 바가 있으나 私心은 없었다. 대신 종형제로서의 우애가 있어 가빙랑의 반동행위를 안타까워한 것이다.

서술자는 이처럼 연화주의 우애와 가빙랑의 시기를 대비하면서 우애의 우위를 드러내고 있다. 반동인물을 통해 주동인물의 이념을 드러내는 경우는 가십랑의 참소로 인한 양선생의 박대와 이에 대한 양계홍의 효를 통해 살펴본 바 있다. 이런 서술방식은 반동인물의 행위보다는 유교적 관념을 체득한 주동인물의 행위에 초점을 맞춘 것이다. 앞에서 살핀 탕씨와 이옥수의 이야기에서 주동인물 이옥수의 신명함을 강조하기 위해 탕씨를 설정했다면, 가십랑과 양계홍, 가빙랑과 연화주의 이야기는 주동인물의 유교적 이념을 강조하기 위해 설정된 이야기로 볼 수 있다.

한편, 반동인물 측의 결말을 보면 주변인물인 채선은 죽임을 당하고, 나머지 남성인물들은 유배되고 가빙랑은 용서를 받는다. 이와 같은 결말구조는 가문 내의 일원을 보호하려는 사고방식에서 연유한 것으로 파악된다. 이러한 모습은 연희숙이 연화주에게 편지를 보내 진왕에게 채선을 잡으면 卽殺시킬 것을 청하라 하는 데서도 보이고, 이옥수가 연화주에게 가 채선의 부촉자를 잡는 것은, 부촉자를 밝히지 않으면 그 악행이 나중에는 커져 부촉자를 죽이지 않으면 안 되는 상황에 도달할 수 있다고 말하는 데서도 드러난다. 이옥수의 말뜻은 부촉자인 가빙랑을 일찍 잡음으로써 연화주를 미워하는 마음과 그로 인한 행동을 차단시키겠다는 뜻이며, 그렇게 함으로써 가문의 일원을 살릴 수 있다는 뜻이다. 연화주, 연희숙, 이옥수의 말과 행동에서 가문 내 구성원의 결속의식을 엿볼 수 있다.

　가빙랑에게서 반동행위를 사주 받아 실행에 옮긴 채선의 죽음은 신분의식의 일정한 발로로 볼 수 있다.[209] 천민인 채선이 상층민인 연화주와 진왕을 해치려 한 점은 용납되기 어렵다. 신분의식과 관련해 상층 여성인 가빙랑은 살고, 천민인 채선이 죽었다는 것은, 상층민과 천민의 생명에 대한 존엄성에 대해 서술자가 지니는 의식의 일단을 보여준 것이다. 신분과 생명의 관계가 <화산선계록>에는 긴밀하게 연관되어 있음을 살필 수가 있다.

7) 권력에 대한 욕망의 발현

　연왕의 계모 방씨는 연왕의 권좌에 욕심이 있는 인물이다. 방씨는 외간 남자와 정을 통하기도 해, 권력욕 외에 성욕도 갖고 있는 인물이다. 이 이야기(권74~75)는 전실소생 측과 계모 측으로 나뉠 만큼 그 대립적 구도가 분명하다. 전실소생인 연왕 측에는 그의 정비인 문후, 계비인 강후, 자식들인 인의공주와 세자가 있고, 계모 측에는 계모의 딸인 부흥공주와 부흥공주의 남편인 삭함이 있다.

　연왕은 방씨가 '상모의 은흠과 왕모의 포흥미 잇'(권74, 8:230)어도 방씨를 蒸蒸이 섬긴다고 서술되어 있다. 그러나 서술자의 이러

---

209) 이러한 설정은 영옥교의 시비로서 죽은 봉선의 경우와 맥락이 같다.

한 언급은 추상적인 것일 뿐 실제 행동으로 구체화해 있지는 않다. 오히려 연왕은 방씨가 자신의 주변인물을 하나씩 제거하자 방씨의 凶謀와 妖計 때문에 國事가 어그러지는 것을 고민하다가 죽고 만다. 이러한 면을 보면 방씨에 대한 연왕의 태도는 서술자의 증증이 섬긴다는 언급에도 불구하고 그리 효성스럽다고 말할 수는 없다. 주동인물의 섬김을 추상적 진술로 무마하고 주동인물의 행적을 구체화한 것은 연왕이 계모에게 효행을 다했음을 드러내려는 데 목적이 있는 것이 아니라, 그 반대로 계모의 적대 행위를 부각시키려는 의도가 담겨 있는 서사 기법으로 이해할 수 있다.

방씨가 연왕을 제거하려는 동기는 처음에는 뚜렷이 나타나지 않다가 이야기 후반으로 가면서 드러나는데, 곧 권력에 대한 주체할 수 없는 욕망이다. 이를 위해 방씨는 연왕을 직접 죽이기보다는 주변인물부터 해치는 간접 공격의 방식을 취하고 있다. 먼저 연왕의 정비인 문후를 물에 빠뜨리고 연왕의 핵심대신들을 부홍공주와 모의해 죽이려 하였다.210)

전실소생과 계모의 대립적 구도는 다른 소설의 경우, 예를 들면 계모형 가정소설에서는 전실소생을 매개로 전실과 계실의 심리적 대립의 모습으로 형상화되기도 하였으나, 여기에서는 그러한 모습은 보이지 않는다. 연왕이 전실소생으로 설정되어 있기는 하지만 연왕에게 전실의 그림자는 보이지 않고, 따라서 방씨 역시 그러한 점은 의식하고 있지 않다. 이후의 사건 전개를 보면 방씨의 관심은 연왕의 지위 자체에 있으며, 그 딸 부홍공주 역시 그러하다. 방씨에게 있어 전실소생은 전실의 심리적 대리체가 아니다. 전실소생의

---

210) 그러나 방씨의 공격 대상들은 모두 자라가 구해주거나(문후) 연왕의 계후 강후가 도와주어(핵심 대신) 안전한 곳에 피신하고 있다가 방씨 등이 처단된 후 다시 등장한다.

의미는 없고 연왕이 '왕'이라는 데 의미가 있다.

방씨의 입장을 보면, 그녀는 정비가 아니고 계비로 들어온 신분적 한계가 있다. 게다가 낳은 자식도 아들이 아니고 딸이어서 더욱 그러한 한계를 절감했을 수 있다. 방씨는 서술자에 의해 완악하고 음란한 여자로 설정되어 있고 실제로 연왕과 그 소생을 박대하고 미남자를 궁에 끌어들여 사통한다. 연왕이 시름에 못 이겨 죽자 결국 방씨가 선택하는 것은 則天武后를 본받는 것이었다. 권력에의 욕구는 방씨가 연국에 계실로 들어올 때부터 생긴 것은 아니지만 그 환경으로 인해 자연스럽게 생기게 되었던 것이다.

연왕이 죽은 뒤 방씨는 측천무후처럼 되겠다는 자신의 야망을 실현한다. 이런 가운데, 연왕의 자식들을 보호하려는 주변인물의 개입이 활성화된다. 연왕의 계비인 강후가 인의공주와 세자를 보호하고, 작품 전체의 주동인물인 이옥수가 주변인물로서 개입해 인의공주를 보호하며, 역시 주동인물을 돕는 주변인물인 尼姑가 연왕의 전실인 문후를 보호하고 있다가 인의공주와 만나게 하는 것이다.

사실 서술자의 관심은 방씨의 권력욕에도 있지만, 인의공주와 위인창의 혼사에도 지대하게 있다. 방씨가 연왕을 죽이려 하는 가운데 연왕의 자식들도 죽이려 한다는 설정을 참고해 보면, 서술자의 관심이 표면적으로는 방씨의 권력욕에 있지만, 이면적으로는 인의공주의 혼사 문제에 있음을 볼 수 있다. 이 점은 인의공주를 보호하려는, 주동인물을 돕는 주변인물의 활동에서 분명해지고, 그 중 이옥수의 개입에서 더욱 분명해진다. 이옥수의 아들이 바로 위인창이기 때문에 이옥수는 자신의 며느릿감을 돕고 있는 것이다.

서술자는 이처럼 방씨와 연왕의 권력다툼을 설정하는 이면에 인의공주와 위인창의 혼사장애를 설정함으로써, <화산선계록>의 주요

가문이 위부임을 확인시키는 동시에 다양한 갈등을 드러내 보여주는 이중적 효과를 거두고 있다. 또한 그 혼사장애를 결정적으로 해결하는 이를 이옥수로 설정함으로써 이옥수의 신명함을 다시금 보여주고 있다.

이후의 서사는 문공이 대원수가 되어 연국에 와 반동인물인 방씨 모녀를 처단하고, 다시 위인창이 와서 남성반동인물 삭함을 처형하는 것으로 되어 있다. 문공은 방씨에 의해 죽임을 당할 위기에 처했다가 살아난 문후의 오라비이며 위인창은 인의공주의 정혼자이다. 문공과 위인창은 각기 고난 받은 인물과 직접 연관된 이들이다. 반동인물의 처형에 이들 남성인물이 동원된 것은 고난 받은 여성주동인물을 위해 반동인물에게 복수한다는 의미가 있다.

반동인물이 모두 처단되면서 이들에 의해 핍박받은 주동인물과 기타 인물들이 모두 돌아온다.211) 결국 방씨가 죽이려 했던 인물들은 연왕을 제외하고는 모두 생존하게 된 것이다. 주동인물, 혹은 주동인물을 돕는 주변인물이 반동인물을 피해 숨어 있다가 반동인물이 제거되거나 회과한 이후 다시 나타나는 경우는 반동인물이 신분적으로 우위에 있을 경우 특히 그러하다.212) 방씨와 다른 인물들도 이러한 경우에 해당된다 하겠다. 이는 주동인물이 반동인물의 행위를 알지만 신분적으로 아래에 있기 때문에 적극적으로 대항하지 못하는 데서 기인한 것이다.

방씨 모녀의 죽음은 그들의 적대 행위를 고려하면 이미 예정되어 있는 것이었다. 방씨는 당대 윤리에서 용납할 수 없는 간통 행

---

211) 尼姑의 거처에 숨어 있던 문후와 인의공주, 보모, 연왕의 手足 大臣 과 세자 등이 이에 해당한다.
212) 이옥수의 경우도 일단 탕씨를 피한 후 탕씨가 회과한 후 그녀에게 재등장한다.

위를 저질렀고, 이에 더해 왕위를 찬탈하였다. 부흥공주는 실제 왕위를 찬탈하지는 않았으나 왕위를 찬탈한 어미 방씨를 돕고 부추겼다는 점에서 죽음을 면할 수가 없었다. 서술자는 당대 사회를 지탱하던 중요한 축인 정절과 충을 훼손한 인물에 대해 가차 없는 징벌을 내리고 있음을 여기에서도 확인할 수 있다.

Ⅲ. 여성반동인물의 형상화 방식과 서술자의식

　앞 장에서는 대하소설에 드러나 있는 여성반동인물의 행위 양상을 각 인물별로 그 반동행위의 동기, 과정, 결말을 중심으로 살펴보았다. 이 작업은 인물의 각 행위를 중심으로 하여 그로부터 의미를 추출한 작업으로서 주로 서사적 양상에 초점을 맞춘 것이다.

　본 장에서는 앞 장의 작업을 토대로 하여 여성반동인물의 형상화 방식과 그로부터 읽어낼 수 있는 서술자의식을 살피려고 한다. 작가는 한 인물의 성격을 독자에게 보여주기 위해 직간접적인 다양한 방식을 동원한다. 서사나 묘사, 작중 인물 간의 대화, 인물의 심리, 서술자의 직접 언술 등이 그것이다. 대하소설을 비롯한 고전소설에서는 이 중 서사가 차지하는 비중이 가장 크다. 그 행위에 의해 성격을 가장 크게 부각시키기 때문이다. 그런데 작가는 서사를 작품의 전면에 드러내 놓은 이면에 다양한 장치를 동원하여 서사만으로는 미진한 점을 보완함으로써 인물의 성격을 완성시킨다. 이러한 다양한 장치는 모두 서사와 느슨하게 혹은 긴밀하게 交互作用을 하고 있다.

　인물에 대한 이러한 형상화 방식은 필연적으로 서술자의식과 연관된다. 서술자는 인물에 대한 직접적이고 노골적인 언술로써 의식을 표명하기도 하지만, 인물의 행위와 심리, 인물에 대한 묘사 등을 통해 간접적으로 표명하기도 한다. 이 장에서는 이러한 점을 고려하여 여성반동인물의 형상화 방식을 크게 묘사의 방식과 인물의 최후 처리의 방식213), 심리 처리의 방식으로 구분하고 서술자가 그러한 방식을 통해 의도한 바를 밝히고자 한다.

1. 묘사의 방식과 서술자의식

묘사214)는 근본적으로 서사에 대한 삽입항이고, 이 삽입항은 단순한 텍스트 채우기로부터 전체 서사구조에 절대적으로 필요한 기능을 갖는 데까지 전체의 서사와 다양한 정도의 관계를 맺고 있다.215) 한국 고전소설의 경우에도 역시 묘사가 단순한 텍스트 채우기에 그치는 경우가 있고, 그에 따라 인물 묘사에 관련된 연구 또한 그러한 방향으로 나아가기도 했으나,216) 그에 못지않게 서사 전개와 밀접한 관련을 맺는 묘사 역시 드물지 않다.

묘사는 서사와 무관하게 존재하는 경우도 있으나, 대개 서사에 일

---

213) 이 방식은 기본적으로 서사에 해당하는 것이지만 그 사안의 중요성을 감안해 별도로 논의하는 것이다.

214) 묘사는 서사와 비교되며 정의되어 왔는데, 그 핵심적인 내용은 서사는 동적, 시간적 개념, 행위술부와 관련된 언술이고, 묘사는 정적, 공간적 개념, 형용술부와 관련된 언술이라는 점이다. 본고에서는 묘사에 관한 이러한 정의를 따른다. 김정숙, 「소설의 언술체계로서 서사와 묘사의 상호작용」, <불어불문학> 33, 한국불어불문학회, 1996, 627면.

215) 위의 논문, 631면.

216) 묘사를 서사와 연관 지으려는 시도가 기존 연구에서는 별로 보이지 않는다는 점에서 그러한 점을 알 수 있다. 박민일, 「고대소설에 나타난 여주인공의 인물 및 복식물 묘사고」, <어문논집> 14・15, 안암어문학회, 1973; 정정덕, 「고대소설 속의 미인」, <사림어문연구> 10, 사림어문학회, 1994; 김수봉, 「영웅소설 남주인공의 외형묘사 연구」, <우암어문론집> 5, 부산외국어대 국어국문학과, 1995; 박갑수, 「고소설의 안면묘사」, <국어교육학연구> 8, 국어교육학회, 1998.

정한 영향을 미치고 있다. 먼저 묘사가 배치된 위치는 서사줄거리에 대한 배경과 행위 주체에 대한 정보를 제공함으로써 서사에 대하여 지시적 기능을 담당하고 있다. 그리고 이러한 지시적 기능은 인물과 배경의 존재를 알리는 데 그치는 것이 아니라 텍스트를 외적 요소와 연결하여 소설의 이야기가 현실이라는 것을 믿게 하는 현실효과 기능을 제공한다. 또한 환유, 은유와 같은 수사학적 도구를 사용하여 서사구조에 대해 반복이나 예고의 기능을 하기도 한다.217)

대하소설에 보이는 여성반동인물에 대한 묘사는 묘사가 서사와 다양한 정도의 긴밀함을 지니고 있다는, 묘사에 대한 일반론과 부합하고 있다. 묘사 자체에 국한해 보았을 때에도 작품별로 편차가 있고, 묘사와 서사의 긴밀성 정도에 있어서도 작품별로 차이를 보인다. 어떤 소설은 묘사가 구체적이지 않고, 묘사와 서사가 긴밀한 연관을 보이지 않는 반면에, 다른 소설의 경우 그와 정반대의 양상을 띠고 있는 것이다.

본고에서는 묘사와 관련된 이런 모든 가능성을 염두에 두고 논의를 진행한다. 여성반동인물의 묘사 자체에 대한 考究와 함께 그것이 서사와 맺는 연관성을 살피기로 한다. 이러한 논의 과정을 통해 서술자가 인물묘사를 통해 일정하게 의도한 바를 추출해 낼 수 있을 것이다.

여성반동인물에 대한 묘사는 두 가지 기준에 의거해 분류할 수 있다. 먼저 인물의 아름다움을 기준으로 하여 그 외모와 내면을 각각 가르는 방법이다. 다음으로 인물을 묘사하는 순서에 의거해 나누는 방법이 있다. 후자의 방법은 외모를 먼저 묘사하고 뒤에 외모에 드러나는 성품을 묘사하는 방법을 뜻한다. 이 두 가지 방법에

---

217) 김정숙, 앞의 논문, 632~635면.

대해 본고에서 개별적으로 서술할 수도 있으나 그렇게 하면 번다하고 중복이 될 가능성이 있으므로 다음과 같이 서술하기로 한다. 먼저 첫 번째 기준에 의해 나눈 유형을 상위항목으로 하고 두 번째 기준에 의해 나눈 유형을 그 하위항목으로 귀속시키는 것이다.

먼저 앞의 분류부터 살피기로 한다. 이는 다음과 같이 네 가지로 나눌 수 있다.

① 아름다운 외모와 긍정적[218] 성품
② 추한 외모와 긍정적 성품
③ 아름다운 외모와 부정적 성품
④ 추한 외모와 부정적 성품

이 가운데 통상 ①과 ②는 주동인물에 해당하고 ③과 ④는 반동인물에 해당할 것이다. 따라서 이 글에서는 ③과 ④에 초점을 맞춰 논의한다. 그러나 본격적인 논의에 앞서 대하소설 여성인물 묘사의 전체적 면모를 확인하는 차원에서 인물에 대한 기존 연구의 시각과 여성주동인물에 대해서 간략히 살피기로 한다.

기존 연구에서는 주로 ①과 ④가 고전소설의 전형적인 인물 창출의 방식이라 한 바 있다.[219] 즉 외모가 아름다우면 성품도 긍정적이고, 외모가 아름답지 못하면 성품도 그렇지 못하다는 것이다. 美醜를 善惡에 대응시켜 본 이러한 선행 연구는 인물의 묘사가 그 행동과 연관성이 있고 또 많은 경우 이에 부합된다는 점에서 의미가 있

---

218) 성품을 '선'과 '악'으로 구분하지 않은 것은 서론에서 밝힌 바와 같이, 그 용어에는 연구자의 가치 판단이 개재되어 있기 때문이다. 본고에서 구분한 '긍정적', '부정적'의 기준은 당대 사회에서 여성에게 부과한 규범 내지 이상이다.
219) 정하영, 앞의 논문; 박명희, 「고소설의 여성중심적 시각 연구」, 이화여대 박사논문, 1990.

으나 인물의 대부분에 적용될 수 있는 가설은 아니다.220)

본고에서 다루는 대하소설의 경우에도 역시 마찬가지이다. 대하소설은 다종다양한 인간 군상의 집합소로서 인간 사회에서 일어날 수 있는 수많은 상황을 제시하고 있다. 인물유형의 경우에도 ①이나 ④에 해당하는 인간형뿐만 아니라 ②나 ③에 해당하는 인간 역시 적지 않게 등장하고 있다.

①은 여성주동인물의 전형이다. 즉 외모도 아름답고 내면도 긍정적인 인물이 대다수이다.

> 날이 느즈민 쇼져를 단장ᄒ여 청듕의셔 슙녜홀시 그 광휘염광이 동일이 쳐음으로 부상의 오로며 팔칙 미우의 셩즈긔믹을 니어 슉덕셩힝이 어릐여 견즈로 ᄒ여금 혀를 두로고 춤이 마를 둣ᄒ여 (<명주보월빙> 권14, 2:261)

<명주보월빙>이 정혜주가 윤광천괴 혼인하는 장면이나. 간략하지만 요점이 있다. 찬란하고 고운 외모[光輝艶光]는 동녘의 해가 처음으로 扶桑에서 떠오르며 눈썹에는 성현의 氣脈을 이어 착한 덕과 성스러운 행실[淑德聖行]이 어려 있다고 하였다. 앞에서는 외모가 빼어남을 묘사하고, 뒤에서는 그 외모에 덕이 어려 있음을 서술하였다. 이는 곧 정혜주가 아름다운 외모와 긍정적인 성품이 있음을 나타내는 묘사이다.

이러한 묘사는 여성이 주된 가문에 영입될 만한 자질을 갖추고 있음을 드러내는 것으로서, 가문에 대한 자긍심, 혹은 선민의식의 표출이다. 이는 전통적으로 바람직한 남녀관계로 인식되어 온 "君

---

220) 전형적 통속소설인 계모형 가정소설의 경우에도 <장화홍련전>의 허씨만이 추녀로 등장할 뿐, 대부분의 소설에서는 여성반동인물이 미인으로 등장한다. 박민일, 앞의 논문, 152면.

子好逑, 窈窕淑女"221)의 형상화라 할 수 있다.222) 한국의 소설 전통
에서 아름다운 외모에 긍정적인 성품을 지닌 이상적인 남녀가 만나
는 것은 비단 대하소설뿐만 아니라 애정소설, 영웅소설 등 대부분
의 소설 유형에 가장 많이 등장하는 전형적인 방식이다.

②는 대하소설에서 드물게 등장한다. <화산선계록>이나 <쌍천기
봉>에서는 발견할 수가 없다. 다만, <소씨삼대록>의 임씨(소운명의
원위), <명주보월빙>의 이수빙(정천흥의 삼실)을 들 수 있다. 이들
의 존재는 婦德을 강조하려는 서술자의 의도에 기인한 것으로 판단
된다. 외모는 부족하나 성품이 긍정적이면 된다는 의식의 발로이다.

    츄용박질을 의논홀 비 업스되 그 덕된 긔상을 심니의 흔열ᄒ여
    (<명주보월빙> 권12, 2:105)

정천흥이 이수빙과 혼인한 날 밤 이수빙을 보고 기뻐하는 장면이
다. 정천흥은 이수빙이 비록 醜容薄質이나 그 덕된 기상을 좋아하
고 있다. 역시 덕을 더 중시하는 모습을 볼 수 있다.

이제 이들 여성주동인물을 제외하고 나면 ③과 ④가 남는다. 이들
은 여성반동인물에 해당한다. 여성반동인물의 설정 근거는, 여성주동
인물의 설정 근거와 마찬가지로 그 외모보다는 성품의 긍정성 여부에

---

221) 『詩經』·「周南」·"關雎"
222) 이 구절에는 여성은 착해야 한다는 이데올로기와 여성은 남성의 종속
    물이라는 남성중심적 시각이 담겨 있는데, 이러한 시각은 중국 漢 이
    후에 고착화해 중국과 한국에 널리 유포되었다는 것은 주지의 사실이
    다. 외모와 내면이 고루 아름다운 여성이 훌륭한 가문에 적합한 인물
    이라는 대하소설의 시각 역시 남성중심적인 시각의 한 반영이라 할 수
    있다. 중국의 여성 종속의 연원에 대해서는 다음의 글을 참조하기 바
    란다. 이숙인, 「중국고대의 여성윤리사상 형성에 관한 연구」, 성균관대
    박사논문, 1996; 정재서, 「열녀전(列女傳)의 여성유형학」, 이화중국여
    성문학연구회 편, 『동아시아 여성의 기원』, 이화여대 출판부, 2002.

있다. 그래서 외모의 아름다움 여부에 상관없이 성품이 당대 규범에 비쳐 볼 때 긍정적인 경우에는 주동인물에 해당하고, 성품이 부정적인 경우에는 반동인물에 대개 해당한다.[223]

인물의 묘사와 관련해 분류할 수 있는 또 하나의 방법으로는 외모를 먼저 묘사하고 성품을 뒤에 묘사하는 기법을 중심으로 나누는 분류가 있을 수 있다. 이는 앞의 분류와는 달리 네 가지로 정확히 분류되지는 않지만, 대체로 다음과 같이 나눠 볼 수 있다.

① 외모나 성품만을 묘사하는 경우
② 외모를 먼저 보이고 성품을 뒤에 보이는 방식에 따라 외모와
    성품을 매우 간략하게 묘사하는 경우
③ 인물의 외모를 제시한 후 작중인물의 시선을 통해 인물의 不仁
    함을 암시하는 경우
    ㄱ. 여러 장면으로 분리하는 경우
    ㄴ. 한 장면으로 통합하는 경우
④ 외모를 먼저 보이고 성품을 뒤에 보이는 방식에 따라 외모와
    성품을 매우 구체적으로 묘사하는 경우

위의 분류에서 ①은 한 장면에서 외모나 성품만 묘사되고 다른 장면에서 묘사가 없을 경우이다. ②는 매우 간략하게 한 행 정도로 앞에는 외모를, 뒤에는 성품을 묘사한 것이다. ③은 두 가지로 나뉜다. 외모만 제시된 후 다른 장면에서 그것을 보완하는 묘사가 이루어지는 경우와, 한 장면에서 외모와 작중인물의 시선이 같이 나오는 경우이다. 우리는 앞의 경우를 분리화라 칭할 수 있고, 뒤의 경우를 통합화라 칭할 수 있을 것이다. ④는 앞에는 외모를, 뒤에는

---

223) 본고에서 주동인물의 상대개념으로서 반동인물을 설정하였으나 이는
    공교롭게도 대부분 내면의 아름다움 여부와 일치되고 있다. 그런데
    현상이 그렇다 해서 이를 善惡 유형으로 환원해서는 안 될 것이다.

성품을 묘사하되 그 묘사가 구체적이고 상세한 경우이다. ④의 경우, 대개 묘사와 서사가 긴밀하게 연관되어 있다.

대하소설에서 여성인물의 묘사와 관련되어 특징적인 점은 먼저, 묘사되는 위치가 정해져 있다는 것을 들 수 있다. 서술자에 의해 처음 소개될 때와 혼인할 때이다. 서술자는 인물을 소개하며 그 외모와 성품 위주로 직접 언급하고, 인물이 혼인할 때의 경우, 작중인물의 시선을 통해 인물이 묘사된다. 앞의 것은 서술자의 시점에 의한 묘사라 할 수 있고, 뒤의 것은 작중인물의 시점을 이용한 묘사라 할 수 있다. 두 경우 모두 인물의 외모와 성품을 보여주는 데 주안점을 두고 있다. 묘사의 배치는 독자에게 인물의 성격을 예고해 주는 기능을 한다. 독자는 인물이 소개되며 묘사될 때 그 인물에 대한 대략적 정보를 얻게 된다.

여성인물의 묘사와 관련해 한 가지 더 특징적인 점은 서술자가 여성인물을 묘사하며 외모와 성품을 드러낼 때에는 대부분 외모가 먼저 묘사된다는 점이다. 다만, 외모만 묘사되거나 성품만 묘사되는 경우에는 예외이다. 외모만을 묘사하거나 성품만을 묘사하는 경우 그 선후를 판별할 수 없기 때문이다. ③의 경우, 종합화할 때를 제외하고, 통합적으로 묘사할 때에는 그러한 현상이 보이고 ②와 ④의 경우, 외모가 거의 먼저 제시된다.

이러한 현상은 상식적으로 보아도 이해 가능하다. 현실 세계에서 우리는 타인을 처음 만날 때, 그 외모를 먼저 대한다. 성품의 파악은 다음에 이루어진다. 대하소설의 묘사 역시 인간이 타인을 만날 때, 타인을 이해하는 순서에 입각해, 즉 보편적인 상식에 의거해 이루어지고 있음을 알 수 있다.

이제, 외모와 내면을 분류한 것을 상위 항목으로 하고, 외모를 먼저 보이고 성품을 뒤에 보이는 방식을 기준으로 분류한 것을 하위 항목으로 하여 여성반동인물의 묘사 기법과 그것이 서사와 맺는 관련성, 그리고 이로부터 추출될 수 있는 서술자의식을 살피기로 한다.

(1) 아름다운 외모와 부정적 성품을 지닌 인물에 대한 묘사

1) 외모나 성품만 묘사된 경우

여성반동인물에 대해 외모나 성품만을 묘사하는 것은 그 구체화의 정도에 따라 매우 간략하게 묘사된 경우와 구체적으로 묘사된 경우로 나눌 수 있다.

매우 간략하게 묘사된 경우 대하소설에 드물게 보이는 형태로서 묘사와 서사 간에 긴밀한 연관이 없다. 이 경우 서술자는 묘사하는 인물에 대한 의식이 별로 없으며, 묘사를 서사의 상징도구로 인식하지도 않고 있다.

신임ᄒᆞᄂᆞᆫ 시녀 옥난이 ᄌᆞᄉᆡᆨ이 졀셰ᄒᆞ거ᄂᆞᆯ (<쌍천기봉> 권7, 97면)

이몽창의 신임 시녀 옥란에 대한 소개이다. 다만 姿色이 絶世할 뿐이라 하였다. 옥란은 이부에 큰 파란을 불러오는 반동인물이라는 점을 감안할 때 이처럼 간략하게 묘사하고, 더구나 성품에 대한 언급을 하지 않았다는 점은 의외라 할 수 있다.

이는 옥란이 지닌 작품 내 신분과 연관 지어 해석할 수 있다. 옥란은 이몽창의 정식 부인이 아니고 다만 외가의 시녀일 뿐이다. 따라서 서술자는 옥란이 비록 비중이 큰 반동인물이지만, 외양 묘사를 통해 그 반동행위를 암시할 필요를 못 느낀 것으로 판단된다. 이러한 점은 역시 첩으로서 반동행위를 하는 월섬에 대한 외양묘사가 보이지 않는 데서도 확인할 수 있는 점이다.[224] 이렇게 된 데에는, 첩에 대한 상층민의 인식을 가장 큰 요인으로 지목할 수 있다. 첩은 상층남성에게 있어 하나의 소모품이나 성적 쾌락물에 불과할 따름이다. 물론 자식을 대신 낳게 해 제사를 계승하게 하려고도 했지만,[225] 그 경우에도 역시 첩은 상층민의 생활에 필요한 도구라는 인식이 짙게 깔려 있다.

외모나 성품을 구체적으로 묘사하는 경우, 각각의 경우에 그 의미가 다르다. 외모만을 구체적으로 묘사했을 경우, 묘사는 서사의 전개에 그리 긴요한 역할을 하지는 않는다. 다만 묘사된 인물이 가문에 존속될 여지를 암시하는 기능을 하고 있다.

> 녀ᄋᆞ 옥괴 방년 십ᄉᆞ의 고은 틱도ᄂᆞᆫ 삼식도홰 취우의 져젓ᄂᆞᆫ 듯ᄒᆞ고 아리ᄯᅩ온 ᄌᆞ질은 화림의 잉무 ᄀᆞᆺᄒᆞ니 ᄒᆞ믈며 총혜다릉ᄒᆞ여 부모를 ᄒᆞᆫ 가지로 타 낫ᄂᆞᆫ지라 (<화산선계록> 권34, 4:239)
> 공과 부인이 ᄒᆞᆫ 가지로 긔질을 슬펴 보니 신인이 싴뫼 초월ᄒᆞ고 동지 민쳡ᄒᆞ여 영오흔 셩질과 지괴로온 틱되 가히 경국홀 싴이로딕 지뫼 과ᄒᆞ미 덕을 니긔미 니른 소인이오 영미ᄒᆞ미 극진ᄒᆞ미 유한ᄒᆞ믈 ᄉᆞ괴지 못ᄒᆞ여시니 이 과연 지녀가인이라 엇지 감히 양소

---

224) 대하소설에는 첩이 반동인물로 등장하는 경우가 많지 않지만, 설사 등장한다 해도 서술자는 그에 대한 묘사를 신경 쓰지 않은 것으로 보인다. 이는 <화산선계록>에서 첩으로 등장하는 염춘아와 가십랑의 경우에서도 확인되는 점이다.

225) 이는 조선 후기의 문헌에서 어렵지 않게 확인되는 점이다. "남편이 소실[첩]을 두는 것은, 나 자신에게 고질이 있거나, 친히 집안일을 힘쓰지 못하거나, 혹은 오래 되어도 아들이 없어 제사를 받들 수 없게 된 데 연유한다. 夫主之置側室, 緣吾之有痼疾, 不親家務, 或久而無子, 不可以承祭祀也." 이덕무, 『士小節』·「婦儀」·"性行".(이덕무, 김종권 역, 『사소절』, 명문당, 1987, 200~201면)

져의 화월 굿흔 식모와 금옥 굿흔 덕힝의 비기리오 (<화산선계록>
권37, 4:500)

앞의 인용문은 영옥교를 소개하는 장면이고 뒤의 인용문은 위현
과 이부인 등이 위완창과 갓 혼인한 영옥교를 보는 장면이다. 앞의
인용문에서는 영옥교의 외모가 아름답고 재주가 있음을 묘사하고
있고 성품에 대한 묘사는 없다. 뒤의 인용문에는 외모 묘사 외에
영옥교의 재승박덕한 성품이 강조되어 양월희와 비교되고 있다. 뒤
의 인용문에는 '소인'이라는 말을 제외하면 특별히 성품 묘사라 할
만한 부분이 보이지 않는다.

영옥교를 이렇게 긍정적으로 묘사한 것은 영옥교가 결국 회과하
여 위부에 존속하게 된다는 결구와 무관하지 않다. 또한 위부에 소
속될 만한 자질을 영옥교가 갖추고 있다는 점을 드러낸 것이기도
하다. 더욱 중요한 것으로는 영옥교가 은밀하게 반동행위를 함을 이
처럼 처리한 것으로 보인다. 즉 겉으로는 사회적 이념과 가문의 전
통을 준수하는 것처럼 행동하면서도 주동인물 몰래 이념과 전통에
반하는 행위를 함을 상징적으로 표현한 것으로 해석되는 것이다.

성품만을 구체적으로 묘사했을 경우, 그 반동행위가 심각할 것임
을 예고하는 것으로서의 의미가 있다.226)

츄슈를 흘녀 처음으로 공쥬를 보니 흘난흔 단장 속의 여의 미골을
써시며 슈방셕 우희 셩닌 일희 안줏는 듯 눗치 희고 닙이 붉으나
두 눈 졍시 푸르고 스오나와 션동지상이 아니니 음악흐믄 도로혀
예스라 춍지 일션의 흉악흐여 엇지 되면홀 니 잇스리오 (<화산선
계록> 권13, 2:217)

---

226) 그 반대의 경우도 있다. 즉 성품 묘사를 아예 하지 않음으로써 서사
를 중시함을 보여주는 경우이다. 예컨대, <천수석>과 같은 작품에는
서사에 압도되어 인물에 관한 묘사가 거의 보이지 않는다.

숙정공주, 즉 곽소옥에 대한 묘사이다. 곽소옥과 부옥대는 서술자와 작중인물들에 의해 大淫으로 규정된 인물이다. 위 묘사에서 외모보다는 대부분 외모에 드러난 성품을 묘사하는 데 주안점을 두고 있다. 곽소옥은 '惚爛한 丹粧'을 하고 여우 埋骨을 썼으며, 수놓은 방석 위에 성난 이리가 앉아 있는 듯, 얼굴은 희고 입은 붉으나 두 눈의 눈동자가 푸르고 사나워 善終之相이 아니라 하였다. 총괄하여 淫惡한 것은 도리어 예사라 하였다. 아름다운 외모 묘사는 매우 간략하게 되어 있고, 그 성품을 묘사하는 데 총력을 기울이고 있음을 볼 수 있다.

서술자가 곽소옥을 이처럼 묘사한 것은 서사의 전개와 무관하지 않다. 곽소옥은 성적 욕망의 포로가 되어 여러 남자의 품을 전전하는 인물이다. 서술자가 곽소옥을 묘사하며 그 아름다움에 대한 것은 될 수 있는 대로 줄이고 음란한 심성을 부각시키는 데 주력하는 것은 바로 그러한 반동행위를 의식한 데서 나온 결과인 것이다.

<화산선계록>의 서술자는 가문에 존속하는 이에 대해서는 그 외모만을 찬양하고, 가문에 있지 못할 이에 대해서는 그 성품만을 노출하는 기법을 쓰고 있다. 이러한 방법은 가문 내의 인물과 그 외의 인물에 대한 구분을 확실히 하는 효과가 있다. 더불어 여성반동인물의 최후가 어떨 것임을 확실히 드러내고 있다. 한 쪽에 치우친 이러한 극단적인 묘사는 우리가 살펴 본 작품 가운데 <화산선계록>에 나타나는 두드러진 특징이다.

<화산선계록>에 보이는 이러한 특징은 전체 여성반동인물에 대한 시각이기도 하다. 즉 가문의 일원에 대해서는 되도록이면 회과하는 결구를 갖게 하고, 가문의 일원이 아니거나 정절을 잃은 반동인물에 대해서는 처형으로 끝나게 하는 것이다. <화산선계록>에 보이는

이러한 극단적인 양상은 때로는 연구자로 하여금 주동인물과 반동
인물의 대립이 첨예한 것으로 오인하게 할 수도 있다.[227] 그런데,
이는 그러한 차원에서만 이해할 것은 아니다. 가문이라는 영역을
기준으로 그 내·외의 인물에 대한 서술자의 시선이 다른 데서 연
유한 것으로 이해할 필요가 있다.

결국 외모나 성품만을 구체적으로 묘사한 경우에, 그것은 신분이나
가문의식을 어느 정도 고려한 데서 기인한 것으로 파악할 수 있다.

2) 외모를 먼저 보이고 성품을 뒤에 보이는 방식이 뚜렷하나 서술이 매우 간략한 경우

이 형태는 앞부분에는 외모를, 뒷부분에는 성품을 묘사하되 거의
서술의 수준에 가깝게 매우 간략하게 인물을 제시하는 것이다. 이
형태는 통속소설에서 여성주동인물을 묘사할 때에 주로 보이고 대
하소설에서는 드물게 보이는 형태이다. 이 형태는 묘사와 서사 간
에 긴밀한 관계를 전제하지 않은 것이다. 관습적으로 쓰였을 뿐, 이
후의 서사 전개를 예측할 만한 정보가 보이지 않는다.

> 삼아 점점 자라 십 세에 미치매 절세한 용색과 선연한 품질이 비
> 상특이하고 (<옥주호연>, 경판29장본)[228]
> 계월이 점점 자라매 얼굴이 화려하고 또한 영민한지라. (<홍계월
> 전>, 구활자본)[229]

---

227) 그러나 <화산선계록>은 여성주동인물의 신명함에 초점을 맞추고 있
　　 는 작품이라는 점을 상기할 필요가 있다.
228) 대본은 다음의 책으로 하고 인용면 역시 그 책에 의거한다. 정병헌·
　　 이유경 엮음, 『한국의 여성영웅소설』, 태학사, 2000, 114면.
229) 1926년 경성회동서관 발행본. 정병헌·이유경 엮음, 앞의 책, 150면.

여성영웅소설인 <옥주호연>과 <홍계월전>에 나오는 묘사 장면이다. <옥주호연>의 세 여성주동인물인 자주, 벽주, 명주에 대한 묘사가 간결하게 처리되어 있음을 볼 수 있다.[230] 또한 <홍계월전>의 여성주동인물 홍계월은 작품에서 핵심적인 역할을 하고 있음에도 불구하고 위와 같이 매우 간결하게 묘사되어 있다.

여성영웅소설과 같은 통속소설에 묘사가 이와 같이 대단히 간결하게 되어 있는 것은 장르적 특성에 연유한 것이다. 통속소설은 분량이 짧고, 인물의 행위, 즉 서사를 위주로 빠르게 전개된다. 따라서 묘사와 같이 정태적인 것이 길게 자리 잡고 있을 경우 소설의 흥미를 떨어뜨리게 될 수 있는 것이다.[231]

대하소설에 이 방식이 별로 보이지 않는다는 것은 마찬가지로 그 장르적 특성에 기반하고 있다. 대하소설은 통속소설의 범주에 해당하지 않는다. 장편이고 상층 가문의 일이 주로 반영되어 있다. 상하층의 남녀가 고루 향유할 수 있는 소설이 아닌 것이다. 경제적, 시간적 여유가 있는 사람들, 즉 상층민이 대개 향유했던 소설이다. 묘사는 시간을 두고 감상하며 이를 통해 인물을 품평하고 음미할 수 있는 방식이다. 따라서 대하소설에는 구체적인 묘사가 다수 등장하고 이처럼 매우 간략한 방식의 묘사는 드물게 보일 수밖에 없다.

---

230) <옥주호연>에서는 남성주동인물에 대해서도 간결한 처리를 보이고 있다. "삼아 점점 자라 십 세에 미쳐는 용모 준아하여 용호의 기상이오 재질이 영오하여 문일지십하는지라." (위의 책, 112면)

231) 다만 모든 통속소설이 다 이렇게 묘사가 짧은 것은 아니라는 점을 밝혀 둔다. 예를 들면 <소대성전>과 같은 경우 묘사가 구체적이다. 또한 본고에서 나눈 묘사 방식 중 세 번째에 해당한다. "옥동즈을 나흐이 얼골니 장듸ᄒ고 쇼릭 웅장ᄒ여 스람을 놀닉이"(<소대성전>, 완판 43장본, 김동욱 편, 『영인 고소설판각본전집』 1, 연세대 인문과학연구소, 1973, 573면) ; "셩니 졈〃 십 셰예 밋치믹 이두의 문필을 겸ᄒ야 시셔 빅가을 무불통지ᄒ니"(위의 책, 573~574면)

대하소설 가운데 가장 분량이 짧은 <소씨삼대록>에 이러한 방식의 묘사가 보인다는 것은 우연이 아니다.

조식이 타월ᄒ고 셩졍이 춍명ᄒ니 (<소씨삼대록> 권2, 1면)

명현공주에 대한 묘사이다. 얼굴이 아름답고 성정이 총명하다는 구절에 그치고 있다. <소씨삼대록>은 비록 통속소설은 아니지만 전체의 분량이 짧기 때문에 묘사 역시 이처럼 간결하게 되어 있다. 묘사가 대하소설의 장편화[232]에 기여하는지의 여부를 이러한 장면에서 알 수 있다.

이러한 묘사는 매우 추상적인 것이다. 그래서 이를 묘사로 보아야 하는지에 대한 논란이 없을 수 없지만, 구체적인 것을 일반화한 것일 뿐, 이 또한 묘사로 볼 수 있다. 그런데, 이 장면은 이후의 서사 전개와 아무 관련이 없다. 명현공주는 반동행위를 노골적으로 하는 인물이지만, 묘사에서 그러한 면을 추정하기가 대단히 어렵다.

다만, 이러한 간략한 묘사는 명현공주가 소부에 들어올 만한 자질을 갖췄음을 제시하는 것으로 이해할 수 있다. 벌열 가문인 소부에 들어오기 위해서는 이와 같이 빼어난 미모와 총명한 두뇌를 가져야 함을 나타낸 것이다. 이 묘사는 결국 서술자가 지닌 가문의식의 소산으로 이해할 수 있으나, 이러한 의식이 이와 같은 형식 전체에 해당된다고 일반화하기에는 무리가 있다.

---

232) 대하소설의 장편화와 관련된 논의는 다음의 글을 참조하기 바란다.
    임치균, 앞의 책.

3) 외모를 먼저 보이고 성품을 뒤에 보이는 방식이 모호하게 나타나는 경우

이 형태는 대하소설에 가장 많이 등장하는 형태이다. 앞에는 외모 묘사를 하고 뒤에는 성품 묘사 대신 작중인물의 시선을 통해 인물이 어질지 않음을 암시하는 방법이다. 이는 여러 장면으로 분리되어 있어 독자로 하여금 인물의 성품을 종합하도록 하는 방법과, 한 장면에서 통합해 제시하는 두 가지 경우가 있다.

앞의 경우는 독자로 하여금 인물의 정체를 서서히 파악할 수 있도록 하는 수법이다. <쌍천기봉>의 조제염을 예로 들 수 있다.

> 츳녀 졔염이 년이 십오 셰라 얼골이 당딕무빵흐고 녀공의 긔묘흔
> 미 측냥 업스니 (<쌍천기봉> 권10, 69면)

이몽창의 아내 조제염에 대한 서술자의 소개 장면이다. 얼굴이 當代에 無雙하고 女工이 奇妙하다 하였다. 이는 외모와 재주에 대한 간략한 묘사이다. 서술자는 일단 조제염이 당대 여성에게 요구되던 자질을 갖추고 있음을 언급하는 차원에서 그치고 있다.

> 샹셰 흠신흐여 잠간 쌍셩을 흘니미 이 본딕 됴미경이 아니로딕 사
> 름의 울열이 목하의 스못는 고로 됴시의 위인이 싀험흐고 가슴 가
> 온딕 니검을 품은 줄 아지 못흐리오 (<쌍천기봉> 권10, 82~83면)

이 또한 조제염에 대한 묘사이다. 이몽창이 조제염을 보니 그 위인이 시기가 많고 가슴 속에 날카로운 검을 품었음을 통찰한다는 내용이다. 이는 작중인물의 시선을 통해 반동인물의 성품을 드러내는 방법이다. 대신 외모에 대한 묘사는 생략되어 있다. 독자는 조제

염을 소개하는 부분에서 이미 외모에 대한 정보를 확보했고, 이에 이르러서 그 성품에 대한 정보를 갖게 된다. 외모를 먼저 보이고 성품을 뒤에 보이는 방식이 한 장면에서 성취되지 않고 두 부분을 종합했을 때에야 성취된다. 이러한 종합화의 기법은 반동인물의 정체를 독자에게 서서히, 구체적으로 보여주는 효과가 있다.

> 됴시 신부례를 굿쵸와 부즁의 니르러 죤당 구고긔 폐빅을 느오니 얼골이 삼츈 화시 굿트니 모다 기리기를 마지 아니ᄒᆞᄃᆡ 승샹과 죤당이 불쾌ᄒᆞ여ᄒᆞ나 (<쌍천기봉> 권10, 93~94면)

조제염이 시가에 와 폐백을 올리는 장면이다. 얼굴이 삼춘에 꽃 핀 듯하니[三春花時] 모두들 기리기를 마지않으나 이몽창의 父 이관성과 그 조모는 불쾌해 한다는 내용이다. 이 기법은 반동인물의 미모를 제시한 후, 작중인물의 시선을 통해 인물의 不仁함을 암시하는 방법이다. 앞의 두 장면이 각기 외모와 작중인물의 암시가 제시되어 독자로 하여금 종합화하도록 했다면, 이 장면에서는 외모와 작중인물의 암시가 통합되어 반동인물의 성품이 더욱 선명하게 드러나게 되었다.

한 장면에서 인물의 외모를 제시하고, 작중인물의 시선을 통해 인물의 불인함을 암시하는 기법은 앞의 방법에 비해 더욱 자주 쓰이고 있다.

> 두 신인이 합친교빅를 믓고 폐빅을 밧드러 죤당구고ᄭᅴ 녜를 일우니 옥안이 슈려소담ᄒᆞ야 니홰 청년의 줌기고 히당이 이슬 마신 둣ᄒᆞ니 이 진짓 낙됴션녀로 일반이라. 만좨 두토와 티하 왈 시둥의 복이 둣거워 삼위 부인이 다 특이ᄒᆞ시니 또흔 승샹과 죤당 복이로소이다 화부인이 또흔 흔연 화과ᄒᆞ고 인〃이 다 깃거ᄒᆞ고 승샹과

> 양부인이 화긔 스라디고 도로혀 깃븐 빗치 업스니 기리던 쟈ᄂᆞᆫ 무
> 언이라 (<소씨삼대록> 권6, 111면)

<소씨삼대록>의 여성반동인물 정씨가 소운명과 혼인하는 장면이다. 옥 같은 얼굴이 빼어나고 맑아 배꽃이 맑은 연못에 잠기고 해당화가 이슬을 마신 듯하니 진실로 선녀와 같다고 표현하고 있다. 그런데 소경과 양부인은 기뻐하는 빛이 없다고 하여 그녀가 어질지 않은 인물일 것임을 암시하고 있다. 반동인물의 외모가 빼어남을 서술한 뒤, 그 성품에 대해 직접적인 언술을 하지 않고 있는 것이 특징이다. 대신 주동인물의 시선을 통해 정씨가 不仁할 것임을 드러내고 있다. 외모 묘사 부분에서는 성품을 제시하지 않고, 장면 묘사 부분에서 성품을 암시하고 있다.

> 녀시 얼골이 빙졍뇨라ᄒᆞ여 졀ᄃᆡ가인이로ᄃᆡ 공직 깃거 아냐 긔쇠이
> 닝낙더니 (<쌍천기봉> 권3, 22면)

<쌍천기봉>의 여씨에 대한 묘사 부분이다. 남편 유겸이 여씨가 絶代佳人임을 알았으나 기색이 冷落하다는 내용이다. 이는 작중인물의 시선을 통해 반동인물의 性情이 不仁함을 암시하는 기법이다. 이후의 서사 전개는 이 묘사에 걸맞게 진행된다는 점에서 이러한 묘사는 예고적 기능을 하는 것으로 볼 수 있다.

인물의 외모를 제시하고 후에 작중인물의 시선을 통해 인물의 성품을 암시하는 기법은 외모를 먼저 보이고 성품을 뒤에 보이는 방식이 전형화하지 않은 형태라 할 수 있다. 이 형태는 인물의 성품을 외모를 통해 노출하지는 않는다는 점에서 뒤에서 살펴볼 형태와는 차이가 난다. 그러나 묘사를 통해 서사의 전개를 예측할 수 있도록 한 점은 유사하다.

4) 외모를 먼저 보이고 성품을 뒤에 보이는 방식이 뚜렷하고 서술이 구체적인 경우

이 형태는 주로 <명주보월빙>에 드러나는 것으로서 앞부분에는 외모를, 뒷부분에는 외모에 불길한 기운이 서려 있음을 묘사함으로써 인물이 반동행위를 할 것임을 직접 표출하는 방식이다. 앞에서 살펴 본 형태가 인물의 반동행위를 '암시'하는 데 비해, 이 형태는 반동행위를 '표출'한다는 차이점이 있다.

<명주보월빙>에서는 외모를 먼저 보이고 성품을 뒤에 보이는 방식을 거의 일관되게 적용하고 있으며 그 묘사도 매우 구체적이다. 또한 인물의 성품에 따라 묘사의 정도를 각기 달리하고 있는 점도 <명주보월빙>이 성취한 점 중의 하나이다. 이는 <소씨삼대록>이나 <화산선계록>에서 외모나 성품, 둘 중 하나만을 묘사한다거나, 관습적으로 외모를 먼저 보이고 성품을 뒤에 보이는 방식을 쓴 것과는 차이가 나는 점이다.

공쥬 폐빅을 밧드러 구고긔 비헌ᄒ니 이 믄득 경셩경국지식이오 만고 졀염이라 작약요라ᄒ고 ᄌ틱 홀난ᄒ여 홍미 납셜을 므룹뼛ᄂ 듯 일썅 아미ᄂ 초월이 운둥의 엿보ᄂ 듯 염광이 긔묘ᄒ여 남젼 미옥을 공교히 삭여 치식을 몌여시며 월익화싀와 단ᄉ잉슌이 찬난 미려ᄒ니 그 심졍을 모로ᄂ ᄌᄂ 긔이ᄒ믈 결을치 못홀 비라 만좌 졔빈이 일시의 칭하ᄒ여 금지옥엽이 상녜 여름이 아니라 ᄒ고 존당구긔 흔연흔 ᄉ식을 작위ᄒ여 듕빈의 치하를 슈응ᄒ며 금휘 공쥬를 향ᄋ여 왈 셩은여텬ᄒ샤 옥쥬로뼈 부마를 삼으시니 영광부귀ᄂ 과의로딕 귀쥬의 평싱이 욕되믈 ᄎ셕ᄒᄂ니 ᄒ믈며 싀광긔딜이 농죵옥골을 품슈ᄒ샤 녀염 녀ᄌ와 ᄂᆡ도ᄒ시니 흠복ᄒ믈 니긔지 못ᄒᄂ이다 공쥬 지빅 ᄉ샤ᄒ여 온슌흔 안싀과 나죽흔 거동이 극히 아름다오나 금후의 명감으로 공쥬의 고은 얼골이 공교흔 거술 가졋고 묽은 안치 샤독ᄒ믈 겸ᄒ여시믈 엇디 모로리오 블힝ᄒ믈 니

긔지 못ᄒ고 (<명주보월빙> 권18, 2: 543~544)

문양공주의 미모가 빼어남을 묘사한 대목이다. 부드러움을 한껏 갖추고[綽約嬝羅], 자태는 황홀하며[姿態惚爛], 紅梅 위에 눈이 덮인 듯 살결이 희고, 눈썹은 초승달이 구름 사이에 있는 듯하며, 얼굴빛이 기묘하여 아름다운 옥을 깎아 채색을 칠한 듯, 달 같은 이마와 꽃과 같이 붉은 뺨[月額華顋]에, 丹沙를 바른 듯 앵두같이 붉은 입술[丹沙櫻脣]이 가히 찬란하고 아름답다고 하였다. 그런데 서술자는 바로 그 뒤에 ‘그 심정을 모르는 자는 기이함을 겨를치 못할 바라’라고 하여 문양공주의 성품이 외모와 완연히 다름을 말하고 있다. 또한 작중 인물 정연의 시선을 통해 그녀가 ‘工巧’하고 ‘邪毒’하다고 표현하며 문양공주의 不仁을 드러내었다. 정연이 불행함을 이기지 못하는 것은 바로 그러한 이유 때문이다.

문양공주의 외모 묘사는 공주의 은악양선을 적실히 표현하고 있다. 공주는 겉으로는 요조숙녀인 것처럼 하고, 안으로는 세 부인에 대해 분한 마음을 감추고 있는 것이다.[233] 서술자는 이러한 공주의 성품을 隱惡佯善이라 표현하고 있다. 문양공주는 그 행동 역시 은악양선으로 규정된 것에 걸맞게 하고 있다.

문양공주가 은악양선하는 모습은 외모묘사와 부합하고 있다. 문양공주는 절세의 미모를 갖추고 있다. 이러한 외모는 공주가 善할 수 있다는 생각을 하객들에게 갖게 한다. 그런데, 실제로 문양공주는 ‘善’하지가 않다. 서술자는 외모는 빼어나나 내면은 그와 정반대인 인물을 문양공주를 통해 적절히 형상화하고 있다. 문양공주의

---

233) “공쥐 니시 슌산싱남ᄒ믈 듯고 분한ᄒ여 일쳔 진납이 흉즁을 요란ᄒ나 최녀의 소언을 드러 됴흔 낫ᄎ로 구고긔 나아가니 부인 싱쥬를 치하ᄒ나 구괴 ᄌ긱의 변고 후 더옥 증염ᄒ듸 ᄉ싀디 아니코”(권24, 3:299)

경우에서 묘사와 서사가 긴밀히 연결되어 있음을 알 수 있다.

서술자는 성난화나 유교아와 같이 성적 욕망을 추구하다가 처형당하는 것으로 설정된 인물에 대해서도 문양공주의 경우처럼 외모를 먼저 보이고 성품을 뒤에 보이는 방식을 쓰고 있으나, 부정적인 성품을 묘사하는 단어를 더욱 많이 씀으로써 그 인물의 최후를 암시하고 있다.

성난화는 많은 남성을 편력한 끝에 처형당하는 인물이다. 이러한 성난화의 행동은 그의 외모 묘사에 이미 드러나 있다.

> 오왕 군쥬를 비현ㅎ라 ㅎ니 허다 궁인이 셩녀를 젼ᄎ후옹ㅎ여 하
> 공 부″긔 폐빅을 헌ㅎ고 신부디녜를 힝홀ᄉᆡ 옥안이 결빅ㅎ고 쌍
> 목이 별 ᄀᆞᆺᄐ며 프른 눈셥의 살긔 등″ㅎ고 면모의 독긔 은″ㅎ여
> ᄒᆞᆫ 조각 유열ᄒᆞᆫ 덕이 낫타나디 아니″ 범인은 아디 못ᄒᆞ디 공의
> 명쾌홈과 됴부인의 혜안이 그 어디″ 못ᄒᆞᆯ 어이 몰나 보리오 폐
> 빅을 밧드러 비례를 당ᄒᆞ여ᄂᆞᆫ 만심이 셔늘ᄒᆞ여 일홍이 ᄉᆞ연ᄒᆞ니
> 그 고은 얼골이 도로혀 근심 되고 어엿브미 낫가온디라 하공 부뷔
> 쥬연 안ᄉᆡᆨ이 흔연치 못ᄒᆞ나 (<명주보월빙> 권95, 10:350)

옥 같은 얼굴이 희고[玉顔潔白] 두 눈은 별같이 아름다우나 푸른 눈썹에 살기가 등등하고 面貌에 毒氣가 은은해 한 조각 愉悅한 덕이 나타나지 않았다고 묘사하고 있다. 문양공주를 묘사할 때와는 완연히 다름을 볼 수 있다. 문양공주에 대해서는 그 아름다움을 장황하게 묘사하였으나, 성난화에 대해서는 아름다운 모습은 간결하게 처리하고 완악한 내면이 외면에 나타나 있음을 더 강조하고 있다.

성난화에 대한 이러한 묘사는 성난화는 문양공주와 같이 은악양선하는 인물이 아니고, 대신 반동행위가 어느 정도 노골적이고 극심할 것임을 드러내는 표지이다. 실제로 성난화는 정세흥에게 시집갔

다가 반동행위가 발각되어 출거되고, 다시 하원창에게 시집가는 행동을 하고 있다. 반동행위가 발각되었다는 것은 문양공주와 같이 은밀하게 하지 못함을 의미하고 하원창에게 다시 시집갔다는 것은 그 貞節의 훼손이 극심함을 의미한다.

서술자는 유교아를 묘사하면서도 그녀의 행동을 고려한 묘사를 하고 있다.

> 어시(윤광천: 인용자 주) 투목으로 신부를 보미 흰 낫춘 니홰 츈우를 마신 둣 쌍협이 도화 궂고 잉슌이 함홍ᄒ나 초월아미의 살긔 등＂ᄒ여 음잡ᄒ미 가득ᄒ고 쌍안의 독ᄉ의 모질믈 겸ᄒ고 면모의 블길지긔 어릐여 션종홀 상격이 아니라 어시 경희ᄎ악ᄒ여 ᄉ매를 썰쳐 외헌으로 나가니 (<명주보월빙> 권21, 3:53)

윤광천이 유교아를 보는 장면이다. 유교아의 외모는 흰 낯은 배꽃이 봄비를 맞은 듯하고[梨花春雨], 두 뺨은 복숭아꽃 같으며[雙頰桃花], 앵두 같은 입술이 붉은 빛을 머금었으나[櫻脣含紅], 초승달 같은 눈썹에는[初月蛾眉] 살기가 등등하여 淫雜함이 가득하고 두 눈에는 독사의 모짊이 드러나 있고 얼굴에는 불길한 기운이 어려 있어 善終할 相格이 아니라 하였다.

유교아에 대한 묘사 역시 위의 성난화와 거의 비슷한 맥락으로 되어 있다. 앞에는 아름다움에 대해 묘사하고 뒤에는 내면의 성품이 외면에 드러나 있음을 묘사하고 있다. 이러한 유사함은 유교아가 정절을 훼손하고 반역을 하다가 처형당하는 것과 성난화가 두 집안에 들어가 정절을 훼손하고 끝내 처형당하는 것과 유사한 데서 기인한 것이다.234)

---

234) <명주보월빙>에 보이는 이러한 면모는 그 후편인 <윤하정삼문취록>에
　　 도 적용되고 있다. "신뷔 폐빅을 밧드러 존당구고긔 헌ᄒ고 팔빅대례

<명주보월빙>에 보이는 이러한 묘사 형태는 인물의 외양 묘사 형태 중 至趣를 얻은 것이라 할 수 있다. 이 형태는 서사와 매우 긴밀한 연관을 지닌다. 문양공주의 경우 외모는 빼어나나 내면은 그렇지 않다는 묘사는 그녀의 은악양선을 적실히 묘사한 것이고, 성난화나 유교아의 경우 그 반동행위의 과정과 최후가 표출되어 있다. 여성반동인물의 서사적 행보를 묘사가 담보하고 있음을 알 수 있다.

아름다운 외면과 부정적인 내면을 지닌 여성반동인물의 묘사가 주는 서사적 효과는 위에서 기술한 바와 같다. 서술자는 묘사를 적절히 활용하여 여성반동인물을 형상화하고 서사를 더욱 풍부하고 섬세하게 만들어가고 있음을 볼 수 있다.

그런데, 서술자는 여성반동인물의 묘사를 통해 어떠한 점을 전하려 한 것일까? 물론 묘사와 서사가 긴밀한 관련을 맺지 않는 경우도 있지만 이상 살핀 결과, 서술자는 먼저 가문의식을 일정하게 선하려 한 것으로 보인다. 반동행위의 결과 처형당하는 인물에 대해서는 외모의 아름다움에 대해서는 매우 간략히 서술하고 그 성품에 대해서는 매우 부정적인 형용어를 동원해 가며 폄하하고 있고, 회

룰 일울시 홀난흔 주틱와 고은 용화 사름의 졍신을 호리오니 빅틱긔 묘흐고 쳔용이 졀셰흐나 지각이 붉은 자로 볼진딕 그 묽은 안치 한업순 살긔룰 겸흐며 음악흔 긔운이 ᄀ득ᄒ고 미모의 블길흔 빗치 밋처 싀호ᄉ갈의 흉심이 이시니" (<윤하정삼문취록> 권22, 3:11~12)
여수정에 대한 묘사이다. <명주보월빙>의 인물 묘사 기법을 그대로 취하고 있다. 즉 그 외모에 대한 묘사를 한 후 외모에 성품이 드러나 있음을 서술하고 있다. 현란한 자태와 고운 얼굴이 사람의 정신을 잃게 하고 온갖 태도가 기묘하고 얼굴이 뛰어나다고 하였다. 그러나 그 뒤에 바로 지각이 있는 자가 볼 때에는 여수정의 맑은 눈에는 한없는 살기가 들어 있고 淫惡한 기운이 가득하며, 아름다운 외모에는 불길한 기운이 맺혀 豺虎蛇蝎의 凶心이 있다고 하였다. 아름다운 외모와 극악한 마음을 대비함으로써 그 마음이 악함을 강조하고 있는 것이다.

과하거나 자연사하여 가문 내에 존속하는 인물에 대해서는 외모의
빼어남을 부각시키고, 부정적 형용어는 완곡한 것을 골라 사용하고
있는 것이다. 가문에 존속될 것인가, 아닌가의 여부를 묘사를 통해
서도 분명히 드러내고 있음을 알 수 있다.

다음으로, 서술자는 외모와 덕의 관계를 제기하고 있다. 외모의
빼어남보다 내면의 덕이 훨씬 가치가 있음을 이들 아름다운 외모와
부정적 성품의 여성반동인물을 통해 반증하고 있는 것이다. 대하소
설의 서술자에게 있어 외모는 그리 중요한 것이 아니다. 중요한 것
은 내면이다. 서술자가 외면이 아름다운 여성을 반동인물로 설정한
것은 그러한 면을 여실히 보여주고 있다.

서술자가 외면보다 내면의 덕을 중시한다는 것은 추한 외모와 긍
정적인 성품의 여성주동인물을 살펴보았을 때에도 타당하게 다가온
다. 이미 앞에서 살핀바, <소씨삼대록>의 임씨나 <명주보월빙>의 이
수빙을 통해 그러한 면을 볼 수 있다. 이들 추녀들은 외면만 추할 뿐
내면은 부덕을 갖추고 있다. 이러한 인물을 설정한 것은 부덕을 강
조하기 위한 서술자의 의도 때문이다.

외면보다 내면을 중시하는 사고는 그 연원이 깊다. 劉向의 『列女
傳』에 나오는 세 추녀, 즉 鍾離春, 宿瘤女, 孤逐女235)에게서 먼저 그
근원을 찾아 볼 수 있다. 기록자에 의하면, 이들 여인은 추녀이지만
현명하고 덕을 갖췄으며 말을 잘해 모두 왕후가 된 이들이다. 이들
은 비록 외모는 아름답지 못하나 내면이 아름다운 여인이다. 기록자
는 이들 일화를 통해 꾸미는 것과 꾸미지 않는 것의 차이에 대해 논
하고 있다. 즉, 외모나 내면 중 무엇을 꾸미는가가 중요한지 말하고

---

235) 宿瘤女와 孤逐女는 각기 '혹부리 여자'와 '쫓겨난 여자'의 뜻으로서 이
    름이 상실되고 이름 대신 이러한 말이 쓰였다. 세 여인 모두 『열녀전』
    의 「辯通傳」에 등장한다. 유향, 이숙인 역, 『열녀전』, 예문서원, 1996.

결국 내면을 꾸미는 것이 중요함을 강조하고 있는 것이다.236) 외모
보다 내면이 중요하다는 생각은 이후 擧案齊眉의 주인공인, 후한 때
양홍의 처 孟光의 예237)에서도 볼 수 있다. 이 이야기는 남성인 양
홍의 傳 속에 여성인 맹광의 이야기를 삽입한 것으로서 婦德과 남편
에 대한 아내의 순종을 강조하고 있다.

조선에서는 허구 세계에서 그러한 전통의 일면을 확인할 수 있
다. <박씨전>238)에서 박씨는 처음에는 추녀로 등장했다가 후에 미
녀로 변신하는 여성이다. <박씨전>의 서술자는 외모와 내면의 관계
를 박씨를 통해 극명하게 부각시키고 있다. 박씨의 외모가 추한 것
은 다만 가면일 뿐이다. 서술자는 추한 가면 밑에 숨겨진 미적 진
실을 강조하고 있다. 가면은 벗겨 내면 그만이지만 진실은 변함이
없는 것이다. 그래서 박씨의 외모는 醜에서 美로 바뀌었지만, 내면
은 美에서 美 그대로인 것이다. 서술자는 박씨를 통해 외면보다는
내면의 아름다움을 보여주고 있는 것이다.

대하소설에는 추녀 주동인물이 그리 많이 등장하지는 않으나 그
들 추녀는 이와 같이 외모보다는 내면의 덕을 중시하는, 오랜 동양

---

236) 숙류녀를 예로 든다. 숙류녀는 목에 혹이 달려 있는 제나라의 추녀이
　　나 뽕을 따다 행차 나온 민왕과 대화를 나눈 뒤 민왕에 의해 발탁되
　　어 궁에 들어간다. 궁의 부인들은 숙류녀를 보고 손을 가리고 웃으나
　　민왕이 혼을 내며 꾸미고 꾸미지 않는 것은 불과 열 배와 백 배 차
　　이일 뿐이라고 한다. 그러자 옆에 있던 숙류녀가 그 차이는 천 배 만
　　배라 하며 요순과 걸주의 예를 든다. 이에 비웃던 여러 부인들이 매
　　우 부끄러워했다는 이야기이다. 기록자는 숙류녀를 통해 '무엇'을 꾸
　　미는지가 중요함을 말하고, 결국 내면을 꾸미는 것이 중요하다는 것
　　을 역설하고 있다. 위의 책, 360~363면.
237) 『후한서』·「逸民傳」에 등장한다.
238) 이인 며느리 관련 설화도 드물지 않게 확인되는 것으로 보아 <박씨
　　전> 역시 이러한 설화적 전통에서 쓰여진 것으로 논의되고 있다. 이
　　인 며느리 설화에 대해서는 정경민, 「여성 이인 설화 연구」, 이화여
　　대 석사논문, 2001 참조.

적 인식이 담긴 인물이다. 아름다운 외모와 부정적 성품의 인물은 여성반동인물 가운데 가장 많은 비중을 차지하고 있는데, 이는 오히려 내면을 중시하는 서술자의 의식이 드러나는 지점이다. 결국 추한 외모와 긍정적인 성품의 여성주동인물이 내면의 덕이 중요하다는 점을 立證하는 인물이라면, 아름다운 외모와 부정적 성품의 여성반동인물은 그러한 점을 反證하는 인물이라 할 수 있다.

(2) 추한 외모와 부정적 성품을 지닌 인물에 대한 묘사

여성반동인물의 한 축에는 얼굴도 醜女이고 성품도 부정적인 인물들이 있다. 이들의 공통점은 은악양선하는 인물이 아니라는 점이다. 이들은 노골적으로 반동행위를 하며, 때로는 희화화된 인물로 설정되어 있다. <소씨삼대록>과 <쌍천기봉>에는 이러한 인물이 등장하지 않고 <화산선계록>의 기부인, <명주보월빙>의 연군주가 이 인물 유형에 해당한다.239)

> 원녀 긔공이 무남독녜라 과도이 이융ᄒ여 ᄀᆞ르치미 업고 용뫼 ᄯᅩ 불미ᄒ니 공의 관인후덕ᄒ미 ᄋᆞ녀ᄌᆞ의 소소과실을 용납홀가 ᄒᆞ미요 녕졍고고ᄒᆞ니 기리 의탁고ᄌᆞ 바라미라 (<화산선계록> 권25, 3:314) (기부인과 정리선생이: 인용자 주) 일ᄌᆞ이녀를 싱ᄒᆞ니 ᄌᆞ녜 다 부친 풍모와 덕ᄒᆡᆼ을 품슈ᄒᆞ고 모친 불용누질을 담지 아냐시니 (<화산선계록> 권25, 3:315)

기부인에 대한 묘사이다. 외모에 대한 언급만 하고 그 성품에 대해서는 언급이 없다. 추녀에 대한 묘사는 이처럼 그 성품에 대한 언

---

239) 다른 대하소설 중에는 <이씨세대록>의 조여구, <윤하정삼문취록>의 연희벽, 여화정이 이러한 인물형에 속한다.

급은 없는 것이 일반적이다. 다만 못난 외모만을 부각시키고 있다.
이는 기부인이 자식들에게 패악을 부리는 것을 상징하는 것이다.

　이러한 특성은 <명주보월빙>의 연군주에게서도 발견된다.

　　신뷔 단장을 곳쳐 비샤당현구홀식 힝뵈 난잡ㅎ여 쳥식 움즉이고
　　숨소릐 괴이ㅎ여 잠기 멘 쇠 소릐 굿트며 냥안의 흔 조각 영칙 업
　　셔 검고 둥글며 냥미기운 뿍밧 굿고 늬민 니마의 큰 혹이 돗고 냥
　　협이 프르러 쳥화 굿고 닙이 늬밀며 두 귀 아릐 빵으로 혹이 달녓
　　고 코히 놉하 큰 낫치 덥혀시며 허리 퍼디기 안반만 ㅎ고 킈는 계
　　오 십셰 히ㅇ만 ㅎ니 긔형괴상이 굿초 괴졀흔디라 (<명주보월빙>
　　권53, 6:195)

　연군주가 하원광과 혼인하는 날, 연군주를 묘사한 장면이다. 사당
에 절하고 시아버지에게 뵐 때, 걸음걸이가 난잡하여[行步亂雜] 廳
舍가 움직이고 숨소리가 怪異해 쟁기 맨 소의 소리 같으며, 두 눈
에는 한 조가의 영특힌 빛이 없어 섬고 둥글며, 양 눈썹은 쑥밭 같
고 내민 이마에는 큰 혹이 돌아 있으며 두 뺨은 푸르딩딩해 무잎
[菁華] 같고 입은 쭉 튀어나왔고, 두 귀 아래에는 쌍으로 혹이 달
렸으며 코는 높아 큰 낯을 덮고 있고, 허리는 축 퍼진 것이 안
반240)만 하고 키는 겨우 열 살 어린아이만 하다고 하였다. 그리고
결론적으로 그 기이한 모습과 괴상한 모양이 가지가지로 '奇絶'하다
며 반어적 표현을 하고 있다.

　연군주에 대한 외양 묘사는 성품을 언급했던 성난화와 유교아의
묘사와는 달리 외양묘사 자체에 그치고 있다. 참으로 우스꽝스러운
모양을 하고 있음을 그려내고 있다. 이러한 묘사는 그녀의 행동과
일치하고 있다. 연군주는 비록 반동행위를 하지만, 서술자는 우습게

---

240) 안반은 떡을 칠 때 쓰는 나무판이다.

생긴 것을 부각시킴으로써 연군주가 작품에서 희극적 역할을 할 것임을 암시하고 있는 것이다.

추한 외모와 부정적 성품의 인물형에 대한 묘사는 위 아름다운 외모와 부정적 성품의 인물형에 비해 형태가 다양하지 않다. 단순히 그 외모만을 묘사할 뿐이다. 그런데, 이러한 기법은 서사를 상징한다는 점에서 의미가 있다. 즉, 추한 외모와 같이 그 성품 또한 아름답지 못할 것임을 암시하고 있고, 그러한 암시가 서사화됨으로써 추한 외모는 곧 추한 성품임을 드러내고 있는 것이다.

이렇게 볼 때 추한 외모와 부정적 성품의 인물형은, 선행 논자들이 언급한바 전통적인 인물 공식, 즉 美는 善을, 醜는 惡을 표상한다는 공식에 부합하는 형이라 할 수 있다. 그런데, 대하소설의 반동인물 가운데 이러한 인물은 흔하지가 않다. 수적으로 매우 희귀하여 아름다운 외모와 부정적 성품의 인물형과 극명히 대비되고 있다.

추한 외모와 부정적 성품의 인물형이 벌이는 반동행위는 그 파급력이 크지 않다는 점에서도 아름다운 외모와 부정적 성품의 인물형과는 대비된다. 아름다운 외모와 부정적 성품의 인물형 가운데에도 명현공주나 조제염과 같이 노골적으로 반동행위를 해 그 파급 효과가 적은 인물이 있지만, 대개 문양공주의 경우와 같이 은악양선하며 주동인물을 위기에 몰아넣는다. 이에 반해 추한 외모에 부정적 성품을 지닌 기부인의 경우 다소 과한 면이 있으나 죽이려고 하는 데까지 이르지는 않고 있고, 연군주의 경우 그 반동행위는 희극적 요소가 가미되어 있을 뿐 극심하지 않다.241)

---

241) 이러한 논의로부터 하나의 서사적 질서를 발견할 수 있다. 즉, 노골적으로 반동행위를 하는 경우 그 파급력은 상대적으로 작고, 은밀하게 반동행위를 하는 경우 상대적으로 그 파급력이 크다는 점이다. 이러한 질서는 대하소설 일반에 적용될 수 있을 것이다. <윤하정삼문취록>의 연희벽, 여화정, <이씨세대록>의 조여구의 경우에서도 그러한

결국 추한 외모와 부정적 성품의 인물은 美醜는 善惡을 표상한다는 관습적 인식을 드러내면서도 그러한 인식을 최대한 약화시키는 이중적인 인물이다. 이는 곧 서술자가 미추를 선악과 직접 연결하려는 것을 억제했음을 의미한다. 외모가 곧바로 성품을 드러내는 것은 아님을 보여주려 한 것으로 이해된다.

2. 인물의 최후 처리 방식과 서술자의식

대하소설은 상층사대부가 주로 향유하던 소설 유형이었다.[242] 따라서 대하소설에는 그들이 지향하던 이념이 반영되어 있기 마련이다. 이는 서술자의 관념적 서술로 제시되기도 하고, 주동인물의 언술로 제시되기도 한다. 그런데 이러한 평면적인 방법으로는 독자를 鑑戒하기가 쉽지 않다. 그러한 평면적이고 교조적인 언술은 소설이 아닌 다른 서적을 통해서도 충분히 습득 가능한 것이기 때문이다. 소설의 특장은 인물을 통해 그러한 이념을 보다 입체적으로 독자에게 주입한다는 데 있다.

대하소설에서도 역시 유교 이념을 효과적으로 제시하기 위해 인물이 이용된다. 특히 주동인물과 반동인물 간의 첨예한 대립을 통해 서술자는 표면적으로 유교 이념을 주지시키고 있다. 서술자가

점을 확인할 수 있다.

242) 이상택, 「조선조 대하소설의 작자층에 대한 연구」, <고전문학연구> 3, 한국고전문학연구회, 1986. 한편, 한문장편소설의 작자층 역시 사대부 층이라는 것이 정설이다. 이런 점을 감안하면 한문장편소설과 대하소설의 작자층을 비교해 논의하는 것도 하나의 과제가 될 수 있다. 김종철, 「19C 중반기 장편영웅소설의 한 양상-옥수기, 옥루몽, 육미당기를 중심으로-」, <한국학보> 40, 일지사, 1985.

인물의 갈등을 통해 자신의 의식을 표출하는 방식은 두 가지로 나눌 수 있다. 반동인물을 일방적으로 패배시키는 것이 그 하나이고 반동인물을 주동인물이 회과시키는 것이 다른 하나이다. 앞의 것은 일방적인 부정이라 할 수 있고 뒤의 것은 부정을 부정하는 것이라 할 수 있다. 이 두 가지는 한 작품에 각기 드러날 수도 있고, 동시에 드러날 수도 있다.

이 절에서는 여성반동인물의 행위 중 서술자가 그 최후를 처리하는 방식에 대해 논의하기로 한다. 여성반동인물의 성격은 그 최후를 통해서도 일정하게 형상화되어 있다. 반동인물이 주동인물에 의해 일방적으로 패배하는가 아니면 회과되는가의 여부는 여성반동인물의 성격이 규정되는 데 필수적인 서사 장치인 것이다. 이 과정에서 자연스럽게 서술자의 의식이 밝혀질 것이다.

본격적인 논의를 위해 본고에서 살핀 여성반동인물의 최후를 행위 동기와 함께 제시하면 [표3-1]과 같다.

네 작품에 등장하는 지속적 여성반동인물은 위 표에서 보듯이 총 33명이다. 33명의 여성반동인물 가운데 悔過하는 이는 7명이고, 가문에 存續하거나 自然死하는 이는 8명이다. 나머지 18명은 폐위되거나 출거, 원찬, 처형되는 이들이다. 18명 가운데에서도 처형되는 이는 13명에 달한다. 이처럼 회과하는 이보다 처형되는 이가 더 많은 것은 인물 간의 화합보다는 갈등을 더욱 첨예하게 보여주려 한 결과 때문으로 풀이된다.

작품별로 보면, <소씨삼대록>과 <쌍천기봉>에 회과하는 인물이 전혀 보이지 않는다는 특징이 있다. <화산선계록>과 <명주보월빙>에 회과하는 인물이 각각 3명과 4명이 있어, 다른 유형의 인물과 골고루 분포되어 있는 점과는 차이가 난다. 회과하는 인물이 설정

〔표 3-1〕 여성반동인물의 행위 동기와 그 최후

작품	인물	동기											최후
		종통	가권	애정	성	자식과애	재물	권력	미모질시	시기심	기질	계	
소씨삼대록	방 씨	○											자연사
	명현공주			○									자연사
	정 씨			○									출 거
	취 씨			○									출 거
	곽 후			○									폐 위
	화부인		○										존 속
	위 씨								○				존 속
	소　계	1	1	4					1			7	
쌍천기봉	여 씨								○				처 형
	월 섬			○									처 형
	옥 란			○									처 형
	조제염			○									출 거
	공 씨			○									원 찬
	소　계			4					1			5	
명주보월빙	위부인	○											회 과
	유부인	○											회 과
	윤경아	○											회 과
	문양공주			○									회 과
	연군주			○									존 속
	성난화				○								처 형
	유교아				○								처 형
	김귀비					○							존 속
	소　계	3		2	2	1						8	
화산선계록	탕 씨						○						존 속
	가십랑						○						처 형
	염춘아						○						처 형
	방 씨							○					처 형
	부홍공주							○					처 형
	김 씨									○			회 과
	가빙랑									○			존 속
	기부인										○		회 과
	곽소옥				○								처 형
	부옥대				○								처 형
	영옥교			○									회 과
	최 씨					○							처 형
	두난옥									○			처 형
	소　계			1	2	1	3	2		3	1	13	
	계	4	1	11	4	2	3	2	2	3	1	33	

되지 않았다는 점은 유교 윤리의 우위를 입증하기 위한 반동인물을 적극적으로 이용하지 않은 것으로 이해할 수 있다. 또한 유교 윤리의 이점에 대한 홍보보다는 부부의 혼사장애를 더욱 부각시키려는 의도가 강하게 작용하여 그러한 결과가 나온 것으로 파악된다. 실제로 <소씨삼대록> 등 두 작품은 <화산선계록> 등의 작품에 비해 주동인물 간의 애정 갈등이 더욱 자세히 그려져 있다는 점에서 그러한 면모를 확인할 수 있다.

그런데, <소씨삼대록>과 <쌍천기봉> 사이에도 또한 차이점이 존재한다. <소씨삼대록>의 경우 자연사 2명, 출거 2명, 폐위 1명, 존속 2명으로서 처형되는 인물이 등장하지 않는 반면, <쌍천기봉>에는 처형 3명, 출거 1명, 원찬 1명으로서 처형되는 인물이 3명이나 등장하는 것이다.

이러한 면모는 <소씨삼대록>만이 지닌 특징이라 하겠는데, 이에 대해서는 약간의 설명이 필요하다. 주지하다시피 대하소설에는 유교 윤리가 표면적으로 강조되어 있다. 본고에서는 그러한 면이 여성반동인물을 통해서 잘 드러나 있을 것으로 전제하고 논의를 하였다. 그런데, <소씨삼대록>의 서술자는 여성반동인물과 주동인물 간의 첨예한 갈등만을 통해 그러한 유교 윤리를 설파하지는 않았다. 이 점이 <소씨삼대록>과 다른 대하소설이 지닌 가장 큰 차이점이다. <소씨삼대록>에는 반동인물과 주동인물의 대립 외에 다른 방식도 유효적절하게 드러나 있다. 예를 들면, 주동인물 가문에서 반동적 행위를 하는 소세명과 같은 인물을 죽는 것으로 설정함으로써 忠 이념에 대한 경계를 하는 점243)이나 주동인물이 장황하게 여성의 도리를 설파하는 장면 등이 그것이다. 이를 통해 독자에게 유교

---

243) 이는 <소현성록>에서도 마찬가지 양상이다. 소교영이 정절을 훼손하자 양부인이 사약을 내려 죽인다.

이념을 다양한 방식으로 주입하고 있는 것이다.244)

　한편, 회과하는 인물은 없고 처형당하는 인물만 등장하는 <쌍천기봉>에 대해서도 부연 설명이 필요하다. <쌍천기봉>의 여성반동인물 가운데 처형당하는 인물은 여씨와 월섬, 옥란으로서 표면적으로 보면 이들은 철저한 징치를 당한 셈이다. 그런데 <쌍천기봉>에서 처형당하는 이들 인물들은 당대 여성에게 요구되던 유교 이념과는 관련이 없는 인물들이다. 여씨가 죽은 것은 동렬이 아닌 정몽홍에 대한 질시 때문에 반동행위를 하고 후에 역모를 꾀했기 때문245)이고, 월섬이나 옥란이 처형당한 것은 첩이라는 신분으로 정실을 해하려 했기 때문이다. 이러한 사실로부터 여성 윤리의 측면에서 볼 때, 여성반동인물이 처형되는 결구는 반드시 여성 윤리를 어긴 결과 도출된 것은 아니라는 점을 확인할 수 있다.

　이런 면에서 볼 때 여성 관련 윤리가 특히 부각되어 있는 작품은 <화산선계록>과 <명주보월빙>이다. 이 두 작품에는 작중에 유교 이념을 구현하기 위해 반동인물의 처형 혹은 회과가 적절히 조합되어 있다. <화산선계록>에는 처형당하는 이가 전체 13명 중 8명이나 되고, <명주보월빙>에는 8명 중 2명이 있다. <화산선계록>에 특히 처형되는 이가 많음을 알 수 있다.246)

---

244) 췌언하면, 결과적으로 <소씨삼대록>에 처형되거나 회과되는 인물이 등장하지 않았다는 것은 갈등이 그리 심각하게 전개되지 않았다는 점을 설명하고 있다. 물론 처형, 회과되는 인물이 등장하면 갈등이 심각하게 전개되고, 그렇지 않으면 갈등이 심각하게 전개되지 않는 것이 필연은 아닐 것이다. 이 점에 대해서는 앞으로 작품별로 검증이 필요하겠지만, 최소한 <소씨삼대록>만 놓고 보면 그러한 도식이 성립된다.

245) 반역죄는 忠을 어긴 것이므로 당대 유교 윤리에 어긋나는 것이다. 忠은 여성에게도 적용되는 윤리이지만 여기에서는 남성이 아닌 여성에게만 적용되는 윤리를 문제 삼고 있음을 다시 밝힌다.

246) 다만, 주의해야 할 것은 처형되는 이가 많다 하여 그 작품을 주동인

이제 이상의 점을 인지하고, 이들 네 작품을 회과, 처형의 측면만을 중심으로 해 정리해 보면 다음과 같다.

[표 3-2] 여성반동인물 최후의 작품별 차이

작품 \ 분류	회 과	처 형
⟨소씨삼대록⟩	-	-
⟨쌍천기봉⟩	-	+
⟨명주보월빙⟩	+	+
⟨화산선계록⟩	+	+

이 절에서는 이상의 논의를 참고해 ⟨명주보월빙⟩와 ⟨화산선계록⟩에 국한해 그 패배와 회과의 결구가 가지는 의미를 각각 논의하기로 한다.

(1) 일방적 패배의 結構: 貞節 이념의 절대화

⟨화산선계록⟩이나 ⟨명주보월빙⟩에서 처형되는 이들은 대개 정절을 잃거나 반역을 도모한 여성들로 설정되어 있다. 각각의 인물이 처형된 연유를 구체적으로 살펴본다. ⟨화산선계록⟩에서 가십랑과 염춘아는 각각 창기 출신의 첩이거나 첩을 두 번 지낸 인물로서 이

물과 반동인물의 대립이 첨예한 작품으로 인식하는 것은 바람직하지 않다는 점이다. ⟨화산선계록⟩의 여성반동인물은 대개 여성주동인물인 이옥수의 시선 내에 있는 존재들이다. ⟨화산선계록⟩의 인물들은 서로 대등한 위치에 있지 않다. 여성주동인물이 내려다보는 아래에서 행위를 하고 있는 것이다. 이 점은 ⟨화산선계록⟩이 지니는 독특한 면모이다. 다만 본 절에서는 대립 양상이 아닌, 여성반동인물의 결말 처리 방식에 초점을 맞추었는데, 이런 면에서 볼 때 ⟨화산선계록⟩은 ⟨명주보월빙⟩과 비슷한 면모가 있다는 것이다.

미 貞節을 잃은 여성들이다. 이들은 남의 집 첩으로 들어가 재물을 탐내다가 처형되는 이들이다. 이를 보면 이들이 처형되는 것은 창기 출신과 첩이라는 사회적 신분이 고려된 것이다. 처형된 더욱 근본적인 이유는 이들이 貞節을 훼손한 인물이라는 점이다. 방씨와 부홍공주는 권력을 탐한 반동인물로서 반란 세력과 다름이 없다. 이들이 처형된 것은 忠 이념을 어겼기 때문이다. 곽소옥과 부옥대는 성적 욕망을 추구하다가 처형된 이들이다. 이들이 처형된 이유는 가십랑과 염춘아와 마찬가지로 貞節을 훼손했기 때문이다. 최씨는 주동 가문을 역모죄로 무고했기 때문에 처형당하는 운명을 맞이했다. 이는 곧 자신이 역모한 것이나 다름이 없어서 사대부 여성이지만 처형당하는 결구를 가질 수밖에 없었다.247) 이를 보면 7명 중 4명이 훼절로, 3명이 반역으로 처형당했음을 알 수 있다. <명주보월빙>에서 처형당하는 이는 성난화와 유교아로서 이들의 공통점은 다 훼절을 했다는 점이다. 서술자는 훼절한 여성을 설정하고 최후를 처형당하는 것으로 결구함으로써 여성독자에게 貞節의 중요성을 강조하고 있다.

이상 살펴본바, 여성반동인물이 처형을 당하는 가장 큰 이유는 유교 이념의 훼손 때문이다. 특히 훼절이 가장 큰 비중을 차지하고 있다. 창기 출신이든, 성적 욕망을 추구하며 이를 해소하는 여성이든 일단 貞節을 잃은 여성은 예외 없이 처형당하는 결말구조를 갖고 있다. 훼절자에게는 용서의 여지가 없이 가차 없는 처단이 이루어지고 있는 것이다. 이러한 점은 <사씨남정기>의 교씨나 <창선감

---

247) 두난옥의 경우는 좀 예외적이다. 그녀는 정절을 훼손하지도 않았고 반역을 도모하지도 않았기 때문이다. 단지 위명주를 죽이려 한 데 불과하다. 이는 애초에 두난옥에 대해 관심을 두지 않고 주동인물인 위명주에게 관심을 기울인 서술자의 의식에 기인한 것이라 할 수 있다.

의록>의 조씨에게서도 발견할 수 있고, 여타 대하소설에서도 확인
이 되는 점이다.

훼절한 여성이 처형당한다는 결구는 결국 여성에게 요구되는 수
신 덕목인 貞節을 서술자가 절대화했음을 의미한다. <화산선계록>
과 <명주보월빙>이 어느 정도 차이가 있기는 하나, 표면적으로는
모두 유교 이념을 구현하고 있다는 점은 이러한 면에서 적실히 확
인된다. 특히 <명주보월빙>의 경우 여성독자에게 미치는 심리적 효
과는 더욱 대단하다. 회과하는 인물이 특히 많고, 유교 이념을 체화
한 주동인물이 두드러지게 나타난다는 점에서 그러하다.

여성반동인물의 일방적인 패배를 설정함으로써 작품이 독자에게
주는 효과 역시 적지 않다. 먼저 독자에게 통쾌감을 준다는 점을
들 수 있을 것이다. 사대부 여성독자는 貞節을 훼손한 여성반동인
물이 주동인물과 대립하다가 가차 없이 처단되는 점을 보고 대리만
족을 느꼈을 수 있다. 자신이 體得한 정절의 이념이 작품 속에서
여성반동인물에 의해 무너졌을 때에는 분노를 느낄 것이다. 더불어
자신이 굳건하게 믿었던 이념이 무너지는 것을 보고 일종의 무력감
이 들었을 수 있다. 아무 거리낌 없이 貞節이 훼손되고 있고, 더군
다나 주동인물이 그로 인해 고난을 받기 때문이다. 그러던 중에 상
황이 반전되어 반동인물의 행위가 모두 드러나 그녀가 처단이 되
면, '惡'을 제거한 듯한 통쾌감을 느끼게 될 것이다.

여성반동인물의 일방적인 패배는 또 독자에게 정서적 안정감을
준다. 자신이 의지해 왔던 貞節의 이념이 굳건함을 재확인하며, 심
리적 안도감을 느낄 수 있다. 貞節은 상층여성이 지켜야 할 至高의
가치이다. 여성독자는 훼절자의 최후를 보며 자신이 교육받았던 貞
節을 지고의 가치로 다시 한 번 되새기게 되는 것이다.

　서술자는 이상 논의한 바와 같이 여성반동인물의 일방적 패배를 통해 인물의 성격을 뚜렷이 부각시키고 있는 동시에 貞節의 이념을 극대화하는 효과를 거두고 있다.

(2) 悔過의 結構: 유교 이념의 우위 확인

　반동인물이 주동인물에 反하여 자신의 뜻을 펼치고자 하나 끝내는 실패하고 주동인물의 유교 이념에 의해 회과한다는 설정은, 반동인물이 단순히 부정되는 설정과는 그 의미가 사뭇 다르다. 반동인물이 일방적으로 패배한다는 단순 구도는 독자에게 통쾌감과 정서적 안정감을 줄 수는 있겠지만, 이념이 갖고 있는 견고함을 드러내는 데에는 상대적으로 미진한 면이 있는 것이 사실이다. 반면에 반동인물이 회과되는 설정은 유교 이념의 견고함을 더욱 부각시키는 효과가 있다. 반동인물을 단순히 부정하는 것과, 반동인물을 부정하는 것을 넘어선 부정의 차이는 이념의 부각 면에서 실로 큰 차이가 있다고 하겠다.

　반동인물의 회과는 그 신분과 반동행위의 종류에 의지하는 바 크다. 신분이 주동인물의 母, 義母이거나 兄弟인 경우, 또는 동렬의 여성인 경우에는 회과가 되며 이들은 주동인물의 가문에 소속되어 있는 인물이라는 공통점을 지닌다. 반동행위는 극심하지만 그녀가 정절을 훼손하지만 않았으면 회과의 대상이 된다.

　<화산선계록>에서 김씨의 회과는 위명주의 효성이 바탕이 되었으며, 기부인의 회과는 연희숙의 효성이 바탕이 되었고, 영옥교의 회과는 동렬인 양월희의 우애가 그 동기가 되었다. <명주보월빙>에서도 위부인이나 유부인의 회과에는 윤희천의 효가 그 밑바탕이 되었

고, 윤경아의 회과에는 윤희천의 우애가 결정적인 역할을 하였으며, 문양공주의 회과에는 동렬인 윤명아의 우애가 바탕이 되었다. 이처럼 반동인물의 회과에는 주동인물의 효, 우애가 근본적인 바탕이 되고 있음을 볼 수 있다.

이들 반동인물의 행위 강도는 처형당하는 인물에 비해 더 높은 편이다. 윤희천 형제가 위·유부인으로부터 받는 박대는 상상을 초월한다. 양월희 역시 영옥교에 의해 몇 번 죽을 고비를 넘겼다. 문양공주는 은악양선하며 동렬을 제거하려고 반복적으로 극심한 반동행위를 하고 있다. 신분적으로 주동인물보다 상위에 있는 이가 반동인물일 경우 주동인물의 고통은 그렇지 않은 경우에 비해 훨씬 더 심각하다. 윤희천 형제의 고통이 다른 주동인물의 고통보다 훨씬 심각하게 다가오는 것도 그러한 데에 연유한 것이다.

독자는 주동인물의 수난을 보며 그에 동화되어 비극적 정서를 갖게 된다. 독자는 주동인물이 체화한 유교 이념에 의해 반동인물이 굴복하고 회과될 때에서야 비로소 안도감을 느끼고 이념의 우위를 확인하게 된다. 이 기법은 반동인물을 단순히 부정만 하는 방식보다 독자에게 주는 경계의 효과가 더 높다고 할 수 있다. 이념의 우위를 극단화해 보여주고 있기 때문이다.

이 방식은 또 여성반동인물의 성품을 입체화하고 있다. 회과한 후에는 더 이상 반동인물이 아니고 주동인물군에 속하게 되는 것이다. 이러한 점은 여성반동인물이 일방적으로 패배하는 경우와는 큰 차이가 나는 것이다.

두 여성반동인물군이 지니는 이러한 표면적인 차이는 그들이 지니는 근본적인 차이와 연관된다. 즉 회과하는 여성반동인물의 경우, 서술자는 그녀를 통해 가문의식이나 신분의식을 일정하게 표출하고

있다는 점이다. <화산선계록>에서 기생 출신으로 상층 남성의 첩이
된 가십랑이나 염춘아는 가차 없이 처단당하는 반면에 이들 못지않
게 지속적이고 은밀하게 활발한 반동행위를 한 영옥교는 회과시키
는 설정을 보면 이들 사이에 둘러쳐져 있는 강고한 가문의 경계선
을 실감하게 된다. 서술자는 그렇게 설정함으로써 결국 가십랑이나
염춘아는 상층 가문에 들어올 만한 신분과 자질을 갖추지 못했고,
영옥교는 상층 가문에 걸맞은 동등한 가문과 신분, 자질을 갖추고
있다는 점을 드러내었다.

요컨대, 회과하는 여성반동인물의 설정을 통해 서술자는 유교 이
념이 우위에 있음을 확실히 드러내고 있고, 더불어 가문의식이나
신분의식을 철저히 구현하고 있다.

3. 심리 처리의 방식과 서술자의식

여성반동인물은 반동행위의 주체이다. 그녀의 행위대상은 남녀주
동인물이며, 그녀가 그렇게 행위를 하게 되는 계기는 특정한 목적
대상(물)이 있기 때문이다. 목적대상은 여성반동인물이 지닌 욕망
의 대상이다. 이러한 목적대상에는 인물 자체나, 인물이 소유한 것
이 해당된다. 행위주체는 목적대상을 취득하기 위해 행위대상에게
반동행위를 가한다. 그 과정에서 행위주체는 행위대상이나 목적대
상에 대해 애정이나 증오의 특정한 감정을 취하게 된다.

행위주체인 여성반동인물은 행위대상인 남녀주동인물에게 특정한
감정을 가지게 되는데 그것은 곧 증오의 감정이다. 증오심이 작품
에 현저하게 보이지 않는 경우도 있으나 그것은 強度의 차이일 뿐
반동행위의 근저에 증오심이 깔려 있다는 것은 분명하다. 행위주체

는 목적대상에 대해서도 일정한 감정을 지니게 되는데 애정이나 증오, 혹은 애증이 복합된 경우로 나뉜다. 행위주체가 행위대상에 대해 가지는 감정이 '증오'라는 단 하나의 감정인 데 비해 목적대상에 대해 가지는 감정은 이처럼 다양하게 나뉘어 있다.

목적대상은 주동인물이나 주동인물의 소유물을 가리키는데, 행위대상과 다른 인물일 수도 있고 동일한 인물(의 소유)일 수도 있다. 성이나 애정, 자식 과애와 같은 경우 여성반동인물의 욕망의 대상이 인물이기 때문에 그 인물을 차지하기 위해 다른 인물에게 반동행위를 가하게 된다. 따라서 이때 목적대상과 행위대상은 다른 인물이다.

그 밖의 경우에는 설명을 요한다. 행위대상은 인물이고 목적대상은 행위대상과 동일한 인물의 소유물일 경우이다. 이때 목적대상은 성이나, 애정, 자식 과애의 경우와 같이 인물 자체가 아니라 행위대상이 소유한 권력이나 종통, 재물, 자질, 가권 등이기 때문이다. 이때 행위대상과 목적대상 사이에는 이들이 동일인물 혹은 동일인물의 소유물이기 때문에 감정의 교환이 일어날 수가 없다.

행위주체인 여성반동인물과 행위대상인 남녀주동인물, 그리고 목적대상인 남녀주동인물(의 소유) 사이에는 애정, 증오, 애증 복합과 같은 감정이 일방적으로 혹은 쌍방향으로 흐르고 있다. 서술자는 이들이 지닌 미묘한 감정이나 심리를 서사 전개에 최대한 이용함으로써 여성반동인물을 형상화하고 있다.

그런데, 이들 감정의 흐름을 자세히 관찰해 보면 한 가지 뚜렷한 차이점이 있음을 발견하게 된다. 다른 경우에는, 행위주체와 행위대상 간, 또는 행위주체와 목적대상 간에 대개 증오나 애정의 지속적 감정이 흐르고 있는 데 비해 '성'에 대한 욕망을 지닌 여성반동인물의 경우 목적대상에 대해 애정과 증오의 감정이 병존하고 있는 것이다. 이제 이를 분류의 근거로 하여 여성반동인물의 감정 내지 심리를 두 가지로 나눠 구체적으로 살피기로 한다.

(1) 愛憎竝存의 감정에서 확인되는 인간의 本源的 心理

대하소설에는 다양한 유형의 여성반동인물이 등장한다. 이 가운데에는 남성주동인물을 흠모하다가 오히려 그를 증오해 죽이려는 인물이 등장한다. <화산선계록>의 곽소옥이나 부옥대, <명주보월빙>의 성난화나 유교아가 이러한 인물에 해당하고 <쌍천기봉>의 조제염이 또한 해당한다. 이들은 각기 위현(곽소옥·부옥대)과, 정세홍, 윤광천, 이몽창을 흠모하는 이들이다. 그런데, 앞의 네 여성은 성적 욕망을 해결하려는 자신들의 바람이 무산되자, 이들을 흠모했던 감정이 증오의 감정으로 돌변하게 된다. 그리고 조제염은 이몽창에 대해 애정을 추구하나 좌절되자 증오하는 감정을 갖게 된다. 그리하여 이들은 자신이 흠모하던 남성을 죽이려 하거나 무고죄로 고발했다가 끝내 처형되거나 출거된다.

조제염을 제외한 이들 성적 욕망을 지닌 여성반동인물은 작품에서 가장 부정적인 인물로 그려져 있다. 바로 貞節을 훼손한 인물이기 때문이다. 기실 이들이 흠모하던 남성을 죽이려는 것도 그러한 부정적인 이미지의 연장선상에 있는 것으로 해석할 수 있다. 그녀는 세상에서 존재하지 않아야 할 인물로 설정되어 있으므로 그녀의 모든 행동이 서술자에게 있어 다 부정의 대상인 것이다.

그러나 그들이 비록 부정되어야 할 대상으로 설정되어 있다 해도, 그들은 인간의 본원적 심리를 보여주고 있다는 점에서 의미가 있다. 인간에게 常存하는 애정과 증오의 복합 감정이 이들을 통해 여실히 나타나 있는 것이다.[248] 서술자는 성적 욕망을 추구하는 여성반동인물을 통해 이처럼 애증 병존의 감정을 보여주었지만, 그 감정은 여성반동인물에만 해당되는 것은 아니다. 바로 모든 인간이 갖고 있는 본원적 심리인 것이다. 이러한 논리는 바로 반동행위가 인물의 천성이 '악해서' 일어나는 것은 아니라는 점을 상기시킨다. '어느 누구나' 애증 병존의 감정을 갖고 있다는 것은 즉 '어느 누구나' 반동행위를 할 가능성이 있음을 의미하는 것이기 때문이다.

여성반동인물의 심리적 변화가 아무런 까닭 없이 이루어지는 것이 아니라는 점은 이러한 점을 잘 보여준다. 양가감정에는 두 감정 사이에 어떤 인과 관계가 설정된 것이 아니고 동시에 가지는 감정이라는 의미가 담겨 있지만, 대하소설의 서술자는 두 감정 사이에 어떤 인과 관계가 존재함을 독자에게 각인시키고 있다.

그 인과 관계란 바로 여성반동인물이 받는 소외감이다. 남성을 흠모하는 여성은 그를 소유하기 위해 온갖 노력을 다하지만 끝내는 외면당한다. 그리고 그 외면의 이유에는 여성이 남성을 먼저 선택했다는 데에서 기인한 남성의 반감과, 여성의 외모에 드러나는 사악한 기운을 남성이 감지했다는 사실이 크게 작용한다. 그런데, 이 두 가지 이유는 특별한 반동행위가 이루어지지 않은 상태에서 발생한 것들이다. 여성반동인물의 입장에서 이는 억울한 일이다. 물론

---

248) 심리학에서는 인간이 기본적 욕구로서 두 가지 상반된 감정을 동시에 갖고 있다 하고 이를 양가감정(ambivalence)이라 부른다. 양가감정은 인간의 양면적 심리를 보여주는 용어인 것이다. 양가감정은 예를 들면 사랑욕구와 증오욕구가 공존하고, 성적욕구와 죽음의 욕구가 공존하며, 삶의 욕구와 죽음의 욕구가 공존하고, 건설의 욕구와 파괴의 욕구가 공존하며, 평화욕구와 전쟁욕구가 공존하는 것 등이다. 우종하, 『인간심리의 이해』, 교육과학사, 2000, 122~123면.

서술자는 당대 여성의 정숙 덕목을 들어 여성반동인물이 남성을 선택한 행위를 몹시 못마땅하게 서술했지만, 여성반동인물 자신으로서는 자연스러운 감정을 표출했다는 점에서 큰 죄가 없다고 여길 수 있는 것이다. 이처럼 여성반동인물이 남성에게서 자신이 보기에 까닭 없이 홀대를 받고 소외를 당한 것이, 흠모에서 증오로 돌변하게 된 가장 큰 요인으로 작용하고 있다.

결국 서술자는 성적 욕망을 지닌 여성반동인물이 애증 병존의 감정을 갖고 있음을 설정함으로써 한편으로는 여성반동인물의 성품을 형상화하고 있으며 다른 한편으로는 인간 본연의 심리를 보여주고 있다. 그렇게 함으로써 여성반동인물이 처한 특수한 위치와 심리는 모든 인물이 처하게 될 수 있는 보편적인 위치와 심리가 될 수 있음을 드러내고 있다. 여성반동인물이 지닌 애증 병존의 감정이 의의를 지니는 것은 바로 이러한 이유 때문이다.

(2) 일관된 감정의 裏面에서 확인되는 다양한 인간 심리

대하소설의 서술자는 일관된 감정을 지닌 여성반동인물을 설정함으로써 인간의 또 다른 심리를 보여 주고 있다. 이들은 목적대상에 대해 애정이나 증오의 감정을 일관되게 지니고 있다. 애정은 남편 혹은 자식에 대한 애정이다. 증오의 경우에는 구분을 요한다. 엄밀히 말하면 여성반동인물은 종통이나 권력을 소유한 주동인물에 대해서 증오를 지니고 있을 뿐, 주동인물이 소유한 종통이나 권력 그 자체에 대해서는 증오를 지니고 있지 않다. 그것들에 대해서는 집착을 지니고 있을 뿐이다. 그들은 소유물이 아닌 소유자에 대한 증오를 지니고 있는 것이다.

이러한 일관된 애정이나 증오의 감정은 그들의 최후 직전까지 서사화되어 나타난다. 이러한 서사는 애증병존의 감정을 지닌 여성반동인물의 경우와는 일정한 차이를 지니고 있다. 애증병존의 감정을 지닌 인물들이 모두 주동인물 혹은 주된 가문과 노골적이고 첨예한 대립을 하고 있다면, 이 경우에는 그 편차가 다양하다. 종통에 대한 욕망을 지닌 방씨의 경우와 같이 서사의 전면에 부각되지 않고 주동인물에게 타격을 입히지 못하고 스러져 가는 인물이 있는가 하면 애정을 추구하는 문양공주와 같이 은악양선하며 지속적이고 은밀하게 반동행위를 하여 주된 가문의 일원들을 위기로 몰고 가는 인물도 있다. 또한 기부인과 같이 노골적으로 가문의 일원들에게 패악을 부리는 반동인물도 있다. 이처럼 서사화되는 양상에 있어 두 인물형은 큰 차이를 보이고 있다.

두 인물형이 이처럼 차이를 보이는 이유는 애증 감정이 병존하는 인물의 경우 주동인물에 대한 애정이 증오로 돌변하면서 그 증오의 강도가 더욱 확대되는 데 비해, 일관된 감정을 지닌 이들의 경우에는 그럴 만한 계기가 마련되지 않았고, 또한 각기 다양한 상황에 처해 있어 그 심리의 종류와 강도 또한 다양하기 때문으로 풀이된다.

애정을 추구하는 여성들을 예를 들어 본다. 문양공주의 경우 남성주동인물에 대한 애정의 강도가 가장 강한 인물 중의 하나이다. 그녀는 정천흥에 대한 애정을 굳건하게 지니고 있어서 주변인물이 정천흥을 제거하자고 해도 그것을 강하게 거부한다. 반면에 연군주의 경우, 하원광에 대한 일관된 애정이 있기는 하지만, 문양공주에 비해 그리 굳건하지는 않다. 문양공주가 정천흥에 대한 원망을 거의 하지 않는 반면에 연군주는 하원광에게 원망을 하기도 하는 것이다. 이처럼 애정의 강도 차이는 이 인물들이 흠모 대상인 남성주동인물에게 갖는 심리의 편차를 뜻하는 것이다.

　두 인물형이 지니는 심리의 차이는 그 최후까지 다르게 만든다. 애증 병존의 감정을 지닌 이들은 한결같이 처형을 당하는 반면에, 일관된 감정을 지닌 이들은 회과에서 처형까지 다양한 최후를 맞는 것이다. 이 또한 애정에서 증오로 돌변하면서 크게 확대된 감정을 지닌 인물과, 다양한 정도의 심리를 지닌 인물 사이의 차이에서 비롯된 것으로 해석된다.

　결국 감정은 애정이나 증오로 일관되어 있지만, 이들이 지니는 심리의 강도는 애증병존의 감정을 지닌 이들에 비해 매우 다양하고 그에 따른 운명도 다양하다. 심리와 행동이 밀접한 관련을 맺고 있음은 이러한 데에서 확인할 수 있다. 서술자는 심리가 행동에 미치는 영향을 다양한 인물형을 설정하여 다각도로 제시하고 있음을 알 수 있다.

Ⅳ. 여성반동인물 등장의 사회적 배경과 의미

　대하소설 속의 사건이나 인물은 현실의 사건이나 인물이 곧바로 반영된 것은 아니다. 사회적 이유에서 변화를 겪기도 하고, 소설사적 문맥에 따라 변형되는가 하면, 작가의 취향에 따라 굴절되며, 때로는 필사자의 의도에 따라 왜곡되기도 한다. 이는 기실 소설 장르가 겪어야 하는 운명이기도 하다. 그런데, 소설에 현실이 변형, 굴절, 왜곡되어 있다 해도 작품에 당대 현실의 면면이 완전히 소거되어 있을 수는 없다. 변형, 굴절, 왜곡이라는 말에 이미 당대 현실이 어떤 식으로든 반영되어 있음이 含意되어 있기 때문이다.

　소설과 사회 현실의 이와 같은 관계를 염두에 두었을 때, 여성반동인물은 조선 후기의 여성이 겪어야 했던 현실적 문제를 일정하게 드러내는 인물로 볼 수 있다. 즉 여성반동인물은 당대 여성을 표상하는 인물 중의 하나인 것이다. 따라서 여성반동인물의 욕망 내지 심리를 파악하는 일은 조선 후기 상층부 여성이 감수했던 질곡의 삶을 이해하는 한 방편이 될 수 있을 것이다.

　여성반동인물은 대하소설에서 특정한 욕망을 추구하는 인물이다. 그런데 그러한 욕망은 사회의 벽에 부딪혀 번번이 좌절되고, 그 자신은 패배하거나 기존 질서에 순응하게 된다. 욕망을 추구하는 여성이 사회의 강고한 벽에 막혀 패배, 또는 순응하는 과정은 곧 당대 여성의 현실을 직간접적으로 반영한 것이라 할 수 있다. 서술자는 당대 여성이 그들을 억압한 이데올로기 하에서 미미하게나마 지녔던 욕망들을 여성반동인물을 통해 극대화해 형상화한 것이다.

이 장에서는 그러한 점을 고려하여 여성반동인물이 지녔던 욕망과 당대의 이데올로기의 관계에 대해 살펴보겠다. 이는 서술자는 의도하지 않았지만, 소설에 필연적으로 내포될 수밖에 없는 사회적 현실을 살피는 작업이다. 앞 장의 작업이 작품에 드러난 서술자의 시각을 살피려는 작업이었다면, 이 장의 작업은 작품에 내포된 인물과 사회의 관계를 읽어내는 작업이다.

본격적인 논의에 앞서 욕망과 이데올로기의 의미에 대해 간략히 살피기로 한다. 본고에서 慾望(desire)은 "인간이 자신에게 결핍된 有形, 無形의 것을 충족시키려는 마음"으로 정의한다.249) 근본적으로 욕망은 결핍이 있어야 생겨나는 것이다. 자신에게 부족한 것, 모자란 것을 채우고자 하는 데서 욕망이 발생하는 것이다. 이러한 욕망의 대상에는 재물이나 衣食과 같은 유형의 것과 종통이나 권력,

---

249) 이는 다분히 사전적 정의이다. 욕망의 의미를 국어사전에서 찾아보면 "부족을 느껴 무엇을 가지거나 누리고자 탐함. 또는 그런 마음"이라 정의되어 있다. '부족을 느낀다'는 말은 욕망의 주체가 결핍을 겪고 있는 상태임을 뜻한다. '무엇을 가지거나 누리고자 한다'는 말에는 결핍의 요소가 구체적, 혹은 추상적인 것임이 전제되어 있고, 욕망의 주체는 바로 이러한 결핍의 요소를 충족시키려 한다는 의미가 담겨 있다. 결국 욕망은 결핍된 것을 충족시키려는 것이고, 그 대상에는 구체적인 것과 추상적인 것이 있음을 언급하고 있다. 국립국어연구원 편, 『표준국어대사전』中, 두산동아, 1999, 4616면.
욕망에 대한 이러한 개념 정의는 중국의 경우에도 다르지 않다.『中文大辭典』에서 욕망은 부족한 느낌(意念)이 있어서 만족을 추구하는 마음(情)이라고 정의하고 있다. 또 욕망을 구분해 물질욕망과 비물질욕망으로 나눈바, 물질욕망은 형체가 있는 사물에 대한 욕망으로서 金錢을 구한다거나 衣食을 도모하는 것 등이라 하였고, 비물질욕망은 형체가 없는 사물에 대한 욕망으로서 배움을 닦고 지식을 넓히려는 학문욕망이나 교리를 믿고 깨달음을 구하는 종교욕망 등이라 하였다. 이 개념 정의는 국어사전에서 정의한 것과 일맥상통한다.『中文大辭典』(1차수정판) 5, 臺北: 中華學術院, 1973, 551면.

가권, 애정, 성과 같은 무형의 것이 있다. 인간은 이러한 유형, 무형의 욕망 대상에 대해 자신이 처한 상황에 따라 욕망을 억제하기도 하고, 때로는 그것을 획득하기 위해 일정한 '행위'를 하기도 한다. 본고의 대상 인물인 여성반동인물은 욕망을 획득하기 위해 적극적으로 '행위'를 하는 인물들이다.

이데올로기는 필연적으로 계급 간의 갈등을 상정하고 있다.[250] 이때 이데올로기는 지배계급의 이익에 부합하는 신념으로서 피지배계급을 억압하는 수단이 될 수 있는 것이다. 지배계급은 그들의 이익을 고착화하고 그들의 이념을 정당화하기 위해 다양한 장치를 사용한다. 그들은 통상 피지배계급에 대해 강제책, 유인책을 쓰거나 혹은 그들을 사회화하는 방식을 썼다.[251]

조선시대의 지배계급은 상층 사대부 남성이었다. 사대부 여성이나 하층 남녀는 피지배계급으로서 지배계급이 교묘하고 치밀하게 정립한 이데올로기에 속박되어 있었다고 할 수 있다. 이 가운데 상층 여성은 이중적 위치였다. '상층' 여성으로서 하층 남녀보다는 신분상 위에 있었지만, 가부장제 사회구조에서 같은 상층 '남성'의 지배를 받을 수밖에 없었던 처지였다. 따라서 상층 여성은 '상층민'으로서 '하층민'에 대해 상대적으로 안락함을 누리고 자부심을 가지고 있었으나, '남성'에 대해 '여성'으로서 일정하게 질곡을 겪을 수밖에 없었던 것이다.

여성에 대한 지배를 공고히 하기 위해 상층 사대부 남성은 정표

---

250) 이 논문에서 이데올로기는 "지배계급이 피지배계급에게 부과하는 세계관이며, 사회적으로 중요한 집단이나 계급의 조건과 삶을 상징하는 신념이고, 상반된 이해관계로부터 일어난 갈등에서 지배적인 사회집단의 이익을 정당화하는 비합리적인 욕망의 체계"로 정의한다. 데이비드 맥렐런, 구승회 옮김, 『이데올로기』, 이후, 2002.
251) 이옥경, 「조선시대 정절 이데올로기의 형성기반과 정착방식에 관한 연구」, 이화여대 석사논문, 1985.

정책이나 서적, 교육 등의 방식을 통해 이데올로기를 확산시켰다.[252] 그들이 쓴 방식은 특히 하층 여성보다는 상층 여성을 대상으로 한 것이었다. 상층 여성은 이러한 방식에 사회화되어 자신들에게 부과된 투기 금지나 정절 이데올로기를 절대적인 것으로 받아들였다. 또한 남성들의 지배구조를 공고히 하기 위한 종통의 문제 역시 당연한 것으로 여겼다. 상층 남성의 질서 체계에 상층 여성은 자연스럽게 동화되어 나갔던 것이다.

대하소설의 여성반동인물은 그러한 처지에 있던 상층 여성의 상황이 일정하게 반영되어 있는 인물이다. 여성반동인물은 다른 상층 여성처럼 욕망을 억제하고 사는 인물이 아니다. 욕망을 '행위'로 옮기는 인물이다. 이 과정에서 필연적으로 상층 남성이 그들에게 주입한 이데올로기와 충돌을 빚을 수밖에 없다. 이 과정에서 당대의 여성이 겪는 질곡이 일정하게 드러나 있다. 이제 그들이 추구했던 욕망이 이데올로기에 좌절되는 구체적 양상을 살펴보기로 한다.

1. 愛情에 대한 욕망과 투기 금지 이데올로기

본고에서 살핀 여성반동인물을 반동행위의 동기 혹은 욕망별로 분류했을 때 가장 많이 차지하는 것은 애정에 대한 욕망이다. 전체 33명 가운데 11명이 그에 해당한다. 이러한 점은 다른 대하소설에 등장하는 여성반동인물의 행위 동기를 보아도 알 수 있는 점이다. 아래 표는 본고에서 살핀 대하소설과 연작을 이루는 소설에서 여성

---

252) 박주, 『조선시대의 정표정책』, 일조각, 1990; 박주, 『조선시대의 효와
　　　여성』, 국학자료원, 2000; 이옥경, 앞의 논문 참조.

반동인물의 행위 동기별로 그 양상을 분류한 것이다. 역시 애정에
대한 욕망이 가장 많음을 볼 수 있다.

〔표 4-1〕 대상 작품과 연작을 이루는 작품의 여성반동인물 행위
　　　　　동기 분류

		종통	가권	애정	성	자식과애	재물	권력	미모질시	시기심	열등감	기질	계
〈소현성록〉	화 씨			○									
	여 씨			○									
	소 계			2									2
〈천수석〉	양부인		○										
	이초혜				○								
	곽숙비					○							
	소 계		1		1	1							3
〈이씨세대록〉	각 정										○		
	노몽화				○								
	조여구			○									
	소여혜							○					
	경부인					○							
	소 계			1	1	1		1			1		5
〈윤하정삼문취록〉	엄씨(조)					○							
	엄씨(설)					○							
	관 씨									○			
	여 씨									○			
	여수정				○								
	여혜정				○								
	연희벽			○									
	여화정			○									
	경난아			○									
	연수벽			○									
	소 계			4	2	2				2			10
	계		1	7	4	4		1		2	1		20

대하소설에 애정을 추구하는 여성반동인물이 가장 많이 등장한다는 점은 서술자가 전하고자 하는 바를 일정하게 대변하는 것이다. 서술자는 왜 애정을 추구하는 여성반동인물을 이처럼 반동인물 중 가장 많이 등장시켰을까? 이에 대한 답은 이데올로기와 연관 지어 고구할 필요가 있다.

본고에서 살핀, 애정을 욕망하는 여성반동인물은 남성에게 자신의 연정을 표현하며 동렬을 제거하려 하기도 하고, 어떤 인물들은 戀情은 드러내지 않고 단지 동렬에 대한 투기를 하기도 한다.[253] 이들은 비록 그 記標는 연정과 투기라는 면에서 비록 다르지만, 결국 남편을 사랑하고 독점하려는 심정에서 연유한 것이라는 점에서 그 記意는 같다.

서술자는 여성들이 가지는 이러한 욕망을 부정적인 시선으로 보고 있다. 이는 여성반동인물들이 자연사하거나 출거, 폐위되거나 처형, 원찬되는 최후를 맞는 경우가 대부분이고 회과되는 이는 영옥교와 문양공주 두 명에 불과한 데서도 알 수 있는 사실이다. 그리고 회과를 한 것도 자신의 뜻을 이룬 것으로 볼 수도 있으나, 기존 질서에 굴복, 순응했다는 점에서 완전한 성취는 아니라 할 수 있다.[254]

서술자가 애정을 추구하는 여성반동인물에 대해 이처럼 부정적으로 보고 있는 것은 전통적인 여성상을 작품에 구현하려 했기 때문으로 보인다. 즉, 남성에 대한 연정이나, 동렬에 대한 투기는 여성이 지녀야 할 덕목이 아니라는 전통적 여성 덕목을 강조하고 있는 것이다. 대하소설의 작가는 여성에게 연정을 품지 말라는 덕목과

---

253) 엄밀히 말하면, 뒤의 유형은 애정에 대한 욕망보다는 시기에 가까우나, 남편을 독점하려 한다는 행위를 중시하여 둘 다 애정을 추구하는 유형으로 포괄하였다.
254) 이것이 완전한 성취가 아니라는 점은 남성과 상호 애정을 공유하지 않는다는 점에서도 알 수 있다.

투기를 하지 말라는 덕목이 팽배해 있는 사회 분위기 속에 존재하는 이다. 따라서 이와 같은 경계를 할 수밖에 없다. 그런데, 서술자가 지닌, 여성의 情이나 투기에 대한 부정적인 시각은 전래로부터 여성들에게 강요된 이데올로기이다. 남성들은 전통적으로 다양한 방식으로, 즉 긍정적인 면을 부각시켜 이를 옹호하거나, 부정적인 면을 부각시켜 이를 경계하는 방식으로 여성의 애정을 억제하고 투기를 금지하는 이데올로기를 전파시켰다. 즉 대하소설 서술자의 시각은 전통적 시각의 연장선상에 있는 것이다.

여성이 愛情을 추구하는 것에 관한 부정적 시각의 연원은 매우 오래되었다. 역사적으로 남성들은 夏·殷·周의 멸망이 사회적, 경제적 제 모순에 그 원인이 더 있음에도 불구하고 각기 妹喜·妲己·褒姒라는 傾國之色에 의해 이루어졌다는 인식을 전파시킴으로써 여성에 대한 남성의 沈惑을 경계해 왔다.[255] 이러한 인식은 유교 사회의 남녀 모두에게 경계로 받아들여졌다. 남성에게는 아름다운 여성을 경계하라는 경고로서, 여성에게는 남성들을 침혹시키지 말라는 경고로서 인식된 것이다. 이러한 관점에서 볼 때 여성이 스스로 애정을 공표하는 것은, 남성에게 패가망신한 역사적 사례들을 떠올리게 하고 몸을 움츠리게 만드는 것이다.

여성의 애정을 부정하는 보다 근본적인 이유로는 전통적으로 내려온, 남녀에 대한 이질적인 兩性觀을 들 수 있다. 유교의 영향을 받은 이 兩性觀은 陰陽論과 人我論의 영향으로 형성되었다고 볼 수 있다.[256]

---

255) 이숙인, 「중국고대의 여성윤리사상 형성에 관한 연구」, 성균관대 박사 논문, 1996.

256) 이하 陰陽論과 人我論에 대한 개괄적 내용은 이숙인의 논의를 참조하였다. 위의 논문.

음양론은 여성에게 자기 제한을 강요하는 이론이다. 陰과 陽은 원래 날씨나 지형 등 자연계의 하찮고 미세한 현상을 의미하던 개념이었다.[257] 춘추시대에 모호하나마 남녀를 상징하는 체계로 쓰이다가[258] 전국시대에 諸子百家의 등장과 더불어 天地人을 해석하는 기제로 쓰이게 된다. 그리고 남녀에 대한 상징성은 구체화되어 남녀의 사회적 역할을 구분 짓게 된다.[259]

원래 천지가 交感해 만물이 통한다는 交感論이 발전하여 음양론이 된바, 교감론은 추상적 개념으로서 상호의존적이며 독립적이며 불가분의 관계를 설정한 이론이었다. 이 교감론에 의거하면 남녀 역시 상호의존적이며 어느 한 쪽이 다른 쪽에 종속되지 않는 것이 전제가 된다.[260] 그런데 이렇게 대등하게 설정되었던 남녀 관계는 전

---

257) 殷周 시대 이전에는 그러했다. 양계초, 「음양오행설의 역사」, 양계초·풍우란 외, 김홍경 편역, 『음양오행설의 연구』, 신지서원, 1993, 35면.

258) 서복관은 『春秋左氏傳』에 근거하여 전국시대의 前인 춘추시대에 이루어진 음양개념의 변화를 세 가지로 제시한 바 있다. 첫째, 음양은 천지 사이에 실체적으로 존재하는 六氣(陰·陽·風·雨·晦·明) 중 두 가지 성질의 氣로 자리 잡기 시작했다고 하였다. 둘째, 육기는 사람과 관련을 가지기 시작했다는 것이다. 예를 들면 六情이 육기에서 생긴다는 관념을 들 수 있다. 셋째, 음양은 다른 四氣에 비해 좀 더 추상적이어서 많은 현상들에 대해 강력한 해석력을 가지게 되었다고 하였다. 이에 따라 남성과 여성의 상징으로 자리 잡기 시작했으며 다만 이 시기에는 이러한 관념은 아직 모호했다고 하였다. 서복관, 「음양오행설과 관련문헌의 연구」, 양계초·풍우란 외, 김홍경 편역, 『음양오행설의 연구』, 신지서원, 1993, 66~67면.

259) 이는 『周易』에 음양과 관련된 단어가 爻辭에 '陰' 1회만 나오고 이것 또한 '그늘'이라는 의미를 지닌 자연 현상을 가리키는 말이었음에 비해, 전국후기까지 형성된 『易傳』에는 陰陽이 連用된 경우는 5회이고 陰과 陽이 떨어져 쓰인 경우는 부지기수이며, 그것이 남녀관계에 類比되어 있는 것을 보면 그러한 점을 쉽게 알 수 있다. 음양이 남녀관계에 유비되어 있다는 주장은 이숙인, 앞의 논문 참조.

260) 이숙인, 앞의 논문, 82~84면.

국 후기에 종속 관계로 변질되게 되는 것이다.

人我論은 자아와 타자의 관계를 나타내는 말로서, 각기 자아의식을 가진 나와 다른 사람과의 관계를 말하는 것이다.[261] 이는 상호 대등하다는 의식이 전제가 되어 있는 이론이다. 다만 남과의 관계에 있어서 자신이 먼저 양보하고 자신의 욕심을 제한하는 것을 미덕으로 여겼다. 이러한 사람은 군자로 보았고, 욕망을 앞세우고 자신을 앞세우는 사람은 소인으로 보았다. 그런데 이러한 관계가 남녀 관계에 적용되면 여성에게만 일방적인 자기 인내와 제한을 강요하는 이데올로기로 탈바꿈하게 된다. 이에 이르면 인아론은 음양론과 절묘히 결합하여 여성의 욕망을 부정하는 이론이 되고 마는 것이다.

사실 식욕과 성욕 같은 욕망은 공자도 인정한 것이다.[262] 다만 節慾이 문제되는데 이를 남성에게는 적용하지 않고 여성에게만 적용했다는 데에서 문제가 발생하는 것이다. <소씨삼대록>의 명현공주가 소운성을 사모해 소부에 사혼으로 들어왔으나 소운성이 자신을 먼저 사모했다는 이유로 명현공주를 홀대하는 것이나, <명주보월빙>의 정천흥이 풍류호색남으로서 5처 10첩을 거느리고서 자신의 욕망을 해소했지만, 문양공주가 단지 한 사람 정천흥을 애모했다는 이유로 鄭府에 편입되기 전부터 정천흥에게서 멸시를 받은 것은 바로 이러한 관념의 산물이다.

대하소설의 서사 세계에서 이처럼 여성의 애정은 철저히 경시당하는 반면에 남성의 情에 대해서는 우호적이다. 이를 알 수 있는 또 하나의 표지로 미인도 모티프를 들 수 있다. 미인도 모티프는

---

261) 위의 논문, 103면.
262) 음식과 남녀의 정은 사람이 매우 갖고 싶어하는 것이다. "飮食男女,
　　人之大欲存焉."『禮記』·「禮運」

남성주동인물이 여성주동인물이 그려진 그림을 보고 사모해 상사병이 들고, 이로 인해 결국 그녀와 혼인한다는 내용이다. 그리고 이 과정에서 부모의 꾸중을 듣는다. <명주보월빙>에서 윤광천이 진성염이 그려진 그림을 보는 장면이나,[263] <소씨삼대록>에서 김현이 소수빙이 그려진 그림을 보고 상사하는 것이나,[264] <이씨세대록>에서 이흥문이 양난화가 그려진 그림을 보고 상사병이 나는 것이나,[265] <윤하정삼문취록>에서의 정운기가 화보벽에게 반하고,[266] 소성이 윤선화가 그려진 그림을 보고 상사하는 것[267]이 모두 그러한 모티프에 해당한다. 이 모티프에서 남성은 여성을 사모해 결국 자신의 뜻을 이루고 혼인을 한다. 그들 남성은 혼인까지 이르는 과정에서 비록 부모에서 질책을 당하기도 하지만 그것으로 그들의 고통은 끝이다. 그들은 반동인물로 설정되지도 않았으며, 여성을 사모한 행위가 잘못된 행위로 그려져 있지도 않고, 그들의 행위는 훗날 가문의 일원에게 우스운 일로 이야기되는 등, 오히려 남성의 풍류로서 미화되고 있다. 이처럼 남성의 애정과 여성의 애정을 대하는 서술자의 시각은 천양지차라 할 수 있다.

대하소설에 형상화된 여성반동인물의 애정은 충족되지 못한다. 즉, 문양공주나 영옥교를 제외하면, 그들이 원했던 애정의 대상을 소유해 보지도 못하고 처녀의 몸으로 죽거나 다만 홀대를 받으며 가문에 존속하고 있는 것이다. 이들은 계속 결핍의 상태로 있다가 자신의 욕망을 충족도 못한 채 사라지는 것이다.

애정을 추구하는 여성반동인물이 지닌 이러한 운명은 주자학적

---

263) <명주보월빙> 권16, 2:406~446.
264) <소씨삼대록> 권8, 99~108면.
265) <이씨세대록> 권1.
266) <윤하정삼문취록> 권12, 2:91~102.
267) <윤하정삼문취록> 권25, 3:306.

관점에서는 쉽게 예견될 수 있는 일이다. 이들의 情은 '흘러서 넘친 경우'로서 人心에 해당한다. 흘러서 넘치면 위태롭게 되어 天理가 사라지는 것이다. 그런데 기실 이는 남녀 모두에 해당하는 말인데, 여성에게 더 엄격히 적용된 것은 주자학적 관점이 남녀를 대등하게 보고 있지 않은 데서 연유한다.

대하소설에는 여성의 애정에 대한 부정적 시각도 드러나 있지만, 더욱 부각되어 있는 것은 투기를 금지하려는 의지이다. 기실 이 투기 금지 덕목은 남성들에게 있어 절대적인 것이다. 처첩제나 다처제 하에서 남성들은 아내들을 때로는 칭찬하면서, 때로는 꾸짖으면서 잘 다스려야 했기 때문이다. 앞의 방식은 여성들의 화합을 통해 투기 금지 이데올로기를 주입하는 방식이고 뒤의 방식은 여성들의 갈등을 통해 그러한 이데올로기를 주입하는 방식이라 할 수 있다.[268]

투기를 금지하려는 남성들의 노력은 일부다처제가 확립되면서 시작되었다고 볼 수 있다. 한 집단의 남성과 다른 집단의 여성이 무리지어 혼인한 제도인 군혼제 시기에는 그러한 이데올로기가 존재할 여건이 안 되었을 것이다. 이때에는 오히려 모권 사회였고, 따라서 남성이 자신들의 권리를 주장할 수 있는 권한이 적었기 때문이다.[269] 일부다처제가 시작되면서, 즉 산업의 형식이 힘을 필요로 하는 농업으로 전환되고 정착생활이 시작되면서, 남성의 권위가 생기기 시작한 것이다.

漢의 劉向[270]과 같은 학자를 비롯해 후대의 학자들은 곧잘 舜 임

---

268) 예컨대, 김만중이 한편으로는 <구운몽>을 짓고, 다른 한편으로는 <사씨남정기>를 지은 것은 의도는 같으나 표출방식은 다른 예라 할 수 있다.

269) 사회경제적 발전이 군혼제 등 인류의 혼인제도와 가지는 관계에 대해서는 다음의 논의를 참조하였다. 엥겔스, 김대웅 옮김, 『가족·사유재산·국가의 기원』, 아침, 1991.

금의 두 아내인 娥皇과 女英을 동렬 간의 우애를 발현한 최고의 여성들로 꼽는다. 그런데 그 이야기는 갈등이 존재하기 전, 즉 세계가 분열되기 전의 신화적, 통합적 세계에 살던 이들의 이야기이다. 물론 순 임금의 부모와 같이 완악한 인물도 존재했다고 하지만, 이는 신화적 세계에서 신적 존재를 부각시키기 위해 있는 인물일 뿐이다. 신화 기록자의 관심은 오로지 순 임금이나 그의 두 아내에 쏠려 있는 것이다. 순 임금이나 아황, 여영은 신화적 존재이다. 따라서 그들 간에는 분열이 있을 수가 없다. 오로지 至高의 가치가 있을 뿐이다.

그런데 후대의 남성들은 그 이야기를 동렬의 여성끼리 화목하게 지내라는 지침으로 삼았으며 이를 여성들에게 강요하였다. 이러한 지침은 현실 세계에서나 서사 세계에서 다양한 방식으로 전파되었다. 七去之惡의 으뜸으로 투기를 꼽고, 아내가 아들이 없으면 남편을 권해 첩을 들이라고 하는 것이 예의라고 하게 만드는 등[271] 현실 세계의 예는 그 수를 헤아릴 수가 없다. 18세기의 학자 이덕무는 『사소절』의 부녀들에게 전하는 장[婦儀]에서 투기와 관련된 예

---

270) 유향은 또 처첩간의 화목을 강조하며 몇 가지 여성들의 일화를 싣고 있다. 『列女傳』·「母儀傳」·"湯妃有嬖"(유향, 이숙인 옮김, 『열녀전』, 예문서원, 1997, 50면); 『열녀전』·「賢明傳」·"晋趙衰妻"(위의 책, 126~129면)

271) "남편이 소실[첩]을 두는 것은, 나 자신에게 고질이 있거나, 친히 집안일을 힘쓰지 못하거나, 혹은 오래 되어도 아들이 없어 제사를 받들 수 없게 된 데 연유한다. 남편이 비록 소실을 두려 하지 않더라도 옛날의 어진 아내는 반드시 그 남편을 권하여 널리 어질고 정숙한 사람을 구하여 그녀를 예법대로 가르쳐 자신의 수고를 대신하게 하였으니, 어느 겨를에 투기하겠느냐? 夫主之置側室, 緣吾之有痼疾, 不親家務, 或久而無子, 不可以承祭祀也. 夫主雖不欲有之, 古之賢妻, 必勸其夫, 廣求良淑, 敎之有式, 代吾勞也, 何暇妬之哉?" 이덕무, 『士小節』·「婦儀」· "性行".(이덕무, 김종권 역, 『사소절』, 명문당, 1987, 200~201면)

들을 여럿 들며 투기를 경계시키고 있다. 즉 아내가 자식이 없어
첩을 둘 상황이 되면, 남편을 권해 첩을 두게 하라고 했고, 명나라
盱眙縣의 貢生 孫珮의 아내 진씨와 첩 하씨가 자매와 같이 화목하
게 산 이야기를 예로 들고 있으며,272) 투기 잘하는 부인은 남의 집
에서 첩을 들였다는 말을 들어도 그의 부인을 대신해 투기를 한다
고 하는 등273)의 類話를 써서 이데올로기를 전파하고 있다.

　서사 세계에서 투기 금지 이데올로기의 전파는 다양한 방식으로
되었다. 그 중 아황·여영 모티프와 길복 모티프의 등장을 대표적
인 예로 꼽을 수 있다. 아황·여영 전설은 瀟湘斑竹으로 이미지화
되어 지금까지도 생생하게 전해오지만, 조선시대의 소설에도 역시
수없이 많이 등장하며 강조되었다. 길복 모티프 역시 대하소설에
드물지 않게 등장하고 있다.

　고전소설의 서술자는 화합하는 동렬의 여성들을 그림으로써 당대
의 여성 독자에게 그러한 이상을 꿈꾸도록 교육하고 있다. <구운
몽>의 난양공주(양소유의 아내)와 <유씨삼대록>의 진양공주(유세형
의 아내)를 그 한 예로 들 수 있다. 이들의 공통점은 문양공주 등
과는 달리 애정을 발산하지 않아 시가에 떳떳하게 들어가고, 또 시
가에 들어가 적국을 투기하여 모해하지 않고 오히려 우애 있게 지
낸다는 점이다. 난양공주는 다른 적국 역시 성품이 비슷하여 갈등
이 없이 지냈으나, 진양공주는 2처인 장씨의 적극적인 모해를 사랑
으로 보듬어 그녀를 용서한다. 이러한 점은 결국 아황과 여영의 모
티프를 변용한 것이다. 또한 <사씨남정기>에서 사씨가 남쪽지방에

---

272) 이덕무, 『士小節』·「婦儀」·"性行".(이덕무, 김종권 역, 『사소절』, 명
　　문당, 1987, 201면)
273) 이덕무, 『士小節』·「婦儀」·"性行".(이덕무, 김종권 역, 『사소절』, 명
　　문당, 1987, 203~204면)

서 전전하다가 아황과 여영이 모셔진 황릉묘를 발견한다는 것은 단순한 전고의 차용이 아니라, 암묵적으로 투기한 교씨의 반동행위를 징계하고 투기하지 않은 사씨의 부덕[274]을 강조하기 위한 삽화이다.[275] 이 모티프는 그 강고함이 대단해 동렬 간의 화목을 강조하지 않는 서사물에서도 차용되고 있을 정도이다.[276]

길복 모티프는 대하소설에서 주로 나타나는 모티프이다. 이는 남편이 다른 여자를 아내로 맞이할 때 그 집안에서 기존의 아내에게 남편의 길복을 지어 입히게 하는 내용이다. 이 모티프에는 여성의 투기를 억제하고 아내로 하여금 남편에게 복종하게 하려는 이데올로기가 개입되어 있다.

길복 모티프의 예를 본고에서 살펴 본 대하소설에서 먼저 추출해 보면, 소운명이 이옥주를 맞을 때 원위인 임씨가 관복을 입혀주니 좌중이 칭찬하는 장면이나,[277] 윤명아가 정천흥의 양난염 재취 때

---

274) 사씨는 자신에게 자식이 없자, 남편 유연수에게 권해 첩을 들이라고 한다. 이러한 모습은 투기하지 않는 여성의 전형이라 할 수 있다.

275) <사씨남정기>의 아황·여영 모티프는 작품의 서사 구조에 기반해 해석할 수도 있다. 즉 이비는 황릉묘에 들른 사씨에게 사씨가 고난을 겪는 이유를 하늘이 유연수를 깨우치기 위한 것이라 설명하고 사씨의 죽음을 만류하는데, 이는 서술자가 중세 이념의 틀 안에서 개인의 삶을 해석한 것이다. 사씨가 겪는 비극적 체험을 가부장 유연수를 깨우치기 위한 방편 정도로 파악한 것이다. 이는 남편과 아내의 관계를 철저한 수직적 주종 관계로 파악하는 명분론적 유교 이념을 바탕으로 한 것이다. 박일용, 「사씨남정기의 이념과 미학」, <고소설연구> 6, 한국고소설학회, 1998, 240면 참조.

276) <현씨양웅쌍린기>에서 주소저는 황릉묘에 글을 써 놓는데, 후에 현경문이 황릉묘에 들러 옆에 또 글을 써 놓는다. 이는 <사씨남정기>의 장면을 그대로 따온 것이지만, 그 서사적 의미는 다르다. <현씨양웅쌍린기>는 동렬간의 화목을 강조하려는 작품이 아니고 부부간의 애정 갈등에 초점을 맞춘 작품이다. <현씨양웅쌍린기>에서의 황릉묘 장면은 주소저와 현경문의 애정이 결합되는 계기로서의 기능을 하고 있다.

277) <소씨삼대록> 권6, 55~66면.

길복을 맞춰 주는 장면을 들 수 있다.[278] 다른 대하소설의 경우,
<소현성록>에서 소경이 여씨를 삼실로 맞을 때 석명혜가 길복을 지
어 주는 장면이나,[279] <윤하정삼문취록>에서 윤성린의 아내인 엄,
철 소저가 윤창린과 구숙아의 성혼에 맞춰 길복을 준비하는 장
면,[280] 정현기가 연수벽과 혼인할 때 장소저가 길복을 맞춘 것을
어른들이 얘기하는 부분,[281] 윤세린이 영능군주(여수정)와 혼인할
때 설소저가 길의를 차려 주는 장면[282] 등을 들 수 있다.

반대로, 길복 때문에 눈물을 흘리는 장면도 보인다. <소현성록>에
서 소경이 재실로서 석명혜를 맞을 때, 양부인이 화씨를 제어하기
위해 화씨에게 길복을 지으라 하니 화씨가 울면서 길복을 짓는 장면
이 그것이다.[283] 그리고 다른 사람이 길복을 대신 맞춰 주고 그 사
람이 지은 것처럼 하는 경우도 있다. <이씨세대록>에서 이성문이 여
빙란을 들일 때 정처 임옥형이 투기가 있으므로 媤母 소월혜가 시비
에게 대신 짓게 하고 임옥형이 지은 것처럼 하는 장면이 보인다.[284]

대하소설에 삽입된 길복 모티프는 이처럼 다양하게 등장하고 있
다. 대하소설의 서술자는 길복 모티프를 주동인물에 이용하기도 하
고, 반동인물에 적용하기도 하는 등 독자를 식상하지 않게 하는 방
식으로 서사화하고 있다. 이러한 모티프는 결국 여성독자에게 동렬
간의 화목을 강조하는 효과를 갖게 하는 것이다.

대하소설의 서술자는 모티프 외에도 서술자의 관념적 진술이나

---

278) <명주보월빙> 권7, 1:529~538.
279) <소현성록> 권2, 78~90면.
280) <윤하정삼문취록> 권58, 6:528~531.
281) <윤하정삼문취록> 권22, 3:26~27.
282) <윤하정삼문취록> 권22, 3:10.
283) <소현성록> 권2, 40~46면.
284) <이씨세대록> 권5, 65~66면.

작중인물의 대화나 언술을 통해 투기 금지의 이데올로기를 전하고
있다. 그 대표적인 예로 <소현성록>의 소월영이 하는 말을 들 수
있다.

양참정이 소이문왈 녀으는 나히 만핫고 다시 투긔를 아닛는 사름
이어니와 쇼녀는 년쇼투정이 반두시 이시리니 오늘 셕쇼부의 현덕
을 보매 가히 칭복홀 거시어늘 흔 소릭 표쟝이 업느뇨 소릭 피셕
흐야 술오딕 ① 므릇 녀짓란 거시 복어인이라 유슌흐오미 큰 덕이
니 손녀는 싱각건대 사름이 지아비게 혼자 통을 닙고 므릭 일을
젼일코져 흐미 그 탐심과 욕심이 무궁흐야 긋치고 둘을 모로미라
빅싀 텬명이니 일신 화복이 다 챵텬의 뎡흔신 거시니 녀후대악으
로 쳑희를 인폐를 삼으나 후셰예 춤밧고 꾸지즐 뜨름이오 태스셩
덕은 삼쳔후궁을 형뎨굿티 흐시고 일빅 주식을 긔츌굿티 흐시나
후셰예 다스흐닷 말이 업습느니 쇼녀는 뼈 혜오딕 가뷔 여러흘 취
흐도록 원위예 거흐여 무음을 평안이 흐고 내 힝실만 믈게 닷가
사름의게 붓그러오믈 뵈디 말디니 길복을 아니 지으므로 그 혼인
이 못되며 긔식을 블평이 흐므로 드러올 사름이 아니 드러오리잇
가 ② 셰쇽녀짓 스의를 모로고 흔갓 투긔와 악언으로 칠거를 범흐
고 구고씌 블슌흐며 가부와 결워 화긔를 일흐니 실로 그 뜻을 모
로리러이다 임의 투긔를 흐믄 이 지아비를 앗기고 뎍국을 믜워흐
미어늘 믄득 블미흔 말과 쵸독흔 언어로 가부와 힐난흐야 은졍이
어긔여 믜워흐는 뎍국의 통을 도라보내며 일신의 투뷔라 득명흐고
겨집의 유슌흔 덕을 져브리고 무음을 샹히와 단명홀 딩됴를 지으
미 엇디 가쇠 아니리오 ③ 셜스 가뷔 이듕흐야 취흔 거슬 다 브리
고 내 몸의 은이 완젼흐나 반두시 그 무음의 일편도이 너기리니
이런즉 비록 화락흐나 엇디 붓그럽디 아니며 이런 일을 모로고 다
만 닐오딕 뎍국을 업시흐고 가부의 쓰디 단졍흐야 은의 내게 도라
왓다 혜는 쟈는 빅만 념티를 다 닛고 마치 통이만 구흐미니 엇디
디럽디 아니리오 다만 ④ 가뷔 쳥누의 둔녀 방탕패려흐야 위의를
일흐면 스리로 딕간홀 거시오 집의셔 챵녀를 모흐거든 의식을 후
히 치고 평안이 머므로나 셜만흐고 무례흐믄 업시흐야 챵뉴로 흐
야곰 감히 내 방듕의 드디 못흐게 흐다가 챵녜 만일 주식을 나흐

면 가부의 골육을 디여시니 쏘흔 쳔딕티 말고 난간의 안칠디니이
다 금일 셕시의 ᄌ약ᄒ믄 이곳 샹싴라 블평ᄒ여도 녀시 드러오고
평안ᄒ면 타인이 쏘흔 녜스로이 보려니와 만일 셕시 블안홀딘대
경의 둘재로 드러와 엇디 그릇디 아니리오? 이러므로 쇼녀ᄂᆞ 다만
념티 잇ᄂᆞ 사름으로 알고 각별 항복디 아닛ᄂᆞ이다. <소현성록> 권
2, 83~86면.

소경이 여씨를 맞아들일 때 석명혜가 길복을 지은 것에 대해 양
부인과 소월영이 칭찬하지 않는 것을 보고 양참정이 물은 말에 소
월영이 대답한 내용이다. ①은 투기에 대한 총론으로서 상반된 예
가 곁들여져 있다. 즉 "女子는 伏於人"이라는 전통적 여성관285)을

---

285) 여자는 복어인'이라는 말은 漢의 戴德이 撰한 『大戴禮記』 권13 "本
命"에 나오는 말로, 원래는 "婦人伏于人"이라 되어 있다. 三從之道를
설명하는 과정에서 이 구절이 쓰였는데, 원문을 번역문과 같이 들면
다음과 같다.
"女는 如[좇음]고, 子는 孶[낳음, 기름]니, 여자는 남자의 가르침을 따
라 그 의리를 기르는 자를 말한다. 그러므로 그를 부인이라 이르는 것
이다. 부인은 남자에게 복종한다. 이런 까닭에 마음대로 행동하는 의
리는 없고 세 남자를 따르는 도리가 있다. 집에 있을 적에는 아버지를
따르고, 시집을 가면 남편을 따르고, 남편이 죽으면 아들을 좇으니 감
히 스스로 결정하는 것은 없다. 女者如也, 子者孶也. 女子者, 言如男子
之敎, 而長其義理者也. 故謂之婦人. 婦人伏于人也. 是故, 無專制之義,
有三從之道. 在家從父, 適人從夫, 夫死從子, 無所敢自遂也."
이 구절은 이후 남송의 주희가 찬집한 『소학집주』 권2의 「明倫」에
'于'가 '於'로 대체되어 "伏於人"으로 삽입되어 있고, 明初의 陶宗儀가
엮은 『說郛』 권70下의 「女範」에도 역시 "伏於人"으로 삽입되어 있다.
중국에서는 명초의 『說郛』까지 이 구절이 전래되고 이후의 문헌에
서는 쉽게 찾아지지 않으나, 우리나라에서는 반대로 17세기 이후에나
이 구절이 유행하게 된다. 즉, 黃宗海(1579년(선조 12)~1642년(인조
20))가 1637년에 지은 "禮詩"(『朽淺集』 권1, 「詩」), 宋時烈(1607년(선
조 40)~1689년(숙종 15))의 "禮說"(『宋子大全』 卷134, 「雜著」), 金榦
(1646년(인조 24)~1732년(영조 8))이 『小學』을 풀이한 "소학"(『厚齋
集』 卷18, 「箚記」), 李喜朝(1655년(효종 6)~1724년(경종 4))가 『小學』
을 풀이한 "小學箚疑"(『芝村集』 卷31, 「箚記」), 梁得中(1665년(현종

말한 후에 呂后와 太似를 대조함으로써 투기의 위험을 경고하고 있
다. ②와 ③은 투기하는 여인들의 행동이고 ④는 투기하지 않는 여
인의 행동이다. ②~④는 <소현성록>의 내용과도 긴밀히 연관되는
것이다. 이 중 ②는 화씨의 행위에 해당하고 ③은 여씨의 행위와
관련되며 ④는 발화자인 소월영 자신에게 해당한다.286)

소월영의 발언이 가지는 효과는 두 가지이다. 먼저 서술자가 직
접 독자에게 발언하는 형식 대신 작중인물의 입을 통해 발언함으로
써 그 전달의 효과를 높이고 있다는 점을 들 수 있다. 또 서사적인
구성과 연관되는 것으로서, 화씨의 투기가 잘못된 것임을 반복적으
로 드러내고 있으며, 여씨의 행동에 대한 복선의 역할을 하고 있
다.287) 서술자는 투기를 경계하는 주동인물 소월영의 입을 통해 투
기를 하는 반동인물 화씨와 여씨의 행동을 질책하고 있는 것이다.

그런데, 소월영의 발언은, 어려서부터 여인이 지녀야 할 몸가짐을
교육받은 입장에서 나온 발언으로서 당대 여성에게 부과했던 이데올
로기의 전형을 보여주고 있다. 소월영은 자신이 여성이자 아내이지
만, 아내가 남편에게 복종하는 것은 당연하고 남편의 처첩 관계에 대

---

6)~1742년(영조 18))의 "處士金公墓誌銘"(『德村集』 卷10, 「碑狀」),
李光庭(1674년(현종 15)~1756년(영조 32))의 "亡羊錄"(『訥隱集』 卷
21, 「謾錄」), 韓元震,(1682년(숙종 8)~1751년(영조 27))의 "韓氏婦
訓"(『南塘集』 卷26, 「雜著」) 등이 있다. 이상의 목록을 보면, 조선 후
기의 사대부 남성, 특히 송시열을 위시한 노론 벌열층의 글에 이 구절
이 적지 않게 들어가 있다는 사실을 발견하게 된다. 대하소설이 사대
부 층에서 향유되었음을 고려하면 이들 문집에 보이는 '부인복어인'
구절은 간과할 수가 없는 문제적 구절이라 하겠다. 이에 대해서는 후
고를 기약하기로 하고, 여기에서는 일단 중국의 경서에 있던 이 구절
이 조선 후기 사대부 층 사이에 관습적 구절로 꽤 자주 사용되었음을
밝히는 데 의의를 둔다.
286) 실제로 소월영은 남편 한생이 재실 영씨를 얻고 창기를 모아도 개의
치 않는다. 이에 한생이 문득 자신의 잘못을 깨닫는다.
287) 소월영이 말한 시점은 여씨가 반동행위를 하기 전이다.

해 아내가 왈가왈부하는 것은 마땅하지 않다는 견해를 피력함으로써 남성 중심의 이데올로기를 드러내고 있다. 여성이 스스로를 이데올로기의 쇠사슬에 묶어 놓는 것은 바로 남성이 원하던 모습이다.[288]

길복 모티프나, 작중인물이 투기를 경계하며 하는 발언을 막론하고 이러한 것들은 당대 여성에게 투기를 경계하는 효과를 거두고 있으면서도, 역설적으로 당대 여성이 다처제 하에서 겪어야 하는 심리적 억압과 질곡의 실상을 드러내고 있다. 우리가 살핀 소설에서 명현공주나 정씨, 영옥교나 문양공주 등이 반동행위를 하게 되는 계기는 아내는 여럿인데 남편은 하나인 체제, 즉 다처제에서 비롯된 것이다. 이들은 자연스럽지 못한 상태로 인해 억압을 받았고 이를 벗어나기 위해 반동행위를 한 것이다.

애정은 一 대 一의 관계일 때 대개 서로 충만하게 된다. 一 대 多는 역사적으로 존재하기는 했으나, 분명 정상적인 관계는 아니다. 남성 집권층은 이를 정상적인 것으로 보이게 하기 위해 여러 기지 이데올로기를 마련했는데 그 중 하나가 바로 여성의 妬忌 금지 이데올로기이다.

결국 투기 금지 이데올로기는 처첩제나 다처제 하에서 남성들이 자신의 기득권을 계속 유지하고 그러한 제도를 유지하기 위해 여성에게 강요했던 반인간적 이념이라 할 수 있다. 그런데도 여성들은 자신들이 교육받았던 덕목을 깨뜨릴 생각을 하지 않는다. 바로 어려서부터 투기는 죄악이라는 점을 다양한 경로를 통해 교육 받았기 때문이다. 이것이 바로 여성의 자연적인 욕망, 즉 남성과 일대일의 관계를 가지면서 서로 자연스럽게 애정을 공유하려는 욕망을 억압한

---

288) 길복 모티프 역시 남성 중심의 시각이 고스란히 담겨 있는 모티프로서, 여성이 여성 자신을 속박하고 당대 규범을 벗어나려는 여성에 대해서는 불만을 제기하는 기제로서 사용되고 있다.

이데올로기의 힘이라 할 수 있다.

대하소설에 등장하는, 애정을 추구하는 여성반동인물은 결국 당대의 교육 받은 여성이 지녀야만 했던 덕목을 깨뜨려 버린 인간들로서, 당대에서는 지탄받아야 마땅한 대상이다. 그러나 이들은 인간의 자연스런 감정을 표출했다는 점에서 큰 의미가 있고, 남성 중심적인 애정관을 타파하려고 시도했다는 점에서도 의미가 있다. 이들의 욕망은 여성을 옥죄는 이데올로기에 의해 좌절되었지만 당대 여성이 무의식의 세계에서 꿈꾸던 한 형상이었음은 부인할 수 없다.

2. 性에 대한 욕망과 貞節 이데올로기

우리가 살핀 대하소설에는 성적 욕망을 추구하다가 좌절되어 처형당하는 인물들이 등장한다. <화산선계록>의 곽소옥, 부옥대와 <명주보월빙>의 성난화, 유교아가 그들이다. 이들은 남성을 흠모해 혼인하려 하나 실패하기도 하고(곽소옥), 혼인하기도 하나(성난화, 유교아) 결국은 모두 여러 남성의 품을 전전하다가 죽는다. 서술자는 이들 인물을 설정함으로써 여성의 음란함에 대한 경계를 하고 있다. 이들 인물은 일관되게 애정을 추구한 이들이 아니었기 때문에 마땅히 죽어야 한다는 논리이다.

대하소설에 보이는 이러한 시각은 여성의 정절을 중시한 데 기인한 것이다. 이들 여성은 정절을 훼손한 인물들이다. 애초에 남성을 흠모한다는 설정은 애정을 추구하는 여성의 경우와 동일하지만, 그 최후가 상이한 것은 훼절의 여부에서 비롯되었다. 애정을 추구하는 여성은 훼절을 하지 않았기 때문이다.

여성에게 정절을 강요하는 이데올로기는 기실 조선 시대에 확립된 것이다. 선행 연구에서는 그것의 확립이 세 역사적 계기를 거치면서 이루어졌다고 하였다. 여말선초의 신흥사대부의 집권과 성종대에 이루어진 再嫁女子孫禁錮法의 제정, 그리고 16세기 이후 훈구파와 사림파의 대립이 그것이다.[289] 고려 후기까지는 남녀가 시내에서 함께 목욕을 할 정도로 남녀 간에 내외를 하지 않았고,[290] 여성의 정절에 관한 강제책이나 유인책, 혹은 사회화를 하지 않았다.[291] 조선 시대에 들어와 국가의 기강을 확립하고, 여성을 길들이기 위해 각종 정표정책 등과 수신서 등을 통한 교육을 통해 여성에게 정절 이데올로기를 주입한 것이다.

조선 시대에 확립된 정절 이데올로기는 그 기원을 한국이 아닌 중국에서 찾아야 할 듯하다. 일찍이 『시경』에 "남자의 즐김은 말할 만하나, 여자의 즐김은 말할 만하지 않다."[292]는 노래가 실려 있는 데서 그러한 점을 확인할 수 있다. 이 『시경』의 내용은 한나라 때 여성에게 정절을 강요하기 위해 다시 한 번 기록되었다.[293]

한나라 때 유향이 지은 『列女傳』은 원래 다양한 여성들을 모아 놓은 책이나, 조선에서는 그 대신 정절을 지키다 죽은 여성들만을 모은 「烈女傳」이 다수 간행된다. 조선에서 「열녀전」이 지어진 것은 유향의 『열녀전』을 차용한 것임에는 분명하나, 그 중 烈女만을 중

---

289) 이옥경, 「조선시대 정절 이데올로기의 형성기반과 정착방식에 관한 연구」, 이화여대 석사논문, 1985, 34면.
290) 고려 인종 때 고려에 왔던 宋의 사신 徐兢이 지은 『高麗圖經』에 보인다. 이능화, 김상억 역, 『조선여속고』, 대양서적, 1976, 252면.
291) 이옥경, 앞의 논문. 강제, 유인, 사회화는 이데올로기를 주입하는 방식이다.
292) "士之耽兮, 猶可說也, 女之耽兮, 不可說也." 『詩經』·「衛風」·"氓"
293) 유향, 『열녀전』·「孼嬖傳」·"魯宣繆姜" (유향, 이숙인 옮김, 『열녀전』, 예문서원, 1997, 408~411면)

시해 「烈女傳」을 지은 것은 이데올로기가 개입된 것으로 파악할 수 있다. 이들 수많은 「烈女傳」은 아내가 남편을 위해 정성을 다하고 목숨을 바치는 내용을 주로 하고 있어 여성들의 관념 형성에 중요한 몫을 담당하였다.[294] 이처럼 조선 후기에 상당량 지어진 「열녀전」은 정절 이데올로기를 사회화하는 데 커다란 역할을 하였다. 이러한 사정은 중국에서도 마찬가지였던 것으로 보인다. 명나라 때에도 수많은 열녀가 탄생했는데, 그 중에는 한 여자를 열녀로 만들기 위해 주변에서 암묵적으로 강요했던 사례가 다수 보인다.[295]

대하소설에서 서술자는 정절을 훼손한 여성을 설정하고 이들이 죽는 것으로 결말을 짓고 있다. 그런데, 서술자는 그들 성을 추구하는 여성반동인물이 반드시 죽어야만 하는 이유를 정절을 훼손했다는 그들의 '행동'으로만 돌리고 있지는 않다. 서술자는 여성반동인물의 훼절이 그들의 소외감, 즉 환경 때문에 비롯된 것은 아님을 역설하고 있다. 서술자가 그들의 최후를 사실적으로 보이기 위해 설정한 장치는 바로 그들의 '천성'이다. 여성반동인물이 악독한 천성을 타고 났기 때문에 반동행위를 저지르고 음란하다는 것이다.

서술자는 <화산선계록>에서 직접적으로, 혹은 작중인물을 통해 숙정공주가 別物大淫임을 수시로 언급하고 있다. <명주보월빙>에서 성난화는 '각별한 요인'(권76, 8:401)이자, 살기등등하며(권95, 10:350) 姦險嫉毒한(권95, 10:351) 위인으로 묘사되고, 유교아에 대해서는 淫

---

294) 조선 후기 열녀전에 나타난 남성 중심적 시각과 유향의 『列女傳』이 한국에 와서 「烈女傳」으로 변화하게 된 사정과 현황에 대해서는 각기 다음의 논문을 참조할 것. 홍인숙, 「조선 후기 열녀전 연구」, 이화여대 석사논문, 2000; 최진아, 「견고한 원전과 그 계보들: 동아시아 여성 쓰기의 역사」, 이화중국여성문학연구회 편, 『동아시아 여성의 기원』, 이화여자대학교 출판부, 2002.

295) 전여강 지음, 이재정 옮김, 『공자의 이름으로 죽은 여인들』, 예문서원, 1999.

逸放恣라는 수식어가 따라붙어 있다. 이러한 서술자의 언급은 모두 이들 여성반동인물의 천성이 '악'함을 드러내는 것이다. 서술자가 이러한 직접적이고 요약적 언급을 거듭 하고 있다는 것은 그녀들의 행동에 당위성을 부여하기 위한 것이기도 하면서, 그녀들의 천성이 악함을 독자에게 주입시키기 위한 것이다.[296] 이렇게 함으로써 천성은 쉽게 변화시킬 수 없다는 결정론적 사고를 독자에게 암묵적으로 주입하고 있다.

유가에서는 타고난 신분은 쉽사리 옮겨질 수 없으며 그 신분에 맞게 행동하는 것을 강조하고 있는데, 천성이나 성품에 관해서도 역시 마찬가지이다. 聖人이 따로 있으며 愚人 역시 따로 있다. 淫人이 따로 있고 貞人이 따로 있다. 성리학에서는 이러한 성품을 변화시키려면 사물의 理를 궁구하여 이를 체화하면 한 단계씩 도약할 수 있다고 가르치고 있으나, 그럼에도 불구하고 타고난 천성은 그리 쉽게 고칠 수 없다는 것이 정론이다.

대하소설에서는 이러한 유가의 시각을 엿볼 수 있다. 그런데, 서술자의 이러한 고착화된 시각은 당대의 남성 중심적 사고에 기인한 바 크다. 당대 사회는 남성과 여성의 욕망에 대한 시각의 차이를 현저히 보인 사회였다. 남성의 정욕에 대해서는 관대하고, 여성의 정욕에 대해서는 관용의 여지가 없는, 천하를 망하게 할 것으로 파악한 것이다. 남성과 여성에게 부여된 이러한 차별적인 시각은 위에서 인용한바 『시경』에서 이미 그 맹아가 보이지만, 조선 시대에 들어서도 여전히 맹위를 떨쳤음은 주지의 사실이다.

남성과 여성에게 부여된 차별화된 정욕관의 모습은 대하소설에서 남녀주동인물을 통해서도 여실히 나타나 있다. 남성주동인물은 상

---

296) <쌍성봉효록>에서는 작중인물 '교씨'를 서술자가 계속 '음교'라 지칭하고 있는데, 이 역시 서술자의 시각이 강하게 반영된 명칭이다.

층 여성을 不告而娶하고, 하층 여성에 대해서는 정절을 강요하지 않으면서 정욕의 대상으로 삼아 정을 통한다. 하층 시비와 정을 통하는 남성은 아무런 죄의식을 보이지 않는다. 어차피 그녀는 격식을 차리고 혼례를 올릴 여자가 아닌데다 천민이라는 계급을 지닌 여자이기 때문이다.

반면에, 여성주동인물은 정절을 잃지 않기 위해 온갖 노력을 다한다. <완월회맹연>에서 장성완은 아버지 장헌이 정혼자인 정인광을 제쳐두고 다른 데 시집보내려 하자 귀를 자르고 얼굴 가죽을 벗긴다. <옥원재합기연>에는 아버지 이원의가 정혼자인 소세경을 제쳐두고 다른 데 시집보내려 하자 귀와 팔을 자르려 하는 이현영이 등장한다. <이씨세대록>에서는 각정 모자가 자신을 다른 데 시집보내려 하자 가출하는 위홍소가 등장한다. 이외의 작품에서도 여성주동인물은 자신의 정절을 생명과 같이 여기며 다른 남성에게 시집가는 것을 반대하고 있다. 대하소설의 여성 주동인물들에게는 혼인 전에 정절을 잃는 것은 있을 수가 없는 일인 것이다.297)

<옥원재합기연> 같은 소설에는 남녀주동인물이 다 節을 지키는 것으로 설정되어 있다. 남성이 절을 지킨다는 측면에서 풍류호방아가 주동인물로 등장하기도 하는 여타의 대하소설과는 차이를 보이지만, <옥원재합기연>에서 남성의 절과 여성의 정절의 성격은 질적으로 다르다. 즉 여성에게 있어서는 필수적인 것이고, 남성에게는

---

297) 이러한 면은 다른 유형의 소설과는 일정한 차이를 지니고 있다. 애정전기소설의 경우를 보자. 애정전기소설에서 통상 여주인공은 남주인공과 혼인 전에 이미 관계를 갖는다. <이생규장전>의 최랑이 그랬고, <주생전>의 배도와 선화가 그랬다. 대하소설의 경우, 상층 사대부의 윤리관이 투영되어 창작된 반면, 애정전기소설의 경우 창작자는 상층 사대부이나 윤리에 초점을 맞추기보다는 남녀의 자유로운 애정에 초점을 맞추었으므로 그러한 결과가 나온 것으로 해석된다.

선택적인 것이다. 이현영은 목숨을 걸고 정절을 지키는 반면, 소세경은 이현영에 대한 사랑과 신의, 그리고 죄책감 등의 이유[298) 때문에 절을 지키는 것이다. 따라서 <옥원재합기연>에 절을 지키는 특이한 남성이 등장한다 하여 남녀평등의 세계가 펼쳐져 있다고 생각하면 큰 오산이다.

대하소설에는 위에서 살핀 것처럼 정욕이 남성과 여성에게 차별적으로 적용된다. 이는 곧 소설에 남성 중심적 시각이 강하게 드러나 있음을 의미하는 것이다. 이는 또 소설이 산출된 조선 후기 사회의 실상이 그러함을 반영하는 것이다. 여성에게만 정절을 강요하는 사회가 바로 조선 후기 사회였던 것이다.

대하소설에서 성을 추구하는 여성반동인물은 이처럼 남성과 여성에게 차별적으로 적용된 性觀을 부각시키는 역할을 하고 있다. 서술자는 의도하지 않았지만, 이러한 여성반동인물을 통해 우리는 조선 시내의 여성이 性的 욕망을 억압당했던 실체를 확인할 수 있다.

3. 宗統에 대한 욕망과 가부장제

우리가 살핀 대하소설에는 애정을 추구하는 여성 다음으로 성과 종통에 대한 욕망을 지닌 여성이 많은 비중을 차지하고 있다. 이 중 <명주보월빙>에서는 종통의 문제가 작품 전체의 핵심적인 화두로 제시될 만큼 차지하는 비중이 크다.

---

298) 소세경은 자신을 위해 정절을 지키는 이현영에 대해 신의를 지키는 인물이고, 한편으로는 자신의 실수로 강물에 투신한 이현영에 대해 죄책감을 지니고 있는 인물이다.

대하소설 중 여성반동인물이 개입한 것으로서 종통의 문제를 크게 다룬 작품에는 본고에서 살핀 <명주보월빙>과 <소씨삼대록> 외에 <성현공숙렬기>, <완월회맹연>이 있다. 또한 여성반동인물이 개입되지 않고서 종통의 문제가 제기된 작품으로는 <유효공선행록>이 있다. 대하소설 전체를 통틀어 보았을 때 가장 많은 비중을 차지하는 것은 여성의 애정 관련 욕망이다. 종통의 문제를 다룬 작품은 위에서 예로 든 것들에 불과하다. 그러나 일단 종통 문제가 제기된 작품에서는 <소씨삼대록>을 제외하면 그것이 핵심적인 갈등으로 제시되어 있다는 점에서 종통의 문제는 대하소설의 향유층이 심각히 고민했던 문제 중의 하나였던 것임을 확인할 수 있다.

종통의 문제를 다룬 제도인 宗法制는 의리명분론에 입각한 정통론을 반영한 것이다. 원래 주나라의 제도였던 종법제는 남성 위주의 가부장제를 확고하게 하는 기반이 된 제도이다. 조선에서 처음에 이 제도를 시행하기가 어려웠던 것은 전통 혼속에 남자가 여자 집에 장가를 들어 아이를 낳고 일정 기간 산 다음에 다시 남자 집에 돌아오는 풍습이 있었고, 또 여러 명의 부인을 두는 풍습이 있었기 때문이다.[299] 그래서 『朱子家禮』에 의거해 여자가 남자 집에 시집오는 親迎禮를 확립하는 한편, 일처만 두게 하는 법을 태종 13년에 확정지었다.[300] 이러한 두 가지의 풍속 교정은 종법제를 확립하기 위한 발판을 마련하려는 의도에서 이루어진 것이다.

이후 논란이 된 것은 『경국대전』의 법조문 때문이었다. 즉 "若嫡長子無後, 則衆子, 衆子無後, 則妾子奉祀"라는 법조문[301]은 성종 때

---

299) 지두환, 『조선전기 의례 연구』, 서울대 출판부, 1994, 23면. 이하 종법제 관련 논의는 이 책의 19~57면에 의거한다.
300) 『태종실록』 권27 태종14년 6월 辛酉(20)
301) 『經國大典』 권3 禮典, 奉祀條.

까지 논란을 불러일으켰다. 종법제의 근본 원칙은 종통이 후사가 없을 경우 立後하는 것인데, 아직 혈연을 중시하는 사회 관습상 적장자, 즉 종통이 후사가 없으면 그 종통의 형제가 이어받는다는 兄亡弟及의 원칙이 통용되었던 것이다. 이는 혈통론을 절충한 종법제이다. 중종대에 이르러서야 비로소 적계주의의 정통론이 확립되게 된다. 그런데 이때에도 역시 보수세력과 개혁세력으로 나뉘는데, 나뉘게 된 계기는 妾子 때문이다. 첩을 천대하던 사회에서 첩의 자식이 종통이 되면 양반이 그에게 고개를 숙여야 되는 상황이 되기 때문이다. 이 문제 역시 조선 초기부터 계속 논란이 되어 온 문제인데 보수 세력은 적장자에게 적자는 없고 첩자만 있으면 『경국대전』의 말을 따라 혈통론에 입각한 종법제를 시행해야 한다고 주장하였고, 개혁 세력은 양자를 들여 承重하든, 첩자가 承重하든, 적장자가 정통을 이어가는, 정통론에 입각한 종법제를 주장하였다. 결국 명종을 거쳐 선조대의 李珥에 이르러서야 종법제는 확립이 되는데 이는 주자학의 自己化 과정과 상응하는 것이다.

종법제에서 가끔 문제가 되는 것은 입후한 후 친생자가 생길 경우이다. 중종 19년(1524)에 이러한 경우가 있었다. 朴枝의 경우인데, 이때 입후한 후 친생자가 나도 파계하지 않는 것으로 결정이 났다. 성종 때만 해도 파계를 오히려 당연한 것으로 여겼으나 중종 때에는 정통론이 확립되어 이러한 결과가 난 것이다.[302]

<소씨삼대록>에서 재실인 방씨가 자신의 아들 위유홍을 종통으로 세우기 위해, 정실의 아들인 위유양 형제를 죽이려 하는 것은 종법제가 당대 사회에서 지니고 있던 위상을 여실히 보여주는 것이다. 비록 반동행위의 파급은 크지 않았지만, 자신이 종통으로 세우려

---

302) 지두환, 앞의 책, 49면.

했던 친아들 위유홍이 자살하고 만다는 설정은 종법제를 둘러싼 갈 등이 당대 사회에 적지 않았음을 방증하는 것이다. 위유홍의 비극 적인 죽음과 위유양 형제의 무사함, 그리고 방씨의 자연사로 이어 지는 서사 전개는 당대 종법제의 견고함을 상징하고 있다.

방씨가 반동인물을 돕는 주변인물을 동원하면서까지 자신의 친아 들을 종통으로 세우려 하는 것은 혈연을 중시한 발상이다. 이에 반 해 위의성(위유양의 부, 방씨의 남편)과 구공(위유양의 스승)이 위 유양 형제를 중시한 것은 혈연에 입각한 것이기도 하지만, 정통을 중시한 사고가 더 깊이 배어 있다. 방씨의 친아들인 위유양이 자신 의 어머니와 영합하지 않고 자살을 택한 것은 역시 혈연보다는 의 리명분론에 입각한 정통을 중시하고 있음을 보여주는 것이다. 방씨 의 편에 서 있는 이는 구공의 아내밖에 없다. 자신의 친아들을 비 롯한 나머지 남성들은 모두 방씨의 반대편에 서 있다. 이 대립은 기실 혈연과 정통의 대립이라 할 수 있다. 여기에 혈연 중심의 사 고를 제압하는 정통 중심의 사고가 드러나 있음을 알 수 있다.

<명주보월빙>의 경우, 윤공의 후처인 위부인과 비종부인 유부인, 그리고 유부인의 딸 윤경아가 한 무리를 이루어 종통을 앗기 위해 반동행위를 한다. <명주보월빙>에는 종통에 대한 욕망이 작품에 핵 심적으로 드러나 있을 만큼 큰 비중을 차지하고 있다. <소씨삼대록> 에서는 주변 가문에서 종통갈등이 일어났다면, <명주보월빙>에서는 중심 가문에서 일어났다는 점을 보아도 종통에 의한 서술자의 의식 이 상당히 강함을 알 수 있다. 또 <소씨삼대록>에서는 반동인물 측 이 소수이고 주동인물 측이 다수였던 데 반해, <명주보월빙>에서는 반동인물 측과 주동인물 측의 비중이 한 쪽으로 치우쳐 있지 않고, 오히려 가문 내적 신분상 주동인물의 위에 있다는 차이점이 있다.

이로 인해 <명주보월빙>에서 훨씬 반동행위가 심각해진 것이다.

<명주보월빙>에서도 <소씨삼대록>과 마찬가지로 혈연에 입각한 인물들이 반동행위를 하고 있다. 위부인은 자신의 족속을 立後하기 위해 이미 입후된 윤희천과 종통인 윤광천을 제거하려 한다. 유부인 역시 여러 가지 억압적 상황과 비종부라는 신분 때문에 반동행위를 주동하고 있다. 그러나 이들의 반동행위는 정통론에 입각한 주동인물의 벽에 막혀 좌절된다. 이들의 대립 역시 혈연과 정통의 대립이며 정통의 승리로 끝나고 있음을 볼 수 있다. 여기에서 역시 <명주보월빙>의 서술자 의식이 혈연보다는 정통론에 입각해 있음을 알게 된다.

종통과 관련해 <명주보월빙>에 나타난 양상은 <소씨삼대록>의 경우와는 약간 다르다. <소씨삼대록>에서는 재실이 자신의 아들을 종장으로 세우려 한다. 적장자가 없을 때 妾子가 承重한다는 것은 조선의 종법제에서 차선책에 해당한다. 방씨는 재실로 설정되어 있지만 정처가 아니라는 점에서 첩, 즉 良妾과 거의 비슷한 신분이라 할 수 있다. 따라서 적장자인 위유양과 그 동생이 없다면 자신의 아들이 奉祀하게 되는 것이다. 그런데 <명주보월빙>에는 유부인의 아들이 없는 것으로 설정되어 있다. 위부인은 그래서 자신의 족속 중에서 한 명을 입후하여 윤광천 대신 종통으로 삼으려 하는 것이다. 이 경우는 嫡長子나 妾子가 없어 立後하는 것으로서 최후의 대안이라 할 수 있다. <소씨삼대록>에서 ‘가정 내’에서 해결할 수 있는 문제라면, <명주보월빙>에서는 ‘가문 내’에서 해결해야만 하는 문제로까지 발전해 있는 것이다. <소씨삼대록>과 <명주보월빙>은 이처럼 종통과 관련한 사회상이 서로 다르게 반영되어 있다.

본고에서는 다루지 않았지만, <완월회맹연>의 경우 역시 종통의 문제가 첨예하게 드러나 있어 논의하지 않을 수 없다. 이 경우, 사회상의 반영이 앞의 <소씨삼대록>이나 <명주보월빙>의 경우와 또 다르다. 종통갈등이 일어나게 된 배경을 보기로 한다. 정잠이 정처 양부인과의 사이에 아들이 없어 동생 정삼의 아들 정인성을 입후하게 된다. 그런데 재실 소교완이 정인중을 낳는 것은 정인성을 입후한 후이다. 이런 배경에서 소교완이 친아들을 종통으로 세우기 위해 반동행위를 하는 것이다.

<완월회맹연>에서 종통에 대한 욕망이 발생하게 된 계기는 위에서 살펴본 <소씨삼대록>이나 <명주보월빙>과 다르다. <소씨삼대록>에서는 정실의 아들이 있는 상태에서 재실이 자신의 아들을 종통으로 삼기 위해 노력하고 있고, <명주보월빙>에서는 비종통 선상에 있는 인물이 종통을 죽이고 자신의 족속 중에서 한 명을 입후하려는 상황을 반영하고 있는 데 비해, <완월회맹연>에서는 족속을 종통으로 입후한 뒤에 재실에게 아들이 생긴 경우를 반영하고 있다. <완월회맹연>의 경우가 바로 우리가 위에서 살핀바, 朴枝의 경우와 유사하다. 입후 뒤 친생자가 난 경우이기 때문이다.

<완월회맹연>의 경우를 종법제의 정착 과정에 대입해 보면, 소교완은 성종 시절만 해도 자신의 아들 정인중을 당연히 종통으로 내세울 수 있었겠으나, 중종대에 이르면 그러한 일은 있을 수 없고 입후된 정인성이 계속 종장이 되는 상황이 일어나는 것이다. 따라서 <완월회맹연>은 종법제가 완전히 확립된 이후의 상황을 반영하고 있음을 알 수 있다.

이상 본고에서 살피지 않은 <완월회맹연>을 포함해 대하소설에 나타난, 여성반동인물의 종통에 대한 욕망과 그 좌절, 그리고 종통을 둘러싼 갈등이 현실 사회의 종법제를 어떻게 반영하고 있는지를

살펴보았다. 종통에 대한 욕망은 대하소설 가운데 일부 작품에 국한되어 나타나 있다. 이는 종통 관련 문제가 대하소설을 포괄할 만한 일반성을 획득하고 있지는 않음을 보여주는 사실이다. 그러나 이들 작품에 드러나 있는 종통의 문제는 자못 심각하여 이들 작품을 하나의 유형으로 묶어도 될 정도이다.[303] 이러한 점은 대하소설의 향유층이 종법제의 문제에 많은 관심을 기울이고 있음을 입증하는 것이라 하겠다.

여성반동인물의 종통에 대한 욕망은 사실 주자학의 근간을 뒤흔드는 행위이다. 종법제는 주희가 周의 종법제를 차용해 宗支의 구분을 엄격히 함으로써 정통을 중시하고자 한 데에서 연유하였다.[304] 종법제를 조선의 사대부가 중시한 것은 바로 종법제가 주희가 핵심으로 삼은 것 중의 하나였기 때문이다.

종통의 문제는 여성도 관심을 가질 수는 있겠으나 일반적으로는 남성들이 관심을 사시는 사항이다.[305] 그것은 가부장제를 유지히는 중요한 수단 중의 하나이기 때문이다. 종법제는 철저히 남성 중심의 제도였다. 여기에는 남성이 奉祀해야 한다는 의식이 깔려 있고, 남성에 의해 가문이 유지되어야 한다는 의식이 짙게 깔려 있다. 여성은 종법제의 테두리에서 벗어나 있다.

이런 면에서 대하소설에서 여성반동인물이 종법의 문제를 제기한 것은 가부장제에 대한 중대한 도전이라 할 수 있다. 물론 그들이

---

303) 사실 종통갈등이 설정된 소설은 대하소설 가운데에서도 유교 이념이 강하게 드러나 있는 것으로 보인다. 이에 대해서는 별도의 구체적인 논의가 필요하다.

304) 지두환, 앞의 책, 18면.

305) <유효공선행록>에는 종통갈등이 나타나 있되, 남성 중심의 갈등으로 형상화되어 있다. 물론 반동행위를 하는 근본적인 동기는 시기심으로 설정되어 있으나 여기에서는 그 표면적 갈을 고려해 유홍·유연의 갈등담을 종통 갈등담의 범주에 일단 포함시킨다.

욕망으로 삼은 것 역시 가부장제의 테두리 안에서 이루어지고 있다는 한계가 있지만, 일단 종통에 대해 여성이 문제제기를 한 것은 의미가 있는 일이다.306) 강고한 종법제에 기댄 가부장제의 틀을 뒤흔들어 보려는 시도였기 때문이다.

종통을 욕망의 대상으로 삼은 여성반동인물들의 행위는 이처럼 대단히 심각한 것이었다. 그럼에도 불구하고 그들이 처형을 당하지 않고 자연사하거나 회과하는 것은 한편으로 주동인물의 효성을 드러내어 유교 이념의 우위를 내 보이려는 서술자의 의식이 강하게 작용한 결과라 할 수 있다. 즉, 가부장제의 근간을 뒤흔들어 보려는 여성의 행위는 기껏 남성이 쳐 놓은 틀을 벗어날 수 없다는 남성중심적 시각이 이 이야기에는 강하게 배어 있는 것이다.

4. 소 결

소설의 본질에 대해 선행 연구자는 자아와 세계가 상호 우위에 입각해 갈등을 벌이는 것을 형상화한 것이라 언급한 바 있다.307) 자아와 세계는 동양에서 전통적으로 我와 物로 정의되어 온 것들이다. 나는 我이고 나를 둘러싼 모든 것은 物이다. 이것이 논자에 따라 我와 非我, 혹은 自我와 世界로 달리 불려졌을 따름이다.

그렇다면, 대하소설에서 我, 혹은 自我에 해당하는 것은 무엇이고 物, 혹은 世界에 해당하는 것은 무엇일까? 이는 우리가 지금껏 논해

---

306) 이 지점이 바로 종통갈등이 나타난 소설 중 <유효공선행록>과 다른 소설이 갈리는 지점이다.
307) 조동일, 『한국소설의 이론』, 지식산업사, 1977.

온 인물에서 그 답을 찾는 것이 쉬울 듯하다. 인물 외에 사건을 중심으로 我와 物을 구분할 수도 있을 것이다. 그러나 그렇게 하는 것은 쉽지가 않다. 사건의 행위자가 곧 인물임을 감안할 필요가 있다. 사건의 주체가 인물인 것이다. 따라서 인물을 중심으로 我와 物, 혹은 자아와 세계를 분간하는 것이 유용하다.

이렇게 놓고 보았을 때, 我는 곧 주동인물이고 物은 반동인물임을 쉽게 알 수 있다. 이때 我는 주관적 위치에 있는 이이고 物은 그 외의 위치에 있는 이이다. 소설에서 주동인물은 서술자가 긍정적으로 보는 인물이다. 곧 서술자가 자신의 주관을 투영한 인물이 주동인물인 것이다. 따라서 我가 주동인물이 되는 것이다. 자연히 我가 아닌 것, 즉 物은 반동인물이 된다. 이 때 物은 전체로서의 物이 아니라 我에게 反하는 일부로서의 物이다.

소설에서 我와 物이 주동인물과 반동인물로 형상화되었다고 한다면, 형상화되기 전의 我와 物, 즉 서사 세계로 들어오기 전 현실 세계에서의 我와 物은 그 정체가 무엇일까? 소설이 현실을 굴절, 왜곡, 변형하여 반영한다는 소설 이론을 염두에 둔다면, 현실 세계에서의 我와 物의 정체는 소설 세계 내에서 충분히 유추할 수 있다. 즉, 소설에 형상화되어 있는 모습을 근거로 현실을 파악할 수 있는 것이다.

여성반동인물은 일정한 욕망을 지니고 있다. 그러나 그러한 욕망은 我인 주동인물에 의해 좌절되고 만다. 그 좌절의 형식은 처형, 출거, 원찬, 지속, 자연사, 회과 등 다양하지만 그 본질은 '욕망의 좌절'이다. 그리고 욕망을 좌절시키는 것은 주동인물이지만 거기에는 당대 사회를 지배하던 이데올로기가 개입되어 있다. 여성반동인물의 욕망은, 여성은 애정을 표출해서는 안 된다는 이데올로기에 의해, 혹은 여성은 투기하면 안 된다는 이데올로기에 의해, 여성은 음란해서는 안 된다는 이데올로기에 의해, 혹은 여성은 종통에 개입해서는 안 된다는 이데올로기에 의해 좌절되고 마는 것이다.

여성반동인물의 좌절은 어느 정도 예견된 것이다. 그들은 사회적 기초를 무너뜨리려고 했기 때문이다. 여성은 정숙하고, 투기하지 말고, 재주가 있더라도 이를 자랑하지 말고, 남성의 일에 간여하지 말아야 한다. 그런데 대하소설의 여성반동인물은 여성에게 요구한 그러한 규범을 지키지 않은 인물들이다. 따라서 그들의 좌절은 당연한 운명이 되는 것이다.

그런데, 관점을 바꿔서 여성반동인물을 我로 보고, 주동인물 등을 物로 보면 어떨까? 물론 이것은 소설의 설정을 바꾼 것이므로 실상에서 벗어난 것이지만, 이를 통해 당대 현실을 유추할 수 있다면 처지를 바꿔서 살피는 것도 유용하리라 본다. 여성반동인물의 입장에서 보면, 자신들은 조금 억울하다. 物, 즉 주동인물 등이 가진 것을 자신들은 선천적으로, 또는 후천적으로 가지지 못했기 때문이다. 어떤 경우에는 미모를, 어떤 경우에는 지위를 갖지 못했다. 이들의 처지를 좀 더 구체적으로 살펴보자.

[표4-2]는 앞 장에서도 제시했지만, 논의를 위해 다시 보이고 그들이 주동인물과 맺는 지위를 덧붙였다. 총 33명의 인물 중 애정이나 성적 욕망을 추구하는 인물은 15명이다. 먼저 이들을 살펴본다. 이들은 남성을 흠모했지만 남성에게 애정을 받지 못하고 각기 그 애정을 독점하기 위해 반동행위를 하거나, 그 남성을 포기하고 다른 남성을 찾기도 하는 인물이다. 이들이 남성을 흠모한 것 자체도 문제시되었지만, 남성을 독점하기 위해 벌인 반동행위 역시 서술자의 비판을 면치 못했다.

〔표 4-2〕 여성반동인물의 지위와 그 최후

작품	인물	동기											지위	최후
		종통	가권	애정	성	자식과애	재물	권력	미모질시	시기심	기질	계		
〈소씨삼대록〉	방 씨	○											위유양의 계모	자연사
	명현공주			○									소운성의 재실	자연사
	정 씨			○									소운명의 삼실	출거
	취 씨			○									김현의 정실	출거
	곽 후			○									후궁	폐위
	화부인		○										소경의 정실	존속
	위 씨								○				소수빙의 손 윗동서	존속
	소 계	1	1	4					1			7		
〈화산선계록〉	탕 씨						○						이옥수의 계모	존속
	가십랑						○						양계홍의 서모	처형
	염춘아						○						전약수의 서모	처형
	방 씨							○					연왕의 계모	처형
	부홍공주							○					연왕의 이복 동생	처형
	김 씨									○			위명주의 시 계모	회과
	가빙랑									○			연화주의 종매	존속
	기부인										○		연희숙의 母	회과
	곽소옥				○								곽위의 딸	처형
	부옥대				○								곽소옥의 이종매	처형
	영옥교			○									위완창의 재실	회과
	최 씨					○							조정옥의 母	처형
	두난옥									○			위명주의 姨妹	처형
	소 계			1	2	1	3	2		3	1	13		

작 품	인 물	동 기											지위	최후
		종통	가권	애정	성	자식과애	재물	권력	미모질시	시기심	기질	계		
〈쌍천기봉〉	여 씨								○				류겸의 아내	처형
	월 섬			○									조왕의 첩	처형
	옥 란			○									이몽창의 첩	처형
	조제염			○									이몽창의 재실	출거
	공 씨			○									요익의 정실	원찬
	소 계			4					1			5		
〈명주보월빙〉	위부인	○											윤공의 재실	회과
	유부인	○											윤수 정실 (비 종통)	회과
	윤경아	○											석준의 정실	회과
	문양공주			○									정천흥의 삼실	회과
	연군주			○									하원광의 재실	존속
	성난화				○								정세흥의 재실 하원창의 정실	처형
	유교아				○								윤광천의 삼실	처형
	김귀비					○							문양공주 친모	존속
	소 계	3		2	2	1						8		
	계	4	1	11	4	2	3	2	2	3	1	33		

　이들이 반동행위를 벌인 근본적인 이유에 대해 서술자는 대체로 그들의 천성을 갖고 있다는 것이다. 그러나 그것은 반동인물이 반동행위를 하는 데 대해 사실성을 부여하려는 차원에서 언급된 것일 뿐, 근본적인 이유는 못 된다.

　그들이 반동행위를 한 것은 다처제[308]라는 현실 때문이다. 그들은 동렬이 있어 필연적으로 동렬과 애정 다툼을 벌일 수밖에 없었

---

308) 조선 후기에 법제상으로는 다처제가 존재하지 않았으나 실생활에서도 그러했는지는 확인되지 않는다. 다처 풍습의 존재 여부에 대해서는 좀 더 학계의 성과를 기다려 보아야 할 것이다. 다만, 대하소설에 다처제의 모습이 보이는 것은 확실하므로 일단 본고에서는 '다처제'라는 용어를 썼다.

던 것이다. 애정이나 성적 욕망을 지닌 여성반동인물 가운데 곽소옥과 부옥대를 제외하고는 모두 다처들 가운데 한 명이라는 점은 그러한 정황을 보여준다.

그런데, 이들은 유사한 점이 있다. 모두에게 해당하는 것은 아니지만 대체로 정실이 아니라는 점이다. 아내로 편입되지 못한 곽소옥과 부옥대를 제외한 13명 가운데 정실인 사람은 두 명에 불과하다. 나머지는 모두 재실, 삼실이 아니면 첩이다. 이들의 지위는 정실과는 매우 차이가 난다. 대하소설에서 다처제를 차용하고 있기에 재실, 삼실이 부인의 지위를 갖고 있을 뿐, 이들은 조선 후기의 사대부층의 풍습을 적용하면 첩에 가깝다. 따라서 정실과 이들이 갖는 권한은 엄청난 차이가 난다. 13명 가운데 11명이 재실, 삼실, 첩이라는 결과는 반동행위가 정실이라는 쾌적한 조건에서는 거의 발생하지 않음을 입증하는 것이다. 이들은 정실의 지위를 갖지 못한 변방의 인물이자, 소외된 인물이다. 이들은 대개 스스로 원해서 그러한 지위를 갖게 되었지만, 그 지위는 아내로서의 권리를 충분히 행사하기에는 부족한 지위이다.

애정과 성이 아닌 다른 욕망 지닌 여성반동인물은 18명으로서 이 가운데 종통에 대한 욕망을 지닌 이는 4명이다. 이들은 모두 비종통의 선상에 있는 인물이라는 공통점을 갖고 있다. 역시 변방의 인물이라는 점에서 재실, 삼실, 첩의 지위에 있는 여성과 그 처지는 비슷하다고 하겠다. 이들은 종통의 선상에 있지 않다는 이유로 소외감을 느낀다. 물론 이는 자격지심에서 스스로 느끼는 소외감으로 작품에 나타나 있지만, 그들이 소외감을 느끼는 근저에는 종통이 가진 권리를 가지고 있지 못하다는 심리가 깔려 있다.

나머지 14명의 여성반동인물 가운데, 계모 또는 시계모, 서모로 설정된 이는 5명이다.[309] 이들 역시 당대 사회의 중심부에 있던 여인들은 아니다. 주변부의 여인으로서 이들은 중심부의 인물에 대해 열등감이나 시기심을 지니고 그들에게 반동행위를 한 것이다. 이들의 행위는 서술자에 의해 부정되고 있으나, 반동행위가 일어나게 되는 조건이 형성되어 있음은 분명하다.

이상 33명의 여성반동인물 가운데, 정실이 아니거나, 종통이 아닌 인물은 20명이다. 상당히 많은 수라 하겠다. 이러한 결과는 곧 그들의 반동행위가 서술자의 언급처럼 천성이 악해서라는 점을 부정하는 것이다. 그들의 반동행위는 그들이 처한 조건에서 배태된 것임을 입증하고 있다.

그들은 여성으로서 제1의 위치에 있는 것이 아니라 제2의 위치에 있는 인물들인 것이다. 이들은 정실 또는 종부와 일정한 거리감을 지니고 있고, 주변에서도 또한 그러한 시각으로 이들을 바라본다. 이들은 언제나 無化될 것을 강요당하는, 타인과의 공존을 감내해야 하는 존재인 것이다.[310] 가문에서는 이들에게 시선을 돌리지 않고, 남편 역시 정실, 혹은 종부에게 애정을 더욱 보내는 것처럼 보이고, 실제로 그러기도 한다. 이와 같이 이들은 시가에 가면서부터 충족된 삶을 누릴 수 있는 자리를 얻지 못하고 소외된 위치에 서게 되는 것이다.

소외된 위치는 소외의 심리로 전이된다. 이들이 처했던 재실, 혹은 비종부의 자리는 불가피한 것이었고, 이로 인해 이들은 소외의 심리를 가진다. 이들이 갈등했던 종통, 애정, 욕정 등의 문제는 각기 차이는 있지만, 실은 이들이 자리하고 있던 제2의 위치와 그로

---

309) 위유양의 모 방씨는 비종통에 해당하는 것으로 셈했으므로 여기에서는 제외하였다.
310) 나탈리 에니크, 서민원 옮김, 『여성의 상태』, 동문선, 1999, 173면.

부터 비롯된 소외감에서 발생된 것이다.

　본고에서는 이들이 재실, 혹은 비종부로서 느끼는 이러한 소외감과 열등감을 후처 콤플렉스로 명명하기로 한다.[311] 후처의 범위는 재실, 非宗婦를 비롯해 계실, 첩까지 포함한다. 재실, 계실, 첩은 일단 정실이 있는 상태를 상정한 용어이므로 후처의 개념에 문제될 것이 없으나 비종부에 대해서는 논의할 여지가 있다. 비종부는 종부가 아닌 여인이다. 따라서 위에서 언급한 재실, 계실, 첩은 일단 비종부에 해당되나, 범주가 겹치므로 본고에서는 비종부의 범위를 長子가 아닌 형제의 正室로 하기로 한다. 유부인과 같은 경우가 이에 해당한다.

　이들은 정실 혹은 종부에게 일정한 소외감과 열등감을 갖기 마련이다. 이러한 감정이 나타나는 조건은 소설에서 더욱 구체화된다. 서술자는 종부를 작품의 여주인공 가운데 으뜸으로 묘사한다. 그리고 종부가 대단한 외모를 지닌 것으로 그리는데 이는 외모와 성격이 일치한다는 생각에 바탕을 둔 발상법이다. 서술자는 후처와 정실, 혹은 종부를 극명하게 대비시켜 종부의 우위를 보여준다.[312] 작

---

311) 원래 후처 콤플렉스라는 용어는 나탈리 에니크가 쓴 용어인데 본고에서 차용해 쓴다. 나탈리 에니크는 서양 소설에 나타나는 여성 주인공 가운데 본부인에 대응되는 제2위의 위치에 있는 사람들의 심리적 콤플렉스를 후처 콤플렉스라 하였다. 나탈리 에니크, 서민원 옮김, 앞의 책.

312) "어시의 공쥐 삼인을 보미 니시의 박식 홍면은 니르지 말고 윤양의 빅미쳔틱 션연작약ᄒ여 금고의 무썅ᄒ 명염이라 팔ᄌ 청산의 산쳔슈긔를 거두어시며 츄파썅안의 일월졍ᄎ를 곰초아시며 셩덕문질이 츌어외모ᄒ여 텬화 두 송이 옥호의 곳쳐시며 묽은 골격은 빅옥을 교탁ᄒ고 슈졍이 다ᄉᄒ 듯 윤시의 찬난ᄒ 광염과 양시의 아릿다온 틱되 눈이 황난커ᄂᆯ 봉관은 셜익의 한가ᄒ고 패옥은 의슈의 징연ᄒ니 검소ᄒ 단장이 금슈의 더으고 쳔연ᄒ 동작이 셩힝을 젼ᄒᄂ디라……공쥐 ᄌᄀ로 용염틱를 ᄌ긍ᄒ여 만고의 독보ᄒᆫ가 ᄒ더니 구가의 입승ᄒ여 존고 진부인의 텬향이질과 쇼고 등의 만고무썅ᄒ 용의 디어슉

중인물 역시 종부를 높이는 것을 거든다. 임금은 정부와 윤부의 宗婦인 윤명아와 정혜주에게 각각 의열비와 숙렬비를 주어 이들의 여성적 자질을 높이 평가하고 있다.313) 이는 가문의 종부를 국가적으로도 인정하고 있음을 드러내는 것이다. 이처럼 종부는 <명주보월빙> 등에서 완벽한 인물로 등장한다. 따라서 종부에 대해 이들 후처가 가져야 하는 열등감은 증폭될 수밖에 없는 것이다.

이와 같이 종부, 혹은 정실에 대해 소외감과 열등감을 느끼는 상황에서 이들의 탈출구는 현실을 수용하든지 아니면 현실을 거부하든지 두 가지 중 하나이다. <구운몽>의 처첩들은 현실을 수용해 화락하고, 대하소설에서도 현실을 수용하는 여성들이 등장하고 있다. 반대로 현실을 거부하고 욕망대로 행한 이들은 서술자에 의해 '악녀'라 이름 붙여져 개과나 징치의 대상이 된다.

회과하는 여성반동인물들의 경우, 그들의 회과는 역설적으로 종부 또는 종부의 자손들의 정성에 의해서 이루어진다. 위부인과 유부인은 종부 조부인의 자식들인 윤광천 형제, 특히 윤희천의 지극한 효성에 의해 감화되고, 윤경아는 윤희천의 우애에 감화되며, 문양공주는 종부인 윤명아의 우애에 역시 감화 받는 것이다. <화산선계록>의 영옥교는 정실 양월희의 우애에 감화를 받아 회과한다. 효도나 우애는 가문의 질서를 위해 마땅히 높이고 드러내야 할 이념

녈은 궁듕 산쳔분듸의 특츌턴 바의 뎡군의 너모 안고ㅎ믈 블열ㅎ여 쇼니시의 옥틱화용이 긔려슈이ㅎ믈 믜워ㅎ던디라 금일 뎍국 등을 듸ㅎ민 오늬분붕ㅎ고 흉쟝이 츤〃ㅎ여 즈긔 감히 우러〃 보디 못홀 싴틴니 분이 하날의 쎄치듸 듕목소시의 강인답녜ㅎ고" (<명주보월빙> 권25, 3:317~319)

313) 윤명아의 경우, 격고등문하여 반동인물의 행사를 적발하고 의를 드높였다 하여 임금이 의열비를 수여하고, 정혜주의 경우, 임금이 후궁으로 간택하려 하니 정천흥에 대한 절의를 내세워 극력 반대하자, 임금이 아름답게 여겨 숙렬비를 준다.

이다. 그런데 역시 그러한 이념은 종부 내지 종부의 자손, 혹은 정실이 무장하고 있는 것이다. 여성 반동인물들의 개과는 '이념'과 '이념의 파탈'의 대결구도에서 이념의 승리를 확인시켜 주는 것이다. 이는 당대의 사회 규범의 우위를 표면적으로 드러내어 완강한 유교 윤리에 젖어 있는 당대 독자층에게 안도감을 줄 수 있는 소설적 장치인 것이다.314)

그런데, 서술자는 표면적으로 이념의 파탈에 대한 당대 이념의 승리를 표방하고 있지만, 이면적으로는 그러한 파탈의 원인은 당대 제도의 모순에 있음을 읽을 수 있다. 종법제와 다처제 혹은 처첩제라는 강고한 제도는 소외자를 만들어낼 수밖에 없다. 종장이 아니고, 종부가 아니며 정실이 아닌 이들은 종장과 종부, 정실이 받는 가문의 앙망을 곁에서 지켜볼 수밖에 없다. 남편의 애정을 바라고 시집 왔으나 많은 처첩 때문에 애정이 고루 나눠지지 않을 때 소외감이 들 수밖에 없다. 소외자는 어느 시대, 어느 공간에나 있지민 그것이 능력과는 관계없이 발생한 소외일 경우 그에 대한 상실감은 매우 크고, 그러한 소외감, 열등감, 상실감으로부터 자연스럽게 적대 행위는 발생할 수 있는 것이다.

이상 우리가 살펴본 20명의 여성반동인물은 후처 콤플렉스를 지니고 있음을 보았다. 나머지 11명 중 주목해 볼 만한 인물을 보면, 미모를 질시하는 인물이 2명이고 자식에 대한 과애를 하는 인물이 2명이다. 미모에 대한 질시는 선천적인 요인이고 사회적으로 형성된

---

314) 예외적으로 성난화의 경우는 개과 설정이 없는데 이는 당대의 상층 윤리를 고려하면 당연한 것이다. 욕정에 못 이겨 여러 남자를 차례로 거쳤다는 것은 이미 상층 부녀의 개가를 금하고 있던 당대 사회의 법규와도 맞지 않는 것이다. 그리고 서술자 역시 천하의 별물대악이라 하며 용납 받을 수 없는 인물로 성난화를 그리고 있다. 성난화는 교씨나 조씨와 같은 인물로 설정되어 있어서 처단이 당연했던 것이다.

권리의 문제를 둘러싼 것이 아니라고 볼 수도 있다. 그러나 미모는 사회적 형성물이다. 미모에 대한 기준은 각 시대와 지역에 따라 다르다. <소씨삼대록>의 위씨나 <쌍천기봉>의 여씨가 여성주동인물의 미모를 시기하는 것은 그들 자신이 사회적 기준에 합당한 미모를 지니지 못한 데서 연유한 것이다. 이런 점에서 미모는 넓은 의미의 기득권이라 칭할 수 있을 것이다.

조정옥의 母 최씨는 아들을 너무 사랑하여 음란한 아들의 욕심을 채워주기 위해 여성주동인물에게 반동행위를 한다. 최씨의 행위는 남성 중심적 시각에서 이루어진 것이다. 자신이 남성의 타자가 되어 같은 여성을 공격하는 것이다. 특히 아들의 음란함을 어떤 죄의식 없이 바라보고 오히려 그를 위해 여성을 구해주려 하는 것은 당대 남성이 지닌 여성관을 여성인 최씨가 갖고 있음을 보여주는 것이다. 이에 이르면 사정이 여성과 남성의 문제로 확대된다. 후처 콤플렉스가 여성들 간의 문제라면, 최씨를 통해 보여주는 남성 중심적 시각은 남성에 대한 여성의 문제인 것이다.

이러한 점은 딸 문양공주를 너무 사랑해 문양공주의 동렬을 해치려 하는 김귀비에게서도 발견된다. 김귀비가 문양공주의 동렬을 해치려는 것은 문양공주가 정천흥에게 애정을 독점적으로 받게 하기 위해서이다. 김귀비는 다처제 상황에서 여성의 생존 조건을 누구보다도 절감했다. 이러한 김귀비의 행동은 기실 남성 중심적인 다처제에 대해 그 모순을 제기한 것이다. 김귀비는 다처제의 모순을 통찰하고 있으며, 자신의 딸이 다처제의 희생양이 되지 않도록 하기 위해 딸의 적국들을 제거하려 한 것이다.

자식에 대한 과애는 대하소설에서 빈번하게 등장하는 욕망이다. 본고에서 살핀 작품과 연작 관계에 있는 작품들의 여성반동인물 가

운데에는 <천수석>의 곽숙비, <이씨세대록>의 경부인, <윤하정삼문
취록>의 엄씨(조성란의 모), 엄씨(설소저의 모)가 있고, 다른 대하
소설 가운데에는 <창란호연>의 위씨, <완월회맹연>의 만씨, 박부인
이 있다.

이들 인물 중 <윤하정삼문취록>의 엄씨(조성란의 모)를 예로 든
다. 엄씨가 딸 조성란이 정운기와 혼인하는 것을 반대한 것은 정운
기가 호색한이라는, 조카 원홍의 참소 때문이다. 엄씨는 조성란이
정운기에게 박대를 당할까 염려해 그와의 혼인을 결사반대한 것이
다. 이러한 엄씨의 행위는 당대 사회에서 여성이 남성에 따라 그
운명이 달라짐을 드러낸 것이다. 남성은 사회의 주체이고 여성은
타자임을 엄씨는 절실히 깨닫고 있었던 것이다. 일부다처제의 사회
에서 여성은 남성의 뜻에 따라 그 운명이 결정된다. 남편에게 애정
을 받지 못하면 여성은 가내에서 더 이상 존재의 이유가 없어지는
것이다. 엄씨는 여성이 지닌 이러한 운명을 누구보다도 질 인식하
고 있었던 것이다.

기실 엄씨의 인식은 당대 여성이라면 누구나 공감하는 것이다.
엄씨는 단지 그러한 공감대가 극대화되어 형상화된 여인일 뿐이다.
대하소설에서 여성 스스로 혹은 남성에 의해 빈번히 "女子는 伏於
人"이라는 언술이 제창되는 것은 바로 여성이 지니는 그러한 현실
을 적실하게 표현한 것이다. 남성에 대해 항상 변방의 인간, 타자로
살아야 했던 것이 여성이다. 이것이 또한 가부장제의 실상이다.

대하소설에서 자식을 過愛하는 여성반동인물들이 제기하는 문제
는 이처럼 의식의 폭이 넓고 깊다. 남성 중심적인 사회에 대한 문
제제기이자 항변이라 할 수 있는 것이다.

이상 논한 것을 종합해 일반화하면 대하소설의 여성반동인물은 非

既得權者이다. 이들 비기득권자는 既得權者에게 항변한다. 이들은 비기득권 특정여성으로서 기득권 특정여성에게 항변하기도 하고, 때로는 비기득권 일반여성으로서 기득권 일반남성에게 항변하기도 한다.

그러나 이들의 시도는 번번이 좌절된다. 그것은 가부장제 사회가 워낙 강고하기 때문이고, 기득권 여성들 역시 그러한 가부장제의 이데올로기를 체화했기 때문이다. 여성들 스스로 남성들이 주입한 이데올로기에 순응해 가부장제 사회를 공고히 하는 데 일조하는 모습이 여성주동인물들의 모습이다. 남성들은 이에 가부장제에 순응한 여성과 순응하지 못한 여성 사이에 분쟁이 일어날 줄 알고 동렬 간의 화목을 강조하고 투기하지 말라는 이데올로기를 주입한다.

여성반동인물은 여성을 타자화하고, 여성을 여러 가지 이데올로기로 억압했던 남성 지배세력에 대해 용감하게 반항한 인물이고, 또한 같은 여성으로서 자신들을 소외시키고, 열등감에 시달리게 했으며, 남성 중심의 이념을 체화해 스스로를 타자로 만든 기득권 여성에게 반항한 인물이었다. 이들의 시도는 비록 실패로 끝났으나, 강고한 남성 지배의 사회구조를 변화시켜 보려고 했다는 점에서 큰 의미가 있다.

V. 결 론

　이 논문은 대하소설에 등장하는 여성반동인물의 행동 양상과 그 서사적, 사회적 의미를 살피기 위해 기획되었다. 이는 대하소설에 대한 기존의 연구가 주로 서사구조나 연작 관계에 초점이 맞춰져 있고, 인물 연구라 해도 주동인물을 중심으로 논의를 하는 데 대한 반성적 의미를 담고 있다. 주동인물에 대한 연구는 서술자의 시각을 중시한 연구로서 나름대로 일정한 의의가 있으나, 이면에 내재된 사회적 현실의 모습을 놓칠 가능성이 크다. 이런 면에서 여성반동인물에 대한 연구는 주동인물 중심의 연구에서 올 수 있는 허점을 보완하는 의미가 있다. 또한 여성반동인물 연구 자체는 인간 누구에게나 내재해 있는 욕망이 사회 현실과 충돌하는 양상을 탐구할 수 있는 자료가 될 수 있다.

　이 글에서는 대하소설 가운데 <소씨삼대록>, <쌍천기봉>, <명주보월빙>, <화산선계록> 등 네 작품을 선정하여 각 작품에 등장하는 여성반동인물의 행동 양상을 먼저 살폈다. 각 작품별로 행동 양상을 살피되, 반동행위는 욕망이 원인이 되어 일어난다는 점을 염두에 두고 각 인물이 지향하는 욕망을 기준으로 인물을 분류하였다. 또한 여성반동인물 가운데 작품에 지속적으로 등장하는 인물만을 선별해 살폈다.

　<소씨삼대록>의 지속적 여성반동인물은 모두 7명으로서 이들은 각기 애정, 종통, 가권에 대한 욕망을 지니고 있다. 애정에 대한 욕망을 지닌 인물은 명현공주와 정씨, 취씨, 곽후가 있다. 명현공주를 통해 서술자는 늑혼의 문제를 제기하고, 가문과 궁의 갈등을 형상화

하였으며, 가장의 중요성을 역설하고 있다. 정씨를 통해서도 가장의 중요성을 제기하였다. 취씨의 경우 애정을 쟁취하기 위해 다른 반동인물과 활발한 결합을 했으나 그 파급력은 미약했다. 반동인물 간의 결합이 활발하면 그 파급력도 큰 것이 일반적인데, 그렇지 않은 것은 서술자가 여성주동인물인 소수빙에게 초점을 맞춘 데서 기인한 것이다. 서술자는 이를 통해 소수빙의 우애를 강조하고 있다. 곽후를 다루면서 서술자는 반동행위의 공간을 궁으로 설정함으로써 투기의 심각함을 경고하는 효과를 거두었다. 이들 애정을 추구하는 여성들은 일정하게 다처제가 지닌 모순을 드러내고 있다는 의의를 지니고 있다. 종통에 대한 욕망을 지닌 방씨는 종통의 자리를 친아들에게 물려주기 위해 전실소생을 박대한다. 계모의 박대에 대해 전실소생인 위유양 형제는 효성을 다한다. 서술자는 혈연을 중시해 반동행위를 하는 인물과 의리를 중시해 효를 다하는 인물을 대비하며 유교윤리의 우위를 강조하고 있다. 화부인은 자식을 과애하며 가권에 대한 욕망을 지닌 인물이다. 서술자는 화부인의 반동행위가 일어나게 되는 환경을 가장이 없는 상태로 설정함으로써 가장의 중요성을 역설하고 있다. <소씨삼대록>의 여성반동인물들을 통해 서술자는 여러 문제를 제기하고 있지만 특히 가장의 중요성을 드러내고 있다.

<쌍천기봉>의 지속적 여성반동인물은 모두 5명이다. 애정에 대한 욕망과 미모질시와 관련된 욕망이 등장한다. 애정에 대한 욕망을 지닌 이는 월섬과 옥란, 조제염, 공씨이다. 첩인 월섬과 옥란은 남편의 사랑을 얻지 못하자 반동행위를 한다. 이들은 첩으로서 자신들의 효용 가치가 떨어졌다는 점을 안 뒤에 반동행위를 한다. 이러한 행위는 처첩제의 모순을 일정하게 보여주는 것이다. 조제염은 남편 이몽창에게 다른 아내가 있을 때 주로 반동행위를 한다. 이런

점에서 다처제의 문제점이 드러나 있다고 할 수 있다. 공씨의 최후와 관련해서 반동행위를 주도한 공씨는 출거되고 그를 도운 하층 주변인물은 처형당한다는 설정은 상층민과 천민을 구분 지으려는 서술자의 신분의식이 일정하게 드러난 것이다. 여씨는 여성주동인물의 미모를 질시하는 인물로서 처형을 당하는 인물이다. 그녀가 처형당하는 것은 여성주동인물을 모함했기 때문이다. 이에는 여성 독자에게 강한 이념적 목소리를 전달하기 위한 서술자의 의도가 반영되어 있다. <쌍천기봉>의 여성반동인물을 통해 볼 때, <쌍천기봉>에는 애정에 대한 욕망이 가장 부각되어 있음을 볼 수 있다. 이러한 사실에서 작품에 처첩제나 다처제 하에서 질곡을 겪는 여성의 삶이 형상화되어 있음을 확인할 수 있다.

<명주보월빙>의 지속적 여성반동인물은 모두 8명이다. 이 여성반동인물들은 종통과 애정, 성에 대한 욕망과 자식에 대한 過愛에 기인한 반동행위를 하고 있다. 위부인, 유부인, 윤경아는 비종통으로서 겪는 소외감을 공유하고 있다. 이들은 남성주동인물의 孝와 우애에 의해 회과되는데 이는 유교 이념의 우위를 확인시키려는 서술자의 의도가 반영된 것이라 하겠다. 문양공주와 연군주는 애정에 대한 욕망을 지니고 있다. 서술자는 문양공주를 통해 일정하게 왕과 가문의 다툼을 그려내고 있는데 이 과정에서 가문의식이 드러나 있다. 문양공주의 회과 역시 위부인 등의 회과와 마찬가지로 유교 이념의 우위를 보여주는 기제로 쓰이고 있다. 연군주는 반동인물이면서도 희극적 인물로 등장한다. 따라서 반동행위로 인한 서사의 긴장은 없고 반동행위의 파급 역시 크지 않다. 성난화와 유교아는 성에 대한 욕망을 지닌 인물이다. 성난화는 여러 남자와 관계를 맺는 인물로서 당대의 규범으로서는 도저히 용서받을 수 없는 인물로

그려져 있다. 유교아는 그 반동행위가 있기 전에 주동인물이 그녀의 相을 보고 그 행동을 예견하게 되는데, 여기에는 '악인'은 이미 결정되어 있다는 시각과 사대부가 지닌 선민의식이 드러나 있다. 자식에 대한 過愛를 지닌 김귀비는 딸 문양공주를 위해 반동행위를 하는데 이를 통해 서술자는 다처제 하 여성들의 현실을 간접적으로 보여주고 있다.

　<화산선계록>의 지속적 여성반동인물은 모두 13명이다. 본고에서 살핀 네 작품 가운데 여성반동인물이 지향하는 욕망이 가장 다양한 점이 특징이다. 애정, 성, 재물에 대한 욕망과 기질이나 자식 과애, 시기심과 관련된 욕망, 권력에 대한 욕망이 나타나 있다. 애정에 대한 욕망을 지닌 영옥교를 통해 서술자는 유교 윤리인 우애를 강조하고 있다. 영옥교 관련 서사에는 또한 주동인물 측과 반동인물 측의 대립이 매우 심각하게 나타나 있으며 주변인물의 활약이 돋보이는 점이 특징이다. 성에 대한 욕망은 곽소옥과 부옥대가 지니고 있는데, 서술자는 이들에 대해 大淫이라는 언급을 함으로써 여성의 음란함을 모든 '악행'의 원천으로 보는 시각을 내보이고 있다. 재물에 대한 욕망은 <화산선계록>에 부각되어 있다. 탕씨와 가십랑, 염춘아가 이 욕망을 지니고 있다. 탕씨는 주동인물인 이옥수의 신명함을 드러내기 위해 설정된 인물이다. 가십랑은 기생 출신의 첩이고 염춘아는 첩 생활을 두 번이나 한 인물이다. 서술자는 이들이 재물을 추구한다고 설정함으로써 욕망이 인물의 신분에 걸맞게 발생하는 것임을 보였다. 그렇게 함으로써 그들이 상층민과는 다르다는 점을 보이려 했다. 즉 신분의식을 적절히 구현한 것이다. 서술자는 기질이 괴팍한 기부인을 통해 주변 환경이 인간에게 미치는 영향을 일정하게 드러내고 있다. 자식에 대한 過愛를 하는 최씨는 상

충민임에도 불구하고 주동적 가문을 역모죄로 무고한 결과 처형이라는 최후를 맞는다. 이는 충을 절대시한 서술자의식의 발로이다. 또 최씨가 소속된 조씨 집안의 구성원을 모두 부정적 인물로 형상화한 것은 서술자가 지닌 운명결정론의 반영이라 할 수 있다. 시기심을 지닌 김씨를 통해 서술자는 가장의 중요성을 역설하고 있으며 가빙랑을 통해서는 여성이 지켜야 할 도리, 즉 女道를 부각시키고 있다. 또한 가빙랑을 통해 우애 이념의 우위를 드러내고 있다. 서술자가 권력에 대한 욕망을 지닌 방씨를 설정하고 그녀가 처형당한다는 결구를 설정한 것은 정절과 충을 훼손한 인물에 대한 극대화된 부정적 시각을 표출한 것으로 볼 수 있다. 여성반동인물을 통해 볼 때, <화산선계록>에는 다양한 욕망이 보이는 가운데 종통에 대한 욕망이 드러나 있지 않다는 특징이 있다. 또한 하층민의 활약이 두드러져 있고, 다른 대하소설과는 달리 재물에 대한 관심이 크게 부가되어 있다는 특징이 있다. 그리고 여성주동인물 이옥수의 활약이 극대화되어 있다는 특징을 확인할 수 있다.

서술자는 다양한 방식을 통해 인물의 성격을 형상화한다. 서사 외에도 묘사나 인물의 최후 처리 방식이나 심리 처리의 방식 등을 동원한다. 서술자는 이러한 방식을 통해 서술자의식을 일정하게 노정한다. 인물의 행위를 중심으로 형상화한 것이 서사였다면, 묘사는 인물의 상태를 중심으로 한 것이다. 묘사는 그 자체로도 의미가 있지만 서사와 관계를 가진다는 점에서 의의가 있다. 특히 인물의 행위를 예고해 준다는 서사적 기능이 있다.

본고에서는 인물 묘사를 크게 두 가지로 분류하였다. 외모의 아름다움과 성품의 긍정성 여부에 따른 분류, 외모를 먼저 보이고 성품을 뒤에 보이는 묘사 방식에 따른 분류가 그것이다. 전자는 네 가지로 나뉘고 후자 역시 네 가지로 나뉜다. 전자의 경우 아름다운 외모와 긍정적 성품, 추한 외모와 긍정적 성품, 아름다운 외모와 부정적 성품, 추한 외모와 부정적 성품으로 나뉜다. 이 중 반동인물에 해당하는 것은 뒤의 두 가지이다. 후자의 경우, 외모를 먼저 보이고 성품을 뒤에 보이는 방식이 나타나지 않는 경우, 외모를 먼저 보이고 성품을 뒤에 보이는 방식이 뚜렷하되 서술이 매우 간략한 경우, 외모를 먼저 보이고 성품을 뒤에 보이는 방식이 모호하게 나타나는 경우, 외모를 먼저 보이고 성품을 뒤에 보이는 방식이 뚜렷하고 서술이 구체적인 경우로 나뉜다. 본고에서는 전자를 상위 항목으로 하고 후자를 그 하위 항목으로 하여 논의를 진행하였다.

아름다운 외모와 부정적 성품의 인물에 대한 묘사에서 외모만이 묘사되는 경우, 첩일 때에는 그 신분이 고려되어 간략하게 묘사되어 있고, 상층민일 경우에는 자세하게 묘사되어 있다. 성품만이 묘사되는 경우, 그 반동행위가 심각할 것임을 예고하는 기능을 하며 더불어 그녀가 가문의 일원이 아님을 부각시키는 기능을 하고 있다. 외모를 먼저 보이고 성품을 뒤에 보이는 방식이 뚜렷하되 서술이 매우 간략한 경우는 앞에는 외모를, 뒤에는 성품을 매우 간략하게 묘사하는 형태이다. 이 형태는 대하소설에 매우 드물게 보인다. 외모를 먼저 보이고 성품을 뒤에 보이는 방식이 모호하게 나타나는 경우는 대하소설에 가장 많이 등장하는 형태이다. 앞에는 외모를 묘사하고 뒤에는 작중인물의 시선을 통해 반동인물의 不仁함을 암시하는 형태이다. 이 형태는 묘사를 통해 서사를 강하게 예고하는 기능을 하고 있다. 외모를 먼저 보이고 성품을 뒤에 보이는 방식이 뚜렷하고 서술이 구체적인 경우는 특히 <명주보월빙>에 두드러지게 보이는 것으로서 앞에서는 외모를, 뒤에서는 성품을 구체적으로 묘

사하는 형태이다. 인물의 성격에 따라 그 묘사의 정도를 각기 달리
하고 있다는 특징이 있다. 문양공주와 같이 은악양선하는 인물에
대해서는 그 외모의 빼어남을 묘사한 뒤 성품의 不仁함을 구체적으
로 묘사하되 그 성품은 아는 사람만 안다고 언급하였다. 이로부터
묘사가 서사와 매우 긴밀한 연관을 지니고 있음을 알 수 있다. 아
름다운 외모와 부정적 성품을 묘사하는 방식의 하위 항목 네 가지
를 검토해 보았을 때, 대개 서술자는 가문의식과 더불어 婦德을 강
조하고 있음을 볼 수 있다. 부덕의 강조는 추한 외모와 긍정적 성
품을 지닌 여성주동인물을 통해서도 확인되는 점이다.

　추한 외모와 부정적 성품의 인물에 대한 묘사는 그 방식이 다양
하지 않다. 다만 외모에 관한 묘사만이 있을 뿐이다. 이들 인물은
은악양선하는 인물이 아니다. 노골적 반동행위를 하는 인물로서 때
로는 희화화되어 있다. 다만 서술자는 외모가 추함을 묘사함으로써
그 성품도 긍정적이지 않을 것임을 암시하고 있다. 서술자는 이들
인물을 통해 외모의 美醜는 성품의 善惡을 대변한다는 관습적 인식
을 드러내면서도 그러한 인식을 최대한 약화시키고 있다.

　대하소설에서 인물을 형상화하는 방식 중의 하나는 인물의 최후
처리를 통해서이다. 이러한 방식에는 서술자의식이 매우 강하게 부
각되어 있다는 특징이 있다. 서술자는 유교 이념을 효과적으로 제
시하기 위해 인물을 이용한다. 특히 주동인물과 반동인물 간의 첨
예한 대립을 통해 서술자는 표면적으로 유교 이념을 주지시키고 있
다. 이 방식은 크게 두 가지로 나눌 수 있다. 반동인물이 일방적으
로 패배한다는 설정이 그 하나이고, 반동인물을 주동인물이 회과시
킨다는 설정이 다른 하나이다. 앞의 방식은 반동인물에 대한 일방
적인 부정이라 할 수 있고 뒤의 방식은 반동인물에 대한 부정의 부

정이라 할 수 있을 것이다.

본고에서는 반동인물의 최후를 중심으로 그 양상을 살펴보았다. 반동인물의 회과가 설정된 작품은 <화산선계록>과 <명주보월빙>이고 나머지 작품에서는 보이지 않는다. <소씨삼대록>에서는 자연사하거나 출거, 폐위, 존속되고, <쌍천기봉>에서는 처형되거나 출거, 원찬된다. 여성반동인물의 최후의 측면에서 살펴보았을 때, <소씨삼대록>과 <쌍천기봉>은 반동인물에 대한 일방적인 부정 혹은 유예만이 있을 뿐이고, 나머지 두 작품에는 일방적인 부정과 함께 부정의 부정 논리가 혼재하고 있다. <화산선계록>과 <명주보월빙>에 특히 두드러지게 나타나 있는 여성반동인물의 처형 결구는 여성반동인물이 주동인물에게 일방적으로 패배하고 있음을 보여주는 것이다. 서술자는 이를 통해 여성반동인물의 부정적 성격을 뚜렷이 부각시키고 있는 동시에 貞節의 이념을 극대화해 표출하고 있다. 여성반동인물이 주동인물이 지닌 유교 이념에 의해 회과된다는 설정은 유교 이념의 견고함을 더욱 부각시키는 효과를 갖고 있다. 일방적인 부정의 시각보다 부정의 시각을 넘어선 부정이 더욱 강한 힘을 발휘하고 있는 것이다.

대하소설의 서술자는 인물의 심리 처리를 통해 인간에게 내재해 있는 본원적이고 다양한 심리를 보여주고 있다. 모든 행위주체는 행위대상에 대해 증오라는 감정을 지닌다. 그리고 행위주체가 자신이 추구하는 목적대상에 대해 가지는 감정의 양상은 크게 두 가지로 나눌 수 있다. 애정과 증오가 병존하는 경우와 애정이나 증오를 일관되게 지니는 경우이다. 서술자는 애정과 증오가 병존하는 양가 감정을 보여줌으로써 한편으로는 여성반동인물의 성품을 형상화하고 있으며 다른 한편으로는 인간의 본원적 심리를 보여주고 있다.

그렇게 함으로써 여성반동인물이 처한 특수한 위치와 심리는 모든 인물이 처하게 될 수 있는 보편적인 위치와 심리가 될 수 있음을 드러내고 있다. 행위주체가 목적대상에 대해 애정이나 증오 중 하나를 일관되게 가지는 경우, 그들이 지니는 심리의 강도는 매우 다양하게 표출되어 있다. 이러한 심리의 다양함은 그들의 최후까지 다르게 만드는 등 서사의 전개에 일정한 영향을 미치고 있다. 서술자는 일관된 애정이나 증오를 지닌 이들을 설정함으로써 그 이면에서 인간이 지니는 다층적인 심리를 보여주고 있는 것이다.

대하소설에서 여성반동인물은 욕망을 지닌 존재이다. 이들 인물이 지닌 주된 욕망은 애정과 성, 종통에 대한 욕망이다. 여성주동인물이 욕망을 제어하는 인물인 반면에 이들은 욕망을 발현한다. 그러나 이들의 욕망은 이데올로기에 막혀 좌절된다. 대하소설에는 이처럼 욕망과 이데올로기의 대립이 뚜렷이 나타나 있다.

애정에 대한 욕망을 지닌 여성반동인물을 통해 남성의 애정은 긍정하나 여성의 애정은 부정하는 남성 중심적 시각을 읽을 수 있다. 애정에 대한 욕망을 금지하는 이데올로기의 하나는 투기 금지의 이데올로기이다. 이 이데올로기는 일부다처제가 확립되면서 시작된 것이다. 대하소설에서는 아황·여영 모티프가 변형되어 서사화되거나 길복 모티프가 주로 사용되어 이러한 이데올로기를 강조하고 있고 또한 작중인물의 대화나 언술을 통해서도 이러한 이데올로기가 부각되어 있다. 여성반동인물의 욕망은 이러한 이데올로기에 의해 좌절되었지만 당대 여성이 무의식의 세계에서 꿈꾸던 한 모습을 보여주었다는 데 의의가 있다.

성에 대한 욕망은 정절 이데올로기에 의해 억압되어 나타나 있다. 서술자는 이들 성적 욕망을 지닌 여성반동인물에 대해 그 천성이 악함을 직접적이고 반복적으로 언술하고 있다. 그리고 이를 서사화함으로써 음란한 천성은 쉽게 변화할 수 없다는 시각을 보여주고 있다. 또한 정절과 관련하여 대하소설의 인물을 살펴 볼 때 남녀의 정욕을 차별적으로 보는 시각이 존재함을 알 수 있다. 간혹 남녀주동인물이 다 節을 지키는 소설이 있기는 하지만, 그때의 경우에도 절은 남성에게는 선택적이고 여성에게는 필수적인 것으로 되어 있다. 이러한 점들을 통해 조선시대의 여성이 성적 욕망을 억압당했던 실체를 확인할 수 있다.

종통의 문제를 다룬 종법제는 의리명분론에 입각한 정통론을 반영한 것이다. 종통에 대한 욕망을 지닌 여성반동인물은 바로 이러한 정통론의 질서를 전복시키려 했던 인물이다. 종법제는 철저히 남성 중심의 제도이다. 따라서 여성이 이 질서를 자신의 의지대로 바꾸려 했다는 점은 남성에 대한 도전이자 가부장제에 대한 도전이라 할 수 있다. 이들의 반동행위는 비록 좌절되었지만 남성 중심의 가부장제에 대해 이의를 제기했다는 점에서 의미가 있다.

본고에서 살핀 여성반동인물은 총 33명이다. 이 가운데 20명이 재실이나 첩과 같은 非正室, 계실, 비종부이다. 이들은 정실이나 종부가 아닌 데서 비롯된 소외감을 공유하고 있다. 이는 후처 콤플렉스로 명명할 수 있다. 이 후처 콤플렉스는 이들이 천성 때문이 아니라 후처라는 환경 때문에 비롯된 것이다. 따라서 이들의 반동행위가 그들의 천성 때문에 불가피한 것이라는 서술자의 언급은 표면적인 것에 불과하다.

여성반동인물이 파탈하게 되는 원인은 당대 제도의 모순에 있다. 종법제나 다처제 혹은 처첩제는 그 혜택을 입은 자나 입지 못한 자에게 모두 이데올로기에의 복종을 요구하는 제도이다. 그런데 혜택을 입지 못한 자는 소외감을 가질 수밖에 없다. 그들은 비록 제도의 틀 내에서 자신들의 욕망을 충족시키려 하지만, 그들의 행위는 제도가 불합리하고 모순된 것임을 보여주는 중요한 자료가 된다.

여성반동인물은 여성을 타자화하고 여성을 갖가지 이데올로기로 억압했던 남성 지배세력에 대해 반항한 인물이고 같은 여성으로서 자신들을 소외시키고 열등감에 시달리게 하고 남성 중심의 이데올로기를 체화해 스스로를 타자로 만든 기득권 여성에게 반항한 인물이다. 이런 면에서 대하소설의 여성반동인물은 남성에 비해 비기득권자이고 여성 중에서도 비기득권자이다. 이들 여성반동인물은 이러한 비기득권 상태를 종식시키기 위해 기득권자에게 대항했으나 끝내 강고한 사회구조를 전복시킬 수는 없었던 것이다.

여성반동인물을 중심으로 볼 때, 대하소설의 작가는 여성반동인물에 대해 비판적 시각을 견지하고 있다. 여성반동인물이 다양한 욕망을 지니는 것 자체를 비판적으로 본다. 철저히 남성 중심적이며 가부장제에 동화된 시선으로 여성반동인물을 바라본다. 그래서 작가에게 있어 여성반동인물과 같은 존재는 회과나 징치의 대상이 된다. 이런 면에서 볼 때 대하소설의 작가는 가부장제에 동화되어 그 기득권을 누리는 인물로 판단된다.

대하소설의 작가는 상층 여성의 질곡을 누구보다도 잘 아는 사람이다. 작가는 소설 속 인물이 상층의 여성이라 해도 그녀가 인간인 이상 욕망을 지닐 수 있음을 이해하는 이다. 욕망은 누구나 지니고 있다는 사실을 통감하지만, 또한 그러한 욕망은 당대 사회에서 용납될 수 없음을 작가는 알고 있다. 욕망과 이데올로기의 충돌에서 이데올로기가 승리함을 작가는 충분히 인식하고 있는 것이다.

이런 점을 보면, 대부분의 대하소설의 작가는 기존의 논의에서도 여러 번 지적되었지만, 가부장제에 동화된 상층 여성일 가능성이 높다. 여성 작가는 사회에서 요구하는, 투기를 억제하고 정절을 지키라는 이데올로기를 다양한 방식으로 체화한 인물로 보인다. 이들 여성 작가는 가부장제의 틀 내에서 기득권을 지니고 있으면서도 남성에 대해서는 비기득권자이다. 그래서 이데올로기에 대해 비판적 시각이 없지만 그들의 창작물에는 상층 여성이 겪는 질곡이 필연적으로 내재화될 수밖에 없는 것이다. 여성반동인물은 그런 면에서 상층 여성의 질곡을 보여주기에 가장 적절한 인물 형상이라 할 수 있을 것이다.

본고에서 논의한 대하소설의 여성반동인물은 여러 측면에서 처첩형·계모형 가정소설에 등장하는 여성반동인물과 비교해 볼 수 있다. 먼저 반동행위를 발생시키는 환경의 측면에서 볼 때, 가정소설의 경우 처첩형이나 계모형을 막론하고 家長의 역할이 매우 중시되어 있다. 가장이 부재 중이거나 혜안이 없어 가내의 분란이 일어나는 것이다. 대하소설의 경우, <소씨삼대록>이나 <쌍천기봉>에서는 가정소설의 경우와 같이 가장의 역할이 중시되기도 하나 대개는 반동행위가 일어나게 되는 계기를 반동인물의 성품에 돌리고 있다. 즉 주요 가문의 일원은 자질이나 품성이 완벽한데, '악'한 여성이 영입되어 가문에 평지풍파를 일으킨다는 시각이 나타나 있는 것이다. 이러한 시각은 다처제나 처첩제에 내재된 근본적인 모순을 한 인물에게 전가시키려는 것으로서 봉건적 질서를 은폐하려는 서술자의 企圖가 숨어 있다.

다음으로 견줄 수 있는 것은 반동인물이 갖는 욕망의 성격이다. 처첩형이나 계모형 가정소설의 경우, 욕망은 성적 욕망(처첩형)이나 재물에 대한 욕망(계모형), 특정한 욕망이 설정되지 않고 혈연을 중시해 반동행위를 하는 경우(계모형) 등으로 획일화되어 있다. 이에 반해 대하소설 여성반동인물의 욕망은 본고에서 살핀 바와 같이 매우 다양하다.

이렇게 된 것은 분량의 차이 때문이기도 하지만, 더 큰 요인으로는 두 유형의 장르적 성격과 향유기반이 다르고, 이에 따라 서술자의 관심이 서로 달라지게 된 점을 들 수 있다. 가정소설은 통속소설임을 부인할 수 없다. 향유층이 다양하고, 분량이 비교적 짧으며, 한 작품에 대한 이본의 수가 많고, 서로 다른 작품이라 해도 그 내용이 비슷한 경우가 많기 때문이다. 이에 비해 대하소설은 상층부에서 주로 향유되었고 분량이 길어 독자층이 한정될 수밖에 없으며, <현씨양웅쌍린기>와 같은 몇몇 소설을 제외하면 이본의 수가 적으며, '단위담'의 형태로 비슷한 이야기가 여러 작품에서 산견되기는 하지만 그 서사구조의 다양함은 가정소설의 단순함과는 비교할 수가 없다.

그 향유기반에 있어 가정소설의 경우 상하층이 고루 향유하는 장르였던 반면, 대하소설은 상층부의 전유물이었다. 처첩형 가정소설은 상층부 가정에서 일어날 수 있는 문제를 통속적으로 다룬 소설이다. 여기에서 통속적으로 다루었다고 한 것은 서술자가 '선'과 '악'을 표상하는 두 인물유형을 극단화시켜 제시했다는 점을 의미한다. 따라서 상층 가정의 문제적 여성 중에서도 도저히 용서받을 수 없는 '죄', 즉 정절을 훼손시킨 여성을 등장시킴으로써 그 감계적 효과를 극대화하였다. 계모형 가정소설은 상층사대부 가정이나 중인 가정에서 일어나는, 계모와 전실소생의 갈등 문제를 통속적으로 다룬 소설이다. 이 소설 유형은 계모에 대한 전통적 관념을 투영시켜 혈연을 특히 중시한 유형이다. 즉 계모나 전실소생은 의리로 맺어진 모자, 모녀 사이이지만 이들은 그러한 의리보다는 혈연에 입각하여 갈등을 벌이는 것이다.

그런데 대하소설은 이들 작품과는 다르다. 대하소설은 그 방대한 분량만큼이나 상층부의 가정에서 일어날 수 있는 온갖 문제를 형상화한 소설이다. 따라서 여기에는 성적 욕망을 추구하는 여성이나 전실소생을 괴롭히는 계모를 포함해 다양한 욕망을 지닌 여성이 등장한다. 대하소설에는, 가정소설에서와 같이 인물 간의 극단적인 갈등에 이어 반동인물이 처형당하는 내용도 등장하지만, 반동인물이 회과되는 설정을 해 놓음으로써 오히려 유교 이념의 우위를 내보이기도 한다. 대부분의 가정소설에는 끝없는 대립만이 존재하지만 대하소설에는 인물 간의 대립 외에도 대립을 넘어선 포용도 나타나 있다. 대하소설에 등장하는 가문은 가정소설에 등장하는 가정과 같이 여성반동인물의 행위 하나로 가문이 파탄 날 정도로 미약하지는 않다. 온갖 욕망을 지닌 인물이 등장해 가문을 뒤흔들어 놓지만 이들 가문에는 이를 융해할 만한 힘이 있는 것이다. 이는 벌열가문이 지닌 자신감이고, 현실 사회에 대입하면 결국 이를 향유했던 상층 사대부의 자신감일 것이다.

여성반동인물을 기준으로 대하소설을 계모형 가정소설과 비교해 볼 때 서술자가 지닌 관심의 차이가 확연히 드러난다. 계모형 가정소설은 혈연을 중시한 소설유형인 반면에 대하소설은 혈연보다는 의리를 중시한 소설유형이다. 계모형 가정소설에서 갈등의 두 주체인 계모와 전실소생은 근본적으로 혈연이 다르다는 이유로 서로 갈등을 빚는다. 그리고 대부분의 경우 두 주체는 대립하다가 계모의 패배로 끝이 난다. 대하소설에서는 친부모―자식 관계가 아닌 인물 관계가 상당수 등장한다. 계모와 전실소생의 관계를 비롯해 立後로 맺어진 母子 관계 등 다양하다. <화산선계록>의 몇몇 반동인물을 제외하면 이들 반동인물은 대개 종통에 대한 욕망을 갖고 있다. 즉 혈연에 입각해 자신의 친자식이나 족속의 일원을 종통으로 삼으려 하는 것이다. 이에 대해 義子는 의리에 입각해 효도를 다하여 결국 義母를 개과시킨다. 갈등의 구조는 혈연을 중시하는 이를, 의리를 중시하는 이가 제압하는 구조이다.

본고의 작업은 대하소설 중 일부를 대상으로 한 것이다. 따라서 본고는 다분히 시론적인 성격을 띠고 있다. 앞으로 여타 대하소설의 여성반동인물을 살펴 본고에서 논의한 것들을 확인하는 절차가 남아 있다. 또한 남성반동인물을 여성반동인물과 비교하는 작업도 의미가 있을 것이다. 그리고 다른 소설 유형의 여성반동인물을 공시적, 통시적으로 살핌으로써 소설 유형의 특질을 여성반동인물을 근거로 하여 논의할 수 있을 것이다. 이를 통해 다른 서사 양식에 보이는 비슷한 유형의 여성인물을 살펴 장르 간 성격을 논의할 수 있을 것으로 기대한다.

참고문헌

자료

<소현성록>: 4권 4책, 이화여대 소장본.

<소씨삼대록>: 11권 11책, 이화여대 소장본.

<명주보월빙>: 100권 100책, 한중연 소장본. (영인: 全 10권, 고려서림, 1986; 활자화: 한국정신문화연구원, 『명주보월빙』 1~5, 한국고대소설대계 (一), 1980)

<윤하정삼문취록>: 105권 105책, 한중연 소장본. 유일본. (영인: 全 11권, 고려서림, 1986; 활자화: 한국정신문화연구원, 『윤하정삼문취록』 1~5, 한국고대소설대계 (二), 1982)

<천수석>: 9권 9책, 한중연 소장본. (영인: 김기동 편, 『필사본 고선소설전집』 23, 아세아문화사, 1980)

<화산선계록>: 80권 80책, 한중연 소장본. 유일본. (영인: 全 8권, 고려서림, 1986)

<쌍천기봉>: 18권 18책, 한중연 소장본. (영인: 전 3권, 장서각, 1979)

<이씨세대록>: 26권 26책, 한중연 소장본.

<옥원재합기연>: 21권 21책, 규장각 소장본. (영인: 김기동 편, 『필사본 고전소설전집』 27~30, 아세아문화사, 1980)

<현씨양웅쌍린기>: 10권 10책, 한중연 소장본. (영인: 국학자료보존회, 1979)

<유효공선행록>: 12권 12책, 서울대 소장본. (영인: 김기동 편, 『필사본 고전소설전집』 15~16, 아세아문화사, 1980)

<유씨삼대록>: 20권 20책, 국립중앙도서관 소장본. (영인: 김기동 편, 『한국고전소설총서』 4~6, 태학사, 1983)

<성현공숙렬기>: 25권 25책, 규장각 소장본. (영인: 김기동 편, 『한국
        고전소설총서』 1~3, 태학사, 1983)
<임씨삼대록>: 40권 40책, 한중연 소장본.
<완월회맹연>: 180권 180책, 한중연 소장본. (영인: 全 18권, 고려서림,
        1986)
<쌍성봉효록>: 16권 16책, 국립중앙도서관 소장본.
<이생규장전>: 『금오신화』 中, 중국 大連圖書館本.
<창선감의록>: 국립중앙도서관 의산문고본.
<사씨남정기>: 80장. 조동일 교수 소장본. (영인: 조동일 편, 『조동일 소
        장 국문학연구자료』 8, 도서출판 박이정, 1999)
<소대성전>: 완판 43장본. (영인: 김동욱 편, 『영인 고소설판각본전집』
        1, 연세대 인문과학연구소, 1973)
<옥주호연>: 경판 29장본. (활자화: 정병헌·이유경 엮음, 『한국의 여
        성영웅소설』, 태학사, 2000)
<홍계월전>: 회동서관본, 1926. (활자화: 정병헌·이유경 엮음, 『한국
        의 여성영웅소설』, 태학사, 2000)

『朝鮮王朝實錄』 (CD롬)
『後漢書』
『晋書』
『論語』
『孟子』
『詩經』
『禮記』
『經國大典』
이덕무, 『士小節』(김종권 역, 『사소절』, 명문당, 1987)
유 향, 『列女傳』(이숙인 역, 『열녀전』, 예문서원, 1996)

국내논저

강은해, 「「泉水石」과 連作 「華山仙界錄」 연구」, <語文學> 71, 한국어문
학회, 2000.

강재철, 「고전소설에 있어서의 선악 인물의 성격파악 문제」, 화경고전
문학연구회 편, 『고전소설연구』, 일지사, 1993.

강재철, 「권선징악 이론의 전통과 고전소설」, 인하대 박사논문, 1993.

곽정식, 「고소설의 중간자 인물에 관한 연구」, <논문집> 11-3, 경성대,
1990.

곽정식, 「한국소설에서의 여성 중간자 인물의 서사적 기능과 사회적
의미: 통시적 고찰을 중심으로」, <한국문학논총> 17, 한국문학
회, 1995.

권두환·서종문, 「방자형 인물고-판소리계소설을 중심으로-」, 한국고
전문학연구회 편, 『한국소설문학의 탐구』, 일조각, 1978.

김기동 해제, 「명주보월빙과 윤하정삼문취록」, <월간문학> 103, 월간문
학사 1977.

김기동, 「화산선계록과 유이양문록」, 『연암현평호박사회갑기념논총』,
형설출판사, 1980.

김수봉, 「고소설의 반동인물 연구」, 『서사문학의 반동인물 연구』, 국학자
료원, 2002.

김수봉, 「영웅소설 남주인공의 외형묘사 연구」, <우암어문론집> 5, 부
산외국어대 국어국문학과, 1995.

김용숙, 『조선조 궁중풍속 연구』, 일지사, 1987.

김정숙, 「소설의 언술체계로서 서사와 묘사의 상호작용」, <불어불문학>
33, 한국불어불문학회, 1996.

김종철, 「19C 중반기 장편영웅소설의 한 양상-옥수기, 옥루몽, 육미당
기를 중심으로-」, <한국학보> 40, 일지사, 1985.

김진세, 「조선조 대하소설 연구-화산선계록을 중심으로」, <관악어문연

구> 11, 서울대 국어국문학과, 1986.

김진세, 「화산선계록 연구」(一), <관악어문연구> 9, 서울대 국어국문학
        과, 1984.

김탁환, 「쌍천기봉의 창작방법 연구」, <관악어문연구> 18, 서울대 국어
        국문학과, 1993.

김현룡, 「고소설의 방자 소재」, <국어국문학> 78, 국어국문학회, 1978.

김홍균, 「복수주인공 고전장편소설의 창작방법 연구」, 한국학대학원 박
        사논문, 1990.

김흥규, 「방자와 말뚝이-두 전형의 비교-」, <한국학논집> 5, 계명대
        한국학연구소, 1980

大谷森繁, 『조선후기 소설독자 연구』, 고대 민족문화연구소, 1985.

문용식, 「가문소설의 인물 연구-세대별 기능과 갈등양상을 중심으로
        -」, 한양대 박사논문, 1995.

박갑수, 「고소설의 안면묘사」, <국어교육학연구> 8, 국어교육학회, 1998.

박경숙, 「명주보월빙에 나타난 인물형상화의 양상과 의미」, 고려대 석
        사논문, 1989.

박명화, 「고대소설에 나타난 부수적 인물 분석」, 성신여사대 석사논문,
        1975.

박명희, 「고소설의 여성중심적 시각 연구」, 이화여대 박사논문, 1990.

박민일, 「고대소설에 나타난 여주인공의 인물 및 복식물 묘사고」, <어문
        논집> 14·15, 안암어문학회, 1973.

박영희, 「소현성록 연작 연구」, 이화여대 박사논문, 1994.

박영희, 「장편가문소설의 明史 수용과 의미: 靖難之變을 중심으로」,
        <한국고전연구> 6, 한국고전연구학회, 2000.

박영희, 「<소현성록> 연구사」, 일위우쾌제박사화갑기념논문집 『고소설연
        구사』, 월인, 2002.

박영희, 「<소현성록>에 나타난 公主婚의 사회적 의미」, <한국고전연구>
        12, 한국고전연구학회, 2005.

박일용, 「인물형상을 통해서 본 구운몽의 낭만적 경향성」, 『조선시대의
　　애정소설』, 집문당, 1993.

박일용, 「사씨남정기의 이념과 미학」, <고소설연구> 6, 한국고소설학회,
　　1998.

박일용, 「창선감의록의 구성원리와 미학적 특징」, <고전문학연구> 18,
　　한국고전문학회, 2003.

박주, 『조선시대의 정표정책』, 일조각, 1990.

박주, 『조선시대의 효와 여성』, 국학자료원, 2000.

박희병, 『한국전기소설의 미학』, 돌베개, 1997.

백순철, 「소현성록의 여성들」, <여성문학연구> 창간호, 한국여성문학학
　　회, 1999.

부인식, 「明珠寶月聘의 천상계에 대한 수사적 접근」, 제주대 석사논문,
　　1987.

서경희, 「<소현성록>의 ‘석파’ 연구」, <한국고전연구> 12, 한국고전연구
　　학회, 2005.

서대석, 『군담소설의 구조와 배경』, 이화여자대학교출판부, 1985.

서정민, 「「泉水石」과 「華山仙界錄」의 대응적 성격과 연작양상 연구」, 서
　　울대 석사논문, 1999.

성숙, 「명주보월빙 연구」, 이화여대 석사논문, 1979.

송성욱, 『한국 대하소설의 미학』, 월인, 2002.

신규원, 「계모형소설 연구－계모의 성격과 그 갈등양상을 중심으로－」,
　　영남대 석사논문, 1981.

심경호, 「樂善齋本 小說의 先行本에 관한 一考察;온양정씨 필사본<옥원
　　재합기연>과 낙선재본<옥원중회연>의 관계를 중심으로」, <정신문
　　화연구> 38, 한국정신문화연구원, 1990.

심재숙, 「고전소설에 나타난 늑혼 삽화의 양상과 그 의미」, 이수봉 외,
　　『한국가문소설 연구논총』Ⅲ, 경인문화사, 1999.

우종하, 『인간심리의 이해』, 교육과학사, 2000.

우쾌제, 「계모형소설 연구-특히 구성·인물·사상을 중심으로-」, 고려대 석사논문, 1976.

이능화, 김상억 역, 『조선여속고』, 대양서적, 1976.

이상택, 「명주보월빙 연구」, 『한국고전소설의 탐구』, 중앙출판, 1983.

이상택, 「조선조 대하소설의 작자층에 대한 연구」, <고전문학연구> 3, 한국고전문학연구회, 1986.

이숙인, 「중국고대의 여성윤리사상 형성에 관한 연구」, 성균관대 박사논문, 1996.

이승복, 「계모형 가정소설의 갈등양상과 의미」, <관악어문연구> 20, 서울대 국어국문학과, 1995.

이승복, 『고전소설과 가문의식』, 월인, 2000.

이옥경, 「조선시대 정절 이데올로기의 형성기반과 정착방식에 관한 연구」, 이화여대 석사논문, 1985.

이원수, 「가정소설 작품세계의 시대적 변모」, 경북대 박사논문, 1992.

이재민, 「고소설에 나타난 보조인물 연구」, 건국대 석사논문, 1993.

이재선·신동욱, 『문학의 이론』, 학문사, 1986.

이정탁, 「裨將과 房子의 작중기능-배비장전을 중심으로-」, <국어국문학논문집> 7·8 합병호, 동국대, 1969.

이주영, 「소현성록 인물 형상의 변화와 의미-규장각 소장 21권본을 중심으로-」, <국어교육> 98, 한국국어교육연구회, 1998.

이지하, 「현씨양웅쌍린기 연작 연구」, 서울대 석사논문, 1992.

이지하, 「<옥원재합기연> 연작 연구」, 서울대 박사논문, 2001.

이진경, 「자크 라캉: 무의식의 이중구조와 주체화」, 『철학의 탈주』, 새길, 1995.

이현미, 「고전소설에 나타난 烈思想의 반동인물 연구」, 상명여대 교육대학원 석사논문, 1995.

임치균, 『조선조 대장편소설 연구』, 태학사, 1996.

장시광, 「쌍천기봉 연작 연구」, 서울대 석사논문, 1996.

장시광, 「계모형 소설에 나타난 갈등의 양상과 작가의식」, <국문학연구> 7, 국문학회, 2002.

장시광, 「명주보월빙의 여성반동인물 연구」, <고소설연구> 14, 고소설학회, 2002.

장시광, 「쌍천기봉 연구사」, 일위우쾌제박사화갑기념논문집 『고소설연구사』, 월인, 2002.

장시광, 「쌍천기봉의 여성반동인물 연구」, <동방학> 9, 한서대학교 부설 동양고전연구소, 2003.

장시광, 「천수석 여성반동인물의 행동양상과 그 서사적 의미」, <동양고전연구> 15, 동양고전학회, 2003.

장시광, 「화산선계록의 여성반동인물 연구」, <국어국문학> 135, 국어국문학회, 2003.

장시광, 「<화산선계록>에 나타난 계모이야기의 양상과 의미」, <국제어문> 28, 국제어문학회, 2003.

장효현, 「장편가문소설의 성립과 존재양태」, <정신문화연구> 14권 3호 (통권 44호), 한국정신문화연구원, 1991.

전성운, 「장편 국문소설의 변모와 영웅소설의 형성」, 고려대 박사논문, 2000.

전성운, 「장편국문소설에 나타난 몽유양식의 양상과 의미」, <고소설연구> 8, 한국고소설학회, 1999.

정경민, 「여성 이인 설화 연구」, 이화여대 석사논문, 2001.

정규복, 「제일기언에 대하여」, <중국학논총> 1, 고려대 중국학연구회, 1984.

정병설, 「완월회맹연 연구」, 서울대 박사논문, 1997.

정병욱, 『한국 고전의 재인식』, 기린원, 1988.

정선희, 「<소현성록> 연작의 남성 인물 고찰>」, <한국고전연구>12, 한국고전연구학회, 2005.

정재서, 「열녀전(列女傳)의 여성유형학」, 이화중국여성문학연구회 편,

『동아시아 여성의 기원』, 이화여대 출판부, 2002.

정정덕, 「고대소설 속의 미인」, <사림어문연구> 10, 사림어문학회, 1994.

정창권, 「소현성록의 여성주의적 성격과 그 의미」, <고소설연구> 4, 한국고소설학회, 1998.

정창권, 「완월회맹연의 여성주의적 상상력」, <고소설연구> 5, 한국고소설학회, 1998.

정창권, 「조선후기 장편 여성소설 연구: 「완월회맹연」을 중심으로」, 고려대 박사논문, 1999.

정출헌, 「가부장적 가족제도의 질곡과 『사씨남정기』」, 『고전문학과 여성주의적 시각』, 소명출판, 2003.

정하영, 「심청전에 나타난 악인상-뺑덕어미론-」, <국어국문학> 97, 국어국문학회, 1987.

정하영, 「월매의 성격과 기능」, 한국고전문학연구회 편, 『고전소설연구의 방향』, 새문사, 1985.

조광국, 「고전소설에서의 사적 모델링, 서술의식 및 서사구조의 관련양상-옥호빙심, 쌍렬옥소삼봉, 성현공숙렬기, 쌍천기봉을 중심으로」, <한국문화> 28, 서울대 한국문화연구소, 2001.

조남현, 『소설원론』, 고려원, 1984.

조동일, 『한국소설의 이론』, 지식산업사, 1977.

조현설, 「남성 지배와 장화홍련전의 여성 형상」, 『고전문학과 여성주의적 시각』, 소명출판, 2003.

주경희, 「조선후기 가정소설에 나타난 악녀에 대한 연구-쟁총형 가정소설을 중심으로-」, 호서대 석사논문, 2001.

지두환, 『조선전기 의례 연구』, 서울대 출판부, 1994.

진경환, 「창선감의록의 작품구조와 소설사적 위상」, 고려대 박사논문, 1992.

차은경, 「고전소설에 나타난 악녀형 인물 연구」, 수원대 교육대학원 석사논문, 2003.

최길용, 「명주보월빙 연작」, 일위우쾌제박사화갑기념논문집 『고소설 연구사』, 월인, 2002.

최길용, 「명주보월빙 연작소설 연구」, 전북대 석사논문, 1984.

최길용, 「쌍천기봉 연작형소설 연구」, 『고소설연구논총 다곡이수봉선생 회갑기념논총』, 1988.

최길용, 『조선조 연작소설 연구』, 아세아문화사, 1992.

최영아, 「『泉水石』과 『華山仙界錄』 비교 연구」, 계명대 교육대학원 석사논문, 1997.

최진아, 「견고한 원전과 그 계보들: 동아시아 여성 쓰기의 역사」, 이화중국여성문학연구회 편, 『동아시아 여성의 기원』, 이화여자대학교 출판부, 2002.

한길연, 「대하소설의 능동적 보조인물 연구」, 서울대 석사논문, 1997.

한상현, 「고소설에 나타난 악녀의 실상-쟁총형 가정소설을 중심으로-」, 건국대 석사논문, 1996.

허춘, 「고소설의 인물 연구-중재자를 중심으로-」, 여세대 박사논문, 1986.

홍인숙, 「조선 후기 열녀전 연구」, 이화여대 석사논문, 2000.

국외논저

V. 프롭, 황인덕 역, 『민담형태론』, 예림기획, 1998.

Webster's Third New International Dictionary, ed. by Philip Babcock Ph.D. and The Merriam-Webster editorial staff, Massachusetts: Merriam-Webster Inc., 1986.

권택영 엮음, 민승기·이미선·권택영 옮김, 『자크 라캉 욕망이론』, 문예출판사, 1994.

나탈리 에니크, 서민원 옮김, 『여성의 상태』, 동문선, 1999.

데이비드 맥렐런, 구승회 옮김, 『이데올로기』, 이후, 2002.

로버트 숄즈·로버트 켈로그, 임병권 역, 『서사의 본질』, 예림기획, 2001.

로비 매콜리·죠오지 래닝, 「인물구성」, 김병욱 편, 최상규 역, 『현대소설의 이론』, 대방출판사, 1983.

매슬로우, 조대봉 역, 『인간의 동기와 성격』, 교육과학사, 1992.

서복관, 「음양오행설과 관련문헌의 연구」, 양계초·풍우란 외, 김홍경 편역, 『음양오행설의 연구』 신지서원, 1993.

아리스토텔레스, Leon Golden 영역, O.B.Hardision, Jr 해설, 최상규 역, 『시학』, 도서출판 인의, 1989.

양계초, 「음양오행설의 역사」, 양계초·풍우란 외, 김홍경 편역, 『음양오행설의 연구』, 신지서원, 1993.

전여강, 이재정 옮김, 『공자의 이름으로 죽은 여인들』, 예문서원, 1999.

[부록] 각 작품의 주요 가문 가계도

〔부록 1〕 〈소현성록〉 연작 가계도

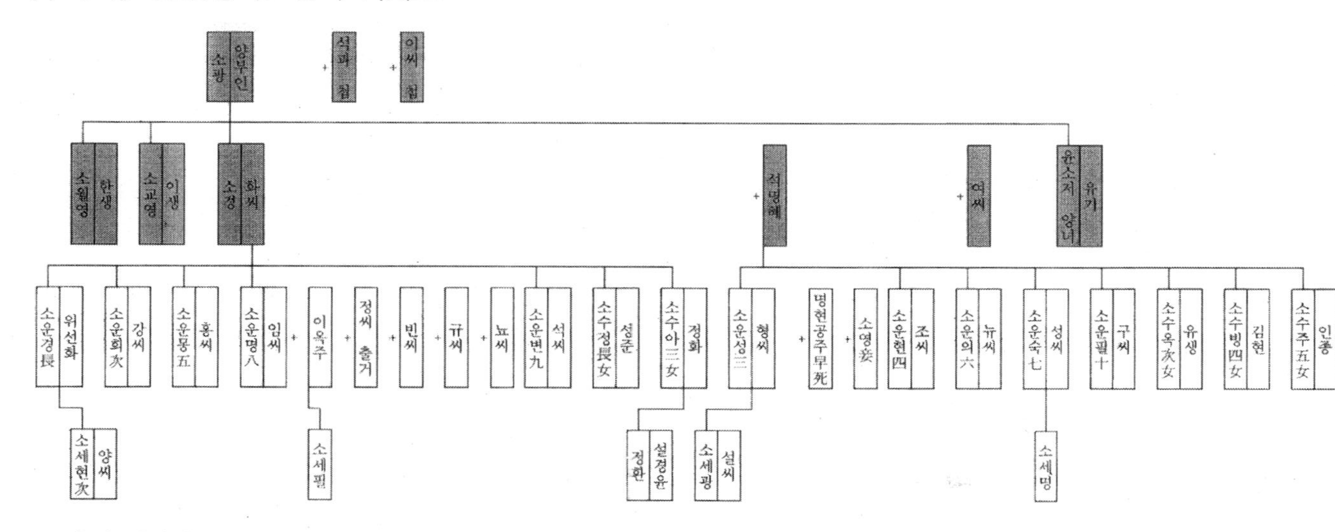

* 음영 처리된 부분에 있는 인물은 〈소현성록〉의 주요인물이고 처리되지 않은 부분에 있는 인물은 〈소씨삼대록〉의 주요인물임

〔부록 2〕 〈쌍천기봉〉 가계도
이부

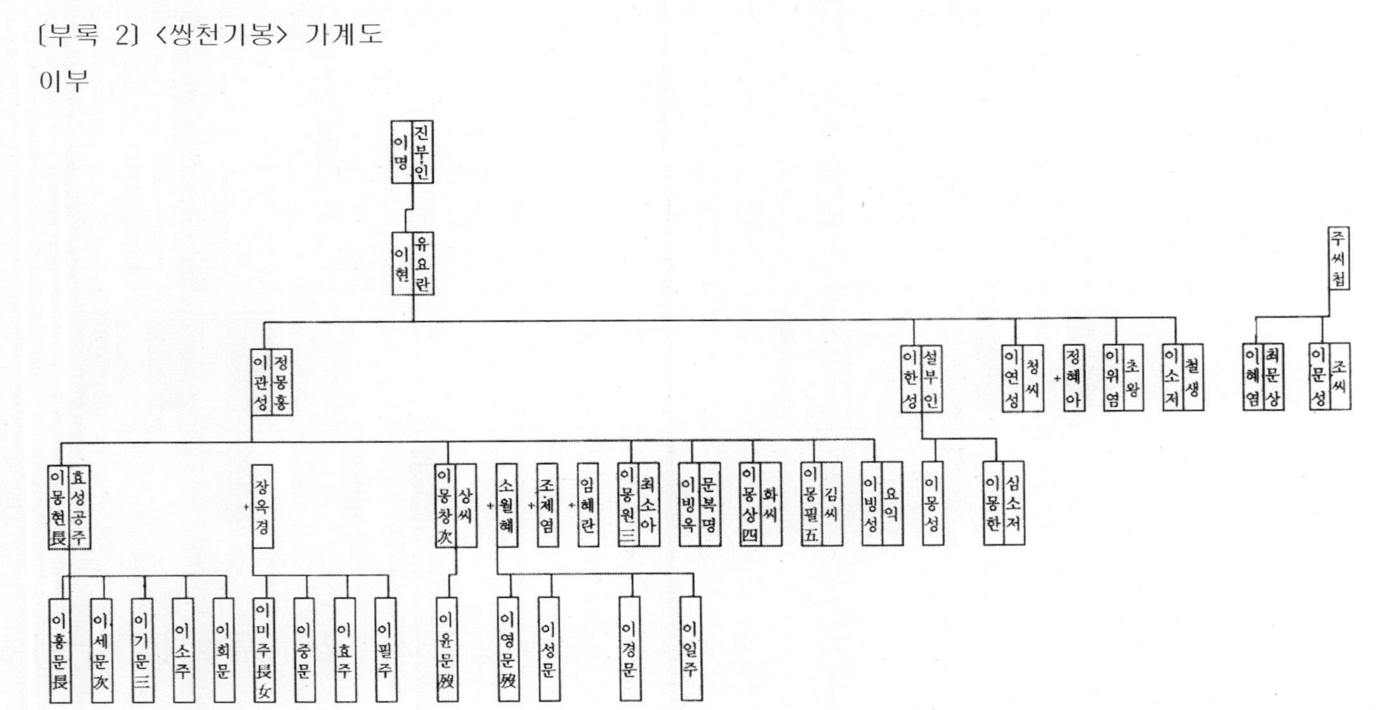

[부록 3] 명주보월빙 내 각 가문의 가계도

윤부 가계

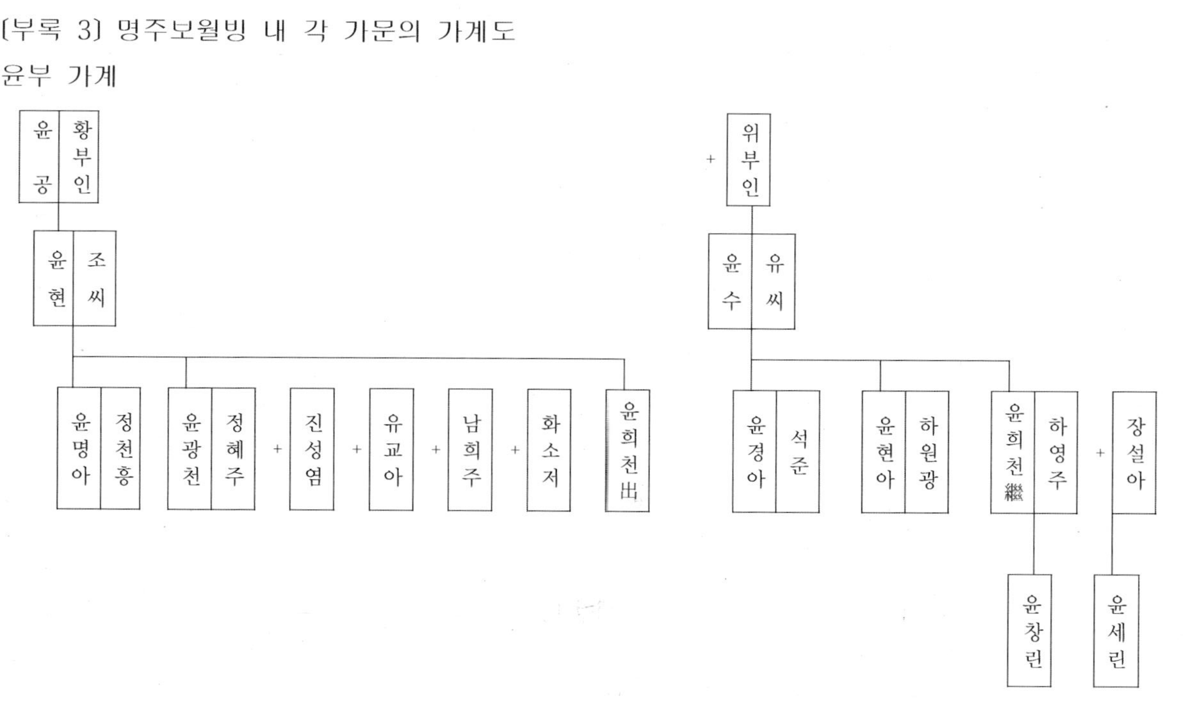

정부 가계도

순부인
정연 진부인
정천흥 윤명아 + 양난염 + 이수빙 + 경숙혜 + 문양공주 + 운영 첩
정인흥 이연빙
정혜주 윤광천
정세흥 양씨
성난화 출거 + 소염난 + 한씨
정유흥 주소저
정필흥 두씨 + 화씨
정아주

하부 가계도

하진 조씨
하원경 임성옥 하원보 하원상 하원광 윤현아 + 연군주 + 경소저 하영주 윤희천 하원상 하원경의 환생 주애랑 黜去 + 임몽옥 임성옥의 환생 하원창 하원보의 환생 설빈 성난 성화의 환생 + 정아주 + 위소저 + 양소저 하원필 하원상의 환생 진애화
무死 殉死 무死 무死

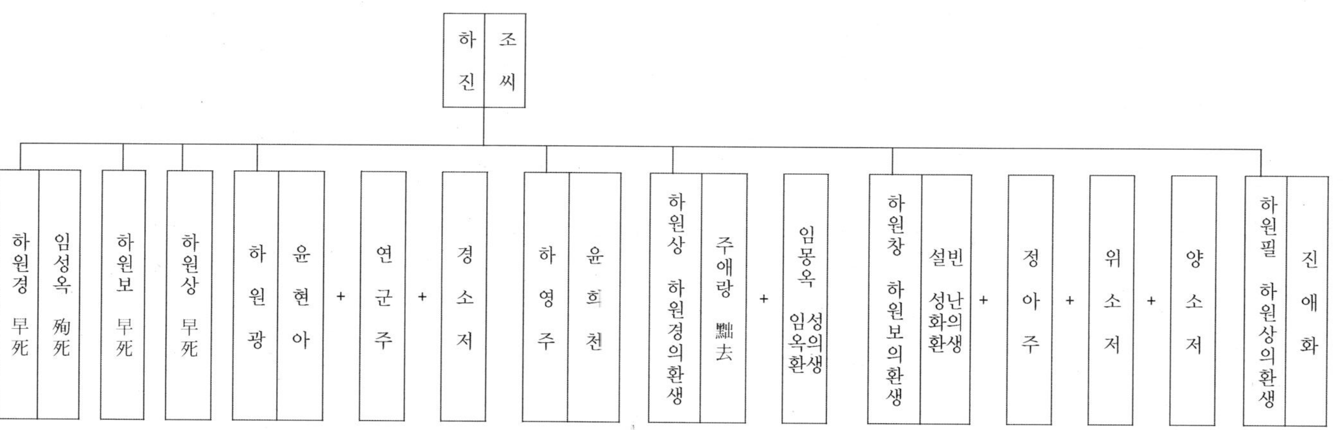

[부록 4] 〈화산선계록〉 내 각 가문의 가계도

위부 가계도

양부 가계도

양공
양선경
양선생 죽청 | 사부인
양현자 | 진부인
양선생 벽계 | 범부인
+ 가십낭첩
양월희 女 | 위완창
양문흥 | 위명염
양계흥 | 소부인
양소저 | 왕정빈
양소저 | 상공
양섬 | 홍부인
양혜주 女 | 위웅창
양염
왕생 | 연화옥

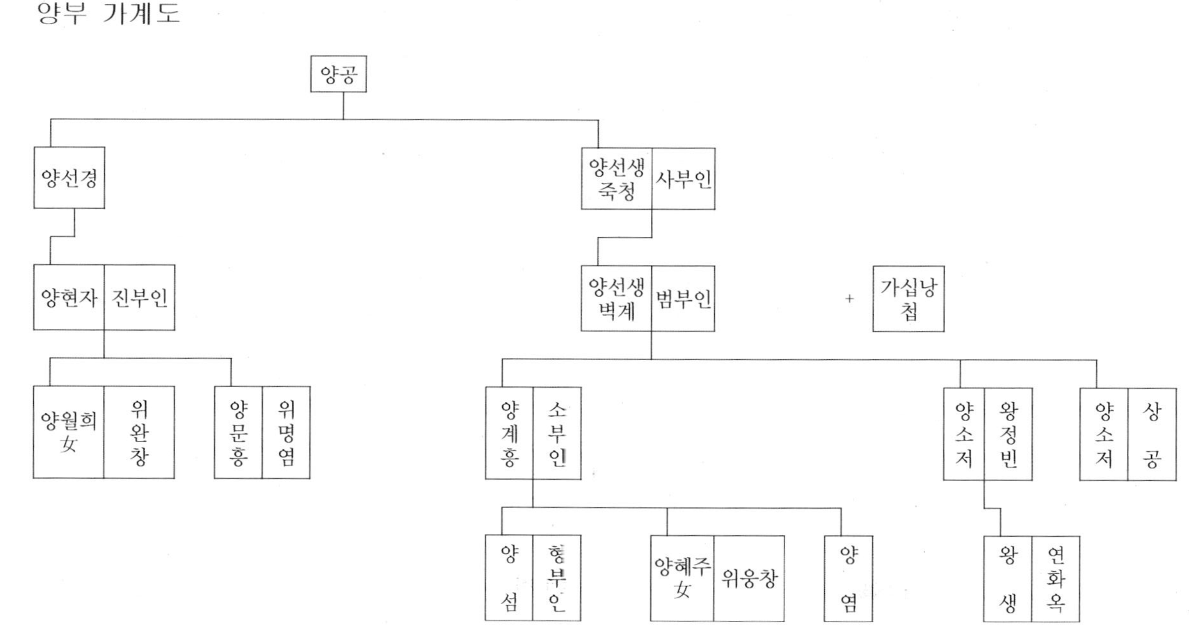

연부 가계도

기공
연선생정리 기부인
연희숙 석부인
연부인 소상서
연부인 가창
연명윤 경부인
연화옥 왕생
연화주 진왕
연명주
연계윤
소세정 풍부인
가훈
가빙낭
가전
가생
연창경
연성경
연최경
소경 설소저
소요주 위현창

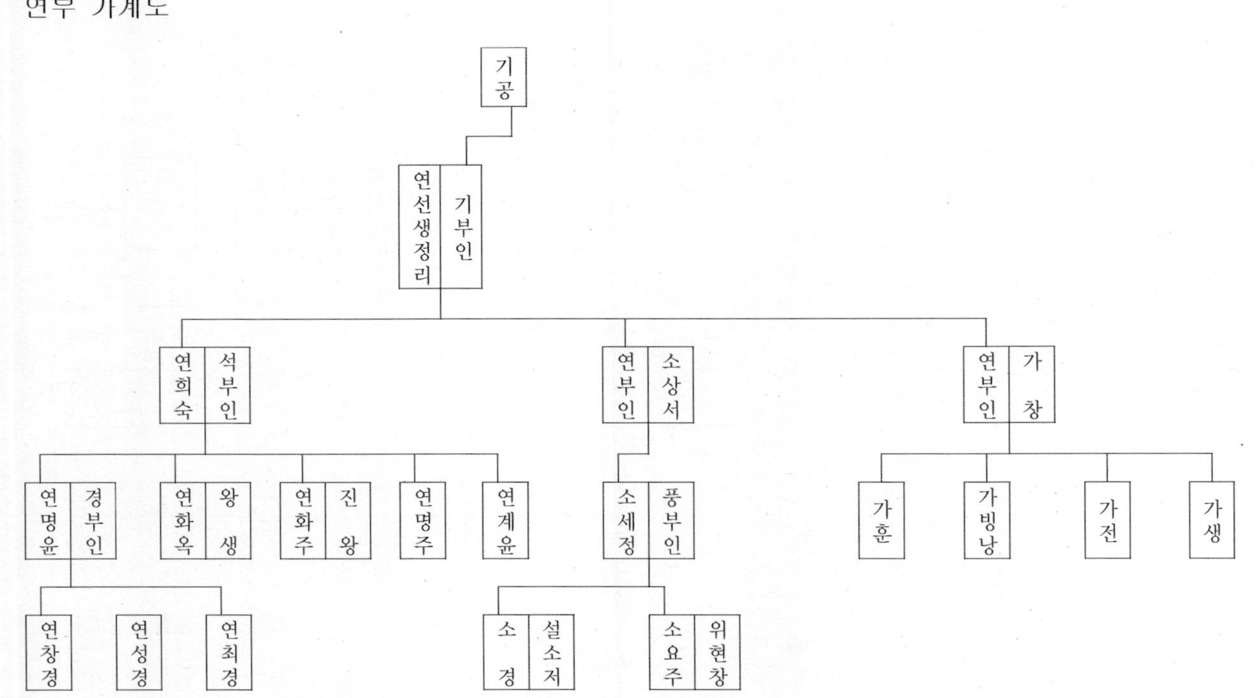

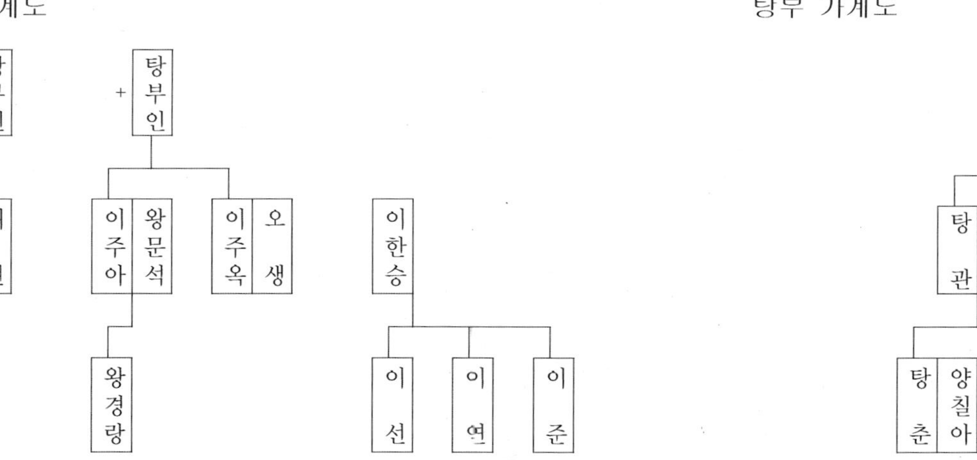
이부 가계도
이한성 상부인
이옥수 위현
탕부인
이주아 왕문석
이주옥 오생
왕경랑
이한승
이선
이연
이준
탕부 가계도
탕공
탕관 굴씨
탕소저 이한성
탕춘 양칠아
탕교란

색 인

※ 저자 ※

장시광
(張時光)

·약 력·
홍익대학교 문과대학 국어국문학과 졸업
서울대학교 대학원 문학석사
서울대학교 대학원 문학박사
홍익대/서울대/인하대/서경대/아주대 강사
현재 아주대학교 강의교수

·주요논저·
「화산선계록에 나타난 계모이야기의 양상과 의미」
「천수석 여성반동인물의 행동양상과 그 서사적 의미」
「명주보월빙의 여성반동인물 연구」
「계모형 소설에 나타난 갈등의 양상과 작가의식」
「방한림전에 나타난 동성결혼의 의미」
「여성영웅소설에 나타난 여화위남의 의미」
「서옥기의 작가의식 연구」

외 다수

조선시대 대하소설의 여성반동인물

·초판 인쇄	2006년 4월 20일
·2쇄 발행	2006년 8월 25일
·지 은 이	장시광
·펴 낸 이	채종준
·펴 낸 곳	한국학술정보㈜
	경기도 파주시 교하읍 문발리 526-2
	파주출판문화정보산업단지
	전화 031) 908-3181(대표) · 팩스 031) 908-3189
	홈페이지 http://www.kstudy.com
	e-mail(e-Book사업부) ebook@kstudy.com
·등 록	제일산-115호(2000. 6. 19)
·가 격	22,000원

ISBN 89-534-2238-8 93810 (Paper Book)
      89-534-2239-6 98810 (e-Book)